JOANNA WAYNE

Le combat d'une mère

Traduction française de
FLORENCE BERTRAND

BLACK ROSE

HARLEQUIN

Collection : BLACK ROSE

Titre original :
LIVE AMMO

Ce roman a déjà été publié en 2013

HARPERCOLLINS FRANCE
83-85, boulevard Vincent-Auriol, 75646 PARIS CEDEX 13
Service Lectrices — Tél. : 01 45 82 47 47

www.harlequin.fr

ISBN 978-2-2804-1537-8 — ISSN 1950-2753

1

— Donnez-moi ces clés !

Alexia Béranger fit volte-face et rencontra le regard vitreux d'un inconnu à la mine patibulaire. Le cœur battant à toute allure, elle tenta de le repousser alors qu'il plaquait contre elle son corps suant, à l'odeur fétide. Ce fut peine perdue. Il était corpulent et plus grand qu'elle. A en juger par ses pupilles dilatées, il était aussi drogué.

Affolée, elle parcourut des yeux le parking du supermarché. Hormis une femme enceinte et un adolescent qui rangeait une série de chariots, il n'y avait personne à proximité. D'ailleurs, l'un et l'autre marchaient dans la direction opposée et ne s'étaient aperçus de rien.

La main de l'homme se referma sur la sienne. Décidée à résister, Alexia lui asséna un coup de pied tout en appelant à l'aide.

L'instant d'après, une gifle brutale lui coupait le souffle. Profitant de son avantage, son agresseur lui arracha les clés, avant de plaquer une main sur sa bouche pour lui imposer le silence.

Tommy se mit à pleurer sur la banquette arrière. Telle une tigresse, Alexia visa les yeux de l'homme avec ses ongles. Elle manqua sa cible, creusant de profondes égratignures sur sa joue.

— Espèce de garce ! siffla-t-il. Ne m'oblige pas à me servir de ce truc.

Sa voix était pâteuse, mais il la tenait d'une poigne de fer. C'est alors qu'elle vit le revolver qu'il avait dans la main droite — braqué sur la tête de son fils.

Une vague de terreur déferla en elle.

— Prenez la voiture, dit-elle d'une voix étranglée. Prenez mon sac et tout ce que vous voulez. Mais ne faites pas de mal à mon fils.

— Veux descendre, maman !

— Dis au gamin de la boucler.

— Il a peur. Il n'a que deux ans.

Sa voix tremblait.

— Laissez-moi le sortir de son siège et nous nous en irons. Je n'appellerai même pas la police.

— Sale menteuse. Monte dans la voiture. Tout de suite !

Derrière elle, Alexia entendit des pas et une voix féminine. Une seconde, elle espéra follement que son agresseur allait prendre ses jambes à son cou, au lieu de quoi il lui décocha un violent coup de poing en pleine figure. Assommée, elle recula en titubant. L'arrière de son crâne entra en collision avec le rétroviseur de la voiture d'à côté. Des vagues noires lui brouillèrent la vue et elle eut toutes les peines du monde à recouvrer son équilibre.

— Au secours ! Au secours ! cria la femme d'un ton perçant.

L'homme bondit dans la voiture, claquant la portière derrière lui.

Encore chancelante, Alexia se rua vers la portière arrière.

Trop tard.

Il avait activé le verrouillage automatique. Elle tapa des deux poings sur le véhicule qui démarrait.

La femme et deux jeunes gens arrivaient en courant.

— Arrêtez-le ! cria Alexia. Mon fils est dans la voiture.

— J'appelle la police ! assura l'inconnue.

Un des hommes étouffa un juron. L'autre posa une main sur l'épaule d'Alexia.

— Les policiers vont le rattraper. Ils ne le laisseront pas filer avec le petit.

— C'est déjà fait !

Alexia l'écarta, s'élançant à la poursuite du véhicule. Sa seule chance était que quelqu'un la voie, entende ses cris et coupe la route au ravisseur.

Personne n'était en vue.

Désespérée, elle coupa à travers les allées du parking en direction de la sortie la plus proche. Elle arriva juste à temps pour voir sa Honda mordre le trottoir et s'engager dans le flot de circulation, obligeant une berline à faire un écart pour l'éviter. Ni l'un ni l'autre des conducteurs ne ralentirent.

Au bord de la crise de nerfs, elle se précipita dans la rue, indifférente au hurlement des freins et des avertisseurs.

Un pick-up noir faillit la renverser et s'arrêta dans un crissement de pneus. L'automobiliste ouvrit sa portière et fit mine de descendre.

Alexia ne lui en laissa pas le temps. Elle se rua vers le côté passager et s'engouffra à l'intérieur, le bras pointé droit devant elle.

— Suivez cette voiture.

2

Tague Lambert fixa la jolie femme en short blanc et T-shirt à rayures qui venait de monter dans son pick-up sans y avoir été invitée. Son œil droit enflait comme une pâte à biscuits dans un four chaud et une bosse était visible à l'arrière de son crâne.

Il avait l'impression d'avoir atterri dans un film de série B et il était assez sûr de ne pas avoir répondu à une annonce de casting.

— Foncez, ordonna-t-elle. Vous perdez du temps.

Autoritaire, mais visiblement paniquée et terrifiée aussi. Son visage lui était vaguement familier, pourtant il aurait été incapable de dire son nom.

— Content de faire votre connaissance.

Il enclencha une vitesse et accéléra.

— Qui dois-je suivre ?

— La Honda grise qui vient de passer à l'orange au feu là-bas.

Tague tendit le cou pour mieux voir le véhicule.

— Qui est au volant ?

— Un drogué qui vient de m'agresser et de voler ma voiture.

Ainsi, elle avait été attaquée. Cela expliquait pas mal de choses.

— Vous devriez peut-être aller à l'hôpital. Cette Honda ne vaut pas la peine de se faire tuer.

— Pour moi, si. Mon fils est dans cette voiture.

— Dans ce cas, attachez votre ceinture.

L'adrénaline courant dans ses veines, Tague doubla une Buick noire, mais un camion se rabattit sur sa file, lui faisant perdre de vue la Honda grise. Il changea de voie à son tour.

Quelques secondes plus tard, il aperçut le véhicule à quelques centaines de mètres devant lui. Celui-ci tourna à l'intersection, filant à toute allure vers l'autoroute. Encore trois minutes et il y serait, et Tague devrait mettre le pied au plancher pour le rattraper. C'était trop risqué.

Il klaxonna et franchit un feu orange.

— Appelez la police. Dites-leur où nous sommes et expliquez la situation.

— Mon téléphone est dans ma voiture.

— Prenez le mien, dit-il en le tirant de sa poche.

Au moment où il négociait le tournant, le fracas assourdissant d'une collision se fit entendre. Il vit la Honda grise tournoyer follement sur elle-même avant d'échouer contre la façade d'un bâtiment inoccupé. La petite Jeep qu'elle avait percutée n'était guère en meilleur état, mais au moins était-elle toujours sur la chaussée.

Le flot de circulation ralentit, puis s'immobilisa. Ne sachant ce qu'il allait trouver, Tague attrapa le revolver qu'il gardait sous son siège et sortit de la voiture en courant.

Le voleur s'était déjà extrait du véhicule accidenté et s'éloignait en courant. Tague aperçut un homme en jean et polo bleu qui sortait l'enfant en pleurs, mais apparemment indemne. Sans perdre de temps, il s'élança à la poursuite du malfaiteur, revolver en main, tous les sens en éveil, redoutant une embuscade. Il était habitué à tirer sur les serpents, et non à traquer les criminels.

Un rapide coup d'œil dans l'impasse se révéla infructueux. Le type avait pu s'introduire dans un des entrepôts désertés ou escalader la clôture à l'autre bout et s'être volatilisé dans le labyrinthe de rues adjacentes. Sans doute était-il préférable de laisser la police s'en charger.

Il regagna les lieux de l'accident et eut tôt fait de repérer sa ravissante auto-stoppeuse. Elle était au milieu d'un petit groupe, l'enfant dans ses bras.

— Je ne sais pas comment vous remercier, dit-elle alors qu'il arrivait à sa hauteur.

— Me remercier de quoi ?

— De vous être jeté dans l'action.

— Comment va le conducteur de la Jeep ?

— Il n'a pas l'air blessé, intervint une petite brune debout à côté de lui. J'ai appelé police secours, et je crois que d'autres personnes aussi. Une ambulance est en route.

On entendait le hurlement des sirènes. Les badauds commencèrent à se disperser.

— Je reviens tout de suite, lança Tague, avant de courir vers sa voiture, encore bloquée au milieu du trafic.

Il rangea son revolver sous le siège et verrouilla les portières. Il possédait un permis de port d'armes, évidemment, mais n'avait aucune envie de perdre du temps à tout expliquer à la police.

Dès qu'il aurait donné sa déposition aux agents, il s'en irait vaquer à ses affaires à Dallas.

Deux voitures de patrouille apparurent, gyrophare sur le toit. Quatre policiers en uniforme en descendirent.

— Je voudrais voir les propriétaires des véhicules et tous les témoins oculaires, déclara un des agents d'une voix forte. Tous les autres doivent s'en aller et laisser travailler les services de secours.

A sa grande surprise, Tague vit s'éloigner la femme, qui portait toujours l'enfant dans ses bras. Instinctivement, il se hâta de la rattraper.

— Où allez-vous comme ça ?

— Je vais prendre soin de mon fils.

L'enfant avait noué étroitement les bras autour du cou de sa mère.

— Vous croyez qu'il est blessé ?

— Non, je ne pense pas, mais il a peur. Et tout ce monde et ces sirènes n'arrangent rien.

Tague la dévisagea avec attention. Peut-être était-il allé un peu vite en besogne en essayant de rester à l'écart de cette affaire. La jeune femme semblait encore effrayée. Et son œil n'avait pas belle allure, sans parler de sa bosse, qui avait encore enflé.

— Vous devriez tous les deux être examinés par un médecin, affirma-t-il. L'ambulance ne va pas tarder.

— Nous n'avons pas besoin d'ambulance.

Elle recommença à marcher.

A l'évidence, elle était trop secouée pour réfléchir rationnellement. Il la prit par le bras et l'obligea à s'arrêter.

— Vous ne pouvez pas quitter les lieux d'un accident sans parler à la police.

— Je pourrais le faire si vous vouliez bien vous occuper de ce qui vous regarde.

— Vous n'étiez pas de cet avis tout à l'heure quand vous m'avez ordonné de suivre votre voiture. Le moins que vous puissiez faire, c'est de donner aux policiers une description de l'agresseur.

— Très bien, soupira-t-elle. Vous avez raison. Je vais parler à la police, mais je suis sûre que ça ne servira à rien.

Curieuse attitude, songea Tague, de plus en plus perplexe. N'importe qui à sa place aurait tenu à fournir une description du malfaiteur.

Il se demanda brusquement si elle n'avait pas d'autres raisons d'éviter la police.

— Je crois qu'il est temps de procéder à des présentations officielles, dit-il. Je m'appelle Tague Lambert.

— Alexia.

— Pas de nom de famille ?

— Béranger. Et voici Tommy.

Justement, l'enfant commençait à s'agiter.

— Rentrer à la maison, maman.

— Bientôt, mon chou.

Elle le déposa par terre, tenant fermement sa main dans la sienne alors qu'un policier s'approchait.

— Je vais attendre que vous ayez fini, suggéra Tague, sa curiosité éveillée.

Elle lui lança un regard peu amène.

— J'apprécie vraiment tout ce que vous avez fait, mais je peux me débrouiller toute seule à présent. Et je suis sûre que vous avez mieux à faire que de rôtir au soleil en attendant des inconnus.

— Non. Je n'avais rien prévu d'aussi excitant qu'une course-poursuite et un kidnapping.

Ce n'était peut-être pas une scène de cinéma, mais tous les ingrédients d'une énigme étaient réunis.

Et il avait toujours eu un faible pour les héroïnes sexy.

— Je suis l'agent Whitfield, annonça le policier en s'arrêtant devant Alexia. D'après un des témoins, votre fils se trouvait dans la Honda grise au moment de la collision.

— En effet.

Tout le monde avait dû le deviner quand elle s'était précipitée, quasi-hystérique, vers la voiture accidentée pour prendre Tommy dans ses bras.

Maintenant, c'était la présence du policier qui l'effrayait. Elle devait surveiller chacune de ses paroles. Ne lui dire que ce qu'il avait besoin de savoir.

Surtout ne rien faire qui puisse l'inciter à se renseigner à son sujet.

— Votre nom, s'il vous plaît ?

— Alexia Béranger.

— Vous conduisiez la voiture ?

— Non, je n'étais même pas à bord.

L'agent reporta son attention sur Tommy.

— C'est votre fils ?

— Oui. Tommy.

— Il a eu de la chance de s'en tirer sans blessure sérieuse.

— C'est un miracle, acquiesça-t-elle.

— Qui était au volant ?

— Le type qui l'a volée. Un drogué, expliqua-t-elle sans pouvoir dissimuler sa colère.

Le policier l'enveloppa d'un regard perçant.

— Vous voulez dire que votre voiture a été volée avec l'enfant à l'intérieur ?

— Oui. Sur le parking du supermarché Clancy, à cinq minutes d'ici.

Les lèvres de l'agent se crispèrent en un pli mince.

— Dans ce cas, il ne s'agit plus d'un accident de circulation, mais d'une tentative d'enlèvement.

Excusez-moi une minute. Il faut que j'avertisse le commissariat.

Whitfield s'écarta et composa un numéro sur son téléphone portable. Alexia prit une profonde inspiration, l'estomac noué. La dernière chose dont elle avait besoin, c'était que des policiers fourrent leur nez dans sa vie.

— Si vous savez qui a volé la voiture, vous devriez le dire, murmura Tague à voix basse.

— Etes-vous en train de suggérer que je connais ce misérable ?

— Je ne suggère rien du tout, sauf que Whitfield a l'air de vous rendre drôlement nerveuse.

— Ce n'est pas lui qui me rend nerveuse. C'est la situation.

Paradoxalement, les paroles rassurantes de Tague ne l'inquiétaient pas moins. Elles lui donnaient envie de lui faire confiance alors qu'elle ne devait pas.

Une douleur lancinante se logea sous sa tempe droite au moment où Whitfield revenait.

— Je vais prendre votre déposition, dit-il, mais un inspecteur viendra vous interroger dans la journée.

— Je n'ai vraiment pas grand-chose à vous dire. Je venais d'arriver au supermarché et je descendais de ma voiture quand un homme s'est approché et a exigé que je lui donne mes clés. J'ai voulu résister, mais il était fort — et il avait un revolver.

— C'est pour ça que vous avez un œil au beurre noir et une vilaine bosse à la tête ?

Elle leva la main, effleurant l'endroit sensible. Pas étonnant qu'elle ait si mal.

— Il m'a donné un coup de poing. Je suis tombée en arrière et j'ai heurté un rétroviseur.

— Vous avez appelé la police ?

— J'ai essayé pendant que nous étions lancés à la poursuite du voleur. J'étais en train d'expliquer la situation quand la collision s'est produite. J'ai dû laisser tomber le téléphone, mais à vrai dire, je ne m'en souviens pas. J'étais trop affolée pour réfléchir.

— Vous avez dû couper la communication. La standardiste a signalé votre appel, mais elle n'avait pas de nom ni d'adresse précise.

Le policier s'adressa à Tague.

— Vous êtes le père de l'enfant ?

— Non, intervint Alexia, répondant à sa place. Il n'y a pas de père, du moins, Tommy ne le voit pas. Je suis divorcée.

— Nous venons de nous rencontrer, ajouta Tague. Il se trouve que j'étais au bon endroit au bon moment.

— Et vous êtes ?

— Tague Lambert.

— Apparenté à feu Hugh Lambert ?

— Je suis le benjamin de ses fils.

L'agent se redressa.

— M. Lambert était quelqu'un de bien. Je l'ai arrêté une fois pour excès de vitesse. Je ne savais pas qu'il était ami avec le chef de la police. Non que j'aurais agi différemment, remarquez.

— Bien sûr que non.

— Bref, au lieu de s'attendre à un traitement de faveur, il a envoyé une lettre à mon supérieur pour me féliciter du professionnalisme de mon attitude.

— C'est mon père tout craché, commenta Tague. Il n'a jamais hésité à nous complimenter quand c'était mérité, ni à nous donner une bonne raclée quand on avait fait une sottise.

— Comme je le disais, c'était quelqu'un de bien. Avez-vous été témoin du vol de la voiture, M. Lambert ?

— Non. Alexia l'avait suivie jusqu'au milieu de la route quand je l'ai vue. J'ai donné un coup de frein pour l'éviter. Elle a sauté dans mon pick-up et m'a donné l'ordre de suivre la Honda. J'ai compris qu'elle ne plaisantait pas, et j'ai obéi.

Whitfield se retourna vers Alexia.

— C'était une bonne idée. Sans cet accident, qui sait où cet individu aurait emmené votre fils ou ce qui se serait passé.

Alexia frissonna à cette pensée. Elle éprouva une vive bouffée de reconnaissance envers Tague, son héros en jean et bottes de cow-boy. Peut-être n'était-il qu'un cow-boy urbain, mais son visage hâlé et son corps viril suggéraient le contraire. Il aurait été fantastique de l'avoir pour ami — si elle avait été en mesure d'avoir des amis.

Whitfield tira un stylo et un petit carnet de la poche de sa chemise.

— Racontez-moi exactement ce qui s'est passé au parking, Mme Béranger.

Lorsqu'elle eut commencé à parler, les détails lui revinrent à la mémoire. Elle fut stupéfaite de tout ce dont elle se souvenait, compte tenu de la peur qui l'avait submergée et de la vitesse à laquelle la scène s'était déroulée.

L'ambulance arriva avant qu'elle ait terminé. Le hurlement de la sirène déclencha une nouvelle crise de pleurs chez Tommy. Alexia le reprit dans ses bras, s'efforçant de l'apaiser tandis que les secouristes se hâtaient vers eux.

Il lui fallut quelques minutes pour les convaincre qu'elle n'avait pas besoin de soins en dépit de sa bosse et de son œil contusionné, et que son fils était indemne.

— J'irai chez le médecin et je le ferai examiner en

rentrant chez moi, expliqua-t-elle. S'il doit monter dans l'ambulance, il sera encore plus terrifié. Franchement, il semblait aller très bien avant que vous arriviez. Il pleure à cause du bruit et de l'agitation, pas parce qu'il a mal.

On lui demanda néanmoins de signer une décharge attestant qu'elle avait refusé leurs services.

— Votre voiture va devoir être remorquée, vous le savez, n'est-ce pas ? fit Whitfield.

— Je sais que je ne peux pas la conduire dans l'état où elle est.

— Puisque vous ne voulez pas aller à l'hôpital, vous devriez appeler quelqu'un qui puisse venir vous chercher. Sinon, je pourrais vous faire raccompagner par un agent.

— Merci, mais j'ai déjà téléphoné, mentit-elle.

Elle ne tenait aucunement à avoir la compagnie d'un policier. L'anonymat était sa meilleure protection.

Après quelques dernières questions, Whitfied rangea son carnet.

— Il y a eu plusieurs fusillades dans le quartier ces derniers temps, observa-t-il. Toutes liées à des affaires de drogue. Quand on sait de quelle violence ces gens-là sont capables, on peut considérer que vous vous en tirez à bon compte.

— Sauf qu'il me semble que le voleur a pris son sac à main, objecta Tague. Je l'ai aperçu alors qu'il prenait la fuite. J'ai essayé de le rattraper, mais il m'a semé.

Alexia poussa un soupir accablé. Non seulement elle n'avait plus de voiture, mais plus de téléphone, plus d'argent liquide pour régler un taxi, et pire encore, plus de permis de conduire. Et ce n'était pas comme si elle pouvait demander un remplacement au nom d'Alexia Béranger, puisqu'à sa connaissance, celle-ci n'avait jamais existé.

— Je ne peux pas vous donner accès à la voiture avant qu'elle ait été examinée par l'identité judiciaire, mais attendez un moment. Je vais me renseigner pour savoir si le sac est toujours là.

L'identité judiciaire. Alexia se figea, la poitrine comprimée par la peur. Elle aurait dû deviner qu'ils relèveraient les empreintes.

Et qu'ils découvriraient sa véritable identité.

— Combien de temps faudra-t-il pour avoir les résultats ? demanda-t-elle.

— Le service est débordé. Pas avant la fin de la semaine, j'imagine. Mercredi après-midi, au mieux, si le chef décide que c'est une priorité.

Elle ne pouvait exclure cette éventualité. On était lundi. Cela lui donnait deux jours pour disparaître. Sans voiture.

— En attendant, vous pouvez avertir votre compagnie d'assurances, mais je soupçonne qu'on vous dira que la voiture est une épave. Quel âge a-t-elle ?

— Dix ans.

Elle l'avait achetée d'occasion dans un garage de Las Vegas, sept mois plus tôt, quelques jours après avoir fui la Californie. Elle devrait se contenter d'un véhicule plus ancien encore cette fois. Elle commençait à être à court d'argent liquide.

— Il me faut le siège-bébé de Tommy.

Whitfield tira d'un mouchoir froissé tiré de sa poche arrière et essuya les gouttes de sueur qui perlaient sur son front.

— Je vais demander à un agent de vous le donner. Ensuite, vous serez libre de partir. Comme je vous le disais, un inspecteur ira vous voir dans la journée.

— Mon téléphone est dans mon sac, lui rappela-t-elle.

— Je vais noter votre adresse.

Elle la lui donna, consternée à la perspective d'une telle visite. Les choses pouvaient-elles encore empirer ? Oui, se dit-elle. Mille fois oui. Tommy aurait pu être enlevé ou grièvement blessé, voire tué dans la collision. Et dire qu'elle s'était juré de le protéger.

— Veux rentrer à la maison, gémit-il alors que Whitfield s'éloignait.

— Je sais, mon chou.

Il avait chaud, il était fatigué et il avait passé une matinée traumatisante. Et maintenant, il allait devoir s'habituer à une nouvelle maison.

— Vous pourriez m'expliquer comment vous avez fait pour téléphoner à quelqu'un sans téléphone ? lança Tague d'un ton dégagé.

— Parce que vous aussi, vous allez vous mettre à me poser des questions ? s'irrita-t-elle.

— Je me demandais seulement comment vous comptez rentrer chez vous alors que vous n'avez ni voiture ni argent.

— Je pensais vous emprunter de quoi payer le bus.

— Je ne prête jamais d'argent à mes amis.

— Nous ne sommes pas exactement amis.

— Nous devons l'être. Je n'emmène jamais d'inconnus dans ma voiture.

— Je ne vous ai pas entendu m'offrir de me ramener.

— Donnez-m'en le temps.

Il feignit de s'incliner.

— Puis-je vous proposer de vous raccompagner ?

Elle fut tentée de refuser, mais se raisonna. Elle avait vraiment besoin de rentrer. Et ce n'était pas comme si elle allait rester dans les parages assez longtemps pour redouter que le cow-boy cherche à la revoir.

— Je vis à l'autre bout de la ville, avertit-elle. Songez-y avant de faire des propositions hâtives.

— Dans ce cas, il faudra que j'augmente le tarif.

— Vous voulez que je vous paie ?

— Je plaisantais. Allons-y.

— Entendu, mais il faut que je fasse un arrêt en route.

— A l'hôpital, j'espère.

— Si nécessaire. J'aimerais d'abord emmener Tommy chez mon médecin. Ce sera moins stressant pour lui. Il connaît le cabinet et le personnel.

— Très bien. Vous devriez en profiter pour vous faire examiner aussi.

— Je vais très bien, et si vous cessez de poser des questions, j'accepte votre offre. Cela dit, vous me raccompagnez, rien de plus, ajouta-t-elle au cas où il aurait espéré davantage.

Tague avait tout d'un gentleman mais l'expérience lui avait appris que les apparences sont parfois trompeuses.

— C'est tout ce que j'ai proposé. Vous ne risquez rien avec moi, Alexia. Cela dit, je peux vous fournir des références si vous le désirez.

— Données par votre mère ?

— Soit elle, soit mon conseiller d'insertion et de probation. Je plaisante ! ajouta-t-il avant qu'elle ait eu le temps de réagir.

— O.K., cow-boy. Je vous suis.

3

Tague feuilleta distraitement le magazine, puis le reposa sur la table de la salle d'attente. C'était la première fois qu'il se rendait chez le médecin depuis qu'il était petit, et il se sentait aussi déplacé qu'une guêpe entrée par erreur dans une ruche.

Il était le seul dans la pièce à ne pas être accompagné d'un enfant ou deux. Une femme en avait trois, dont aucun ne semblait en âge de fréquenter l'école.

Tague n'avait rien contre les enfants, mais l'idée d'être en minorité l'effrayait un peu. Ils étaient tous plus turbulents qu'un troupeau, et exigeaient indéniablement plus de surveillance.

Cela ne devait pas être facile d'élever seule un petit garçon, comme le faisait Alexia. Déjà mariée et divorcée alors qu'elle ne pouvait pas avoir plus de vingt-cinq ou vingt-six ans, comme lui.

Elle l'intriguait, aucun doute là-dessus. Elle était assez courageuse pour se battre contre un voyou armé et s'engouffrer dans la voiture d'un inconnu pour lui intimer l'ordre de se lancer à la poursuite de son fils, et pourtant, elle avait paru terrifiée par le policier qui ne demandait qu'à l'aider.

Le plus étrange, c'est que ses traits lui étaient

incroyablement familiers, bien qu'il ait la certitude de ne jamais l'avoir rencontrée auparavant.

Il n'avait pu s'empêcher d'admirer sa silhouette mince, ses longues jambes, ses cheveux blonds et soyeux. Ses lèvres tentantes.

Surtout, il était fasciné par ses yeux. Ils étaient bleu-violet, tantôt farouches, tantôt tourmentés. Toujours magnifiques.

Alexia n'était pas le genre de femme qu'on oubliait facilement.

Et son agresseur était en possession de son sac, et par conséquent, savait où elle vivait. Ni Whitfield ni Alexia n'avaient fait allusion au danger potentiel que cela représentait, mais l'un et l'autre devaient forcément en avoir conscience.

Même si l'inspecteur abordait la question lors de sa visite, il se bornerait sans doute à lui conseiller d'être prudente et de fermer sa porte à clé. A supposer que le voyou décide de se montrer, elle serait seule pour l'affronter.

A moins qu'elle ne vive pas seule. Peut-être avait-elle un compagnon tout en muscles qui ferait regretter au type de ne pas avoir passé son chemin. Cependant, si tel compagnon il y avait, Alexia n'en avait pas parlé et elle ne l'avait pas appelé — tout au moins pas avec son téléphone.

Cela ne voulait pas dire que lui-même était responsable de sa sécurité, songea Tague. Après tout, seul le hasard les avait réunis. Sans une déviation pour travaux, il ne se serait jamais trouvé sur cette route.

Il était venu en ville ce matin dans le but d'acheter une selle chez le meilleur fabricant du Texas. Son frère Damien l'avait commandée en secret pour sa nouvelle épouse. Il voulait qu'elle soit accrochée dans la sellerie lorsque Emma et lui rentreraient de leur lune de miel.

L'après-midi était déjà bien avancé, et Tague n'avait toujours pas la fameuse selle. Alexia avait affirmé qu'il était inutile de les attendre. Mais quel goujat aurait laissé une femme et un enfant en plan après la matinée qu'ils avaient passée ?

Le fait demeurait qu'il détestait être assis sans rien faire. Il se leva, sortit de la salle d'attente, et se mit à arpenter le grand hall d'entrée du complexe médical. Même là, il se sentait à l'étroit.

Il sortit son téléphone portable et composa le numéro de Cork. En l'absence de Damien, il se reposait plus encore que d'habitude sur son contremaître.

— Tout va bien ? demanda-t-il lorsque celui-ci répondit.

— Plus ou moins. Un des chevaux semble avoir la colique. Je ne vois pas ce qui a pu déclencher ça. Il n'y a eu aucun changement dans son alimentation.

— Lequel est-ce ?

— C'est King.

Le cheval de Damien.

— Garde l'œil sur lui. Administre le traitement habituel, mais n'hésite pas à appeler le vétérinaire si tu le juges nécessaire.

— Entendu. Tu es sur le chemin du retour ?

— Non. J'ai décidé au dernier moment de profiter de mon passage en ville pour régler une autre affaire. Je ne sais pas à quelle heure je serai de retour à Oak Grove. Préviens ma mère de ne pas m'attendre pour dîner.

— Pas de problème.

— S'il se passe quoi que ce soit, tu peux me joindre sur mon portable.

— Ne t'en fais pas.

Cette conversation terminée, Tague appela rapidement Harry Rucker pour l'avertir qu'il ne pourrait peut-être pas venir chercher la selle ce jour-là.

Quarante-cinq minutes s'étaient écoulées lorsque Alexia émergea enfin du cabinet de consultation.

— Z'ai une sucette, annonça Tommy fièrement en la lui montrant.

Alexia se contenta d'arquer les sourcils.

— Vous êtes toujours là.

— Je vous avais dit que j'attendrais.

— Je sais, mais j'ai pensé que vous alliez peut-être changer d'avis. Vous avez déjà perdu pas mal de temps à cause de moi.

— Je voulais être sûr que le petit n'avait rien.

— Vraiment ? Vous êtes resté pour Tommy ? s'écria-t-elle, l'air à la fois surprise et contente. C'est gentil à vous.

Il ouvrit la porte et ils sortirent tous ensemble de la salle d'attente, Tommy suçant sa sucrerie avec enthousiasme, la main dans celle de sa mère.

— Il va falloir m'indiquer le chemin, reprit-il lorsqu'ils furent tous installés dans la voiture.

— Tournez à gauche en sortant du parking, puis à droite au deuxième feu. Ma résidence se trouve à environ trois kilomètres sur la droite. Elle occupe tout un pan de rue. Vous ne pourrez pas la rater.

— Ç'aurait été une longue marche par cette chaleur.

— Dix pas sont une longue marche par cette chaleur. Je suis sûre que j'aurais opté pour un taxi. J'ai de quoi le régler à la maison.

— Qu'a dit le médecin ?

— Que Tommy aura sûrement des bleus à l'épaule, là où la ceinture a frotté la peau. Mais il n'a trouvé aucun signe de blessure interne ou externe.

— Fantastique. Et assez incroyable, étant donné les dégâts causés à votre Honda.

— Nous avons frôlé la tragédie de si près que je n'ose même pas y penser.

Alexia se retourna et jeta un coup d'œil à Tommy.

— Quand nous serons arrivés, je nettoierai les traces de doigts poisseuses sur le siège, promit-elle.

— Je l'espère bien. Je ne vais pas tolérer que vous salissiez mon pick-up. Les vaches ne seraient pas contentes.

Alexia plissa le nez.

— Vous ne faites pas monter de vaches là-dedans, si ?

— Pas dans la cabine. Et à propos de bleu, vous avez un joli assortiment de couleurs autour de l'œil.

Elle baissa le pare-soleil et examina son reflet dans le miroir.

— Affreux, non ?

— Je n'irais pas jusque-là. Le médecin vous a conseillé quelque chose ?

— Seulement d'y mettre de la glace.

— Et pour votre bosse ?

— Il pense que j'aurais dû aller aux urgences, mais comme je n'ai pas de problèmes de cohérence, d'équilibre ou de douleur inhabituelle, il dit que je devrais seulement faire attention. En d'autres termes, rien de grave.

— Bien. Vous devez être soulagée.

— La seule chose qui pourrait me faire plus plaisir serait de savoir que mon voleur a encore pire allure que moi après l'accident.

Au coin de la rue, Tague remarqua un supermarché sur la droite.

— Vous n'avez pas pu faire vos courses, observa-t-il. Voulez-vous vous arrêter ici ?

— Merci, mais j'irai chercher ce qu'il me faut plus tard.

— Pourquoi attendre ? Vous avez un véhicule et un porteur sous la main. A moins que vous n'ayez un homme à tout faire à votre disposition.

— Je n'ai pas d'homme à ma disposition, à tout faire ou pas.

Malgré lui, Tague fut heureux de sa réponse et en éprouva une légère surprise. Après tout, ce n'était pas comme s'il avait l'intention de rester avec elle. Ils ne se connaissaient pas. Il lui donnait un coup de main après un coup dur, voilà tout.

Le fait qu'elle soit délicieusement attirante même affligée d'un œil au beurre noir ne signifiait pas qu'il allait ranger ses chaussures sous son lit ou même venir prendre une bière à l'occasion.

D'ailleurs, elle ne l'y avait pas invité.

Il se gara dans le parking du magasin, choisissant une place près de l'entrée. Alexia jeta un regard méfiant autour d'elle, comme si elle s'attendait à demi à voir resurgir le misérable qui l'avait agressée ce matin-là.

— Je n'ai pas d'argent sur moi, lui rappela-t-elle, la main sur la portière.

— Moi, si.

— Je vous rembourserai quand nous arriverons chez moi.

— Mieux encore, vous pourrez me préparer un sandwich. Je n'ai pas déjeuné et je meurs de faim.

— Je devrais vous offrir plus qu'un sandwich

après tout ce que vous avez fait, mais pour tout vous avouer, je suis une piètre cuisinière.

— C'est maintenant que vous me le dites ? Après que j'aie gaspillé tout un après-midi à vous attendre ?

— Je ne vous ai jamais demandé…

Elle s'interrompit en le voyant arquer les sourcils.

— J'essayais juste de détendre un peu l'atmosphère. Vous êtes cramponnée à ma portière comme si vous vouliez l'arracher.

Peut-être ne se méfiait-elle pas seulement des policiers, mais des hommes en général.

Elle soupira.

— Je suis un peu crispée, c'est vrai.

— Ça se comprend. Mais vous êtes en sécurité à présent. Allons faire ces courses.

— Cocolat, réclama Tommy tandis qu'elle détachait sa ceinture.

— Je ne crois pas que tu aies besoin de chocolat. Tu viens de manger une sucette !

— Pati. Veux cocolat, insista-t-il, insensible à cet argument.

— Tu peux en acheter mais tu le mangeras après dîner, répondit Alexia sans s'émouvoir.

Quand ils atteignirent le parc à chariots, elle souleva l'enfant dans ses bras et le déposa sur le siège. Tague songea vaguement qu'ils devaient ressembler à n'importe quelle famille en train de faire des courses et cette pensée le terrifia. Il s'éloigna d'Alexia dès qu'ils furent à l'intérieur, et fit seul quelques emplettes : deux steaks, deux grosses pommes de terre et une bouteille de bon vin. Après la journée qu'elle avait eue, Alexia aurait besoin d'un remontant. Et il ne plaisantait pas quand il avait déclaré qu'il mourait de faim.

Un sandwich ne ferait jamais l'affaire.

— Tommy s'est endormi, murmura Alexia comme ils arrivaient à la résidence. Je me disais aussi qu'il était bien silencieux.

Elle le détacha doucement, puis le prit dans ses bras.

— Si vous me laissiez le porter ? proposa Tague.

— Ça va, merci.

— Je ne me sens pas très viril à vous suivre les mains vides pendant que vous portez un gamin endormi.

— Vous avez les courses.

— Un berlingot de lait, un pain et une tablette de chocolat ?

— J'ai acheté plus de choses que ça.

— A peine.

Parce qu'elle comptait quitter la ville avant que l'inspecteur ait identifié ses empreintes et qu'elle allait voyager léger. Et si Tague avait su qui elle était, il aurait pris ses jambes à son cou au lieu de proposer de rester.

— Loin de moi l'idée d'offenser la virilité de mon chauffeur, plaisanta-t-elle en lui tendant Tommy.

Un vague malaise s'empara d'elle alors que l'enfant s'agitait, puis reposait calmement la tête contre le torse de Tague. C'était la première fois qu'un homme le tenait depuis qu'ils avaient fui Los Angeles en pleine nuit.

Elle tendit la main vers le sac de courses resté sur la banquette arrière.

— Prenez seulement le chocolat pour qu'il ne fonde pas, conseilla Tague. Je reviendrai chercher le reste quand j'aurai déposé Tommy.

— Je peux porter deux sacs.

— Et mon pack de bière ? D'ailleurs, comment allez-vous faire pour la clé ? Vous avez un double ou le concierge va-t-il devoir vous ouvrir ?

— Il faudra que je lui demande de m'en faire faire une autre.

Jamais elle n'aurait couru le risque de laisser une clé cachée quelque part. Ignorant délibérément la bière de Tague, elle prit ses deux sacs de courses. Elle n'avait pas le temps de recevoir un visiteur. Il fallait qu'elle trouve une voiture au plus vite.

— Mon appartement est au premier étage, lança-t-elle. Numéro 212. Tournez à droite sur le palier et c'est la deuxième porte à gauche.

Elle désigna l'allée couverte qui allait d'un bout à l'autre du bâtiment.

— Il y a un ascenseur de l'autre côté, mais je ne le prends jamais.

— Pas étonnant que vous soyez en forme.

Elle se retourna pour dissimuler la rougeur qui lui montait aux joues. C'était seulement un compliment désinvolte, rien de plus. Elle n'aurait pas dû y attacher d'importance, surtout compte tenu de la situation.

Tague s'engagea dans l'escalier.

— Vous devriez venir avec moi, suggéra-t-elle. Au moins, le bureau est climatisé. Si le concierge est occupé, il va peut-être falloir attendre quelques minutes pour obtenir la clé.

— On vous suit.

Elle se hâta vers l'accueil. Par chance, une employée était disponible. Alexia se contenta de dire qu'elle avait perdu ses clés, s'abstenant de mentionner le vol de la voiture.

Quelques instants plus tard, elle remontait les marches, Tague à son côté, encore étourdie par les événements de la journée.

Une journée qui avait commencé normalement — si tant est que sa routine puisse jamais être considérée comme normale — avait viré au cauchemar. Quand ce voyou s'était enfui en emmenant Tommy, la terreur l'avait submergée. Exactement comme la fois où un autre dément avait menacé la vie de l'enfant.

Cette peur continuait à la hanter nuit et jour. Ce soir-là, il n'y avait pas eu de cow-boy séduisant pour voler à son secours. Et si gentil que Tague paraisse, elle n'osait croire qu'il puisse occuper ce rôle maintenant.

Ils avaient presque atteint le palier quand elle remarqua un inconnu adossé à la rambarde en face de sa porte. Plutôt grand, il avait les cheveux roux, l'estomac légèrement proéminent, le teint rubicond. Sa posture et son regard étaient intimidants.

Alexia se raidit, et son bras se resserra autour des sacs qu'elle portait. Deux oranges en tombèrent et roulèrent quelques secondes avant de rebondir sur les marches comme des balles en mousse.

— Alexia Béranger ?

— Qui êtes-vous ? rétorqua-t-elle, éludant la question.

— Inspecteur Gerald Hampton, police de Dallas.

Il exhiba une plaque.

— J'ai cru comprendre que votre voiture avait été volée, puis accidentée aujourd'hui.

Elle se détendit quelque peu.

— C'est le cas, oui, mais j'ai déjà dit tout ce que je savais à l'agent Whitfield.

— J'ai vu son rapport, répondit Hampton, mais j'aimerais tout de même vous parler. Ça ne devrait pas prendre plus d'une demi-heure.

Elle jongla avec les sacs de courses pour introduire la clé dans la serrure, s'exhortant au calme.

Surtout ne rien faire qui puisse éveiller les soupçons. Elle était une victime, et non une suspecte. Il fallait que cela continue.

Par miracle, la conversation ne réveilla pas Tommy. Apparemment, toutes ces péripéties l'avaient épuisé, lui aussi.

— Asseyez-vous, dit-elle en entrant dans le petit salon modestement meublé. Je vais mettre mon fils dans son lit pour qu'il continue sa sieste.

Tague la suivit dans la chambre et allongea l'enfant. Quand Alexia se pencha sur ce dernier, son bras effleura celui de Tague. Le contact éveilla en elle une étrange sensation. Comment un simple acte de gentillesse pouvait-elle la bouleverser à ce point ? Avait-elle donc tellement soif d'affection ?

— Merci, murmura-t-elle en reculant. Vous l'avez couché comme un pro. Il n'a même pas entrouvert l'œil.

— Question de chance, sourit-il alors qu'ils regagnaient l'étroit couloir. La seule enfant que je connaisse est ma nièce Belle, et elle n'a que quelques mois.

Comme Alexia s'apprêtait à rentrer dans le salon, Tague lui barra le chemin, se penchant si près d'elle qu'elle sentit son haleine tiède sur son cou. Un nouveau frisson de plaisir la traversa, plus intense que le premier.

— Je me trompe ou vous avez peur de cette conversation avec l'inspecteur ?

— Je ne vois pas ce que vous voulez dire.

— Je vous ai vue trembler quand vous l'avez vu devant la porte.

— La journée a été éprouvante, c'est tout.

— Je peux vous tenir compagnie pendant qu'il vous interroge, si vous voulez.

— C'est inutile.

En fait, c'était même dangereux. Car à ce stade, Tague représentait sûrement un plus grand danger que l'inspecteur pour son anonymat.

En même temps, elle n'avait pas envie qu'il la laisse

seule avec un homme qui risquait à tout moment de la reconnaître et de lui mettre les menottes aux poignets. Tague n'était peut-être qu'un semblant d'ami, mais c'était mieux que rien.

— Mais restez si vous voulez, ajouta-t-elle. Je vous ai promis un sandwich. Je ne voudrais pas vous renvoyer à vos vaches l'estomac vide.

— Parfait. Je vais chercher le reste des courses et je reviens.

Il lui pressa doucement les doigts avant de s'en aller. Il était vraiment agréable. Cependant, lorsqu'il s'en irait, elle devrait s'assurer que rien ne lui permettrait de reprendre contact avec elle.

L'inspecteur s'était assis sur le canapé défraîchi qu'elle avait acheté dans une brocante. Elle prit place en face de lui, dans un fauteuil.

— J'aimerais que vous commenciez par le début et que vous me disiez exactement ce qui s'est passé, en prenant votre temps, sans rien omettre même si ça vous paraît insignifiant.

— J'ai déjà fait ça ce matin.

— Il arrive que les gens se souviennent de détails supplémentaires après coup. Chaque information a son importance. Nous ne pourrons arrêter ce voleur de voitures que si nous parvenons à l'identifier.

— Vous aurez des empreintes, lui fit-elle remarquer.

— Nous ne pouvons pas compter là-dessus. Il est beaucoup plus difficile d'obtenir des empreintes utilisables qu'on ne le croirait en regardant les séries télévisées.

C'était une maigre consolation. Parmi toutes celles qu'elle avait laissées dans la voiture, il y en aurait forcément de distinctes.

Elle recommença son récit.

— J'ai essayé de lui griffer les yeux, avoua-t-elle. Je lui ai égratigné le visage, j'en suis sûre.

— Vous l'avez dit à Whitfield ?

— Il me semble que oui. Je ne me souviens pas.

— Cela ne figure pas dans son rapport, observa Hampton. Mais c'est important. Il est possible que vous ayez des traces de son ADN sous les ongles.

Alexia baissa les yeux, mais ne vit que la couche de vernis rose qu'elle avait appliquée elle-même.

— Je me suis lavé les mains plusieurs fois depuis.

— Il pourrait tout de même subsister des traces. J'ai un kit de prélèvement dans ma voiture qui peut collecter des fragments minuscules de peau. J'irai le chercher quand nous en aurons fini ici.

— Vous n'avez aucune idée de son identité ?

— Cela vous surprend ? Votre description était relativement vague.

— Tout s'est passé trop vite pour que je mémorise beaucoup de détails, mais ce type était un voyou et il était sous l'emprise de la drogue. Il est sans doute connu des services de police.

— C'est possible. Nous le soupçonnons d'appartenir à un gang local qui se fait appeler Les Chevaliers de la Mort. Ils ont été responsables de plusieurs fusillades et incidents violents au cours des douze derniers mois.

— Mais personne n'a été inculpé ?

— Non, parce que personne n'accepte de témoigner contre eux, soupira Hampton.

— Pourquoi ?

— Parce que les gens ont peur d'être ajoutés à la liste de leurs cibles.

Tague s'avança dans la pièce.

— Et vous espérez qu'Alexia sera la première à accepter ?

Elle se retourna, surprise. Elle ne savait pas depuis combien de temps il était là, mais à l'évidence, il avait saisi l'essentiel.

L'inspecteur Hampton se pencha en avant, les coudes sur les genoux.

— J'espère que Mme Béranger aura le courage de témoigner — ou au moins d'accepter de participer à une séance d'identification.

— Je vous aiderai si je peux, mentit-elle, sachant qu'elle n'allait pas s'attarder assez longtemps.

L'inspecteur se tourna vers Tague, le dévisageant comme s'il était un suspect — ou, à tout le moins, un fauteur de troubles.

— Etes-vous un ami de Mme Béranger ?

— On peut dire ça comme ça. J'étais avec elle sur les lieux de l'accident.

Hampton étudia ses notes.

— Tague Lambert ?

— C'est exact.

Hampton le dévisagea.

— Je suis surpris que vous soyez encore là. D'après le rapport de Whitfield, Alexia et vous ne vous étiez jamais rencontrés avant aujourd'hui.

— Alexia avait besoin d'être raccompagnée. Je ne vois pas ce qu'il y a de surprenant à ce que je me sois proposé.

Hampton tripota un ourlet qui s'effilochait sur sa poche de pantalon.

— Les Texans sont souvent prêts à aider leur prochain. Peut-être serait-il souhaitable que vous restiez un peu plus longtemps. J'ai de bonnes et de mauvaises nouvelles.

— La bonne serait que vous avez appréhendé le voleur, intervint Alexia.

— Ce n'est pas le cas, malheureusement, admit Hampton. En revanche, nous avons retrouvé votre sac. Il avait été jeté dans des buissons non loin du lieu de l'accident.

— Mon portefeuille était dedans ?

— Non, et vos clés non plus, mais le téléphone, si. Nous avons conservé le sac en tant que pièce à conviction, mais je vous ai rapporté l'appareil. J'ai pensé que vous en auriez peut-être besoin.

— Merci.

— Autrement dit, le voyou qui l'a attaquée est encore en possession de ses clés et il connaît son nom et son adresse, résuma Tague.

— C'est la mauvaise nouvelle, avoua l'inspecteur.

— Quel genre de protection comptez-vous lui fournir ?

Hampton parut légèrement indigné.

— Nous avons alerté les patrouilles du quartier. Nos agents vont garder votre appartement à l'œil, Mme Béranger. Si vous voyez ou entendez quelque chose de suspect, composez le 911. Ils seront chez vous en l'affaire de quelques minutes. Bien sûr, si vous avez un ami qui peut vous accueillir ou qui peut rester avec vous quelques jours, ce ne serait peut-être pas une mauvaise idée.

La police allait surveiller son appartement ? Alexia était horrifiée. Comment dans ces conditions pourrait-elle s'esquiver en pleine nuit ?

— Je ne resterai pas chez moi ce soir, déclara-t-elle. J'ai déjà prévu d'aller chez une amie.

— C'est sans doute la meilleure solution. A propos, nous avons besoin de savoir où vous travaillez pour compléter votre dossier.

— Je suis sans emploi actuellement.

— Puis-je savoir ce qui vous amenait dans le quartier où vous avez été attaquée ?

— La malchance. Mais il y a un rapport avec le travail, en effet. Je comptais déposer mon CV dans certains magasins du centre commercial.

— Etiez-vous déjà allée là-bas ?

— Non.

— Dans ce cas, nous pouvons exclure la possibilité que vous ayez été une victime ciblée.

— Je suis sûre que oui.

— Peut-être devriez-vous envisager de chercher un emploi dans des quartiers plus sûrs, reprit l'inspecteur. Et de faire vos courses dans des quartiers plus sûrs aussi.

Sa remarque déplut à Alexia.

— Voulez-vous insinuer que j'ai délibérément emmené mon fils dans un quartier louche ?

— Je dis seulement que vous devriez être plus consciente de ce qui vous entoure.

Maintenant, elle était franchement agacée.

— Ce supermarché avait l'air tout à fait correct. Le parking était plein de voitures. Il y avait d'autres femmes avec des enfants. L'endroit n'est-il donc pas sûr pour elles ? Si c'est le cas, la police devrait peut-être patrouiller les lieux ou faire accrocher des panneaux pour avertir le public que les femmes seules sont en danger.

— C'est la première fois qu'un incident se produit dans ce parking, rétorqua Hampton, sur la défensive. Et je suis à la tête d'une unité qui vient d'être formée pour rétablir l'ordre dans le quartier. Je vais arrêter votre voleur, vous pouvez en être sûre. Mais nous ne pouvons pas faire de miracles.

— Peut-être que non, mais vous feriez mieux de

faire des progrès rapides si vous ne voulez pas avoir de morts sur les bras.

— J'en ai parfaitement conscience, Mme Béranger. Maintenant, si vous voulez bien m'accompagner à ma voiture, je vais procéder à un prélèvement sous vos ongles et je le ferai analyser.

— Naturellement.

Une chaleur suffocante régnait au-dehors, mais Alexia la remarqua à peine. Elle suivit l'inspecteur Hampton, les poumons en feu, consternée.

Cet homme était à la tête d'une unité spéciale. Sa réputation était en jeu. Il n'allait rien négliger. Même pas elle.

Il fallait qu'elle trouve un véhicule et vite. Dans l'immédiat, la seule solution consistait peut-être à rester avec le cow-boy qui sentait bon le musc et le sapin, et dont la démarche nonchalante suggérait un homme à l'aise avec son corps séduisant.

Quand elle regagna l'appartement, Tague était en train de faire griller les steaks.

Elle les regarda, interdite.

— D'où sortent-ils ? J'allais seulement faire des sandwichs au beurre de cacahuète.

— Justement. J'ai fait mes propres courses au supermarché. Il y a aussi des pommes de terre à faire cuire dans le micro-ondes.

— Je m'en occupe.

— Parfait, mais pouvez-vous me donner un tire-bouchon d'abord ? Le vin que j'ai acheté a sans doute besoin de respirer.

— Pourquoi avez-vous acheté du vin ? Nous fêtons quelque chose ?

— Je me suis dit qu'un petit remontant vous ferait

du bien. Mais vous n'êtes pas obligée d'en boire si vous n'en voulez pas.

— J'en prendrai un verre avec plaisir. Il y a un tire-bouchon dans le tiroir juste devant vous.

Comme des odeurs appétissantes se répandaient dans la pièce, l'estomac d'Alexia se mit à gronder, lui rappelant qu'elle n'avait rien avalé depuis près de vingt-quatre heures.

Elle ne prenait jamais de petit déjeuner, et bien qu'elle ait donné à manger à Tommy avant de partir, elle s'était bornée à boire une tasse de café en étudiant le plan de la ville.

— Comment aimez-vous votre steak ?

— Gratuit et préparé par quelqu'un d'autre, répondit-elle avec espièglerie. Et à point.

— Très bien. A en juger par votre ligne, j'avais peur que vous ne mangiez que des carottes et de la laitue avec du pain de régime.

— Ça m'arrive, admit-elle. Mais je n'ai rien contre un bon steak.

Lorsque les pommes de terre furent cuites, elle mit le couvert, puis ajouta la crème fraîche et le fromage râpé que Tague avait acheté au supermarché.

Il avait pensé à tout.

Et il possédait un pick-up — un pick-up dont elle avait désespérément besoin pour s'enfuir. Et si elle le lui dérobait, tout simplement ? Voler une voiture ne pouvait pas être bien difficile, après tout, si un drogué à moitié conscient pouvait y parvenir.

— Vous cherchez vraiment du travail ? demanda Tague, la ramenant à la raison — pour le moment, tout au moins.

— Oui, pourquoi ? Avez-vous un poste à me proposer ?

— Vous savez dresser les chevaux ?

— Je suis montée à cheval une fois.

A vrai dire, ce n'était pas tout à fait vrai. Sa doublure avait dû la remplacer parce qu'elle avait été prise de panique une fois en selle.

— Hmm. Ça ne suffira sûrement pas. En revanche, mon frère pourrait sans doute vous trouver un emploi dans sa compagnie.

— Comme glaneuse ?

— Rien d'aussi glamour. Il a toujours besoin de personnel administratif. Le seul problème, c'est qu'il est au Moyen-Orient en ce moment, en train de négocier les termes d'une fusion.

— Comment s'appelle sa société ?

— Lambert Exploration et Forages.

Le nom retint l'attention d'Alexia.

— Vous en avez entendu parler ?

— Oui, bien sûr.

Il suffisait d'avoir parcouru un journal local à Dallas pour en avoir entendu parler. La société était célèbre non seulement pour son importance dans l'industrie pétrolière mais aussi pour la générosité des dons qu'elle offrait au secteur des arts et aux associations caritatives.

— Alors, vous êtes un de ces sales riches de Lambert ?

— Je ne dirais pas ça — enfin, sauf quand on répand du fumier dans les écuries.

— Mais vous faites partie de la bonne société. Et pourtant, je ne me souviens pas d'avoir vu votre photo dans les pages mondaines de la *Gazette de Dallas*.

— Ce n'est pas ma tasse de thé. Je déteste porter un smoking. Cela dit, j'ai aussi mes heures de gloire. J'ai été cité dans le bulletin de l'association des Eleveurs de bétail le mois dernier.

— Seigneur. Je suis sûre que vous avez dit quelque chose de brillant.

— Je pourrais le faire imprimer sur un T-shirt si vous voulez, la taquina-t-il.

— Je meurs d'impatience.

Dommage qu'elle ne puisse pas rester assez longtemps pour le lire. Dire qu'un des hommes les plus riches de Dallas était en train de faire la cuisine dans son trois-pièces. Dans d'autres circonstances, elle aurait sûrement pris plaisir à mieux le connaître.

Dans l'immédiat, cependant, Tague incarnait son seul espoir d'échapper aux autorités. Encore fallait-il qu'elle abatte ses cartes au bon moment. Elle n'avait pas le droit à l'erreur. Si ce séduisant cow-boy découvrait sa véritable identité, il la livrerait à la police plus vite qu'il n'était venu à sa rescousse.

Le repas fut silencieux. Alexia avait encore l'estomac barbouillé, mais elle parvint à manger la plupart du steak et quelques bouchées de pommes de terre.

Pourtant, même rassasiée, elle n'entrevoyait pas de plan d'action.

Quand il eut terminé son assiette, Tague but une gorgée de bière fraîche.

— Vous me rappelez vraiment quelqu'un, Alexia, mais je n'arrive pas à savoir qui.

— C'est à cause de l'œil au beurre noir. Ça me donne l'air familier de la fille d'à côté.

— La fille d'à côté de chez moi a soixante-dix ans et marche avec une canne. Croyez-moi, elle ne vous ressemble pas du tout.

C'était bien sa chance. Apparemment, Tague avait vu

un des trois films ratés qu'elle avait tournés. Peut-être était-il le seul homme à Dallas dans ce cas.

Elle rassemblait son courage pour lui demander si elle pouvait emprunter son pick-up quand son téléphone se mit à sonner. Sans doute l'inspecteur Hampton avait-il d'autres questions.

Elle se hâta de gagner le salon avant que le bruit ait réveillé Tommy. Il avait assez dormi, mais elle avait besoin de quelques minutes supplémentaires pour parler à Tague.

— Allô.

Pas de réponse.

— Allô.

Elle entendit une respiration à l'autre bout du fil.

— Qui est à l'appareil ? demanda-t-elle, les paumes moites.

Le silence continua. Elle se mit à trembler.

— Qu'est-ce que vous voulez ?

— Tu sais ce que je veux, Melinda.

Elle se figea, glacée, tandis que la voix de Scott Jeffery Hayden résonnait encore à ses oreilles, lui transperçant l'âme.

4

Le téléphone glissa entre les mains d'Alexia et heurta le sol avec un bruit sec. Voyant qu'elle était pâle comme un linge, sur le point de s'évanouir, Tague se précipita vers elle et la prit dans ses bras.

Un frisson la traversa, et il resserra son étreinte. Les cheveux soyeux d'Alexia lui caressaient le menton, éveillant en lui une bouffée de désir inattendue. Importune. Complètement déplacée.

— Qui était-ce ?

— Je ne sais pas. Il n'a pas donné son nom.

— Qu'a-t-il dit ?

— Rien. Je l'ai seulement entendu respirer, répondit-elle d'une voix étranglée.

— Le salaud. Vous avez déjà reçu des appels de ce genre ?

— Non. C'est forcément le voleur. Il a dû trouver mon numéro dans mon portefeuille.

Tague sentit ses muscles se nouer. Il aurait donné cher pour mettre la main sur ce type et lui donner une leçon qui lui passerait l'envie de harceler les femmes au téléphone.

— Je ne partirai pas avant vous, ce soir, Alexia, déclara-t-il. Vous n'êtes pas en sécurité, ni vous ni Tommy.

En revanche, il irait chercher son revolver dans le pick-up. Parfois, c'était le seul langage qu'un voyou comprenait, surtout s'il était porté sur la violence. Bien sûr, un appel téléphonique ne signifiait pas qu'il allait débarquer chez Alexia, mais l'inspecteur lui-même n'avait pas exclu cette éventualité.

Alexia se détacha de lui, inclinant la tête pour rencontrer son regard. Ses yeux étaient assombris par la peur, mais la détermination se lisait sur ses traits tendus.

— Il me faut une voiture pour aller chez mon amie, mais je doute de pouvoir en louer une sans permis de conduire.

— Votre compagnie d'assurances peut faire le nécessaire pour vous en trouver une demain matin.

— Cela ne m'aidera pas ce soir. Je suis gênée de vous demander un autre service, Tague, mais je n'ai pas le choix. Si vous pouviez me conduire à l'agence de location et en louer une à votre nom, je la ramènerai de bonne heure demain matin. Et je vous paierai à l'avance.

Il pouvait faire mieux. Il suffirait d'un seul coup de téléphone pour lui obtenir n'importe quel véhicule — et même un chauffeur. La société familiale avait un contrat avec un service de transport dont elle se servait principalement à l'occasion de visites de cadres étrangers.

Il pouvait lui trouver une voiture. Rentrer chez lui. Se dire qu'il avait passé une journée intéressante avec une mère aux allures de mannequin qui s'était fourrée dans un sale pétrin.

Ce serait le plus raisonnable.

Sauf qu'il n'était pas le genre d'homme à tourner

le dos et à la laisser se défendre toute seule contre un criminel.

— J'ai une meilleure idée. Appelez l'inspecteur Hampton et parlez-lui de cet appel. Ensuite, faites vos bagages. Je vous emmènerai là où vous voulez aller.

— S'il vous plaît, laissez-moi faire les choses à ma manière, articula-t-elle, le désespoir dans sa voix.

Les soupçons de Tague revinrent au galop.

— Il n'y a pas d'amie, n'est-ce pas ?

Elle enroula les bras autour de sa taille et fixa le sol.

— Pas d'ami à part vous, admit-elle. J'ai besoin que vous me rendiez ce service, Tague. Je vous en prie. Je ne vous le demanderais pas si ce n'était pour protéger Tommy.

— Je vais vous aider, mais seulement si vous acceptez de faire les choses *à ma manière*, répondit-il, insistant sur les derniers mots. Soit je reste ici avec vous, soit vous pouvez rentrer à Oak Grove avec moi.

Elle hésita, et ses lèvres s'étirèrent en un trait mince.

— Je n'aime pas être entourée d'inconnus.

— Si vous n'avez pas d'amis, vous serez au milieu d'inconnus où que vous alliez. Autant essayer ma famille.

— Parlez-moi du ranch, souffla-t-elle.

— Nous élevons du bétail et des chevaux comme la plupart des ranchs au Texas.

— Il est loin de Dallas ?

— Il se trouve au sud de la ville, à une demi-heure des limites de la banlieue, mais c'est un autre monde.

— Vous vivez seul là-bas ?

— Loin de là. Il y a ma mère, Carolina Lambert.

— La femme du monde sophistiquée dont on voit régulièrement la photo dans la presse ?

— Elle-même.

— Je n'aurais jamais cru qu'elle vivait dans un ranch.

— Vraiment ? Je ne peux pas l'imaginer ailleurs. Il y a aussi tante Sybil et sa célèbre perruque noire qui ressemble à un animal mutant. Et ma grand-mère Pearl, qui nous amuse tous, surtout quand elle ne porte pas son appareil auditif, autrement dit la plupart du temps.

— C'est un groupe intéressant.

— Dysfonctionnel mais adorable. Mon frère Damien et sa femme vivent là aussi, mais ils sont en train de passer leur lune de miel à Paris.

— Il me semble que j'ai lu un reportage sur leur mariage. Ça s'est passé dans une petite chapelle, dans l'intimité, n'est-ce pas ?

— Dites-moi, vous êtes passionnée par les potins mondains ?

— Seulement depuis que je suis arrivée à Dallas.

— Désolé de vous décevoir, mais il n'y aura pas de réception ce soir. Ma mère garde la fille adoptive de Damien et d'Emma, Belle, qui a cinq mois. Belle est la princesse de la maisonnée.

— Et vous vivez tous sous le même toit ?

— Oui, la plupart du temps en harmonie, encore qu'il y ait quelques fausses notes de temps à autre.

— La maison est grande ?

— Assez pour que Tommy et vous ayez votre propre suite, si c'est ce qui vous inquiète. Vous aurez votre intimité et vous ne dérangerez personne.

— Que dira votre mère en vous voyant arriver avec nous ?

— Bienvenue à Oak Grove ! Et elle fera tout pour vous mettre à l'aise. L'hospitalité texane, c'est sa spécialité.

— Elle ne sera pas fâchée ?

— Pas du tout.

— Dans ce cas, je n'ai plus qu'une question à vous poser, Tague.

— Allez-y. Je n'ai rien à cacher.

Contrairement à elle, songea-t-il.

— Pourquoi vous donnez-vous tout ce mal pour m'aider alors que vous ne savez rien de moi ?

— Aucune idée. Mais je n'observe pas beaucoup de règles dans la vie, Alexia. En général, je me fie à mon instinct.

— Et que vous dit votre instinct ?

— Que vous êtes prête à tout pour protéger votre fils. Et que vous avez peur.

— Votre instinct est bon. Je vais faire mes bagages. Je serai prête dans quelques minutes.

— Ne vous pressez pas.

Mais apparemment, elle ne voulait pas perdre de temps. Elle pivota sur ses talons et se hâta vers la chambre.

Mieux valait avertir sa mère.

Carolina décrocha aussitôt.

— Allô ? C'est le restaurant d'Oak Grove ?

— Oui, répondit-elle d'un ton enjoué. Tu veux savoir le menu ? Ce soir, nous avons du poulet en sauce accompagné de maïs et de légumes verts du jardin.

— Autrement dit, nous mangeons des restes, c'est ça ?

— Oui. Il restait tellement de poulet hier soir que j'ai donné son congé à Alda pour la soirée. Elle le méritait. Nous avons passé l'après-midi à faire des confitures.

— Cork t'a dit que je ne serais sans doute pas là pour dîner ?

— Oui, mais il ne m'a pas expliqué pourquoi.

— Je suis venu en ville pour aller chercher la selle d'Emma et je me suis retrouvé en train de donner la chasse à un voleur de voiture.

— Bien sûr. Maintenant, dis-moi la vérité.

— C'est une longue histoire. Je te la raconterai plus tard.

— Tu n'as pas d'ennuis, au moins ?

— Moi, non.

— Tu dors en ville ?

— Non. A vrai dire, je compte rentrer bientôt. J'amène de la compagnie.

— Qui ça ?

— Alexia Béranger et son fils Tommy.

— Je les connais ?

— Non, mais ils vont te plaire. Comme je disais, je t'expliquerai tout en arrivant. Je voulais juste te prévenir.

— Quel âge a l'enfant ?

— C'est un bambin. Ne t'inquiète pas, maman, et ne prépare rien à manger. Alexia et moi avons déjeuné très tard, ou dîné très tôt, selon la manière dont on voit les choses.

— Et le petit ? Il a mangé ?

— Je suis sûr qu'Alexia va s'occuper de lui avant de partir. Si elle a besoin de quelque chose de spécial, nous l'achèterons en route.

— Il y a vraiment eu un vol de voiture ? insista sa mère d'un ton soucieux.

— Oui, mais personne n'a été blessé — on ne déplore qu'une bosse et un coquard.

— Tu es sûr que ça va, Tague ?

— Certain. Ce n'est pas moi qui ai l'œil au beurre noir.

Tague mit le cran de sécurité et glissa le revolver sous sa chemise. Puis, après avoir inspecté les environs du regard, il remonta l'escalier qui menait chez Alexia.

Comme ses frères, Tague était excellent tireur. Son père y avait veillé. Néanmoins, il n'avait nulle envie d'être mêlé à une fusillade avec le salopard qui avait téléphoné à Alexia. En revanche, s'il s'agissait de se défendre, il se jugeait à la hauteur de la tâche.

A vrai dire, il aurait pris plaisir à bourrer ce type de coups de poing. A lui montrer ce qui l'attendait s'il s'en prenait à un homme au lieu d'une femme.

Cependant, il n'y avait aucune trace d'un rôdeur quelconque dans les parages. Le voleur était probablement toujours à l'autre bout de la ville, en train de dépenser l'argent qu'il avait récupéré dans le portefeuille d'Alexia. Il avait sûrement téléphoné pour s'amuser à lui faire peur.

Il referma la porte derrière lui et tressaillit en entendant un claquement sec dans la chambre d'Alexia, mais elle apparut avant qu'il ait eu le temps de s'inquiéter. Tommy était sur ses talons.

— Vous avez besoin d'aide ?

— Si vous pouviez occuper Tommy pendant quelques minutes, ça m'arrangerait. Il s'est réveillé dès que j'ai commencé à faire les valises.

Pas étonnant. Qui aurait pu dormir avec le vacarme qu'elle faisait ?

Elle se pencha vers Tommy, donnant inconsciemment à Tague une vue plongeante sur son décolleté. Il déglutit avec difficulté.

— Je veux que tu restes ici avec M. Lambert pendant que maman prépare nos bagages pour un petit voyage.

— Non.

— Ça te plaira, promis.

— Il y aura des chevaux, renchérit Tague.

— Non.

Tommy passa les bras autour de la cuisse d'Alexia, posant sur Tague un regard méfiant.

— Non. Veux pas.

— Il dit toujours non, expliqua Alexia. Apparemment, c'est normal à deux ans. Reste avec M. Lambert, répéta-t-elle avec autorité.

Tague éprouva un pincement de panique.

— Qu'est-ce que je suis censé faire avec lui ?

— Mettez un épisode de Rue Sésame à la télévision. Il adore ça.

Apparemment, la suggestion plut à Tommy. Lâchant sa mère, il courut vers le canapé aussi vite que ses petites jambes le lui permettaient.

Tague trouva le DVD, le glissa dans l'appareil, puis fit les cent pas pendant que l'enfant regardait l'émission. Il se félicitait qu'Alexia ait opté pour le ranch au lieu de passer la nuit ici. Il n'avait rien contre cet appartement — sauf qu'il s'y sentait à l'étroit.

Il n'avait jamais connu de cow-boy qui puisse rester longtemps dans des lieux fermés. Comme son père avait coutume de le dire, si on voyait la maison de son voisin, c'est qu'on habitait trop près.

Vaguement préoccupé par la décision qu'il venait de prendre, Tague sortit son iPhone et fit une recherche sur Alexia Béranger. Plusieurs personnes portaient ce nom, mais aucune d'elles ne semblait correspondre à la ravissante jeune femme qui s'affairait dans la pièce voisine.

Au moins, elle n'était pas recherchée par la police, songea-t-il. Si Whitfield ne s'était pas renseigné sur elle, l'inspecteur Hampton l'aurait fait, Tague n'en doutait pas. le fait d'être une victime apparemment innocente n'aurait pas suffi à persuader le policier qu'elle n'avait aucun lien avec le malfaiteur.

Tommy descendit du canapé et se mit à danser au rythme de la musique. Enfin, pas exactement au bon rythme, mais ses efforts étaient attendrissants. Curieusement, Tague ne décelait aucune ressemblance entre sa mère et lui.

Il s'approcha d'une table basse, étudiant les photographies encadrées. Toutes représentaient Tommy à divers âges, depuis la naissance jusqu'au présent. Certaines donnaient l'impression d'avoir été coupées, comme si une autre personne ou un décor avait été supprimés.

A l'évidence, Alexia n'appréciait guère le père de Tommy.

Celle-ci passa la tête par l'entrebâillement de la porte.

— Vous êtes doué pour fermer les valises trop pleines ?

— Je n'ai pas beaucoup d'expérience en la matière. En général, je voyage léger. Cela dit, je vais essayer.

Il entra dans la chambre et ouvrit des yeux incrédules. Deux énormes valises étaient posées sur le lit, débordant de vêtements qui semblaient avoir été jetés dedans pêle-mêle. Deux sacs étaient presque pleins aussi. L'armoire, elle, était complètement vide. Tout comme les tiroirs de la commode. Et elle avait fait cela en moins d'une demi-heure. Pas de doute, elle avait hâte de quitter les lieux.

— Combien de temps comptez-vous être en cavale, au juste ?

— Aussi longtemps que ce sera nécessaire. Je ne reviendrai pas avant que ce type soit arrêté.

— Ce sera peut-être chose faite demain.

— Mais ça prendra peut-être des semaines — ou des années.

A en juger par l'aspect de la pièce, elle avait déjà décidé de partir définitivement.

— Vous ne pensez pas qu'il est un peu exagéré de vous déraciner totalement ?

Les poings sur les hanches, elle le foudroya du regard.

— Avez-vous déjà été brutalement agressée par un dément, Tague Lambert ?

— Non.

— Moi, si. Tommy et moi avons failli mourir et je n'ai aucune intention de rester les bras ballants en attendant qu'un autre malade me fasse vivre pareil enfer de nouveau. Alors ne me parlez pas d'exagération.

Elle ouvrit un autre tiroir et en jeta le contenu dans un sac.

— Vous êtes libre de revenir sur votre proposition si vous croyez avoir affaire à une déséquilibrée. Au pire, j'appellerai un taxi. Mais je vais quitter cet appartement ce soir.

Cela au moins était limpide.

Elle fit mine de sortir de la pièce. Tague l'attrapa par le bras, l'obligeant à s'arrêter.

— Je ne vais pas changer d'avis, Alexia. Je suis prêt à emporter tout le mobilier si c'est ce que vous voulez, quitte à louer un camion de déménagement. C'est juste que j'ai l'impression que vous ne me dites pas tout.

— J'ai été menacée par un criminel. Ça ne vous suffit pas ?

— Je croyais qu'il n'avait rien dit.

— Non, mais il a appelé pour me faire peur. Je n'ai pas besoin d'en savoir davantage.

Lui, si.

— Que diriez-vous d'appeler le père de Tommy ? Si son fils est en danger, je crois que vous devriez l'en informer.

— Il ne fait pas partie de notre vie, rétorqua-t-elle, avec une amertume qui semblait venir du plus profond d'elle.

— C'est lui qui vous a attaquée ?

Elle ferma les yeux. Quand elle les rouvrit, ils étaient pleins de larmes contenues.

— Oui, mais s'il vous plaît, Tague, ne me posez pas d'autres questions à son sujet. Je fais tout ce que je peux pour mettre cette partie de ma vie derrière moi.

Sans y parvenir très bien, apparemment.

— Où est le père de Tommy maintenant ?

— Je n'en ai pas la moindre idée. Il se déplace beaucoup et nous n'avons aucun contact.

— Avez-vous porté plainte contre lui quand il vous a agressée ?

— Ne parlons plus de lui, Tague, s'il vous plaît, le supplia-t-elle.

— Pour l'instant, si c'est ce que vous voulez.

— Oui. Et demain, je sortirai de votre vie. Je louerai une voiture à la première heure et je m'en irai.

Pour des raisons complexes et confuses qu'il se refusait à analyser, cette nouvelle ne lui plut guère.

La circulation était dense lorsque Alexia, Tommy et Tague traversèrent la ville. Cependant, dès qu'ils eurent quitté l'autoroute, ils se retrouvèrent sur une voie nettement plus calme, surtout fréquentée par des pick-up.

Tague roulait à bonne allure sur la route droite et plate, bordée de bouquets d'arbres et de prés clôturés.

Assise à l'arrière de la cabine avec Tommy, Alexia pressait un paquet de petits pois surgelés contre son œil.

— Bobo, maman ? demanda Tommy en lui tapotant la joue.

— Ça va, mon chou. Ça ne fait pas mal.

L'enfant s'était calmé à présent. Lorsque Tague avait commencé à emporter ses jouets pour les ranger dans la voiture, il s'était mis en rage, hurlant à pleins poumons pour exprimer sa colère. Alexia avait eu toutes les peines du monde à le persuader qu'il allait rejoindre ses précieux biens dans le pick-up, et avait dû lui promettre de s'asseoir à côté de lui.

Elle tenta de lui faire manger le dernier quart de son sandwich.

— Fini, maman.

— Presque, rectifia-t-elle. Encore deux ou trois bouchées, d'accord ?

Il secoua la tête, et se mit à émettre un bruit monotone qui ressemblait au grondement d'un moteur dont la batterie était à plat.

— Il faut que tu finisses le sandwich pour devenir grand et fort.

— Veux cocolat.

Elle lui tendit sa tasse.

— Si tu bois ton lait et que tu termines ton sandwich, tu auras droit à un carré de chocolat.

A sa grande surprise, il but une gorgée de lait,

puis échangea docilement la tasse contre le dernier morceau de sandwich. Il le grignota lentement, tandis que l'esprit d'Alexia vagabondait, la ramenant à l'appel téléphonique qui l'avait glacée jusqu'à la moelle.

Elle était encore tellement tendue que toute réflexion cohérente était impossible. Totalement déstabilisée, sur le point de craquer, elle avait été à deux doigts de tout avouer à Tague. Puis, comme par miracle, son instinct de survie s'était réveillé et l'avait ramenée à la réalité. Si sympathique et compatissant que soit cet homme, elle ne pouvait lui faire confiance.

Elle ne pouvait faire confiance à personne.

Mieux valait qu'il continue à penser que c'était le voleur qui l'avait appelée.

— Fini, maman.

Tommy lui tendit ses mains vides pour lui montrer qu'il avait terminé, en effet.

— Tu as tout mangé, le félicita-t-elle.

Il lui sourit de toutes ses dents et la poitrine d'Alexia se comprima. Elle avait enfreint la loi, transgressé tous les interdits, s'était substituée à la justice, dans le seul but de protéger Tommy.

Elle ne devait pas être faible à présent.

Mais pourquoi cet appel de Scott ? S'il avait son numéro, il devait aussi savoir qu'elle vivait sous un faux nom. Et connaître son adresse.

Au cours des sept mois écoulés, elle avait vécu chaque jour dans la crainte de le voir enfoncer sa porte, sachant qu'elle irait en prison et que Tommy rentrerait à la maison avec lui.

L'enfant ne serait plus jamais en sécurité. Il n'était pas de taille à se défendre contre les démons de son père. Il avait besoin d'amour.

Besoin d'elle.

Comme promis, Alexia lui donna un carré de chocolat. Il l'engloutit en une bouchée, puis tendit vers elle ses petites mains collantes. Elle déposa un baiser sur le bout de ses doigts avant de les nettoyer à l'aide d'une lingette.

Tague s'engagea dans une petite route qui serpentait entre les arbres. Au bout de deux ou trois kilomètres, ils débouchèrent sur une allée flanquée de chênes centenaires et fermée par une grille métallique surmontée d'un panneau indiquant le ranch Lambert.

Il pressa une touche sur le tableau de bord et la grille s'ouvrit.

Alexia se redressa, une autre sorte de nervosité s'emparant d'elle alors qu'ils pénétraient dans la propriété.

Elle regarda autour d'elle. Le soleil se couchait à l'horizon, projetant des éclats dorés sur les herbes qui dansaient au gré du vent, les tapis d'aiguilles au pied des pins majestueux, les feuilles luisantes d'un magnolia. Au milieu de ce cadre idyllique, un troupeau de bétail paissait tranquillement.

Tout suggérait une existence paisible, telle qu'elle n'en avait jamais connue mais à laquelle elle aspirait désespérément. Cependant, Tague n'était pas un simple cow-boy. Elle n'allait pas passer la nuit dans un cabanon tranquille, loin des regards curieux.

Sa famille était fortunée, respectable. Si on la soupçonnait d'avoir enfreint la loi, on la dénoncerait au shérif en moins de temps qu'il n'en fallait pour le dire.

— Où est la maison ?

— Nous y sommes presque. Elle est perchée au sommet d'une petite colline.

Elle montrait les vaches à Tommy quand la demeure des Lambert apparut. Elle s'étendait dans toutes les directions, comme si elle ne pouvait pas décider où elle commençait et où elle finissait. Le toit marron et pentu possédait plusieurs pignons et au moins trois cheminées.

Hormis qu'elle était vaste, elle ne ressemblait en rien à ce qu'Alexia avait imaginé. Au lieu de la porte massive et de l'allée circulaire ostentatoire qu'elle attendait, elle vit une charmante véranda fleurie, où étaient disposés des rocking-chairs et une balancelle.

La maison était construite en bois, et peinte d'un vert pâle qui se fondait dans le cadre rustique, si bien qu'elle semblait émerger naturellement de la terre, comme les pins qu'ils avaient vus plus tôt.

Tague se gara près de la porte d'entrée.

— Je vais vous présenter à la famille et puis je reviendrai chercher les bagages.

— Le sac rouge suffira. Il contient tout ce dont nous aurons besoin pour la nuit.

— Dans ce cas, le monte-charge ne sera pas nécessaire, plaisanta-t-il.

Le temps qu'elle détache Tommy, Tague avait déjà contourné la voiture pour venir ouvrir sa portière. Le petit garçon descendit, puis tendit la main vers son ours en peluche.

— Teddy aime les vaches.

— Tant mieux, commenta Tague, parce que nous en avons beaucoup. Et des chevaux aussi.

Le visage de Tommy s'éclaira.

— Veux voir les chevaux.

— Bonne idée, bonhomme. Nous irons dès que vous serez installés.

Une femme aux cheveux blancs apparut sur le seuil et leur fit signe en souriant.

Une bouffée de culpabilité envahit Alexia. De quel

droit apportait-elle ses problèmes dans cette famille ?

Mais déjà Tommy courait devant, tout excité à la perspective de voir les chevaux.

Il était trop tard pour faire marche arrière à présent.

5

La première impression d'Alexia fut que Carolina Lambert était encore plus belle en réalité que dans les journaux. Simplement vêtue d'une longue jupe en jean et d'un chemisier blanc, elle se mouvait et s'exprimait avec une grâce qu'Alexia avait rarement observée auparavant.

Ses cheveux châtain, coupés courts, bouclaient autour de son visage en forme de cœur et ses yeux couleur d'ambre pétillaient quand elle souriait. Elle devait avoir une cinquantaine d'années, mais aurait pu passer pour quelqu'un de beaucoup plus jeune.

Tante Sybil était plus âgée. Bien qu'elle n'ait guère de rides, ses joues rebondies tiraient ses lèvres vers le bas, si bien qu'elle arborait constamment une moue désapprobatrice. Quant à la fameuse perruque noire, elle ressemblait en effet un peu à un corbeau venu atterrir et mourir sur sa tête.

Grand-mère Pearl était absolument charmante. A l'évidence, Tague avait hérité de son sourire. Tommy tomba sous son charme aussitôt, ou tout au moins à la seconde où elle lui offrit un cookie au beurre de cacahuète.

Une fois les présentations terminées, tous se rassemblèrent dans la véranda couverte et climatisée qui s'étendait à l'arrière de la maison. Elle était confortablement meublée de fauteuils et de canapés, et le parfum des marguerites fraîchement cueillies embaumait l'air.

Belle occupait la place d'honneur, installée au centre de l'action dans son siège d'éveil. Il était clair que tous les membres de la famille l'adoraient. S'ils étaient si attachés à cette enfant adoptive, peut-être n'était-il pas si rare pour les Lambert de porter secours à ceux qui avaient besoin d'aide. Tommy et elle entraient dans cette catégorie, pas de doute.

— Voudriez-vous un thé glacé à la framboise ? suggéra tante Sybil en lui tendant un grand verre enveloppé d'une serviette en papier pour absorber la condensation. C'est une boisson parfaite pour ces chaudes soirées d'été. Mais nous avons du thé non aromatisé, si vous préférez.

— Oh ! Non, le thé à la framboise paraît délicieux, répondit Alexia.

A vrai dire, elle avait la gorge si sèche que sa voix en était presque rauque.

— Nous avons aussi du xérès, sourit Pearl en désignant le verre en cristal qui contenait sa boisson préférée.

— Grand-mère est une fan, expliqua Tague.

— Le xérès est bon pour le corps et pour l'âme, répondit celle-ci en lui adressant un petit clin d'œil.

— Tiens, Tague, voici un thé normal pour toi, reprit Sybil en le lui apportant. Bien fort, comme tu l'aimes.

— Merci. Les vrais hommes ne boivent pas de framboise.

— Votre fils voudrait-il quelque chose à boire ? Nous avons du lait ou du jus d'orange.

— Non, répondit Tommy en allant se réfugier

auprès d'Alexia, redevenu timide maintenant qu'il avait terminé son cookie.

— Non, merci, corrigea Alexia.

En dépit de l'accueil amical que la famille de Tague leur avait réservé, sa nervosité ne faisait que croître. Ses secrets semblaient de seconde en seconde plus menacés. Il y avait trop de gens. Trop de bavardage.

Pas assez d'anonymat.

Au bout de quelques minutes de conversation anodine, Carolina posa la question qui devait être sur toutes les lèvres.

— Tague a mentionné un vol de voiture et une course-poursuite. C'est là que vous avez été blessée à l'œil ?

— J'expliquerai tout plus tard, intervint Tague. Ce n'est pas le meilleur moment pour en parler.

Il indiqua Tommy d'un hochement de tête, comme pour leur rappeler que l'enfant était présent.

— Je comprends, se hâta de dire Caroline. Mais peut-être qu'Alexia a besoin de glace pour son œil ?

— Merci, c'est gentil, j'en prendrai tout à l'heure.

Tague termina son thé.

— J'ai promis à Tommy de l'emmener voir les chevaux. Nous devrions le faire avant qu'il fasse nuit. Alexia, on y va ?

— Je ne crois pas qu'il accepte de venir si je ne suis pas là.

— Dans ce cas, allez-y, suggéra Carolina. Je vous montrerai votre suite quand vous reviendrez.

— A vrai dire, j'aimerais bien me rafraîchir un peu avant de faire quoi que ce soit. La journée a été longue et chaotique.

Sans compter qu'elle était prête à tout pour retarder

le moment de se retrouver face à face avec d'énormes étalons.

— Je suis sûre que ç'a été stressant, en effet, mais le pire est derrière vous, reprit Carolina d'un ton rassurant. Je suis vraiment contente que Tague vous ait ramenés ici ce soir.

Elle fit mine de lisser le tissu de sa jupe.

— Vous vous connaissez depuis longtemps ?

— Tante Sybil, coupa Tague, si tu montrais la suite à Alexia et à Tommy pendant que j'explique à maman ce qui s'est passé ? J'ai déjà monté leurs bagages.

Sybil se rengorgea, visiblement fière de se voir confier pareille mission.

— Avec plaisir.

Alexia se leva et lui emboîta le pas, soulagée d'échapper à la conférence familiale.

Avant d'entrer dans cette maison, son apparence avait été le cadet de ses soucis. A présent, elle se sentait embarrassée. Comparée aux autres femmes, elle avait piteuse allure.

Son short et son maillot blancs étaient maculés de poussière. Pire encore, elle n'avait pas eu le temps de prendre une douche depuis qu'elle avait poursuivi son agresseur sur le parking du supermarché, et tout son corps devait sentir la sueur.

Quant à son œil violet, c'était un miracle qu'il n'ait pas causé une crise cardiaque à Grand-maman Pearl.

Côté positif, son aspect rendait peu probable que quiconque dans la famille Lambert la reconnaisse d'après sa brève carrière cinématographique. Restait à espérer que la mémoire de Tague continue à lui faire défaut encore quelques heures.

Mais peut-être n'avait-il pas vu ses films de toute

façon. Peut-être lui rappelait-elle simplement une ancienne camarade d'école.

A l'aube, elle reprendrait sa cavale, se promit-elle. Cette fois, elle se dirigerait vers le nord et la frontière canadienne. En un sens, il serait plus logique d'aller au Mexique, qui était beaucoup plus proche. Sauf que l'idée de se rendre dans un pays où il faisait encore plus chaud qu'à Dallas en été ne l'enthousiasmait guère.

Mais chaque chose en son temps.

Avant de songer à franchir une frontière, il lui faudrait obtenir des papiers d'identité. Et elle n'avait aucune idée de comment s'y prendre.

Elle ruminait encore ses options quand Sybil s'effaça pour les laisser entrer, Tommy et elle, dans une pièce qui était à elle seule presque aussi vaste que son appartement.

Le lit à baldaquin jouissait d'une vue dégagée sur la campagne. Deux énormes fauteuils étaient disposés près de la fenêtre grande ouverte, qui laissait entrer les derniers rayons du soleil couchant. Les murs étaient agrémentés de natures mortes et de paysages. Quelqu'un avait mis un bouquet de fleurs coupées dans un vase sur une des tables de chevet.

La chambre était beaucoup moins opulente, mais dix fois plus accueillante, que celle qu'elle avait partagée avec Scott dans son château au bord de la mer. Ici, l'accent était mis sur le confort. Là-bas, le décor ne visait qu'à impressionner.

Sybil ouvrit une porte qui donnait sur une chambre à coucher adjacente.

— Celle-ci est moins grande, mais elle conviendra à votre fils. Et il sera à côté de vous en cas de besoin la nuit.

Alexia entra et vit deux lits jumeaux, à la tête de

lit en fer forgé, recouverts de magnifiques couettes assorties, mais non identiques. Une armoire en acajou occupait presque entièrement un des autres murs.

La télévision moderne, fixée au mur, était le seul objet rappelant qu'on était au XXIe siècle. Avec l'air conditionné qui permettait de jouir d'une température agréable dans toute la maison malgré la canicule qui sévissait au-dehors.

— Viens voir ta chambre, Tommy.

Il se faufila à côté d'elle pour venir voir.

— Tu vas avoir ton propre lit et tu pourras regarder tes DVD.

Il s'approcha et effleura la couette du bout du doigt.

— Bleu et jaune, dit-il, récitant les couleurs.

— Oui, bleu, jaune et vert aussi.

Il fit mine de grimper sur le lit.

— Veux regarder la télé, s'il te plaît.

— Très bien, mais retire tes chaussures d'abord.

Il se débarrassa de ses sandales et se nicha sur la couette pendant qu'Alexia allumait le téléviseur et lui trouvait une chaîne pour enfants.

De retour dans la chambre principale, Sybil lui indiqua une autre porte.

— Voici la salle de bains qui dessert les deux chambres.

— Merci beaucoup, Sybil.

— J'ai préparé la suite dès que Tague nous a annoncé que vous arriviez. Je vous ai mis mon savon préféré, parfumé au chèvrefeuille. Il sent exactement comme celui qui pousse sur la clôture près de notre étang.

— Je suis sûre qu'il va me plaire.

— Si vous avez besoin de quoi que ce soit, n'hésitez pas à demander.

— Merci, mais tout est parfait.

Debout près de la porte, Sybil ne faisait pas mine de s'en aller.

— Peut-être que ça ne me regarde pas, mais comment est-ce que vous avez eu cet œil au beurre noir ?

Alexia n'avait aucune raison de le lui cacher, maintenant que Tommy était dans l'autre pièce, absorbé par un dessin animé bruyant. De toute façon, Carolina aurait tous les détails par Tague.

Alexia opta pour une version brève des événements.

— Ma voiture a été volée aujourd'hui, sur le parking d'un supermarché. Tommy était dedans. J'ai essayé de lutter contre le voleur et il m'a donné un coup de poing dans la figure.

— Oh ! Mon Dieu ! s'écria Sybil horrifiée. Vous deviez être terrifiée.

— Je l'étais. A vrai dire, j'en tremble encore.

— Et que s'est-il passé ensuite ?

Alexia lui résuma la course-poursuite et l'accident, essayant de dramatiser le moins possible.

— C'est incroyable que Tague se soit justement trouvé là, commenta Sybil, l'air toujours horrifié. Je veux dire, quelles étaient les chances qu'il arrive au moment précis où vous aviez besoin de lui ?

— Je n'en suis pas sûre, mais il a vraiment été fantastique.

— On peut toujours compter sur Tague pour penser aux autres d'abord.

— Je commence à m'en rendre compte.

— Où est le père de Tommy ?

— Nous sommes divorcés.

C'était un mensonge qu'Alexia avait souvent raconté, mais cette fois il lui laissa un goût amer à la bouche. Les Lambert l'avaient accueillie parmi eux comme une vieille amie, et elle trahissait leur confiance.

— Je suppose qu'il doit être secoué, lui aussi, de savoir que son fils aurait pu être gravement blessé. Je suis surprise qu'il ne se soit pas précipité ici.

— Il n'habite pas dans la région.

— Dans ce cas, je me réjouis que Tague vous ait ramenés ici tous les deux. Personne ne devrait être seul après un incident pareil.

— J'ai essayé de ne pas mêler Tague à tout cela, murmura Alexia. Il a insisté pour que je vienne passer la nuit ici, mais je m'en irai demain matin.

Sybil enfonça les doigts de sa main droite dans sa perruque et se gratta. Le corbeau bougea comme s'il était sur le point de revenir à la vie.

— Nous serions heureux que vous décidiez de rester quelques jours. Vous êtes entre de bonnes mains avec Tague. Il n'a peur de rien. Chez les Lambert, tous les hommes sont courageux.

Certes, mais ils n'avaient jamais eu affaire à Scott Jeffery Hayden. Et ils n'auraient jamais affaire à lui. Alexia y veillerait.

Après le départ de Sybil, elle retourna jeter un coup d'œil sur Tommy. Il avait les paupières lourdes et s'était glissé sous la couette. Il n'y aurait pas de visite à l'écurie ce soir, songea-t-elle, décidant de renoncer à lui faire prendre son bain habituel.

Elle le déshabilla doucement et lui fit enfiler son pyjama. Il laissa échapper quelques gémissements, mais ne se réveilla pas.

— Bonne nuit, mon chou, murmura-t-elle en le bordant, avant de déposer un baiser sur sa tête.

Elle regagna la porte sur la pointe des pieds, et se retourna pour le regarder. Il était si innocent. Si confiant.

Jamais je ne permettrai à ton père de te reprendre, Tommy. Je te garderai en sécurité, quoi qu'il arrive.

Brusquement, ses yeux s'emplirent de larmes. Peut-être parviendrait-elle à le protéger de Scott, mais à quel prix ? Quel genre de vie pourrait-elle offrir à Tommy s'ils étaient condamnés à fuir jusqu'à la fin de leurs jours ?

Ayant achevé son explication, Tague prit une orange dans la coupe de fruits placée au centre de la table et se mit en devoir de l'éplucher pendant que sa mère digérait son récit.

Carolina resta silencieuse quelques instants, puis se pencha en avant, les coudes sur la table.

— Pauvre Alexia. Ce doit être suffisamment difficile d'élever seule un enfant sans avoir à traverser une épreuve aussi terrifiante. Je suis heureuse que tu aies pu l'aider.

— Moi aussi.

— Tu sais, reprit-elle. Les choses n'arrivent pas sans raison. C'est le destin qui t'a placé là au bon moment. Ce matin, au petit déjeuner, tu essayais encore de décider si tu allais te rendre en ville aujourd'hui ou demain pour aller chercher cette selle.

— Exact.

— Depuis quand Alexia est-elle divorcée ?

Il avala un morceau d'orange.

— Aucune idée.

— Cela ne doit pas remonter à très longtemps. Tommy a tout juste deux ans. A-t-elle la garde exclusive de l'enfant ?

— Je ne sais pas non plus.

— Un enfant a besoin de son père sauf s'il y a une bonne raison d'empêcher tout contact.

Un risque de maltraitance, par exemple, songea Tague. Mais il n'allait pas entrer dans cette conversation avec sa mère ce soir. D'ailleurs, c'était à Alexia de décider dans quelle mesure elle voulait se confier à sa famille. Il était assez sûr qu'elle lui avait caché certains aspects cruciaux de ses problèmes avec son ex.

Il détacha un nouveau quartier d'orange.

— Je suis persuadé qu'Alexia agit pour le mieux en ce qui concerne Tommy.

— Moi aussi, mais je suis tout de même étonnée qu'elle n'ait pas averti son ex-mari de cette tentative de vol. Et qu'elle ne t'en ait pas dit davantage. Après tout, tu as passé la journée entière avec elle.

— Ce n'était pas à proprement parler un tête-à-tête.

— Peut-être, mais tu l'as invitée à venir ici avec Tommy au lieu d'aller chez une de ses amies. Et elle a accepté. Elle ne l'aurait pas fait si elle ne t'avait pas trouvé sympathique.

— Sympathique ? Je ne sais pas où tu veux en venir, mais j'espère que tu ne vas pas essayer de jouer les entremetteuses. Alexia est ici pour une nuit, et une seule. Il n'y a pas de quoi s'emballer.

— Je ne vais pas jouer les entremetteuses, comme tu dis, mais Alexia me semble être une jeune femme charmante. Et plutôt séduisante.

Plus que séduisante — elle était sexy en diable et il était sous le charme. Elle éveillait en lui non seulement un désir intense, mais un farouche instinct protecteur.

Autant d'excellentes raisons pour garder ses distances et dominer l'attirance qu'elle lui inspirait. Il avait évidemment l'intention de se marier et d'avoir des enfants un jour, mais pas avant plusieurs années.

Il avait encore du bon temps à prendre avant de fixer son choix sur une seule femme et d'affronter les responsabilités de la paternité.

Carolina changea de position sur sa chaise, mais ne se leva pas.

— Tu peux dire tout ce que tu voudras. Je suis vraiment contente qu'Alexia et son fils soient chez nous ce soir. Je veux que nous fassions tout ce que nous pouvons pour l'aider.

Tague termina son orange, et se laissa aller contre le dossier de sa chaise.

— Si tu tiens à l'aider, elle a besoin d'un emploi. Peut-être pourrais-tu suggérer à Durk de lui trouver un poste dans la compagnie.

— C'est une excellente idée, et je suis sûre qu'il pourra, affirma Carolina. A tout le moins, il aura besoin d'une remplaçante pour un congé maternité ou quelque chose du même genre. Je vais l'appeler tout de suite.

Elle se leva, puis se rassit brusquement.

— Je ne devrais peut-être pas. Il est en Arabie Saoudite pour affaires.

— Mieux vaut attendre qu'il soit de retour.

Rien ne garantissait qu'Alexia serait toujours chez eux d'ici là, ni même dans la région de Dallas.

— Je viens d'avoir une idée encore meilleure, lança soudain sa mère avec enthousiasme.

— Je m'inquiète toujours quand je vois cette petite étincelle conspiratrice dans tes yeux, tu sais.

— Il n'y a rien de conspirateur là-dedans. C'est juste l'éclat du génie !

— Bon, je t'écoute.

— J'envisage depuis quelque temps d'engager une secrétaire.

— Depuis quand, au juste ? C'est la première fois que tu m'en parles.

— Depuis que j'ai accepté de mener la campagne de collecte des fonds pour les programmes d'aide aux jeunes défavorisés, le mois dernier. Avec mes autres responsabilités dans diverses associations caritatives et ma participation au conseil d'administration de l'Orchestre symphonique, je suis débordée. Je n'ai presque plus le temps de m'occuper de Belle.

— Tu te rends compte qu'Alexia devrait faire la navette entre ici et le centre-ville chaque jour ?

— Pas du tout. Voilà pourquoi c'est une solution idéale. Tommy et elle pourraient vivre au ranch. Tu as dit toi-même qu'elle n'avait qu'un petit appartement en ville. Par conséquent, elle devrait être ravie d'avoir la possibilité de déménager.

Compte tenu du mal qu'il avait eu à persuader Alexia de venir passer une seule nuit au ranch, il doutait sérieusement qu'elle envisage de s'y installer. Mais même si cet arrangement convenait à la jeune femme, il ne lui plaisait guère.

Comment pourrait-il la voir chaque jour et l'ignorer ? La tentation serait insupportable.

— Je ne suis pas sûr que ce soit une bonne idée.

— Je ne comptais pas suggérer qu'elle vive dans l'appartement réservé aux invités.

— Tu songeais à la loger dans l'écurie ?

— Ne dis pas de sottises, Tague. Tu pourrais faire aménager l'ancien chalet du contremaître. Il serait parfait pour Tommy et elle. Il suffit de passer une couche de peinture et de remplacer la moquette et certains des appareils ménagers.

— Ce serait plus facile de construire un nouveau chalet que de rénover celui-là.

— Voilà une excellente idée. Et elle n'aura pas besoin de nourrice parce qu'elle pourra garder Tommy en travaillant.

Tague se leva.

— Est-ce que tu t'entends parler, maman ? Tu es en train de planifier toute la vie d'une femme dont tu ne sais rien. Et comment pourrait-elle faire son travail et s'occuper de Tommy en même temps ? C'est en soit une occupation à plein temps.

Sa mère esquissa une moue de déception.

— Appelle Durk, maman, reprit-il. Si elle veut travailler pour lui, elle engagera une nourrice, comme tout le monde.

— On dirait presque que tu as peur qu'elle reste ici.

— Oui. Installer Alexia et Tommy ici reviendrait à aller au-devant des ennuis. D'ailleurs, je suis sûr qu'elle ne serait pas intéressée. Combien de femmes célibataires connais-tu qui meurent d'envie de quitter la grande ville pour vivre dans un ranch ?

— Tu as raison, je suppose.

Et comment ! Il n'avait vraiment pas besoin d'une créature de rêve à deux pas de chez lui.

— Maintenant que c'est réglé, je ferais mieux d'emmener Tommy voir les chevaux. J'imagine que c'est bientôt l'heure qu'il aille se coucher.

Tague se dirigea vers la suite réservée aux invités et frappa à la porte.

— Entrez.

L'invitation avait été faite à voix basse, presque dans un souffle, comme si Alexia avait pleuré.

Il poussa le battant et entra.

Elle se tenait près de la fenêtre, vêtue d'un pyjama rose pâle. Ses cheveux étaient encore humides après la douche. Le bleu sur sa joue commençait à virer au violet sombre. Ses yeux étaient rougis et légèrement enflés.

La poitrine de Tague se comprima. L'estomac noué par l'émotion, il dut se faire violence pour ne pas traverser la pièce et la prendre dans ses bras.

— Vous n'avez pas l'air de quelqu'un qui s'apprête à aller voir les chevaux.

— Tommy s'est endormi. Je ne veux pas le réveiller.

— Ce n'est pas grave. Il pourra les voir demain matin.

— Je ne crois pas, Tague. J'aimerais partir aussi tôt que possible. J'appellerai un taxi. Je crois qu'il vaudrait mieux nous dire au revoir ce soir.

L'estomac de Tague se noua de plus belle.

— Où irez-vous ?

— Je n'ai pas encore décidé, mais quelque part loin de Dallas. J'y songeais déjà avant aujourd'hui. Ce vol m'a poussée à l'action, voilà tout. Et maintenant que la plupart de mes affaires sont ici, je n'ai aucune raison de retourner là-bas.

A moins qu'il dise ou fasse quelque chose, ils allaient se dire au revoir là, tout de suite. La raison lui conseillait de la laisser s'en aller. Son cœur et son corps s'y refusaient totalement.

La raison perdit la bataille.

— Ne pensez plus à partir, Alexia. J'ai une proposition à vous faire.

6

Alexia fut stupéfaite d'apprendre que Carolina Lambert lui proposait de travailler pour elle. La veille encore, elle aurait bondi de joie à la perspective de gagner un salaire dont elle avait bien besoin, sans devoir pour autant laisser Tommy aux soins d'une nourrice toute la journée.

Aujourd'hui, cependant, elle ne pouvait accepter cette offre.

Une fois de plus, Scott l'avait acculée.

Elle repoussa ses mèches humides derrière ses oreilles et se laissa tomber dans un des fauteuils.

— Votre mère ne me connaît même pas. Pourquoi voudrait-elle m'engager ?

— Il n'est pas rare qu'elle prenne des décisions impulsives, surtout quand il s'agit des gens. Elle semble penser que vous feriez une bonne équipe, toutes les deux.

— Vous lui avez parlé du ravisseur ? Sait-elle qu'en m'engageant, elle inviterait peut-être le danger au ranch ?

— Je doute fort que ça suffise à la faire changer d'avis.

— Pourquoi pas ?

— Pour commencer, elle dirait que si vous êtes en

danger, c'est une raison supplémentaire de rester. Il est extrêmement peu probable que ce voyou soit assez stupide pour débarquer ici. Nous avons un système d'alarme et des caméras à la grille.

Si elle n'avait eu à se soucier que du voleur, tout cela aurait été vrai. Seulement voilà : en dépit de ce qu'elle avait dit à Tague, l'appel n'émanait pas de lui. Et toutes les alarmes et les caméras du Texas ne suffiraient pas à éloigner Scott. Il viendrait avec une armée si nécessaire.

Si persuasifs soient les arguments de Tague, et pour autant qu'elle ait envie d'accepter l'offre de Caroline, elle n'osait prendre ce risque.

— C'est très généreux, Tague. Dites à votre mère que je lui suis infiniment reconnaissante. Mais je dois refuser. Ce n'est pas la meilleure solution, ni pour Tommy ni pour elle ni pour moi.

— Elle va être déçue.

Tague s'approcha d'un pas et mit une main sur son épaule.

— Moi aussi.

Une bouffée de désir l'envahit à son contact, mêlée de regret. Il y avait indéniablement une attirance entre eux, un lien qui n'aurait pas dû exister, mais qui était bien là.

Avec le temps, ils auraient peut-être pu partager quelque chose de beau. Elle ne le saurait jamais.

— Je devrais partir et vous laisser vous reposer, dit-il enfin. Mais ce n'est pas la peine de prendre un taxi. Je vous emmènerai en ville et je veillerai à ce que vous puissiez louer une voiture.

— Ce n'est pas nécessaire.

— Non, mais c'est sensé. Le mieux serait que je vous accompagne dans un garage pour que vous puissiez remplacer la Honda. J'ai des amis qui vous feraient un prix.

Bien sûr. Mais jamais elle n'aurait les moyens de s'offrir le genre de véhicules qu'on lui proposerait.

— Je ne suis pas tout à fait prête à acheter.

— Si c'est un problème d'argent, je pourrais vous avancer la somme et vous me rembourserez quand l'assurance vous aura indemnisée.

— Etes-vous vraiment réel, cow-boy ?

Il l'attira à lui.

— Il n'y a pas plus réel.

Elle savait qu'il allait l'embrasser. Qu'elle aurait dû l'en empêcher. Au lieu de quoi, elle s'abandonna, emportée par le désir et le goût de ses lèvres. La passion la submergea, lui coupant le souffle.

Lorsqu'il se détacha d'elle, Alexia était hors d'haleine, dévorée par une faim qu'elle n'aurait jamais la possibilité de satisfaire.

Tague se dirigea vers la porte.

— Si tu changes d'avis, l'offre tient toujours.

— Je… je vais réfléchir.

Elle se laissa de nouveau tomber dans le fauteuil, écoutant les pas de Tague s'éloigner dans le couloir. Frissonnante, elle remonta les jambes sous elle et se recouvrit d'un plaid en cachemire.

Elle porta les doigts à ses lèvres. Elle aurait juré qu'elle sentait encore la chaleur de son baiser.

Jamais elle n'avait été attirée à ce point par Scott. Non, jamais elle n'avait ressenti pour lui un désir aussi intense, aussi brûlant.

Elle avait été intimidée par sa réputation, par le génie qu'on lui prêtait. Presque tous les acteurs et actrices d'Hollywood partageaient son admiration. La première fois qu'elle avait tenté d'être engagée pour un de ses films, elle avait été si impressionnée qu'elle en avait oublié son texte.

Certaine d'avoir gâché sa chance de percer, elle avait été anéantie. Cependant, on l'avait rappelée. Et puis elle avait reçu l'invitation tant désirée chez Hayden, à Malibu.

Ce qu'elle n'avait pas soupçonné, c'était que cette visite aussi serait une séance de casting.

Cette fois, elle avait obtenu le rôle. Quelques semaines plus tard, Tommy grandissait en elle.

Il faisait toujours nuit noire quand Tague ouvrit les yeux, arraché à un sommeil fébrile. Aucun rayon de lune ne venait éclairer sa chambre, et les grondements de tonnerre se succédaient comme autant de tambours discordants. Cependant, les orages étaient monnaie courante en juillet et n'expliquaient pas la vague appréhension qui s'était immiscée dans son subconscient, et qui avait fini par le réveiller.

Il avait rêvé. Des bribes d'images rôdaient dans son cerveau. Dans son rêve, Alexia était brune. Elle fuyait le long des rives boueuses d'un bayou, poursuivie par des alligators.

Il avait essayé de la rattraper, mais en vain. Il avait beau courir le plus vite possible, la distance entre eux ne faisait que s'accroître.

Les fragments de rêve continuaient à venir, composant peu à peu un ensemble. Soudain, la vérité le frappa avec la violence d'un coup de poing et Tague sut exactement qui Alexia Béranger lui rappelait.

Elle était l'héroïne d'un film qu'il avait regardé récemment, une nuit où il n'arrivait pas à trouver le sommeil. L'action se déroulait pour l'essentiel dans un marécage. Le jeu des acteurs était médiocre, l'intrigue alambiquée, la fin peu convaincante.

En revanche, l'actrice principale avait été remarquable. Superbe. Fascinante.

Hormis la couleur des cheveux, Alexia et elle se ressemblaient comme deux gouttes d'eau.

Complètement réveillé à présent, Tague se leva, traversa la chambre pour gagner son bureau et alluma l'ordinateur. En quelques secondes il avait appris le nom de la starlette qui jouait dans le film.

Melinda Ryan.

Il parcourut la page rapidement, puis double-cliqua sur un passage qui venait de lui nouer l'estomac.

Melinda Ryan, l'épouse du célèbre réalisateur Scott Jeffery Hayden, est soupçonnée d'avoir enlevé son beau-fils, Jeffery Thomas Hayden, âgé de dix-huit mois.

L'article était daté du 12 décembre de l'année précédente. Sept mois plus tôt.

Lorsqu'il eut commencé à lire, il se souvint vaguement d'avoir entendu parler de ce fait divers dans un journal télévisé. A l'époque, il n'avait pas pris l'affaire au sérieux, songeant qu'il s'agissait d'une simple chamaillerie entre deux célébrités, ou même d'une invention destinée à leur faire de la publicité.

Apparemment, c'était beaucoup plus grave que cela.

A chaque nouveau détail, Tague s'alarmait davantage.

Melinda Ryan Hayden. Vingt-cinq ans.

Actrice et quatrième épouse de Scott Jeffery Hayden.

Soupçonnée d'avoir enlevé son beau-fils après avoir incendié leur domicile en Californie du Sud.

Scott Hayden et le personnel avaient échappé de justesse à la mort. Peu de temps auparavant, Melinda avait été hospitalisée, souffrant de dépression nerveuse. Elle avait attaqué son mari avec un sabre.

M. Hayden était apparu à la télévision pour supplier sa femme de revenir avec l'enfant ou tout au moins de lui faire savoir que celui-ci était indemne.

Aucun article ne suggérait que le célèbre réalisateur ait jamais maltraité quiconque.

Tague acheva la lecture de l'article, puis en regarda d'autres, ainsi que des photos de Melinda prises au cours de sa brève carrière cinématographique et de sa vie en tant qu'épouse de Scott Jeffery Hayden.

Sur un de ces clichés, on voyait Melinda, Scott et sa troisième épouse, Lena, s'amuser sur la plage privée de sa propriété à Malibu. Melinda avait le bras autour du cou de Lena, comme si elles étaient les meilleures amies du monde.

Une autre photo les montrait toutes les deux, quelques jours seulement avant que Lena succombe à une overdose d'antidépresseurs et de tranquillisants. Lena semblait pâle et amaigrie. Melinda tenait Tommy dans ses bras.

Tendu à craquer, s'efforçant de ne pas parvenir à des conclusions trop hâtives, Tague scruta les deux images. Il y avait une ressemblance frappante entre Melinda et la femme qui se faisait appeler Alexia Béranger, mais aussi des différences notables.

Premièrement, les cheveux de Melinda Ryan étaient bouclés et noirs comme du jais. Ceux d'Alexia étaient lisses et blonds. Un flacon de colorant et un produit lissant pouvaient facilement produire un tel changement.

Les yeux de Melinda étaient noirs eux aussi. Ceux d'Alexia étaient d'un bleu violet. Dans un cas comme dans l'autre, ils étaient fascinants. Cela pouvait-il s'expliquer par le port de lentilles de contact ou un traitement cosmétique ?

Un éclair déchira le ciel, éclairant brusquement la chambre. L'écran s'éteignit, puis l'électricité revint. Jugeant plus sûr de faire fonctionner l'appareil sur batterie, Tague le débrancha et fit les cent pas dans la pièce pendant qu'il se remettait en marche.

Rien de ce qu'il avait lu ou vu ne prouvait que Melinda Ryan et Alexia Béranger soient une seule et même personne. Mais rien ne contredisait cette hypothèse non plus.

S'il s'agissait bel et bien de Melinda, cela expliquait un certain nombre de choses qui l'avaient mystifié jusque-là.

Comme le désir évident d'Alexia de quitter la scène de l'accident sans parler à la police. Ou son inquiétude lorsqu'il avait été question des empreintes relevées dans sa voiture. Sans parler de la rapidité avec laquelle elle avait vidé son appartement. Sa détermination à quitter la région de Dallas au plus vite.

La peur qu'elle avait éprouvée quand le voleur était parti en emmenant Tommy était bien réelle, tout comme celle qui l'avait saisie quand l'homme lui avait téléphoné. Il aurait parié sa chemise là-dessus.

Elle aimait Tommy, et l'enfant n'avait rien à craindre d'elle — tout au moins pas pour le moment. Malgré tout, Tague ne savait que peu de choses concernant la dépression, et il connaissait Alexia depuis moins de vingt-quatre heures. Comment aurait-il pu affirmer qu'elle était totalement inoffensive ?

Ce qui était sûr, c'est qu'il ne pouvait l'imaginer mettre le feu à une maison alors que son mari et plusieurs employés étaient à l'intérieur.

La pluie s'était mise à tomber et cinglait les vitres à

présent. Il ne prit pas la peine de consulter l'ordinateur de nouveau. Il en avait assez lu, assez vu. Maintenant, il était temps d'obtenir des réponses de la part de cette femme qui l'avait peut-être mené en bateau.

Il allait falloir qu'elle soit exceptionnellement convaincante pour le dissuader d'appeler le shérif.

Si Alexia n'était autre que Melinda Ryan, elle irait droit en prison et Tommy serait rendu à son père.

En proie à une foule d'émotions contradictoires, Tague enfila un jean et sortit dans le couloir. Il devait avoir une conversation avec Alexia, et cela n'allait pas attendre le lever du jour.

Les éclairs créaient un feu d'artifice alentour et le roulement du tonnerre ébranlait les volets. Mais ce n'était rien à côté de l'explosion qui allait secouer cette maison.

Cette fois, lorsqu'il atteignit la porte d'Alexia, il ne prit pas la peine de frapper. Il tourna la poignée, poussa le battant et entra.

En dépit de la violence de l'orage, elle dormait à poings fermés. Sa respiration était douce et régulière, et elle avait les bras autour d'un oreiller pressé contre sa poitrine. Ses cheveux avaient séché et se déployaient sous sa tête comme une couronne dorée.

Tague la contempla, l'estomac noué, sentant sa résolution s'évanouir. Si elle était Melinda Ryan, comment pouvait-elle avoir l'air si innocente ?

Un éclair illumina soudain la chambre avec la violence d'un néon, immédiatement suivi d'un coup de tonnerre assourdissant. Alexia se réveilla en sursaut.

A la vue de Tague, elle se redressa brusquement, ramenant les draps sur elle.

— Qu'est-ce que tu veux ? demanda-t-elle en allumant la lampe de chevet. Que fais-tu ici ?

— C'est exactement la question que j'allais te poser, Mme Scott Jeffery Hayden.

7

Paralysée par la peur, Alexia lutta pour reprendre son souffle. Elle avait l'impression que son cœur allait exploser.

Tout était sa faute. Elle n'aurait pas dû accompagner Tague ici, elle n'aurait pas dû lui faire confiance. Il avait suffi d'un coup de téléphone de Scott pour que la panique l'emporte sur son bon sens.

A présent, il n'y avait plus qu'une seule issue. Elle devait parler, et être convaincante. Elle devait jouer son rôle à la perfection — comme si c'était le rôle de sa vie.

Evitant le regard de Tague, elle se tourna vers la fenêtre assaillie de trombes d'eau.

— Je ne sais pas de quoi tu parles, Tague, mais si c'est une nouvelle méthode pour attirer une femme dans ton lit, ça ne va pas marcher.

— Ne me raconte pas d'histoires, Alexia — ou préfères-tu que je t'appelle Melinda ?

— Pourquoi le ferais-je ? Et parle moins fort, tu vas réveiller Tommy.

Tague traversa la pièce, ses pieds nus silencieux sur la moquette. Il ferma doucement la porte de la chambre adjacente puis revint au pied du lit.

— Je sais tout de toi, Melinda. Autant être honnête avec moi.

— C'est la vérité. Je ne vois pas de quoi tu parles.

— Si j'avais des doutes quant à ton identité avant d'entrer ici, la terreur que j'ai vue dans tes yeux quand je t'ai appelée Mme Hayden les a dissipés.

— Bien sûr que j'étais terrifiée. Je me suis réveillée et je t'ai trouvé là devant moi, comme un voyeur ! C'est un miracle que je n'aie pas hurlé.

— Regarde-moi, Melinda. Soit tu arrêtes de me mentir, soit j'appelle le shérif.

Il ne plaisantait pas. Elle n'avait plus d'autre choix que d'essayer de le convaincre de sa bonne foi.

Elle se résigna à rencontrer son regard pénétrant.

— Que sais-tu ?

— Ce que j'ai lu sur internet. Que tu as incendié la maison alors que ton mari était à l'intérieur et que tu as pris la fuite en emmenant Tommy.

— Ce n'est pas moi qui ai mis le feu. C'est Scott. C'était moi qui étais censée mourir. Après, il aurait fait croire à un accident. Comme je ne suis pas morte, il s'est débrouillé pour me faire endosser le crime.

Elle marqua une pause.

— Melinda n'est pas mon vrai nom, à propos. Je l'ai adopté quand je suis devenue actrice. Alors tu peux continuer à m'appeler Alexia.

— C'est ton vrai nom ?

— Non, mais il me plaît.

— Bon. Alexia, pourquoi ton mari a-t-il essayé de te tuer ?

— Parce que j'ai menacé de divorcer. Il s'est mis dans une de ses rages barbares. Personne n'ose rejeter Scott Hayden.

— Si c'est vrai, pourquoi n'as-tu pas porté plainte auprès de la police ?

— Si tu crois qu'ils auraient pris la peine de m'écouter avant de me jeter en prison, tu en as long à apprendre sur la justice à Hollywood, Tague Lambert.

— Tous les policiers d'Hollywood ne peuvent pas être corrompus.

— Non, mais ils ont tous entendu parler de Scott Jeffery Hayden. Un réalisateur de génie. Ses cinq derniers films ont été en tête du box-office des semaines durant. C'est une légende. Et moi, je suis l'épouse dépressive. Les détails de ma prétendue maladie ont fait la une de tous les tabloïds. Pourquoi me croiraient-ils ?

— Je ne lis pas les tabloïds. As-tu réellement souffert de dépression ?

— Non. J'étais parfaitement saine d'esprit quand j'ai essayé de tuer Scott.

— Une tentative de meurtre ne paraît pas témoigner d'une bonne santé mentale.

— Et la légitime défense ? Le désir de protéger Tommy d'un monstre d'égoïsme ?

Tague contourna le lit et s'approcha.

— Que s'est-il passé ?

— C'était deux mois avant que je m'enfuie de la maison en flammes avec Tommy. Il était tard, près de minuit. Tommy était malade et pleurait constamment, alors je faisais les cent pas avec lui dans mes bras pour essayer de le calmer.

— Où était Scott ?

— J'y viens. Je savais qu'il n'était pas couché, mais je croyais qu'il était dans son bureau au rez-de-chaussée ou bien qu'il était parti faire un tour sur la plage, comme il en a l'habitude lorsqu'un projet lui donne du fil à retordre.

— Savait-il que Tommy était malade ?

— Je le lui avais dit. Je doute qu'il ait fait attention à ce que je disais. Il ne s'intéressait guère à Tommy, sauf quand les caméras étaient présentes.

— Continue.

— Notre chambre et celle de Tommy étaient au premier, mais ce soir-là, j'ai monté les marches jusqu'au deuxième étage. Tout à coup, Scott est sorti en courant d'une des chambres d'invités. J'ai vu qu'il était furieux et qu'il avait pris de la drogue. J'ai reculé, mais il m'a suivie.

— Il était seul ?

— Oui. Il m'a poussée contre le mur et puis il a attrapé Tommy. L'instant d'après, il le tenait au-dessus du balcon et lui hurlait de se taire.

Alexia frissonna, glacée par ce souvenir.

Tague s'assit à côté d'elle.

— Mon Dieu. Je ne suis pas surpris que tu aies essayé de le tuer.

— Je l'ai supplié de me rendre Tommy, mais il ne voulait rien entendre, reprit-elle d'une voix tremblante. Alors j'ai pris un sabre antique accroché au mur du palier. Je lui ai dit que je lui transpercerais le ventre s'il ne me donnait pas Tommy. Il a ri. Tommy criait et se tortillait... je suis tombée à genoux et je l'ai supplié. Il a fini par pousser Tommy dans mes bras et il est parti. J'ai lancé le sabre sur lui de toutes mes forces. Il l'a touché à l'épaule, mais il ne s'en est même pas rendu compte. Tout au moins, pas sur le moment.

La sueur perla sur son front.

— Je ne suis pas folle, Tague. Mais j'ai compris ce soir-là qu'il fallait que je m'en aille ou que je finirais par le tuer. Le lendemain, j'ai demandé le divorce. C'est là qu'il a raconté à la police et aux médecins que j'avais essayé de le tuer sans raison.

— Et on t'a hospitalisée pour dépression ?

— Oui. J'ai été placée dans un sanatorium qui tenait plus de l'établissement thermal fermé que de l'hôpital. J'étais folle d'inquiétude. J'avais très peur que Scott fasse du mal à Tommy ou le tue pendant une de ses colères.

— Combien de temps es-tu restée là-bas ?

— Six semaines.

— Depuis combien de temps étais-tu de retour quand il a mis le feu à la maison ?

— Une semaine. Avec le recul, je suis sûre qu'il avait déjà prémédité son acte quand il est venu me chercher à l'hôpital en jouant les maris affectueux.

— Et donc, tu t'es enfuie avec Tommy.

— Qu'aurais-je pu faire d'autre ? Mais je ne m'attends pas à ce que tu me croies, Tague. Pourquoi le ferais-tu alors que personne d'autre ne m'a crue ?

— En ce moment, à vrai dire, je ne sais que croire, avoua Tague. Si ce que tu dis est vrai, il doit bien y avoir un moyen d'obtenir de l'aide pour ton mari et d'éviter que tu sois arrêtée pour avoir voulu te sauver et sauver Tommy.

— Il n'y a qu'une seule manière de garder Tommy en sécurité, Tague. Laisse-nous partir d'ici, ce soir. Je t'en prie. Fais-le pour Tommy sinon pour moi. Si tu as une conscience, tu ne rendras pas mon fils à ce monstre.

— Vous voulez dire votre beau-fils ?

— Oui.

Tague soupira.

— Je ne peux pas te laisser partir comme ça, Alexia.

— Je t'en prie, Tague, insista-t-elle, les larmes aux yeux. Fais comme si tu n'avais jamais croisé mon chemin. Est-ce si difficile ?

— C'est impossible. D'ailleurs, quel genre de vie pourrais-tu mener en cavale, sous une fausse identité ? Tu devras toujours regarder par-dessus ton épaule en te demandant si Scott t'a retrouvée. Ce n'est pas une vie, ni pour Tommy, ni pour toi.

— C'est mille fois mieux que de me rendre.

— Pas nécessairement.

— Je suis recherchée pour enlèvement. J'irai droit en prison. Tommy sera rendu à Scott. Si tu me dénonces, rien de ce que tu pourras faire n'empêchera cela.

— Si tu me dis la vérité, je la prouverai. Donne-moi une semaine, Alexia.

— Une semaine ? Pour que j'attende que l'inspecteur Hampton m'ait identifiée et vienne m'arrêter ? Ou que Scott vienne et me tue avant de ramener Tommy chez lui ?

— Une semaine pour me renseigner davantage. Si ton mari est l'homme que tu décris, tu ne peux pas être la seule à avoir subi ses colères. Il doit y avoir des preuves quelque part qui pourraient appuyer tes dires.

— Je n'ai pas une semaine.

— Tu l'auras si je te garde en sécurité.

— Comment pourrais-tu y parvenir ?

Tague passa la main dans ses cheveux.

— Je ne sais pas encore, mais je trouverai une solution. Il me faut seulement du temps pour y réfléchir. M'accordes-tu une semaine ?

— Ai-je le choix ?

— Non.

— Que vas-tu dire à ta famille ?

— Aussi peu que possible. A présent, nous devrions

tous les deux essayer de dormir. J'ai besoin d'avoir les idées claires demain. Nous reparlerons après le petit déjeuner.

— Très bien.

A moins qu'elle ait une chance de s'enfuir avant.

— A propos, ajouta-t-il, comme s'il avait lu dans ses pensées, au cas où tu songerais à filer à l'anglaise, je vais passer le reste de la nuit ici.

— Tu ne me fais pas confiance ?

— Disons que je vais faire les choses à ma façon.

Elle lui lança un oreiller.

— Il y a un lit vacant dans la chambre de Tommy.

— Plus tard, peut-être. Pour l'instant, je vais m'installer dans un fauteuil.

Alexia se rallongea, éteignit la lampe et fixa le plafond. Il fallait qu'elle réfléchisse à ce qui venait de se passer. Mais que faire sinon accorder sa confiance à ce cow-boy plein de charme, de détermination, et aussi têtu qu'une mule ?

Lui seul contre Scott Jeffery Hayden.

— Tu as complètement perdu l'esprit ?

C'était exactement la réponse que Tague s'était attendu à recevoir de son frère Durk. A sa place, il aurait sûrement réagi de la même manière en entendant un récit aussi invraisemblable.

Tague n'avait pas le choix. Il se rendait compte qu'il n'était pas de taille à lutter seul dans cette affaire. Il avait besoin de quelqu'un avec qui échanger des idées, élaborer un plan, et il avait un profond respect pour l'opinion de son frère.

Il prit l'appareil dans sa main gauche afin de pouvoir prendre des notes.

— Je suis peut-être devenu fou, mais j'ai l'intuition qu'Alexia dit la vérité.

— Alexia ? Tu veux parler de Melinda Ryan ?

— Melinda est un pseudonyme aussi.

— Je n'irai pas jusqu'à dire que tu es fou, Tague, mais naïf, peut-être. Cette femme est actrice, ne l'oublie pas. Elle a l'habitude de jouer la comédie. Incarner une innocente ne doit pas être si difficile pour elle.

— Je n'en suis pas si sûr.

— A mon avis, elle a une imagination débordante. Ou alors elle est instable, comme son mari l'affirme. Dans un cas comme dans l'autre, tu abrites sous ton toit quelqu'un qui est recherché par la justice. Ça pourrait te valoir un séjour gratuit dans une de nos belles geôles du Texas.

— Je sais. Mais si elle dit la vérité ? En la dénonçant, j'enverrais une femme innocente en prison et un enfant de deux ans à sa brute de père.

— J'avoue que tu es face à un dilemme.

— C'est le moins qu'on puisse dire. Je suppose que je n'aurais pas dû te mêler à cette histoire. Inutile qu'on soit deux à enfreindre la loi.

— Tu plaisantes ? Tu as eu raison de m'appeler. Nous sommes frères, non ? Et nous avons les moyens d'engager un avocat réputé pour nous épargner la prison, s'il faut en venir là. Quel est ton plan ?

— Continuer à abriter la fugitive et son fils tout en enquêtant sur son récit et essayer de prouver que le légendaire Scott Hayden est en réalité un nouveau Jekyll et Hyde ?

— Si tel est le cas, j'ai peine à croire qu'il ait pu cacher cet aspect de son caractère en dépit de sa célébrité.

— On a déjà vu plus étrange, lui fit remarquer

Tague. Tu te souviens de cette riche Texane qui avait travaillé comme bénévole dans des maisons de retraite pendant des années et qui avait même reçu un prix pour son dévouement ? Lorsqu'elle a péri dans un accident de circulation, on a découvert qu'elle gardait sa mère enchaînée et à demi morte de faim dans sa chambre.

— C'est un cas exceptionnel, mais tu as raison. Certaines personnes parviennent à dissimuler des choses affreuses, même à leurs proches.

— Surtout si elles ont de l'argent et de l'influence, ajouta Tague. Scott Hayden a l'un et l'autre. Mais il ne peut pas avoir trompé tout le monde. Il doit bien y avoir des gens qui ont été témoins de ses débordements.

— Et tu as l'intention de les trouver et de les faire parler ?

— J'ai l'intention d'essayer. C'est là que tu peux m'aider.

— T'aider à les trouver ou à les torturer pour leur arracher la vérité ?

— Trouvons-les d'abord. Je vais avoir besoin des meilleurs enquêteurs possible. Tu t'y connais mieux que moi dans ce domaine.

— A ta place, je commencerais par appeler Meghan Sinclair.

— Elle a déjà travaillé pour toi ?

— Non, elle ne travaille pas pour les sociétés.

— Comment la connais-tu ?

— Ne me pose pas de questions indiscrètes.

— Entendu. Comment puis-je la joindre ?

— Je vais t'envoyer ses coordonnées par e-mail.

— Tu as d'autres gens à me recommander ?

— Jackson Phelps. Un ancien enquêteur dans l'armée. Rien ne lui échappe. Il a fait de l'excellent travail pour nous par le passé. Je te donnerai ses coordonnées aussi. Parle d'abord à ces deux-là avant de t'adresser à quelqu'un d'autre. Ils te conseilleront sur la marche à suivre.

— Bonne idée. Maintenant, il faut que je décide quoi faire avec Alexia et Tommy. Je tiens à garder maman, tante Sybil et grand-mère en dehors de cette affaire, par conséquent ils ne peuvent pas rester ici.

— Sans parler du fait que l'inspecteur Hampton va sans doute te rendre visite dès qu'il aura identifié les empreintes d'Alexia.

— J'en suis sûr.

— Que dirais-tu de Galveston ? suggéra Durk. Je parie que tu pourrais trouver un appartement à louer sur la plage. Au moins, elle serait assez loin de Dallas.

— Je préférerais un endroit assez isolé pour qu'elle puisse sortir avec Tommy sans prendre le risque d'être vue. J'imagine qu'Hampton va lancer un avis de recherche général.

— Il y a l'ancienne cabane de pêche de papa sur le lac Livingston. C'est isolé à souhait.

— Et sans doute plein d'araignées. Peut-être même de serpents. Je ne crois pas que quelqu'un y soit allé depuis que papa a acheté l'appartement de Toledo Bend.

— Que nous devrions d'ailleurs utiliser plus souvent, soupira Durk. Mais celui-là n'est pas isolé du tout. Ce qui laisse…

— La maison de chasse, lâchèrent-ils à l'unisson.

— Elle sera parfaite, déclara Tague, enthousiaste. Propre, spacieuse et isolée. Je vais donner une semaine de congé au concierge.

— Mais ta protégée aura peut-être peur de rester là-bas toute seule, objecta son frère. A la tombée de la nuit, quand on entend les chouettes et les coyotes, ce n'est pas forcément très rassurant.

— Elle n'ira pas sans moi.
— Tu comptes rester avec elle ?
— C'est l'idée, oui.
— Ça va être intime, comme arrangement.
— Je ne peux pas vraiment mener l'enquête sans sa participation.
— Fais attention de ne pas tomber amoureux, c'est tout, avertit Durk. Je te rappelle que c'est une femme mariée et qu'elle est recherchée.
— Entendu. J'ai l'intention de garder la tête froide.
— Hmm. Je suis en train de regarder la photo de Melinda Ryan sur mon écran d'ordinateur. A moins que tu sois devenu un eunuque depuis la dernière fois que je t'ai vu, je dirais que la tâche ne va pas être facile.
— Je serai à la hauteur.
— Bon. Mais plaisanterie à part, sois prudent. La situation pourrait échapper à ton contrôle en moins de temps qu'il n'en faut pour le dire.
— Ne t'en fais pas.

Il serait prudent. Restait à espérer que son intuition ne l'avait pas trompé.

Et qu'il ait le temps de prendre nombre de douches froides. En dépit des assurances qu'il avait fournies à Durk, il sentait qu'il allait en avoir besoin.

— J'ai hâte de collaborer avec vous, Meghan. Durk m'a dit beaucoup de bien de vous. Je suis sûr qu'avec votre aide, nous allons trouver ce que nous cherchons.
— Promettez-moi seulement de ne pas vous en prendre au messager si le résultat n'est pas celui que vous espériez.
— C'est la vérité qui m'intéresse.

— C'est ce que disent tous mes clients — jusqu'au moment où ils l'entendent.

— Je ne suis pas partie prenante dans cette affaire. Je veux seulement protéger une personne innocente — qui qu'elle s'avère être.

Tague mit fin à la communication et griffonna quelques dernières notes. Jusque-là, tout allait bien. Alexia et lui avaient préparé ce qu'ils allaient dire à sa famille. Meghan Sinclair avait accepté de mener l'enquête. Il n'avait pas encore pu joindre Jackson Phelps, mais il lui avait laissé un message.

Maintenant, restait à survivre à l'épreuve du petit déjeuner en famille.

Il mit son téléphone dans sa poche et glissa le calepin dans son blouson. Il était prêt à l'action.

Une odeur de bacon lui parvint, accompagnée du son des voix et des rires, bien avant qu'il atteigne la cuisine. Les membres de sa famille. S'il songeait parfois qu'il aurait peut-être préféré les voir un peu moins souvent, il ne pouvait imaginer vivre sans eux.

Et il savait qu'ils seraient toujours là pour lui.

Comme Durk, ce matin-là. Son frère était venu à son aide sans hésiter, bien qu'il ait de sérieux doutes quant au récit d'Alexia. Et comme sa mère, qui avait accueilli la jeune femme à bras ouverts sans rien savoir d'elle hormis que Tague l'amenait.

Il était tellement habitué à vivre au milieu des siens, entouré de leur soutien, qu'il oubliait trop souvent que tout le monde n'avait pas cette chance. Alexia n'avait pas mentionné sa famille du tout, à l'exception du mari qui avait tenté de la tuer.

Avait-elle abandonné parents et frères et sœurs pour partir à la conquête d'Hollywood ? Ou l'avaient-ils abandonnée, eux ?

Et dans ce cas, pourquoi ?

Peut-être la réponse à cette question contribuait-elle largement à expliquer qu'elle ait noué une relation avec un individu tel que Scott Hayden.

Tague refoula ses pensées en entrant dans la cuisine. Il avait assez de préoccupations pour l'instant sans s'interroger sur le passé d'Alexia.

Sa mère lui tendit une tasse de café.

— Bonjour. Il était temps que tu nous rejoignes. Nous allions commencer sans toi, ou tout au moins grand-mère.

Assise à table, Alexia tenait Belle dans ses bras et lui donnait à manger à la cuiller. Son œil était un peu moins enflé que la veille, mais les bleus étaient plus prononcés. En revanche, sa bosse était presque invisible sous ses cheveux légèrement décoiffés.

— On travaille, je vois.

— Je ne sais pas cuisiner, alors on m'a confié la seule mission à ma portée. Nourrir les enfants.

— Elle s'est portée volontaire, assura Carolina.

— Je l'avais prévenue qu'elle devrait travailler en échange du gîte et du couvert, répondit Tague, s'efforçant d'adopter l'humeur plaisante qui lui venait naturellement d'habitude.

— J'avais peur qu'il me demande de traire les vaches, renchérit Alexia.

— Nous élevons des vaches à viande. La traite aurait pu durer un bon moment.

— Tague, veux-tu aller chercher un pot de confiture de prune dans le réfrigérateur ? demanda Pearl, occupée à étaler du beurre sur un biscuit.

— Les confitures sont déjà sur la table, intervint Sybil. Et tu pourrais attendre que tout le monde soit prêt !

Carolina apporta une assiette de tranches de bacon et d'œufs brouillés, qu'elle déposa à côté du plat de biscuits tout chauds. Puis elle repartit et revint avec du lait chaud pour Tommy.

— Si tu t'asseyais à côté de grand-maman Pearl ? Ta maman peut se mettre à côté de toi.

— Veux aller voir les chevals.

— La prochaine fois, répondit Alexia.

— Non, pas la prochaine fois ! Auzourd'hui !

— Tu as raison, bonhomme, déclara Tague. Une promesse est une promesse. Nous irons après le petit déjeuner.

— Je crois que Belle a fini, observa Carolina. Je vais la mettre dans son siège et nous pourrons manger.

Alexia essuya les petites mains du bébé à l'aide d'une lingette, puis déposa un baiser sur son front. Tague la regarda, stupéfait qu'elle semble si bien s'adapter à cette vie alors que la précédente avait été si différente.

Passer d'une villa à Malibu remplie de célébrités à un ranch au Texas rempli de Lamberts… soit elle était une excellente actrice, soit elle était réellement à l'aise parmi les siens.

Il prit place en face d'elle. La conversation s'interrompit un instant pendant que chacun se servait.

— C'est délicieux, commenta Alexia. Vous prenez toujours un petit déjeuner comme celui-ci ?

— La plupart du temps, répondit Carolina en souriant. En général, Damien et Tague sont debout à l'aube. Quand arrive l'heure du petit déjeuner, ils ont de l'appétit.

— C'est vrai, confirma Tague en feignant d'exhiber ses muscles. Donner des ordres aux employés est épuisant.

— Ne l'écoutez pas, conseilla Carolina. Damien et lui travaillent dur.

— Cela ne m'étonne pas. Il m'a été d'une grande aide hier. Et je ne sais pas comment vous remercier de votre hospitalité.

— Vous êtes la bienvenue ici. A vrai dire, nous serions ravis que vous restiez quelques jours.

— Je vous remercie, mais j'ai appelé une amie à Tulsa, et elle m'attend. Je ne l'ai pas vue depuis un certain temps, aussi c'est l'occasion de lui rendre visite.

— J'espère que le voleur sera arrêté bientôt, soupira Sybil. Personne ne devrait avoir à redouter qu'une brute armée fasse irruption chez soi.

— Je prends quelques précautions, voilà tout, répondit Alexia. Personne ne va nous faire de mal. Tommy et moi ne risquons rien.

Par chance, Sybil saisit le message et changea de sujet. Tommy ne comprenait peut-être pas tout, mais la journée de la veille avait été traumatisante pour lui. Inutile de la lui rappeler.

— Vous devriez au moins rester assez longtemps pour que Tague vous fasse visiter le ranch, reprit-elle. Vous pourriez aller à cheval jusqu'à l'étang et vous baigner.

— Une autre fois, peut-être. J'ai un long trajet devant moi et je sais que Tague aussi. Il me déposera à l'agence de location dès que nous serons allés voir les chevaux.

Carolina se tourna vers lui.

— J'ignorais que tu avais prévu de partir.

Alexia avait joué son rôle à la perfection, suivant leur script avec précision. Il espéra qu'il s'en tirerait aussi bien.

— Je vais à une vente aux enchères dans le Colorado.

Le bétail des Calloway va être mis en vente. Je croyais t'en avoir parlé.

— En effet, mais je croyais qu'elle avait lieu au mois d'août. Je songeais à t'accompagner et à passer quelques jours à Vale pour échapper à cette chaleur.

— La vente a été avancée d'un mois, mais tu pourrais quand même aller à la montagne. Je suis sûr que tu trouverais une ou deux amies pour t'accompagner.

— Je le ferai peut-être quand Damien et Emma seront rentrés. Mais je prendrai l'avion. Tu devrais faire pareil. Cela te ferait gagner du temps.

— Ce serait beaucoup moins pratique. D'ailleurs, de cette façon, je peux faire halte à Lubbock chez mon vieux copain Jack. Je ne l'ai pas vu depuis qu'il a cessé de faire le circuit des rodéos.

— Bonne idée en effet.

Tout était réglé. Il ne restait plus qu'à aller voir les chevaux, se rendre à la maison de chasse et se lancer tête baissée dans l'enquête.

Son téléphone vibra. Il le sortit de sa poche et jeta un coup d'œil au nom qui s'affichait.

Meghan Sinclair.

Il s'excusa et sortit de la pièce pour prendre la communication.

— Ne me dites pas que vous avez déjà du nouveau.

— Si mais je ne crois pas que ce soit le genre d'information que vous espériez. Je crois qu'on pourrait même dire que ça change complètement la donne.

Trop tard pour reculer.

— Vous avez fait vite. Allez-y, je vous écoute.

8

— Melinda Ryan, ou Alexia Béranger, est suspectée du meurtre de Lena Fox Hayden.

Tague eut l'impression de s'enfoncer dans des sables mouvants. Il ne s'était pas attendu à recevoir de bonnes nouvelles, mais il n'avait pas non plus imaginé ce genre de coup de théâtre.

— Que je comprenne bien, marmonna-t-il. Lena Fox était la troisième épouse de Hayden.

— Oui. La mère de l'enfant qu'Alexia a enlevé.

— J'ai lu quelque part qu'elle s'était donné la mort.

— A l'origine, on a conclu à un suicide, en effet. Mais de nouveaux éléments suggèrent qu'elle a été assassinée.

— Comment de nouveaux éléments peuvent-ils faire surface si longtemps après les faits ? L'autopsie a dû être effectuée il y a plus d'un an, longtemps avant qu'Alexia et Scott soient mariés.

— Lena est morte il y a deux ans presque jour pour jour, alors que son fils n'avait qu'un mois. Tout le monde a mis son suicide sur le compte d'une dépression post-natale.

— Scott et Alexia se sont mariés combien de temps après ?

— Deux mois.

— Ce type n'a pas mis longtemps à faire son deuil.

— Et Alexia n'a pas perdu de temps pour mettre le grappin sur le riche veuf, rétorqua Meghan, l'obligeant à voir les choses sous un autre angle. Ecoutez, je n'ai pas encore tous les éléments, mais je vous rappellerai dès que j'en aurai confirmation. A supposer que vous vouliez que je poursuive mon enquête.

— Absolument.

Il avait beau parler d'un ton sûr de lui, sa foi en Alexia venait d'être sérieusement ébranlée.

— Découvrez tout ce que vous pouvez concernant le rôle joué par Scott Hayden, et voyez s'il a été lié à d'autres femmes depuis le départ d'Alexia.

— Je ne peux pas vous promettre d'avoir de meilleures nouvelles à vous apporter.

— Vous donnez l'impression d'être convaincue de la culpabilité d'Alexia.

— Pas nécessairement. Mais en général, il n'y a pas de fumée sans feu. En l'occurrence, Alexia semble entourée d'un nuage de fumée. Néanmoins, je réserve mon jugement pour l'instant.

— Qu'allez-vous faire ?

— Je prends l'avion pour la Californie demain. Je veux m'entretenir avec le célèbre réalisateur en personne.

— Il ne sera peut-être pas facile d'accéder à lui.

— Ça ne peut pas être si difficile que ça. Je suis une femme et lui un homme.

— A vous de voir. A propos, comment Durk et vous avez-vous fait connaissance ?

— C'est sûrement à lui que vous devriez poser la question.

Intrigué, Tague se promit de le faire dès le retour de ce dernier. Dans l'immédiat, un bambin l'attendait pour aller voir des chevaux, et une jeune femme soupçonnée de meurtre avait placé son sort entre ses mains.

Les journées à venir promettaient d'être tout sauf ennuyeuses.

Alexia avait chaussé Tommy de bottes en caoutchouc rouge vif, ce qui se révéla très vite une judicieuse idée. Ignorant le chemin dallé qui menait de la maison à l'écurie, l'enfant barbotait avec délices dans la boue laissée par l'orage de la veille.

Comme Tague l'observait d'un œil amusé, il sentit refluer la tension provoquée par le coup de téléphone de Meghan.

La boue était décidément trop tentante. Dès que Tommy revenait dans l'allée, il la quittait aussitôt pour se lancer à la poursuite d'un papillon ou d'une libellule. Alexia le laissait s'amuser, et Tague l'approuvait. De toute façon, l'enfant allait prendre un bain et se changer après sa visite aux chevaux.

Tommy s'était justement arrêté devant une belle flaque d'eau. Il jeta un regard en arrière à Alexia et lui adressa un sourire espiègle avant de sauter dedans à pieds joints. Alexia recula vivement, juste à temps pour éviter d'être aspergée.

L'enfant était déjà reparti, zigzaguant cette fois derrière une minuscule grenouille.

— Comment fais-tu quand tu es pressée ? demanda Tague en souriant.

— Je l'emmène en voiture ou je le fais monter dans sa poussette. Ou alors, je le remorque dans son tracteur rouge — celui qui est dans ton pick-up. Si nous allons au jardin public, je le laisse aller à son rythme. Il n'a jamais eu autant d'espace à explorer qu'ici.

— Pas étonnant qu'il apprécie. Il y aura tout l'espace qu'il voudra autour de la maison de chasse.

— Si nous sommes pressés, je peux le porter, proposa Alexia. A condition que tu prennes ses bottes. Je ne voudrais pas être couverte de boue.

— Nous avons un peu de temps devant nous. Je ne pense pas que l'inspecteur Hampton cherche à te retrouver avant demain, au moins. D'ailleurs, c'est une bonne chose que Tommy se défoule un peu avant le trajet.

— Combien de temps faudra-t-il pour arriver à destination ?

— Environ trois heures. Nous devrons faire une halte en route pour acheter des provisions. Il y a du gibier dans le congélateur, mais aucun produit frais.

Tommy revint en pataugeant.

— Ils sont où, les chevals ?

— Dans cette écurie, répondit Tague en désignant le bâtiment.

— Il faudra que tu tiennes la main de M. Lambert ou la mienne quand nous serons à l'intérieur, Tommy. Les chevaux sont très grands. Beaucoup plus grands que ceux du manège au parc.

Tague fronça les sourcils.

— Les chevaux du manège ?

— Il n'en a jamais vu de vrais.

— Dans ce cas, il va se régaler, à condition que tu ne lui donnes pas la frousse.

— Je ne veux pas qu'il soit blessé.

— Cesse de te faire du souci. Je veillerai à ce qu'il ne lui arrive rien.

Tout au moins dans l'écurie. Elle aurait plutôt dû s'inquiéter de l'avenir, songea-t-il. Car elle perdrait

Tommy définitivement si elle allait en prison pour avoir tué la mère de l'enfant.

Quoi qu'il en soit, leur conversation concernant la mort de Lena devrait attendre. Il était hors de question d'aborder le sujet devant le petit garçon.

— Nous y sommes, annonça Tague en arrivant à la porte de l'écurie.

Quelques hennissements et claquements de sabots accueillirent le son de sa voix.

Tague se baissa et souleva Tommy dans ses bras. L'enfant se raidit et fit mine de protester, mais s'apaisa dès qu'ils eurent franchi le seuil, visiblement fasciné.

Le cheval favori de Carolina renifla et gratta le sol, agitant sa crinière pour attirer leur attention.

— Regarde, Tommy. Elle est contente de nous voir. Elle s'appelle Silver. Elle aime les pommes. Et elle aime qu'on lui caresse les oreilles.

Il se pencha, illustrant ses propos. A son tour, Tommy tendit timidement la main vers l'oreille de la jument.

— Moi aussi, z'aime les pommes.

Tague se retourna, cherchant Alexia des yeux. Elle était invisible. L'espace d'une seconde, il crut qu'elle s'était peut-être enfuie en abandonnant Tommy. Une bouffée de panique l'envahit. Enfin, il l'aperçut qui passait la tête dans l'entrebâillement de la porte.

— Ne me dis pas que tu as peur des chevaux.

— Bien sûr que non. Je suis... je suis allergique. Tu sais, allergique au foin et à... à l'odeur.

— Je ne te crois pas une seconde. Tu as la frousse, avoue !

— Pas du tout. C'est juste que je ne vois aucune raison de m'approcher. Je les vois très bien d'ici.

Elle ajusta ses lunettes de soleil, et lui adressa un sourire forcé.

Tague réprima une soudaine envie de rire.

— Entre. Je t'assure que les chevaux ne te feront pas de mal.

— Pas de mal, maman, répéta Tommy. Viens.

Alexia fit un pas prudent à l'intérieur. Le sourire de Tague s'effaça alors qu'il songeait à l'incongruité de la situation, et de leur relation.

Les chevaux la terrifiaient, et pourtant elle n'avait pas hésité à se battre contre un homme deux fois plus fort qu'elle pour protéger Tommy. A l'évidence, elle vivait dans la peur depuis des mois, mais elle avait tout de même trouvé le moyen d'offrir à l'enfant un foyer où il se sentait en sécurité.

Si elle était encore au ranch, c'était uniquement parce qu'il l'avait forcée à rester. Malgré tout, elle y semblait à sa place, comme si elle avait toujours fait partie de la famille.

Pas étonnant qu'il ne parvienne pas à identifier cette superbe et indomptable jeune mère avec la Melinda Ryan instable, égoïste et dangereuse que décrivaient les journaux.

Sa priorité absolue devait être de garder l'esprit ouvert, se dit-il.

Alexia s'approcha de lui. Elle sentait bon l'air frais et la pluie d'été. Tague lutta contre l'envie de passer un bras autour d'elle et de l'attirer plus près.

Bon. Il allait devoir réviser ses priorités. La première n'était plus de garder l'esprit ouvert, mais de contrôler sa libido.

— Tu es déjà montée à cheval ?

— Presque. Plus ou moins.

— Plus ou moins ?

— Disons que j'ai été assise sur une selle une fois.

— La selle était sur un cheval ?

— A côté.

— Ça ne compte pas. Que faisais-tu sur une selle à côté d'un cheval ?

— C'était pour un film, avoua-t-elle. Le réalisateur croyait que je savais monter à cheval.

— Que s'est-il passé ?

— J'ai essayé, mais au moment où je m'approchais, l'animal s'est cabré. J'ai reculé si vite que je me suis empêtrée dans les fils de l'éclairage et j'ai complètement ruiné mon costume.

— Ç'a dû laisser une sacrée impression.

— Plutôt. Le réalisateur était furieux. Il a fallu que je le supplie de ne pas me renvoyer sur-le-champ. C'était une autre erreur de ma part. Le film n'est jamais sorti en salle. Il a été diffusé en pleine nuit à la télévision et vu par une poignée d'insomniaques. Autant dire que j'ai à peine touché de quoi m'offrir un hamburger-frites.

— Pourquoi avait-il supposé que tu étais une cavalière expérimentée ?

— J'avais peut-être mentionné quelque chose de ce genre dans mon CV.

— Dans ce cas, tu as eu ce que tu méritais.

Tague se dirigea vers la sellerie.

— Je suppose que je vais devoir te rendre ton honneur.

— Je ne vais pas monter à cheval, Tague.

— Tu te sentiras mieux lorsque tu auras surmonté tes peurs.

— J'aime mes peurs comme elles sont.

— Alexia, c'est un jeu d'enfant. Je vais t'aider à monter Silver. Elle est aussi mignonne qu'un toutou. Tommy et toi pourrez faire le tour de l'enclos. Je tiendrai les rênes et je vous guiderai.

Elle secoua la tête.

— N'insiste pas.

— Veux monter, maman, chantonna Tommy. Veux monter Silver.

— Tu ne vas pas le décevoir, quand même ?

Tommy s'agita. Tague déposa l'enfant qui courut aussitôt dans un tas de foin tout proche. Ensuite, il se tourna vers Alexia et glissa un doigt sous son menton, l'obligeant à rencontrer son regard.

— Tu me fais confiance, Alexia ?

Elle ferma les yeux une seconde, puis soupira lentement.

— Il ne s'agit plus de Silver, n'est-ce pas ?

— Non.

— Je n'ai pas vraiment le choix, n'est-ce pas ? Soit je t'obéis, soit tu appelles la police.

— Alexia, nous ne sommes pas à Hollywood, et il ne s'agit pas d'un film.

— Je sais parfaitement où je suis.

— Je suis prêt à tout faire pour t'aider mais j'ai besoin que tu sois totalement honnête avec moi. Tu dois me faire suffisamment confiance pour ne rien me cacher.

— Je n'ai pas grande expérience en matière de confiance, Tague. En fait, je n'en ai pas, point.

— Dans ce cas, nous risquons de tourner en rond.

Il se pencha plus près.

— Tommy sera le véritable perdant, murmura-t-il à son oreille. C'est ce que tu veux ?

— Non. Tu sais bien que non.

— Alors, crois-moi. Je n'ai pas d'arrière-pensée. Je n'ai rien à gagner sauf la certitude d'avoir fait tout ce que je peux pour que tu sois justement traitée et que Tommy soit en sécurité.

— Je veux te croire.

— Fais-le.

— Je vais essayer. Il y a si longtemps… soufflat-elle. Je ne sais même pas par où commencer.

— Commençons par une promenade à cheval. Fie-toi à moi. Fais-moi confiance pour te protéger. C'est un début.

L'espace d'une seconde, il crut qu'elle allait refuser. Puis elle inclina légèrement la tête.

— D'accord, Tague. Je ferai de mon mieux.

— Bravo. Allons-y.

Quand ils reprirent le chemin de la maison, Alexia était encore en proie à une excitation mêlée de crainte. Tague leur avait fait faire trois fois le tour de l'enclos. Tommy était aux anges.

Et Tague avait été fantastique. Elle avait désespérément envie de s'en remettre entièrement à cet homme, et pourtant la peur et la méfiance qui l'habitaient depuis des années refusaient de se dissiper complètement.

L'enjeu était trop important. Tague risquait de changer d'avis à tout moment. Et s'il décidait qu'elle était coupable, tout ce qu'elle lui avait dit pourrait se retourner contre elle. Il vivait dans un monde où tout était blanc ou noir, où la vérité l'emportait toujours.

Quant à elle, les trois dernières années de sa vie avaient été teintées de gris. La frontière entre le bien et le mal s'était estompée, devenant si floue qu'elle ne savait plus très bien distinguer l'un de l'autre.

Jamais elle n'avait voulu faire de mal à personne. Malgré tout, elle avait sans le savoir contribué à détruire Lena, elle avait volé Tommy et était devenue une hors-la-loi.

Le garçonnet gambadait devant eux, s'arrêtant pour sauter dans les flaques, lesquelles s'asséchaient vite à présent. Le soleil matinal, déjà brûlant, annonçait des températures insupportables pour l'après-midi.

— Je vais mettre Tommy directement dans la baignoire, annonça-t-elle. Il est couvert de boue.

— Il y a un jet dans le jardin. Enlève le gros avec ça.

— Il va adorer.

— Je crois que c'est un petit cow-boy en devenir, commenta Tague. Il est comme un poisson dans l'eau ici.

— Aucun doute, acquiesça Alexia. Il a été conquis à l'instant où tu l'as mis sur le dos de Silver. Il va sûrement passer des jours à me demander quand nous allons revenir.

Elle doutait qu'ils le fassent jamais. Tague avait beau parler de confiance, elle soupçonnait que sa meilleure chance de rester en liberté et de garder Tommy était de reprendre la fuite. Mais comment persuader le cow-boy qu'elle avait raison ?

Peut-être devait-elle commencer par essayer de mieux le connaître.

— Tu as vécu toute ton enfance à Oak Grove ? Comment était-ce ?

— C'était fantastique. Quand j'étais petit, je ne me rendais pas compte de la chance qu'on avait, mes frères et moi. On passait notre temps à cheval, à explorer le ranch. On était entourés d'amis et de parents, et surtout d'amour.

— Ça paraît merveilleux.

— Bien sûr, on ne faisait pas que s'amuser. Chacun avait des corvées à faire. Et on n'était pas aussi gâtés que certains de nos copains. Mon père n'aimait pas nous voir devant la télévision ou plongés dans des jeux vidéo. Il était d'avis qu'un vélo, un ballon et un étang étaient des distractions suffisantes pour les enfants.

— Il me semble qu'il avait beaucoup de bon sens.

— En tout cas, il nous a toujours enseigné à placer la morale avant l'argent, et l'honnêteté avant la popularité. C'était un homme de parole dans tous les domaines.

— Et un bon père ?

— Oui. Il était sévère, mais il savait s'amuser aussi. Tu vois cette petite cabane, là-bas ? C'est lui qui nous a aidés à la bâtir. Elle tient toujours debout, bien qu'un pic-vert l'ait criblée de trous.

— Tes frères et toi êtes allés à l'école privée ?

— Non. Ma mère croit dur comme fer à l'esprit de communauté. Si elle n'était pas contente de ce qui se passait à l'école, elle faisait de son mieux pour l'améliorer, mais toujours avec d'autres. Elle est convaincue que le partage et la collaboration cimentent les liens entre les gens. C'est une femme remarquable.

— Et très accueillante.

— Très simple aussi. A vrai dire, c'est seulement quand je suis entrée au lycée que j'ai découvert que ma famille était riche.

— Tu plaisantes ?

— Pas du tout. J'ai lu par hasard un article sur le succès de la société Lambert, et je me suis dit : « Tiens, mais c'est nous ! » Je suis allé voir mon père et je lui ai dit que, puisqu'on était riches, je devrais avoir ma propre voiture pour aller au lycée. De préférence une Corvette.

— Il t'en a offert une ?

— Pas vraiment. Il m'a informé qu'il était riche, lui, mais que j'avais encore à gagner ma vie.

— Tu as fini par avoir ta Corvette ?

— Non. Je n'en aurai sans doute jamais. Je suis plutôt du genre à rouler en pick-up.

— Et il n'y a pas de noirs secrets dans ta vie ? Pas de squelettes dans le placard ?

— J'ai peur que non.

— Aucune séduisante jeune femme dans un lointain pays européen qui attend ta visite en retenant son souffle ?

— Je crois que tu me confonds avec le prince William, ou avec son frère Harry.

— Impossible. Tu as l'accent du Texas. Pas de premier amour que tu regrettes toujours ?

— Non, à moins que tu ne veuilles parler de mon cheval, Gabe. Il est mort voilà quatre ans et il me manque encore.

Peut-être Tague était-il aussi droit et aussi honnête qu'il semblait l'être. Une bouffée de remords envahit Alexia.

— Il y a quelque chose que je dois te dire, Tague.

— Je t'écoute.

— Tu te souviens du coup de téléphone que j'ai reçu juste avant de quitter Dallas ?

— Celui du voleur ?

— Je t'ai menti. Ce n'était pas le voleur qui m'appelait, mais Scott. Il n'a pas dit son nom. Il a seulement dit que je savais ce qu'il voulait. Mais j'aurais reconnu sa voix n'importe où.

— Pas étonnant que tu aies été si pressée de partir. Pourquoi ne m'as-tu rien dit ?

— Parce que j'essayais de te laisser en dehors de cette histoire. J'ai pensé que, si Scott connaissait mon numéro, il devait aussi avoir mon adresse. Je m'attendais à le voir faire irruption dans l'appartement d'une seconde à l'autre.

— Ça paraît logique.

— Oui mais à la réflexion, je suis convaincue qu'il n'avait que mon numéro de téléphone. Peut-être qu'il essayait de me garder assez longtemps à l'appareil pour découvrir où j'étais. S'il l'avait su, il ne m'aurait jamais donné d'avertissement.

— S'il te rappelle, Alexia, je veux le savoir tout de suite. N'attends pas le lendemain pour me le dire, d'accord ?

— Entendu.

Tommy accourut pour lui montrer un insecte qu'il avait découvert sous une pierre, coupant court à la conversation. Cependant, Alexia avait à peine eu le temps d'examiner sa trouvaille que Carolina les appela d'une voix pressante.

Alexia prit la main de Tommy et suivit Tague.

— Que se passe-t-il ? demanda ce dernier.

— Le shérif Garcia voudrait parler à Alexia. Il dit que c'est urgent.

Le cœur d'Alexia cessa de battre. La présence du shérif ne pouvait signifier qu'une seule chose.

On allait la mettre en prison.

9

Comment diable Garcia avait-il eu vent de cette affaire ? se demanda Tague, perplexe. Certes, il était possible que Scott Hayden soit derrière cette visite, mais il en doutait. Si le réalisateur avait su qu'Alexia et Tommy étaient là, le ranch grouillerait déjà de policiers.

Il jeta un coup d'œil derrière lui pour voir comment Alexia prenait la nouvelle.

Elle était penchée sur Tommy, cramponnée à lui comme si on menaçait de le lui arracher. La tension se lisait sur son visage livide. Tague éprouva une irrésistible envie de la prendre dans ses bras et de la rassurer.

— Dis à Garcia que nous arrivons dans quelques minutes, répondit-il à sa mère. Laisse-nous le temps de nettoyer Tommy un peu.

Au moins Alexia aurait-elle quelques instants pour se ressaisir.

— Je peux m'en charger, proposa Carolina.

— Non, merci. Je m'en occupe, mais tu pourrais me lancer un savon et une serviette. Il n'y a rien de tel qu'une douche au soleil.

— Je peux nettoyer Tommy, intervint Alexia d'une voix tremblante. Je vous rejoindrai à l'intérieur.

— Je reste avec toi. Si tu aidais Tommy à se déshabiller ?

L'enfant avait déjà commencé à le faire tout seul, mais Alexia semblait si désespérée que Tague n'osait pas la quitter des yeux. Elle était tellement affolée qu'elle pourrait se ruer dans une des voitures garées dans l'allée et tenter de prendre la fuite.

Il ouvrit le robinet d'eau et se mit à asperger doucement l'enfant qui poussait de petits cris ravis.

Alexia s'écarta légèrement afin de ne pas être aspergée aussi.

— Dis au shérif que je ne suis pas là, Tague, supplia-t-elle dans un souffle. Dis-lui que je suis partie pendant que tu t'occupais des chevaux. Dis-lui n'importe quoi. Débarrasse-toi de lui.

— Il est trop tard, Alexia. Il saurait que je mens.

— Alors, donne-moi les clés de ton pick-up. Tu peux l'occuper pendant que je m'en vais avec Tommy, tu n'auras pas besoin de mentir.

— Tu es en cavale depuis assez longtemps, Alexia. Le moment est venu de faire face à la situation. Sois forte. Je serai à tes côtés.

— Vraiment ? Tu vas venir avec moi en prison ? Tu vas prendre soin de Tommy pendant qu'on me juge ?

Carolina revint et tendit à Tague un savon et un gant, puis confia à Alexia une grande serviette douillette.

— Je pense que le shérif a de bonnes nouvelles, déclara-t-elle. Tout au moins, je l'espère, puis qu'il a mangé deux parts de gâteau à la banane et qu'il me rebat les oreilles depuis presque une demi-heure avec les crises de goutte de sa mère.

— Vous le connaissez personnellement ? demanda Alexia.

— Tout le monde le connaît à Oak Grove. Il est shérif ici depuis vingt ans et il était adjoint avant.

— Bon, je pense qu'on a presque fini, intervint Tague. Tommy est propre comme un sou neuf.

— Si vous me donnez ses affaires, je peux l'habiller et m'occuper de lui pendant que vous deux allez parler au shérif, suggéra Carolina.

— Merci, c'est gentil à vous.

Elle enveloppa Tommy de la serviette, Tague le souleva dans ses bras et ils se dirigèrent vers la maison.

— On dirait que tu as fait cela toute ta vie, dit Carolina à Tague en souriant.

Celui-ci ravala la réponse ironique qu'il avait au bord des lèvres. Bizarrement, sans qu'il sache pourquoi, le moment semblait déplacé pour affirmer qu'il se sentait bien loin d'être prêt à la paternité.

Une fois à l'intérieur, il prit le bras d'Alexia pour se diriger vers le salon où Garcia les attendait.

— Tiens bon, souffla-t-il en guise d'encouragement.

Le shérif se leva à leur entrée. C'était un homme au visage buriné, dont le crâne commençait à se dégarnir. Comme à son habitude, il était vêtu d'un pantalon kaki froissé et d'une chemise assortie.

Il s'avança vers Tague, la main tendue.

— Ça fait plaisir de te voir. Je ne crois pas t'avoir aperçu depuis Pâques. Toujours occupé, hein ?

— Un rancher n'a jamais rien à faire, répondit Tague d'un ton dégagé.

— Exactement comme un représentant de la loi. J'ai entendu dire que tu cherches à acheter des terres.

— Je suis toujours intéressé par une bonne affaire.

— Reid Olson envisage de vendre une partie de sa propriété maintenant que ses enfants sont tous mariés et partis.

— Merci, je l'appellerai. Mais je suis sûr que cc n'est pas la raison qui vous amène.

— Non, je suis venu voir Alexia Béranger, dit-il en lui tendant la main. Vous êtes la dame en question, je suppose ?

— Oui, c'est moi.

— Vous avez un bel œil au beurre noir, dites donc. C'est le voleur qui vous a fait ça ?

— Oui. Comment le savez-vous ?

— L'inspecteur Gerald Hampton m'a téléphoné. Il m'a expliqué qu'il était chargé de l'enquête.

— Pourquoi vous a-t-il appelé ?

— Vous êtes dans ma juridiction, par conséquent il m'a demandé de venir faire un saut jusqu'ici. Il n'était pas sûr que vous soyez là, mais il a pensé que c'était une possibilité puisque vous étiez avec Tague hier.

— Pourquoi vous a-t-il envoyé ici ?

— Il s'est dit qu'Alexia serait contente d'apprendre que le voleur avait été arrêté.

— C'est une excellente nouvelle, commenta Tague. Qui est-ce ?

— Booker Dell Collins, répondit Garcia en remontant son pantalon. Un type très violent, d'après Hampton.

Alexia posa une main tremblante sur le bras de Tague.

— On a dû trouver ses empreintes dans ma voiture.

— Pas que je sache. Apparemment, quelqu'un l'a dénoncé pour toucher la récompense.

— Quelle récompense ? demanda Alexia, interloquée.

— Asseyons-nous et reprenons plus lentement, suggéra Tague. J'aimerais m'assurer que j'ai bien compris.

Il guida Alexia vers le canapé et prit place à côté

d'elle. Garcia se rassit à son tour dans un fauteuil en face d'eux.

— Qu'est-ce que c'est que cette histoire de récompense ?

— Quelqu'un a offert cinquante mille dollars contre des informations susceptibles de mener à l'arrestation du voleur.

— Mais qui a pu faire cela ? se récria Alexia. Certainement personne que je connaisse.

— Le don était anonyme.

— C'est une coquette somme pour un vol où personne n'a été blessé, observa Tague.

— En tout cas, la méthode a porté ses fruits. Une femme qui prétend avoir été témoin de tout l'incident depuis sa voiture a téléphoné et identifié Booker. Elle affirme connaître la mère de celui-ci depuis des années.

— Il y avait donc un témoin, répéta Tague.

— Oui. Et un témoin crédible, semble-t-il. Elle n'a pas encore touché la récompense, mais si la culpabilité de Booker est confirmée, elle le fera. Bien entendu, elle a décidé de garder l'anonymat par peur d'éventuelles représailles.

— Je ne vois pas qui aurait pu offrir autant d'argent, marmonna Alexia.

— D'après Hampton, c'est sans doute un homme d'affaires dont la compagnie est affectée par l'insécurité qui sévit dans le quartier. Peut-être même le P.-D.G. du supermarché où vous avez été agressée.

C'était possible, certes, mais Tague avait l'intuition que Scott Hayden était derrière tout cela. Cette somme était insignifiante pour lui. Mais quel intérêt avait-il à provoquer l'arrestation du voleur ?

Cherchait-il à protéger Alexia ou avait-il un plan plus rusé ? Peut-être ne voulait-il pas qu'elle soit identifiée et arrêtée avant d'avoir pu la tuer et ainsi garantir son silence à jamais ?

— L'inspecteur Hampton voudrait que vous veniez procéder à une séance d'identification, Mme Béranger, reprit Garcia. Il va vous téléphoner personnellement pour vous informer de la date et de l'heure, et il a demandé que vous gardiez votre téléphone sur vous afin qu'il puisse vous joindre. Il vous a laissé plusieurs messages ce matin, mais vous n'avez pas répondu.

Alexia hocha brièvement la tête en guise de réponse.

Tague se leva pour raccompagner le shérif.

— Rien d'autre ?

— Non.

Garcia continua à parler, mais il avait déjà changé de sujet, évoquant les dégâts causés par l'orage de la veille.

Les pensées de Tague étaient ailleurs aussi. Une fois la porte refermée, il se retourna vers Alexia qui s'apprêtait à sortir de la pièce. Il la retint par le poignet. Ce serait peut-être le seul moment où ils pourraient parler en tête à tête avant la fin de la journée.

— Il faut que j'aille voir Tommy, protesta-t-elle.

— Ça peut attendre une minute.

— Qu'y a-t-il ?

— Que sais-tu du meurtre de Lena Fox ?

Le choc se lut sur le visage d'Alexia.

— Lena s'est suicidée. Je te l'ai dit. Il ne s'agissait pas d'un meurtre.

— Je sais ce que tu m'as dit, mais des faits nouveaux sont apparus. Sa mort est désormais considérée comme un meurtre.

Alexia le dévisagea. Etait-elle perplexe ? Atterrée ? Il n'aurait su le dire.

— Tu es considérée comme suspecte.

— Moi ? C'est impossible ! Tu devrais vérifier tes sources, Tague.

— Mes sources sont fiables. Si tu as encore des secrets, c'est le moment de les partager, Alexia. Tu me dois la vérité.

Ses yeux lancèrent des éclairs.

— Je ne te dois rien, rétorqua-t-elle, furieuse. Tu es comme les autres, Tague Lambert. Pire. Tu t'occupes de mon fils. Tu parles de confiance. Mais au fond, tu me crois capable de meurtre.

— Je n'ai rien dit de tel.

Il tendit la main vers elle, mais elle se déroba.

— Je n'ai pas besoin de ce genre d'aide, Tague. Je veux que tu sortes de ma vie.

— Maintenant, tu dis des bêtises. Sois au pick-up dans un quart d'heure, sinon je m'en vais sans toi.

— Va au diable !

Des larmes roulaient sur ses joues. Sans que Tague se rende compte de ce qui arrivait, leurs lèvres se rencontrèrent. Une vague de passion déferla en lui.

Elle le repoussa presque aussitôt, mais il lut le même désir intense dans son regard. Il en fut à la fois ravi et effrayé.

— S'il te plaît, Alexia, murmura-t-il, sois au pick-up dans un quart d'heure. Nous devons partir avant qu'Hampton décide de venir en personne.

— Je n'ai pas tué Lena.

— Je te crois.

— Un déjeuner à Austin sera parfait, déclara Jackson Phelps. Je vous retrouverai au restaurant à 12 h 30. Vous me donnerez tous les détails et nous aviserons. Dans l'intervalle, je pense qu'Alexia devrait éteindre son téléphone, ou tout au moins ne pas répondre aux appels d'Hampton ou de la police de Dallas. Pareil pour le shérif Garcia.

— Je le lui dirai.

Quand Jackson raccrocha quelques instants plus tard, il avait le cerveau en ébullition. Un meurtre, un enlèvement, une starlette dotée d'au moins deux fausses identités. En plus de tout cela, il allait travailler pour la célèbre famille Lambert et il avait carte blanche en matière de dépenses.

Il se mit au travail sans perdre de temps.

Tague avala sa dernière bouchée de fajita au bœuf, écoutant d'une oreille distraite la conversation d'Alexia et de Phelps au sujet des enfants.

Une conversation que Tommy avait provoquée en se mettant à hurler à pleins poumons quand Alexia avait refusé de le laisser jouer avec la salière.

Elle prenait ses caprices calmement, ou tout au moins en donnait l'impression. Tague, lui, s'efforçait encore de la cerner.

Il la connaissait depuis vingt-quatre heures à peine et pourtant il avait passé plus de temps avec elle d'une seule traite qu'avec n'importe quelle autre femme, à l'exception des membres de sa famille. En sa compagnie, il avait aussi éprouvé plus d'inquiétude, de frustration, d'irritation et d'excitation qu'avec aucune autre.

Et plus de désir.

Au fil des heures, l'air entre eux semblait se charger de tension et l'attirance ne faisait que grandir.

Quant au baiser qu'ils n'auraient jamais dû échanger, il l'avait totalement déstabilisé. Durk avait peut-être vu juste. Il était quasi-impossible de maintenir une stricte objectivité quand on avait affaire à une femme aussi belle, aussi sexy qu'Alexia.

Le plus raisonnable aurait été de laisser Meghan Sinclair s'occuper d'Alexia seule. La jeune femme était intelligente et compétente. Elle s'en tirerait très bien sans lui.

Contrairement à lui, elle ne risquait pas d'être aveuglée par la tentation de croire coûte que coûte à l'innocence d'Alexia.

— Tommy commence à s'agiter, soupira Alexia. Si vous voulez parler sans être constamment dérangés, vous devriez peut-être aller vous asseoir à une autre table.

— J'ai une suggestion, fit Jackson. Mon bureau est à dix minutes d'ici. Il y a un canapé et une télévision à l'accueil. Tommy et vous pourriez vous installer là pendant que Tague et moi examinons certains aspects de l'affaire.

— Bonne idée, approuva Tague. Nous vous suivons.

— J'ai encore une meilleure idée, intervint Alexia. Si je montais avec Jackson ? De cette façon, lui et moi pourrons parler de mon dossier quelques minutes sans Tommy.

Un soupçon naquit à la vitesse de l'éclair dans l'esprit de Tague. Si elle essayait de persuader Jackson de lui dissimuler quelque chose, ce serait la goutte d'eau qui ferait déborder le vase. Il financerait l'enquête durant une semaine, ainsi qu'il s'y était engagé, mais c'en serait fini de tout attachement affectif.

Il fit signe au serveur d'apporter l'addition et la régla pendant qu'Alexia nettoyait les mains poisseuses de Tommy. Quoi qu'elle ait pu faire, elle était une bonne mère pour l'enfant, cela au moins était indéniable. Si le pire arrivait, ce serait traumatisant pour lui de la perdre.

Jackson les précéda au-dehors. Alexia régla son pas sur celui de Tague.

— Cela ne te gêne pas que j'aille avec lui, n'est-ce pas ? Je veux dire, tu n'as pas à t'inquiéter que j'essaie de le persuader de me faire traverser la frontière.

— Tu ne crois pas que Tommy va se mettre à hurler en voyant que tu ne viens pas avec nous ?

— J'en doute. Tu es son héros, l'homme aux chevaux. Mais si ça t'ennuie, tu n'as qu'à le dire, ce n'est pas grave.

Cela l'ennuyait, en effet, mais il était délicat de lui réclamer sa confiance s'il était incapable de lui rendre la pareille.

Une chose était sûre : s'il découvrait qu'elle lui mentait à propos de Lena ou de quoi que ce fût d'autre, ce serait la fin de l'histoire. Il ne voulait pas être pris pour un idiot.

Jackson démarra sa Mercedes grise et recula, songeur. La superbe créature qui l'accompagnait lui inspirait à peu près autant de scepticisme qu'un homme politique en campagne électorale. Malgré tout, sa curiosité était éveillée : pourquoi avait-elle été si résolue à lui parler en tête à tête ?

Il décida d'attendre qu'elle engage la conversation. Il n'eut pas à patienter plus de trente secondes.

Elle boucla sa ceinture et se tourna vers lui.

— Depuis combien de temps connaissez-vous Tague ?

— A peu près aussi longtemps que vous. C'est la première fois que je le rencontre. Vous avez dû faire forte impression sur lui pour qu'il s'engage à la fois personnellement et financièrement à ce point.

— Que voulez-vous insinuer ? demanda-t-elle avec indignation.

— Rien.

— Il est évident que vous ne m'aimez pas, Jackson. Peu m'importe. Je n'aime pas votre attitude non plus. Mais ce n'est pas moi qui vous paie.

— Je ne laisse pas mes sentiments personnels affecter ma façon de travailler. Qu'est-ce qui vous préoccupe ?

— Quel genre d'ennuis Tague peut-il s'attirer en m'aidant ?

Jackson ne s'était pas attendu à cette question.

— Cacher une personne en fuite est un crime. Il risque la prison.

— Pourquoi ferait-il une chose pareille pour quelqu'un qu'il connaît à peine ?

— Tague a foi en vous, ou tout au moins, il veut désespérément avoir foi en vous. C'est le genre d'homme qui tient à suivre sa conscience, quelles que soient les conséquences. Ils sont assez rares de nos jours.

— Et vous croyez qu'il commet une erreur.

— Les motivations de mes clients ne me regardent pas. Je suis détective, et non pas juge. En revanche, je ne ménage personne. Je vais dire à Tague la vérité sur tout ce que je découvre, qu'il ait ou non envie de l'entendre.

— Dans ce cas, rendez-moi service. Persuadez Tague de laisser tomber cette enquête et de faire comme s'il ne m'avait jamais rencontrée. Je vais emmener Tommy et disparaître de sa vie. Il ne me reverra jamais, il n'entendra plus jamais parler de moi. Personne ne saura qu'il connaissait ma véritable identité.

— C'est impossible, Alexia.

— Pourquoi pas ?

— Parce qu'à ce stade, je pense que vous êtes coupable et que si je le persuade de vous laisser partir, je serais moi-même en train d'aider une fugitive.

— Vous vous trompez, Jackson Phelps. Je ne suis coupable de rien hormis d'avoir mal jugé quelqu'un. Très mal. Mais que ça ne vous empêche pas de me condamner. Ça n'a jamais empêché personne d'autre de le faire.

— Si je me trompe et que vous êtes innocente, je le prouverai. De toute façon, nous mettons la charrue avant les bœufs. Tague ne m'a pas encore officiellement engagé.

— S'il vous interroge à mon sujet, qu'allez-vous lui dire ?

— Que soit vous lui mentez, soit il me ment.

— Tague ne vous mentira pas.

— Je suis d'accord.

— A quel propos suis-je censée avoir menti ?

— Votre lien de parenté avec Tommy.

A la stupéfaction de Tague, non seulement Tommy ne se mit pas à hurler en voyant partir sa mère, mais il s'endormit avant même qu'ils soient arrivés à la première intersection.

Un quart d'heure plus tard, le petit garçon continuait sa sieste sur le canapé de la réception, Alexia assise à côté de lui. Tague, quant à lui, occupait une chaise inconfortable face à Jackson, adossé à un énorme bureau encombré.

— Alexia a l'air contrariée, commença Tague. Vous êtes-vous disputés en route ?

— Nous avons parlé franchement, c'est tout. Cependant, j'ai trouvé une information importante à ajouter à ce que vous savez déjà.

— Je vous écoute.

— Vous devriez peut-être vous asseoir d'abord.

10

— Lena Fox n'était pas la mère de Tommy.

— Bon sang !

Tague se laissa aller contre le dossier, se préparant au pire.

— C'est Alexia qui vous l'a dit ?

— Non, et je n'ai pas eu le temps de vérifier cette affirmation avec certitude, mais j'en suis presque certain.

— Que voulez-vous dire ?

— D'après son dossier médical, Lena Fox a subi un avortement à l'âge de seize ans. Il y a eu des complications et elle ne pouvait pas avoir d'enfant.

— C'était il y a des années. Avec tous les progrès accomplis dans ce domaine, n'est-il pas possible qu'elle ait été soignée ?

— Non. Elle avait subi une ablation de l'utérus.

— Je vois. Si Lena n'était pas la mère de Tommy, qui l'est ?

— Je n'ai pas encore cette information, mais je vous suggère d'aborder cette question avec Alexia.

— Je suppose que c'est évident, n'est-ce pas ?

La question n'en était pas une et il n'attendait pas de réponse. Il ne tenta pas davantage de cacher son irritation et son amertume.

C'était en partie sa propre faute bien sûr. Il avait plongé son regard dans les beaux yeux d'Alexia et gobé ses mensonges avec autant d'enthousiasme que Tommy sa sucette la veille.

— Je peux garder Tommy si vous désirez parler avec Alexia dans mon bureau, proposa Jackson.

— Non. Cette conversation attendra que nous soyons arrivés.

— Voulez-vous que je poursuive mon enquête ?

— Je la financerai, mais je compte regagner le ranch dès que j'aurai engagé un gardien pour veiller sur Alexia.

— Vous croyez qu'elle est en danger ?

— Franchement, je ne sais plus que croire. Elle prétend avoir reçu un appel de Scott Hayden le jour du vol.

— Quelque chose doit m'échapper. Elle est recherchée par la police pour l'enlèvement de son fils et soupçonnée du meurtre de sa troisième épouse. Mais ils sont toujours en contact et il n'a pas pris la peine de dire à la police comment la trouver ?

— Ça paraît bizarre, je sais. Mais je dois admettre qu'elle avait l'air terrifiée. Elle voulait s'enfuir sur-le-champ, et c'est cela qui l'a poussée à accepter de passer la nuit au ranch.

Jackson croisa les bras.

— L'idée de l'emmener au ranch venait de vous ?

— Absolument. Alexia a tout essayé pour se débarrasser de moi. A vrai dire, elle essaie toujours.

— J'ai remarqué. Elle voulait que je vous persuade de la laisser filer au Mexique avec l'enfant.

— C'est pour cette raison qu'elle tenait à monter avec vous ?

— Et elle voulait aussi savoir ce que vous risquiez en la protégeant.

— Pour tout vous dire, je ne suis pas franchement surpris.

— Revenons à l'appel téléphonique de Scott Hayden. Que voulait-il ?

— D'après Alexia, il a seulement dit qu'elle savait ce qu'il voulait. Elle croyait qu'il avait découvert où elle se trouvait et qu'il allait enfoncer la porte d'une seconde à l'autre.

— Et c'est tout ?

— Comme je vous l'ai dit, cela m'a paru bizarre à moi aussi, surtout immédiatement après le vol.

— S'il n'avait pas donné son nom, je serais plus enclin à penser qu'Alexia s'est méprise et que c'est le voleur qui l'a appelée.

— Elle semblait certaine que c'était Scott. Elle a dit qu'elle aurait reconnu sa voix n'importe où.

— La panique peut vous jouer d'étranges tours, commenta Jackson. Quoi qu'il en soit, si c'est Hayden qui a téléphoné, vous pouvez vous attendre à de gros ennuis. Quand on n'arrive pas à comprendre les raisons de quelqu'un, c'est inquiétant.

— C'est pourquoi je tiens à ce que l'enquête progresse vite. Vous savez que j'ai déjà engagé Meghan Sinclair. Cela vous pose-t-il un problème de collaborer avec elle ?

— Pas du tout. Meghan et moi nous sommes déjà rencontrés. Nous n'employons pas les mêmes méthodes, mais je crois que nous pourrons nous compléter efficacement.

— Je sais que vous n'avez pas eu beaucoup de temps pour y réfléchir, mais par où vous comptez commencer ?

Jackson se pencha vers le bureau et prit une feuille de papier où il avait griffonné des notes.

— Bien. Soit Hayden est le monstre qu'Alexia a décrit, soit cette jeune femme est une déséquilibrée qui l'a attaqué sans raison, qui a mis le feu à sa maison et enlevé son fils, et peut-être même tué sa femme.

— Un fils qui est peut-être aussi le sien, commenta Tague.

Jackson hocha la tête.

— On ne devient pas un monstre du jour au lendemain. Si nous fouillons assez profondément la vie d'Hayden, nous finirons par découvrir s'il a des antécédents suggérant qu'il est capable d'un plan aussi machiavélique.

— C'est logique. Mais si c'est Alexia qui ment ?

— Nous nous en rendrons compte à mesure que nous avançons. Si elle est coupable, ce sera à vous de décider si vous voulez appeler la police ou la persuader de se rendre. Pour être franc, j'ai peine à croire qu'elle soit complètement innocente de tout ce dont on l'accuse. Cela dit, nous verrons.

— Nous sommes d'accord sur ce point, soupira Tague. Parlons de vos honoraires, voulez-vous ?

Jackson lui tendit un document indiquant son tarif horaire et les dépenses qui seraient à la charge de Tague.

— Entendu. Je vous donnerai un bonus de trois mille dollars si vous pouvez avoir les résultats dès lundi prochain. Le temps presse.

— Parfait. Si nous nous donnions rendez-vous à la maison de chasse demain matin ? J'aimerais qu'Alexia m'explique elle-même les raisons qui l'ont incitée à enlever Tommy. Et nous pourrons discuter stratégie. Si Meghan peut se joindre à nous, ce sera encore mieux. Disons vers 9 heures ?

— Disons plutôt à 6 heures. J'ai des horaires de rancher.

— Pas de problème. A demain.

Le chalet était encore plus luxueux qu'Alexia l'avait imaginé. De style rustique, il disposait de tout le confort moderne, y compris d'un téléviseur grand écran. La cuisine était entièrement équipée, et une superbe cheminée en pierre agrémentait le salon spacieux, meublé de canapés et de fauteuils en cuir.

Dommage qu'elle soit entourée d'animaux sauvages immobiles, qui la fixaient de leurs yeux vitreux. Des têtes d'élan, d'ours et de caribous surveillaient ses faits et gestes. Même dans la cuisine, un énorme poisson bleu argent semblait prêt à sauter du mur directement dans la poêle.

En dépit de la ménagerie empaillée, l'endroit était charmant, niché dans un cadre tranquille et isolé. Si elle n'avait pas été aussi crispée, elle se serait sentie davantage en sécurité qu'elle ne l'était depuis des mois.

Elle attendait avec angoisse que Tague l'interroge au sujet de Lena. Elle savait déjà ce qu'il allait lui demander, et avait l'estomac noué en y songeant.

Une fois de plus, elle allait devoir lui avouer qu'elle avait menti. Comment Tague pourrait-il comprendre ses craintes, lui qui avait vécu entouré d'affection depuis sa plus tendre enfance, qui avait toujours su où était sa place dans la vie ?

Elle rinça le biberon de Tommy, soulagée qu'il se soit endormi si vite dans cette chambre inconnue. Par chance il avait été fasciné par les têtes d'animaux, surtout après que Tague l'avait soulevé pour les caresser tour à tour et constater par lui-même qu'ils étaient inoffensifs.

Jamais Tommy ne s'était attaché à un homme aussi vite qu'à Tague. Elle non plus d'ailleurs.

Et il était d'autant plus douloureux de le décevoir de nouveau. Mais à présent, elle n'avait qu'une envie, et c'était d'en finir.

Elle gagna la porte de derrière et sortit, savourant la légère brise et la fraîcheur des collines après la chaleur étouffante de Dallas.

Tague était assis dans un des fauteuils en teck disposés autour du barbecue, non loin de la maison. Alexia se tourna, prête à rebrousser chemin, puis se ravisa, incapable de supporter la tension plus longtemps.

Elle le rejoignit et se percha sur le bord d'une chaise. Elle préparait ce qu'elle allait dire depuis l'instant où ils avaient quitté le bureau de Phelps. Elle tenta de se souvenir du début, mais en vain, et finir par lâcher tout de go :

— C'est moi qui ai mis Tommy au monde.

Tague planta son regard dans le sien.

— C'est la vérité ou ça fait partie du script ? Le moment est venu de donner une autre miette d'information au cow-boy naïf ?

Elle avait mérité qu'il réagisse ainsi, mais n'en fut pas moins irritée. Elle soutint son regard sans fléchir.

— Tu veux entendre ce que j'ai à dire, oui ou non ?

Il termina sa bière et posa la canette vide sur l'herbe.

— C'est la vérité ?

— Oui, mais ce n'est pas ce que tu crois.

— Ce n'est jamais le cas avec toi.

— Tu ne me facilites pas la tâche.

— Ce n'est pas moi qui distille les informations

au compte-gouttes, en les inventant les unes après les autres.

— J'ai eu tort de ne pas tout t'expliquer, Tague, mais après tout ce n'est pas comme si nous étions des amis de longue date. Je te connais à peine. Et je ne t'ai pas demandé de m'aider.

— D'accord. Tu veux une bière ?

— Non, merci.

— Moi, si.

Il se leva et revint quelques secondes plus tard avec une nouvelle canette. Il en but une gorgée avant se tourner vers elle de nouveau.

— Donc tu as donné naissance au fils de Scott Hayden avant que Lena se suicide ou qu'elle soit tuée. Les conversations devaient être un peu tendues à la table du petit déjeuner, non ?

— Je n'ai pas dit que j'étais la mère de Tommy. J'ai dit que je l'avais mis au monde.

— Excuse-moi, mais j'ai dû rater un épisode.

— Lena ne pouvait pas avoir d'enfant. Elle m'a supplié d'être une mère porteuse pour Scott et pour elle.

— Et tu as accepté ?

— Pas tout de suite. Je m'accrochais encore à l'espoir de devenir une grande actrice. Je ne voulais pas avoir de cellulite ou de nausées matinales.

— Pourquoi as-tu changé d'avis ?

— A cause de Lena. Elle tenait désespérément à avoir un enfant. Je ne pouvais pas lui refuser son rêve pour mes raisons égoïstes. D'ailleurs, à l'époque, j'étais assez stupide pour croire que Scott et elle étaient amoureux et qu'ils feraient de merveilleux parents.

— Ils ne l'étaient pas ?

— Disons qu'ils traversaient de grosses difficultés conjugales. Lena a cru qu'elle pourrait garder Scott en lui donnant ce qu'aucune autre femme ne lui avait donné jusque-là.

— Il voulait un enfant ?

— Absolument. Il est tellement vaniteux qu'il jugeait crucial de transmettre son génie à sa progéniture.

— Je vois.

— Tu l'aurais percé à jour en un instant, admit-elle. Lena ne voyait rien. Et moi non plus, jusqu'au moment où la vérité est devenue trop brutale et trop évidente pour que je continue à l'ignorer.

Tague but une nouvelle gorgée de bière.

— Lena ne s'est jamais plainte de sa conduite ?

— Pas à moi.

— Dans ce cas, quel genre de problèmes avaient-ils, d'après toi ?

— Scott et Lena se droguaient tous les deux. Lui consommait de manière occasionnelle, tandis que Lena était pratiquement accro. Et Scott lui avait dit qu'il était amoureux de quelqu'un d'autre.

— Toi ?

— Oui, mais ni Lena ni moi ne l'avions deviné. Tout au moins, si Lena le savait, elle ne me l'a jamais avoué. Quand j'ai enfin fini par comprendre qu'ils allaient droit au divorce, je portais leur enfant depuis six mois.

Curieusement, admettre la vérité après si longtemps avait sur Alexia un effet apaisant. En revanche, replonger dans ces affreux souvenirs tenait du cauchemar.

— Lena et toi étiez amies avant que tu acceptes d'être une mère porteuse ?

— Je croyais que nous l'étions. En réalité, ils avaient prévu de m'utiliser comme mère porteuse dès le début. J'ai même dû accepter de cacher ma grossesse alors qu'elle feignait d'être enceinte.

— Comment as-tu rencontré ces gens-là ? demanda Tague, visiblement écœuré.

— Tout a commencé de manière innocente. J'ai fait un bout d'essai pour un film que Scott Hayden devait réaliser et produire. J'étais si nerveuse que je me suis trompée dans mon texte. J'ai été sidérée quand il m'a rappelée.

— Tu as décroché le rôle ?

— Non, mais il m'a fait faire un nouvel essai.

— Et cette fois, tu as été géniale.

— Non. Il m'a dit que je n'exprimais pas suffisamment la terreur qu'il attendait. En revanche, j'ai reçu une invitation chez eux le week-end suivant. J'y suis allée, bien sûr.

— Bien sûr.

— Lena a passé beaucoup de temps avec moi. A la fin du week-end, elle m'a dit que Scott était convaincu que j'avais du talent mais que je devais le travailler. Elle s'est proposée pour m'aider. En échange, elle me demandait de m'installer dans leur maison d'invités pour lui tenir compagnie pendant que Scott allait tourner un film à Paris.

Tague se massa la nuque d'un geste las.

— Et tu as accepté.

— J'ai emménagé la semaine suivante, certaine de faire un pas vers la célébrité. Et puis je me suis laissé persuader de porter son enfant. Je ne suis plus aussi naïve.

— C'est aussi par naïveté que tu as épousé Scott Hayden deux mois après la mort de Lena ?

— Non. C'est par amour.

— Tu as eu une liaison avec lui du vivant de Lena ?

— Je n'ai jamais eu de liaison avec lui. Et je n'ai

pas agi par amour pour lui, mais pour Tommy. Dès que je l'ai senti bouger en moi, mes priorités ont basculé.

— Comment ça ?

— Il est devenu toute ma vie. Quand il est né, ce lien s'est encore renforcé. J'ai entendu son premier cri, je l'ai bercé pour qu'il s'endorme, je l'ai veillé quand il était malade.

— Où était Lena ?

— La plupart du temps, elle restait dans sa chambre. A ce moment-là, son mariage allait complètement à vau-l'eau et elle se droguait constamment. Scott m'a demandé de rester dans la maison d'invités et de m'occuper de Tommy. J'ai sauté sur l'occasion.

— Mais tu n'avais pas de relation avec lui ?

— Je savais qu'il était intéressé, mais j'étais convaincue que je pourrais repousser ses avances. Tout ce qui comptait pour moi, c'était de ne pas perdre Tommy.

— Par conséquent, tu as épousé Scott.

— Il cherchait une épouse et une mère pour son fils. Si ça n'avait pas été moi, il aurait trouvé quelqu'un d'autre, et il m'a dit clairement que, dans ce cas, je ne reverrais plus jamais Tommy.

Les yeux d'Alexia s'emplirent de larmes et elle se détourna pour les cacher à Tague. Elle avait commis tant d'erreurs.

— J'ai cru que je pourrais apprendre à aimer Scott — pour Tommy. Je me trompais. J'ai essayé de ne pas trahir mes vrais sentiments, mais une nuit, je n'ai pas pu m'empêcher de pleurer pendant qu'il me faisait l'amour. Après cela il ne m'a jamais plus touchée, sauf quand il était en colère. Et j'ai compris que j'avais affaire à un monstre.

Ses joues ruisselaient de larmes à présent. Elle

tenta de les sécher d'un revers de main, mais elles continuèrent à couler.

Tague passa derrière elle et noua doucement les bras autour de sa taille.

— Je suis désolé d'avoir réagi comme cela. Tu as assez souffert sans que je te parle de la sorte.

— Ce n'est pas toi, sanglota-t-elle, secouée de frissons. C'est tout le reste. Toutes les erreurs que j'ai faites. J'ai gâché ma vie et celle de Tommy.

Tague la fit pivoter entre ses bras.

— Je n'ai pas beaucoup d'expérience pour ce qui est de consoler les femmes, mais je ne crois pas que tu devrais te retenir, Alexia. Pleure tant que tu en auras envie. J'ai l'impression que tu gardes trop de chagrin en toi depuis trop longtemps.

Au bout d'un moment, elle s'apaisa enfin.

— Tommy est tout pour moi.

— J'ai promis de faire tout ce que je peux pour te défendre, Alexia. Mais même si nous parvenons à prouver que ton mari a essayé de te tuer, ça ne veut pas dire que tu auras automatiquement la garde de Tommy.

— Je le sais. Mais il y a une solution qui me permettrait de le garder. Tu n'as qu'à m'aider à fuir au Mexique avant qu'Hampton ou un autre me retrouve.

— Tu réussirais peut-être à échapper à la loi, mais Scott finirait par savoir où tu es. Tu dois t'en rendre compte. Et là, tu serais seule pour l'affronter. Je ne peux pas te laisser faire ça.

Il la lâcha.

— Je ne peux pas changer le passé. Toi non plus. Mais ça ne veut pas dire que tu dois gâcher ton avenir. Maintenant, rentrons et voyons ce que nous pouvons préparer à dîner. Je meurs de faim.

Elle lui adressa un faible sourire.

— Merci de m'avoir réconfortée.

— Je t'en prie.

Tague se baissa pour ramasser les canettes vides.

— Si tu pouvais redevenir actrice, le ferais-tu ?

— Jamais de la vie. Je ferais quelque chose de complètement différent.

— Comme traire des vaches à viande ?

— Peut-être.

A vrai dire, si les vaches appartenaient à un homme comme Tague, elle n'hésiterait pas une seconde.

Tague regardait Alexia couper en rondelles les tomates qu'ils avaient achetées au marché. Elle avait de jolies mains, longues et fines.

— Fais attention avec le couteau, avertit-il. Les chasseurs veillent à ce que leurs lames soient toujours bien affûtées.

— S'il te plaît, dis-moi que celui-ci n'a pas servi à découper les animaux qui sont exposés au mur.

— Pas de danger. La plupart de ceux-là ont été tués dans le Nord-Ouest.

Elle étala une généreuse couche de mayonnaise sur deux tranches de pain.

— Tu vas à la chasse ?

— De temps en temps, mais je préfère la pêche. Personne n'est venu ici depuis la mort de mon père.

— Je dois dire que je ne m'attendais pas à ce genre d'endroit.

— Ah non ? Qu'avais-tu imaginé ?

— Des lampes à pétrole, un dortoir, des sacs de couchage. Certainement pas un tel luxe. Il ne manque que des domestiques.

— Je leur ai donné une semaine de congé.

— Tu plaisantes ?

— Pas tout à fait. Un couple de gardiens entretient la propriété, sinon, elle serait envahie d'araignées, de scorpions, de lézards, voire de serpents à sonnette. Nous sommes au Texas, tu sais.

— Oh ! Mon Dieu. Si je vois une de ces créatures, on va m'entendre hurler à Austin.

Elle tendit la main vers la laitue qu'elle venait de laver.

— Je sais que tu es riche, Tague. J'ai vu ton ranch. Mais j'ai toujours du mal à penser à toi comme à un des Lambert qu'on voit en photo dans les pages du carnet mondain.

— Ça ne m'étonne pas. Je ne me vois pas comme ça non plus.

— Tu es tellement… normal.

— Tu veux dire « ennuyeux » ?

— Non ! Normal n'était sûrement pas le mot juste. Tu es facile à vivre — et tu sais écouter. Vraiment écouter.

— Je vais prendre ça comme un compliment. Si on mangeait maintenant ? Je meurs de faim.

Ils emportèrent leur assiette dans le petit salon et s'installèrent sur un canapé qui faisait face à la paroi vitrée. Le soleil s'était glissé derrière l'horizon et le crépuscule semblait s'étaler peu à peu sur le paysage telle une couverture soyeuse.

Tague ne songeait ni au calme ni à la beauté du décor. Lorsqu'il était arrivé au chalet, il était furieux, prêt à laisser d'autres que lui se charger de la protection d'Alexia et de la poursuite de l'enquête. Mais dès qu'elle s'était mise à expliquer la situation, il était tombé sous son charme. Elle était comme une liqueur enivrante dont une seule goutte suffisait à l'envoûter.

Il avait mangé la moitié de son sandwich quand son téléphone sonna. Jetant un coup d'œil à l'écran, Tague vit que c'était sa mère qui l'appelait.

Et il avait la très nette intuition qu'elle ne voulait pas seulement lui souhaiter une bonne nuit.

11

— Tague, je m'inquiète pour Alexia.

Lui aussi. Le moins que l'on puisse dire, c'était qu'Alexia avait de gros ennuis. Mais sa mère n'en savait rien et il espérait bien le lui cacher pendant quelques jours encore.

— Maman, tu n'as pas déjà assez de soucis sans en chercher davantage ?

— Je suis sérieuse, Tague. Je viens d'avoir l'inspecteur Gerald Hampton au téléphone. C'est lui qui enquête sur le vol de la voiture.

Le pouls de Tague s'accéléra malgré lui.

— Que voulait-il ?

— Il a essayé de joindre Alexia sur son portable toute la journée sans succès. Elle ne répond pas et elle n'est pas retournée chez elle. Il se demandait si nous savions où elle était. Il affirme qu'il est extrêmement important qu'il lui parle de toute urgence.

— Que lui as-tu dit ?

— Qu'elle était partie du ranch ce matin et qu'elle comptait louer une voiture pour se rendre à Tulsa, chez une amie. Cela a paru le surprendre.

Tague respira un peu mieux. Si l'inspecteur avait expliqué à sa mère qu'Alexia était recherchée pour enlèvement, voire meurtre, elle ne se serait pas inquiétée que la jeune femme ne réponde pas au téléphone. Par conséquent, soit Hampton ignorait toujours la véritable identité d'Alexia, soit il avait décidé de ne pas révéler cette information à sa mère.

— Je suis sûr qu'Alexia va très bien. Elle passe sûrement de si bons moments avec son amie qu'elle n'a pas pris la peine de regarder son téléphone.

— Tu n'as pas son numéro ?

— Non, mentit-il. Mais je suis certain qu'elle appellera l'inspecteur dès qu'elle aura ses messages.

— Je crois que tu devrais l'appeler, toi, Tague. Essayer de savoir pourquoi il tient tellement à lui parler.

— Tu t'inquiètes trop, maman. Hampton veut sûrement lui demander de participer à une séance d'identification, rien de plus.

— Je pense que c'est plus grave que ça, Tague. Il me semble qu'elle a des ennuis. Je l'ai deviné au ton de l'inspecteur. Si c'est le cas, nous devons trouver le moyen de l'aider.

— Lui as-tu demandé pourquoi il essayait de la joindre ?

— Oui. Il m'a répondu qu'il ne pouvait pas me le dire. Cela en soi est inquiétant.

— Pas forcément. A mon avis, nous devrions rester en dehors de cette affaire. C'est Alexia que ça regarde, pas nous. Le voleur a été arrêté et elle est en sécurité. Que demander de plus ?

— Tu ne sais pas si elle est en sécurité. J'ai envie d'appeler Winston Harris. Hugh et lui étaient de grands amis. Ils allaient à la pêche et à la chasse ensemble.

— Je ne crois pas qu'il soit nécessaire d'alerter le chef de la police de Dallas, maman.

Mais il savait qu'elle le ferait s'il ne promettait pas d'intervenir.

— Je vais téléphoner à Hampton, promit-il, ne serait-ce que pour te tranquilliser.

— Je veux que tu me tiennes au courant.

— Je te rappellerai dès que je lui aurai parlé, mais je n'arriverai peut-être pas à le joindre avant demain. Si tu n'as pas de nouvelles de moi dans une heure, va te coucher et essaie de dormir.

— J'essaierai, mais je te répète que quelque chose cloche. J'ai un sixième sens pour cela.

Malheureusement, c'était souvent le cas, en effet.

Tague mit fin à la communication et partit à la recherche d'Alexia. Il la trouva en train de remplir le lave-vaisselle.

— Je n'écoutais pas aux portes mais je n'ai pas pu m'empêcher d'entendre que tu parlais à Carolina. Tout va bien ?

— Elle se fait du souci pour toi. Tu as reçu des appels d'Hampton aujourd'hui ?

— Plusieurs, mais c'était après que Jackson Phelps me conseille de ne pas les prendre. Il n'a pas laissé de message. Pourquoi ?

— Apparemment, il a téléphoné au ranch pour savoir si tu étais encore là. Maman lui as dit que tu étais partie voir une amie à Tulsa.

Alexia échappa la fourchette qu'elle tenait à la main.

— Il a dû identifier mes empreintes, murmura-t-elle.

— Ne tirons pas de conclusions trop hâtives. Je vais l'appeler. Peut-être m'en dira-t-il davantage.

— Comme tu voudras.

Tague composa le numéro de l'inspecteur, qui répondit aussitôt. Après s'être présenté, il alla droit au but.

— Ma mère vient de me dire que vous recherchez Alexia Béranger. Y a-t-il un problème ?

— C'est le moins que l'on puisse dirc. C'est le chaos ici. Je ne voulais pas affoler votre mère mais c'est une bonne chose qu'Alexia soit partie avec vous hier soir.

Tague se raidit.

— Que s'est-il passé ?

— Comme je n'arrivais pas à la joindre, je suis allé chez elle cet après-midi. En arrivant, j'ai senti une odeur familière et très déplaisante qui m'a incité à demander une clé au concierge de l'immeuble.

— Qu'avez-vous trouvé ? demanda Tague, redoutant la suite.

— Une des pires scènes de crime que j'ai vues depuis des années. Du sang partout sur les murs et le plancher. Deux crânes réduits en miette.

Deux crânes qui auraient pu être ceux d'Alexia et de Tommy s'il les avait laissés seuls dans son appartement la veille au soir. L'estomac noué, il continua à écouter.

Quand la conversation prit fin, Tague s'était ressaisi, et sa détermination s'était enracinée en lui.

Il tendit la main vers Alexia.

— Il s'agit de Scott, n'est-ce pas ? s'écria-t-elle, les traits tendus par l'angoisse. Qu'est-ce qu'il a fait ?

— Allons faire un tour dehors, suggéra-t-il calmement. J'ai besoin d'air frais.

Et de temps pour digérer l'horrible récit qu'il venait d'entendre.

— Je vais jeter un coup d'œil à Tommy et j'arrive.

— Tu ferais mieux d'apporter la bière que tu as refusée tout à l'heure. Tu vas en avoir besoin.

*
**

— Ces deux jeunes ont été battus à mort avec une batte de base-ball ? répéta Alexia, atterrée. Mais que faisaient-ils chez moi ?

Tague arpentait l'espace, traçant un chemin dans l'herbe avec ses allées et venues.

— Ce n'est pas clair. On n'a pas non plus découvert leur nom. Les gens de l'identité judiciaire ont passé les lieux au peigne fin, mais d'après Hampton, ils n'arrivent pas à comprendre ce qui s'est passé.

— En tout cas, ils n'ont pas encore identifié mes empreintes. Sinon il en aurait parlé.

— Le vol de voiture va sûrement être relégué au second plan après les événements d'hier soir. De toute façon, les policiers sont sûrs d'avoir épinglé le coupable.

— Si j'étais restée là-bas…

Elle n'acheva pas sa phrase, trop émue pour articuler à voix haute les pensées qui l'envahissaient.

Tague prit de nouveau sa main dans la sienne.

— J'aurais campé devant chez toi plutôt que de te laisser seule, même si évidemment je ne m'attendais pas à ça. Marchons un peu pendant que je te raconte le reste.

— Parce que ce n'est pas tout ?

— Presque.

— Je ne veux pas m'éloigner de la maison, avoua-t-elle en jetant un coup d'œil en arrière. A vrai dire, j'ai une envie folle d'aller réveiller Tommy juste pour sentir ses bras autour de mon cou.

— Je sais. Mais il est en sécurité et toi aussi. Et je te promets de tout faire pour que ça ne change pas.

Ils cheminèrent lentement, dépassant le barbecue et deux jeunes cèdres pour s'arrêter à hauteur d'une table de pique-nique à la limite de la clairière. Alexia se retourna et contempla le chalet, émerveillée par la solidité tranquille et accueillante de ses murs en rondins.

Pourtant, aucun endroit sur terre n'était sûr pour elle aussi longtemps que Scott Hayden serait en vie. Elle songea à la batte de base-ball qu'il gardait toujours sous son lit à Malibu, en plus des armes à feu qu'il avait à la maison.

— Qu'y avait-il d'autre ? demanda-t-elle à Tague.

— On a retrouvé quatre séries d'empreintes.

— Ils étaient deux contre deux, conclut Alexia.

— Hampton ne sait pas encore si les hommes sont arrivés ensemble et se sont battus ensuite, ou si deux d'entre eux ont tendu une embuscade aux deux autres.

— Mais pourquoi chez moi ?

— C'est précisément ce que tout le monde ignore et ce qui m'inquiète le plus, avoua-t-il. J'espère qu'un de mes enquêteurs pourra mettre la main sur le rapport officiel.

— Scott est mêlé à ce crime d'une manière ou d'une autre, murmura Alexia. Ça ne peut pas être une coïncidence qu'il m'ait appelée juste avant.

— Sauf que c'est peut-être ton appel qui t'a sauvé la vie. Tu t'es mise à faire tes bagages immédiatement. Jamais je n'ai vu quelqu'un ouvrir et fermer des tiroirs aussi vite.

— Parce que je m'attendais à ce qu'il arrive d'une minute à l'autre. Maintenant que j'y pense, je parie qu'il était devant la porte de quelqu'un d'autre et que, le temps qu'il comprenne qu'il s'était trompé d'appartement, j'étais partie.

— Ce ne sont que des suppositions.

— Elles sont logiques. Quand Scott s'est rendu compte qu'il n'allait pas me trouver, il a pris de la cocaïne et s'est mis dans une de ses rages habituelles.

— Il ne s'agissait pas juste d'une bagarre de bar, Alexia. Ces types ont été massacrés. Il est plus probable que cette affaire ait un lien avec le voleur de voiture et son gang qu'avec Scott.

Alexia secoua la tête. Aucun argument ne pourrait la convaincre que Scott n'était pas impliqué dans ce crime. Il ne renoncerait pas — pas avant qu'elle soit en prison et qu'il ait récupéré Tommy.

Tague était courageux et honnête. Mais Scott était impitoyable. Et c'était seulement dans les films que le bon l'emportait sur le méchant.

— Il n'est pas trop tard pour que tu t'en ailles, Tague. Fais comme si tu ne m'avais jamais rencontrée. Retourne à ta vie.

Il la prit dans ses bras et la serra étroitement contre lui. Elle sentit son cœur battre contre le sien, sentit la force de ses muscles, la douceur protectrice de son contact.

— Pas question, Alexia. Pas avant que tout soit réglé et que tu sois définitivement à l'abri. Maintenant, rentrons, veux-tu ? Nous avons rendez-vous de bonne heure avec Phelps demain matin.

Entre ce soir et demain, elle aurait des cauchemars. Des cauchemars qui menaçaient de devenir réalité.

— Reste avec moi ce soir, Tague. Jusqu'à ce que je m'endorme. Je sais que ça paraît puéril, mais je ne veux pas être seule.

— Je serai là aussi longtemps que tu auras besoin de moi.

Tague tapa des pieds pour faire tomber les mottes d'argile rouge qui collaient à ses semelles, puis rentra à l'intérieur. Il ne ferait pas jour avant une bonne heure, mais il s'était réveillé tôt et était trop fébrile pour rester couché.

Il n'était pas convaincu que Scott Hayden soit mêlé aux meurtres qui avaient eu lieu chez Alexia. Ce type était un réalisateur célèbre. Il ne serait sûrement pas allé fracasser les crânes de deux inconnus, armé d'une batte de base-ball. Même à Hollywood, ce genre de scénario n'aurait convaincu personne.

En revanche, il avait tenu son propre fils au-dessus du vide et mit le feu à sa propre maison pour essayer de tuer sa femme. Cela inquiétait suffisamment Tague pour qu'il ait appelé le service de protection dont son frère et lui s'étaient servis lorsque Emma, l'épouse de Damien, s'était trouvée en danger.

Cork avait rendez-vous avec les représentants de la firme ce matin même au ranch. Ils feraient en sorte que Scott Hayden ne puisse pas s'introduire à Oak Grove.

La difficulté serait d'expliquer la situation à sa mère. Cependant, Carolina était intelligente. Elle avait déjà deviné qu'Alexia était en danger. Elle comprendrait qu'il soit nécessaire de renforcer la sécurité sur la propriété.

Engager des détectives privés était un début, mais cela ne suffisait pas. Tague commençait à éprouver le besoin de passer lui-même à l'action. Le problème, c'était de trouver quelqu'un de confiance pour veiller sur Alexia.

En temps normal, il aurait fait appel à la société qui allait protéger le ranch, mais celle-ci, comme d'autres qu'il connaissait, était gérée par d'anciens policiers. Le risque était trop grand que l'un d'eux reconnaisse Alexia comme étant Melinda Ryan.

Il posa son Stetson sur l'étagère, à l'endroit où étaient autrefois rangées les casquettes que son père avait collectionnées de par le monde au fil des années. Celles-ci avaient été mises dans des cartons à sa mort, avec d'autres souvenirs.

Son père disait que cette maison de chasse était un univers masculin, un lieu où nul n'était tenu d'observer les règles imposées par les femmes, comme ne pas mettre les pieds sur le mobilier.

Il ne pouvait s'empêcher de se demander ce que Hugh Lambert aurait dit concernant Alexia Béranger. Sûrement les mêmes choses qu'il se répétait à lui-même.

« Reste objectif. Ne cours pas de risques superflus. Ne tombe pas amoureux d'une femme mariée qui est recherchée par la police et qui semble toujours réticente à te dire la vérité — sauf quand tu la prends en flagrant délit de mensonge. »

Il n'aurait sans doute pas mieux suivi les conseils de son père que les siens. Il était resté objectif jusqu'au moment où elle avait ouvert la bouche. Puis il avait avalé chaque parole prononcée par ces lèvres sensuelles.

Comment éviter le danger quand on ne savait rien de l'adversaire qu'on affrontait ? Les deux meurtres n'avaient aucun lien évident avec Hayden ou le voleur de voitures, mais il était inconcevable qu'il s'agisse d'une simple coïncidence.

Quant à ne pas tomber amoureux d'Alexia, c'était comme de dire à un adolescent de ne pas penser aux filles. L'attirance était irrésistible, le désir de la protéger irrépressible.

Il n'avait pas osé s'étendre à côté d'elle la veille au soir pendant qu'elle s'endormait. L'envie de la tenir, de l'embrasser, de lui faire l'amour, l'avait dévoré quand bien même il était assis sur une chaise à côté de son lit.

Et il ne la connaissait que depuis trois jours. Combien de temps pourrait-il encore résister à la tentation ?

Il brancha la cafetière, puis sortit un paquet de biscuits du congélateur. Ses enquêteurs n'allaient pas tarder. Autant leur préparer à déjeuner aussi.

Il mit des saucisses sur le gril, enfourna les biscuits et attendit que le café soit prêt. Il venait de s'en verser une tasse quand la sonnerie de son téléphone retentit. Sans doute sa mère qui venait aux nouvelles, ou un des détectives qui voulait l'avertir qu'il était en retard.

Il répondit sans prendre la peine de vérifier qui était au bout du fil.

— Salut, vieux.

— Damien ! Content de t'entendre. Comment est Paris ?

— Français. Très français.

— Comment se passe la lune de miel ?

— Je suis avec Emma. Comment pourrait-elle ne pas être paradisiaque ?

— Je suis surpris que tu aies le temps de me téléphoner.

— J'ai eu Durk et maman au téléphone.

— Tout s'explique.

— Qui est cette Alexia Béranger ?

— Qu'est-ce que tu sais ?

— Qu'elle est mariée et recherchée par la police, d'après Durk. Qu'elle est adorable et qu'elle a besoin d'aide, d'après maman. Je suppose que la vérité est quelque part entre les deux.

— L'un et l'autre sont vrais, avoua Tague, avant de lui résumer brièvement la situation.

— J'ai l'impression que tu as fort à faire.

— Je me débrouille.

— Sans doute, mais je rate toute l'action. D'ailleurs,

j'ai une dette envers toi. Tu as été le premier à m'aider quand Emma était menacée. Elle est en train de téléphoner en ce moment même pour changer nos réservations. Avec un peu de chance, nous serons de retour au Texas ce soir.

— C'est vraiment gentil de votre part à tous les deux, mais je ne veux pas interrompre votre lune de miel.

— Tu le ferais pour moi. Et puis j'ai mangé assez de croissants.

— J'imagine que Durk t'a dit que nous étions à la maison de chasse.

— Oui. Nous prenons un vol pour Austin. Nous louerons une voiture à l'aéroport et nous viendrons directement vous retrouver. Ne dis pas à maman que nous quittons Paris. A propos, je suppose que tu as pris des dispositions pour la protection du ranch ?

— Oui, c'est chose faite. Mais je ne crois pas que tu devrais amener Emma ici au milieu de tous les problèmes d'Alexia.

— Tu as raison. Mais elle ne veut rien entendre. Elle dit que si quelqu'un peut comprendre ce qu'Alexia éprouve, c'est elle.

— De ce point de vue, elle n'a pas tort. Eh bien, à ce soir alors.

— J'espère que nous n'arriverons pas trop tard.

Et une fois Damien sur place, Tague serait libre de s'envoler pour la Californie afin d'en apprendre davantage sur Scott Jeffery Hayden.

Le mari de la femme qui occupait ses pensées.

12

Alexia fut réveillée en sursaut par un faisceau de lumière crue qui balayait les murs de la chambre. Elle se leva en hâte et s'approcha de la fenêtre. Un gros véhicule venait de se garer dans l'allée, juste derrière une voiture de sport.

Il faisait encore nuit noire mais Jackson Phelps et Meghan Scinclair étaient déjà là. Il fallait être fou pour se donner rendez-vous à une heure aussi matinale !

Un rapide coup d'œil au réveil lui apprit qu'il était 5 h 55. En dépit de ses promesses, Tague ne l'avait pas réveillée. Sans doute n'en avait-il jamais eu l'intention. Même maintenant, elle le soupçonnait de ne pas la croire tout à fait.

Comment aurait-elle pu lui en vouloir ?

Elle gagna la salle de bains, refermant sans bruit la porte derrière elle pour ne pas réveiller Tommy.

Elle s'aspergea le visage d'eau fraîche, puis s'examina à contrecœur dans la glace. Si l'œil droit était moins enflé, les contours demeuraient encore bleu-violet. Elle aurait eu meilleure mine avec un peu de maquillage, mais elle décida qu'elle n'avait pas de temps à perdre. Elle voulait écouter ce que les enquêteurs avaient à dire.

Alexia enfila un short bleu et une chemise blanche

qu'elle noua autour de sa taille, et se coiffa à la va-vite tout en glissant les pieds dans ses sandales. Un soupçon de brillant à lèvres compléta sa tenue.

— Je suis désolée d'être en retard, dit-elle en rejoignant les autres dans la cuisine.

— Vous n'êtes pas en retard, répondit Jackson. Je viens d'arriver. J'ai eu un mal de chien à trouver cet endroit. C'est vraiment le bout du monde.

— C'est ma faute, s'excusa Tague. J'aurais dû vous donner des instructions plus précises. Vous n'avez pas eu de difficultés, Meghan ?

— Non, mais je suis déjà venue ici une fois. Avec Durk, précisa-t-elle alors que tous trois la dévisageaient avec étonnement.

— Mon frère a laissé entendre que vous étiez amis quand il vous a recommandée, observa Tague.

— C'était il y a longtemps, murmura Meghan avant de se retourner et de se présenter à Alexia.

— Merci d'être venus de si bonne heure, répondit-elle. J'ai peine à croire que c'est vraiment le matin.

— J'ai couché à Austin hier soir, et je suis matinale de toute manière, expliqua Meghan en souriant. Malheureusement, je suis en général à demi morte de sommeil à 10 heures du soir. Cela dit, hier, je me suis couchée plus tard que d'habitude. J'ai regardé le début d'un de vos films.

— Lequel ?

— *La Vallée des vampires.*

— Vous êtes courageuse ! Pas étonnant que vous n'en ayez regardé qu'une partie. Je me demande comment vous l'avez trouvé. Je croyais que tous les exemplaires avaient été mis au pilon il y a longtemps.

— Ce n'était pas si mal.

— Vous voulez dire que c'était pire !

Toutes deux éclatèrent de rire.

Alexia trouvait déjà Meghan sympathique. La jeune femme ne portait pas de maquillage, mais elle était remarquablement séduisante. Grande et mince, elle possédait d'épais cheveux auburn qui tombaient en boucles souples sur ses épaules et soulignaient le vert foncé de ses yeux. Une poignée de taches de rousseur sur l'arête de son nez ne faisait qu'ajouter à sa beauté naturelle.

Tague tendit à Alexia une tasse de café fumant.

— Merci.

Elle en savoura une gorgée.

— Je pensais que tu allais me réveiller…

— J'allais le faire quand Meghan est arrivée. Nous avons bavardé un peu, mais tu n'as rien raté.

— Bon.

— Nous pouvons discuter en déjeunant, reprit Tague. Si quelqu'un a besoin de se rafraîchir, il y a deux salles de bain dans le couloir. Première porte à droite et quatrième à gauche.

Meghan et Jackson s'éclipsèrent tous les deux, les laissant seuls. Alexia but son café lentement, essayant de persuader son corps qu'elle était réveillée.

— Ça sent délicieusement bon. Je peux faire quelque chose ?

— Tout est prêt. C'est du self-service.

— Meghan et ton frère Durk sont sortis ensemble, c'est ça ? demanda-t-elle.

— C'est l'impression que j'ai, mais ni l'un ni l'autre ne m'a donné de détails.

— En tout cas, elle est superbe, et elle semble avoir beaucoup de personnalité.

— A vrai dire, tout ce qui m'importe, c'est qu'elle soit compétente.

Quelques minutes plus tard, ils étaient tous assis autour de la table de cuisine. Le premier sujet de conversation fut le double meurtre qui avait eu lieu dans l'appartement d'Alexia.

— Je vais obtenir le rapport de police, déclara Jackson. Dès que nous connaîtrons l'identité des victimes, nous aurons une meilleure idée de ce qui s'est passé.

— Avez-vous découvert pourquoi le suicide de Lena Fox s'est subitement transformé en meurtre ? s'enquit Tague.

— Pas encore, mais j'y travaille. Je suis en contact avec la sœur aînée de Lena, Gabrielle, et je crois qu'elle va accepter de me rencontrer. J'ai l'impression qu'elle n'apprécie guère Scott. Par ailleurs, je suis en train de me renseigner sur tous les employés de Hayden, quelles que soient leurs fonctions.

— Il y en a un certain nombre, avertit Alexia.

Jackson coupa son biscuit en deux et le trempa dans la sauce.

— C'est vrai. On pourrait tenir un hôtel cinq étoiles avec moins de personnel. Vous en connaissez sans doute certains, Alexia.

— Peut-être. La plupart de ses employés ne restent pas longtemps, mais j'imagine que son garde du corps et sa gouvernante sont toujours là.

— Lena a-t-elle eu des problèmes avec des membres du personnel pendant que vous viviez là ?

— Avec certains. Lena était difficile à vivre. C'était une perfectionniste — sauf quand elle était sous l'emprise de la cocaïne.

— Une perfectionniste vis-à-vis de quoi ? demanda Tague. De son apparence ? De la maison ? Du travail ?

— De tout cela, mais elle se concentrait surtout sur

Scott. Par exemple, les soirs où il dînait à la maison, elle tenait à ce que chaque détail des préparatifs soit exactement tel qu'elle le désirait. Elle donnait des instructions au personnel concernant le moindre aspect du repas, jusqu'à la couleur des bougies et la forme des verres à apéritif.

— Les employés devaient adorer, commenta Meghan.

— Heureusement pour eux, Scott ne dînait à la maison qu'une ou deux fois par semaine.

Meghan posa sa tasse de café.

— Je ne suis pas certaine d'avoir bien en tête le déroulement de votre séjour à Malibu, Alexia. Pourriez-vous tout reprendre depuis le début, en commençant par votre rencontre avec Scott ?

Alexia s'exécuta, relatant les faits depuis sa première séance de casting jusqu'à la naissance de Tommy, puis le soir où elle s'était enfuie de la maison en proie aux flammes.

— Comment Scott a-t-il réagi à la naissance de son fils ? demanda Jackson. Etait-il ravi, ou plutôt indifférent ?

— Il était aux anges.

— Tommy est né à la maison, n'est-ce pas ?

— Oui. Scott avait payé une fortune pour avoir des médecins et des infirmières à domicile. Il voulait faire en sorte que personne à l'extérieur ne sache que Lena n'avait pas donné naissance à leur fils. Tout devait être absolument parfait.

— Lena était-elle aussi contente que lui ?

— Au début, oui. Ensuite, elle est retournée à la drogue. Ça m'a fait mal, parce que j'avais fait beaucoup de sacrifices pour lui donner le fils qu'elle désirait tant, neuf mois plus tôt. C'est moi qui me suis occupée de Tommy dès l'instant où il est né.

— Et la salle d'accouchement, comment était-elle ?

— Exactement comme à l'hôpital, sauf qu'elle était située dans une aile privée, au deuxième étage de la maison.

— Ç'a dû lui coûter quelques millions.

— L'argent n'a jamais été un problème pour Scott.

— Tout cela cadre assez mal avec l'homme qui a balancé son fils au-dessus du vide quelques mois plus tard, observa Meghan.

— Je n'ai jamais vraiment compris, avoua Alexia. Avoir un fils qui perpétue le nom et la lignée familiale était une obsession chez lui. Il m'a avoué un jour que c'était la raison pour laquelle il avait épousé Lena Fox.

— Comment cela ?

— Avant de se droguer, Lena était considérée comme l'une des plus belles femmes au monde. Elle avait été demandée en mariage par toutes sortes de gens célèbres, dont certains de sang royal. Scott était convaincu qu'avec son intelligence et la beauté de Lena, leur fils serait un être exceptionnel.

— Cela n'explique pas qu'il ait essayé de le tuer, commenta Jackson. Etait-il déçu par Tommy ou par Lena ?

— Il a changé entre la naissance de Tommy et le soir où je l'ai menacé avec le sabre. C'était comme si Scott en voulait à Tommy. Comme si avoir un fils lui était devenu indifférent. Il ne l'a jamais dit, mais c'est l'impression que j'ai eue.

Jackson essuya une petite tache de sauce sur sa chemise.

— J'ai déjà vu ce genre d'attitude chez des gens puissants. Leurs enfants finissent souvent par les haïr.

— Mais avec l'addiction de Scott à la cocaïne et

ses sautes d'humeur imprévisibles, j'avais peur que Tommy n'atteigne jamais l'âge adulte.

— Je vais rencontrer le célèbre réalisateur demain pour la première fois, annonça Meghan.

— J'ai du mal à croire qu'il ait accepté de parler à un détective privé, murmura Alexia.

— Ce n'est pas le cas. J'ai un ami imprésario qui s'est débrouillé pour m'obtenir une audition. Je dois jouer une déesse. Vous croyez que ça va marcher ?

— Je suis sûre que oui, mais soyez prudente, avertit Alexia. Regardez où ça m'a menée.

— Je ne vais pas avoir de bébé, rassurez-vous.

La conversation continua, devenant plus sombre alors qu'ils évoquaient la complexité du dossier et les preuves dont ils auraient besoin pour éviter qu'Alexia aille en prison.

Au bout d'un moment, Meghan lâcha une bombe.

— Il a fallu que je remonte assez loin, mais j'ai découvert que Scott a été arrêté par le passé. Pour coups et violences à l'encontre d'une femme.

— Une de ses épouses ?

— Non. C'est plus ancien. La plainte a été déposée par une de ses petites amies, à l'époque où il était étudiant. Contrairement aux épouses de Scott, elle semble prête à me recevoir.

— Il est facile de comprendre pourquoi ses deux premières femmes se taisent, intervint Jackson. Elles touchent des pensions énormes, bien plus généreuses que l'a recommandé le juge. Je parie que ces paiements s'accompagnent de certaines conditions.

Alexia se pencha vers Meghan.

— Comment s'appelle cette femme ?

— Betty Cross, mais elle s'appelait Betty Folse alors. Cela s'est passé dans l'Illinois, bien avant que

Scott s'installe en Californie et devienne réalisateur. Je lui ai parlé au téléphone, mais elle préfère s'exprimer de vive voix.

— Ça paraît prometteur, observa Tague. Dommage que nous n'ayons rien de plus récent.

— C'est un point de départ, affirma Meghan. Si nous pouvons établir que Scott Hayden a été sujet à des accès de rage incontrôlable par le passé, les dires d'Alexia paraissent aussitôt plus crédibles.

— Comme je le disais, les monstres n'apparaissent pas du jour au lendemain, ajouta Jackson. Pour ma part, je suis heureux de signaler que je n'ai trouvé aucun casier judiciaire au nom d'Alexandra Beretha Cousteau.

— Qui ? demanda Tague.

— C'est le nom de naissance d'Alexia ici présente.

Celle-ci acquiesça.

— C'est un peu long, observa Tague. Je crois que je vais continuer à t'appeler Alexia.

— J'ai aussi réussi à obtenir le dossier médical concernant votre prétendue dépression nerveuse. Les deux premiers médecins qui vous ont examinée n'ont trouvé aucun signe de psychose. Scott a aussitôt rejeté leurs services.

— Il ne me l'a jamais dit. Au contraire, il a affirmé que tous les médecins s'accordaient pour penser que je constituais un danger pour Tommy et il a menacé de ne plus jamais me le laisser voir seule.

— Ce type est un salaud, commenta Jackson. J'ai hâte de le voir condamné. Mais il faudra peut-être plus d'une semaine pour démolir le mythe qui l'entoure.

Tague se leva et alla chercher la cafetière. Après avoir rempli les tasses, il s'approcha d'Alexia, et mit les mains sur le dossier de sa chaise.

— Si vous en avez appris autant en vingt-quatre heures, je suis sûr qu'une semaine suffira.

— Jusqu'ici, nous n'avons fait que du travail de bureau, expliqua Meghan. L'enquête de terrain prendra beaucoup plus de temps.

— Peut-être pourrais-je vous aider, suggéra Tague. Où habite Betty Cross ?

— Dans une région rurale du sud de l'Illinois, répondit Meghan. J'ai réservé un vol pour Chicago cet après-midi. Je louerai une voiture en arrivant pour me rendre chez elle.

— Je vous accompagne, déclara Tague. Et ne vous inquiétez pas pour le vol. Si nécessaire, j'affréterai un avion privé pour rejoindre l'aéroport le plus proche.

— Et Alexia ? demanda Jackson. Voulez-vous que je reste avec elle ?

— J'y vais aussi, protesta-t-elle.

Tague acquiesça.

— Tommy et toi pourrez rester dans l'avion avec le pilote.

Des pleurs d'enfant s'élevèrent dans la pièce voisine. Alexia s'excusa pour aller réconforter Tommy, songeant à la visite qu'ils allaient faire à Betty Cross.

Enfin, elle sentait une lueur d'espoir naître en elle. Mais il était hors de question qu'elle se tourne les pouces pendant que Tague irait la rencontrer seul.

C'était son avenir et celui de Tommy qui étaient en jeu.

Ils empruntèrent de petites routes bordées de champs de maïs pour gagner la maison de Betty Cross. Tommy, d'humeur espiègle, semblait avoir conquis Meghan Sinclair.

— Il est vraiment adorable, s'exclama-t-elle. Est-il toujours aussi gai ?

— La plupart du temps, affirma Tague.

— Mais il peut piquer une crise si la situation l'exige, avertit Alexia.

— Nous en sommes tous capables, soupira Meghan.

— Il n'a que deux ans, lui rappela Alexia.

— Hmm. Ça va empirer.

Alexia se retourna vers elle.

— Vous avez des enfants ?

— Non, mais j'ai des neveux et je me souviens très bien de cette phase !

— Est-ce pour cette raison que vous êtes toujours célibataire ?

— Non. J'attends de rencontrer un homme qui n'a pas peur de s'engager.

— Nous sommes arrivés, annonça Tague, interrompant la conversation juste au moment où elle devenait intéressante.

La nervosité d'Alexia s'accentua. Non sans réticence, Tague avait accepté de la laisser parler à Betty Cross, mais à une condition : elle ne pouvait emmener Tommy. Si Betty Cross avait entendu parler de l'enlèvement, elle soupçonnerait peut-être Tommy d'être le fils de Scott et risquait d'appeler la police sur-le-champ.

Tague coupa le moteur, et Meghan descendit de voiture.

— Bon, vous deux. Tommy et moi serons au dernier café que nous avons vu. Appelez-moi quand vous serez prêtes.

— Peut-être devrais-je rester avec Tommy, après tout, murmura Alexia. Je ne suis pas une bonne actrice. Et si je faisais tout rater ?

Tague se pencha vers elle et lui pressa la main.

— Tu t'en tireras très bien. C'est toi qui connais Scott, c'est toi qui devrais parler à Betty. Allez-y. Vous êtes deux reporters de Hollywood en quête d'un scoop. Bonne chance !

Alexia étreignit brièvement Tommy, puis ajusta sa tenue et se dirigea vers la maison avec Meghan. Son cœur se mit à battre plus vite lorsqu'elle vit un homme en bleu de travail sous la véranda.

— C'est bizarre, n'est-ce pas ? Même ici, j'ai l'impression que Scott me surveille.

— C'est parce que ce salaud vous a terrifiée, répondit Meghan. Je peux vous assurer que Scott Hayden n'est nulle part dans les environs. Et votre chance est sur le point de tourner. Je suis convaincue que cette rencontre avec Betty Cross va être décisive.

— J'aime votre optimisme.

Betty sortit pour les accueillir et les conduisit dans la cuisine. Son mari, Eli, leur emboîta le pas, arborant encore une moue sceptique sur son visage buriné.

Meghan était douée pour inciter les gens à parler. En quelques minutes, Betty s'était ouverte à elle.

— Scott et moi avons grandi dans cette région, mais dans des villes différentes. Je ne l'ai rencontré qu'à l'université.

— Depuis combien de temps le connaissiez-vous avant de le fréquenter ?

— Une semaine ou deux. C'était ma première année. Nous étions assis l'un à côté de l'autre en cours de sociologie. Un soir, nous avons révisé ensemble. C'est là que tout a commencé.

Betty semblait nerveuse. Son mari semblait en colère. Alexia se prit à espérer que Betty n'ait pas échangé un monstre contre un autre.

— Parlait-il de sa famille ?

— Tout le temps. Il avait été élevé par sa grand-mère. A l'entendre, c'était une femme horrible. Elle le forçait à rester dehors durant la journée, et parfois ne le laissait pas rentrer avant qu'il fasse nuit. Elle l'a mis à la porte pour de bon quand il avait seize ans.

Alexia écouta ce récit avec stupéfaction. Scott lui avait raconté que ses parents étaient diplomates en Turquie.

— Travaillait-il bien à l'école ?

— Pas particulièrement, mais il a toujours mis ses résultats médiocres sur le compte de mauvais professeurs. Il affirmait avoir un quotient intellectuel bien au-dessus de la moyenne. Il se vantait toujours qu'il allait réussir dans la vie.

— C'était un salaud, intervint son mari.

— Vous le connaissiez aussi ? demanda Meghan.

— Non, mais je sais comment il a traité Betty. Si jamais je le voyais, je lui casserais la figure avec plaisir.

— Je ne me battrais pas avec lui, avertit Alexia. Il paraît qu'il a un garde du corps féroce.

— Comment vous a-t-il traitée ? demanda Meghan.

La bouche de Betty se crispa.

— Il se croyait supérieur à moi. Je ne sais pas comment j'ai jamais pu être attirée par lui.

— Dis-leur ce qu'il t'a fait, encouragea son mari. Il n'y a pas de quoi avoir honte. C'est lui qui l'a fait — pas toi. Les gens devraient savoir ce qu'il est vraiment.

— C'est vrai, murmura Alexia.

Betty baissa les yeux.

— Je suis tombée enceinte. Quand je l'ai dit à Scott, il est devenu comme fou. Il a hurlé qu'il ne voulait pas qu'une moins que rien dans mon genre ait son enfant. Que je devrais me faire avorter ou qu'il me forcerait à le faire. Et puis il m'a poussée et cogné la tête contre le mur jusqu'à ce que je m'évanouisse.

— Vous avez perdu le bébé ?

— Pas tout de suite, mais j'ai fait une fausse couche quelques semaines après.

— Vous avez dû appeler la police quand il vous a attaquée, observa Meghan. J'ai lu le rapport qui a été établi à l'époque.

— J'ai appelé mon père. C'est lui qui a téléphoné à la police. Et après, il a pris son propre fusil et il est parti à la recherche de Scott. Dieu merci, il ne l'a pas trouvé. Je crois qu'il l'aurait tué.

— Que s'est-il passé ensuite ?

— Scott est parti en Californie. Je n'ai plus entendu parler de lui. Quelques années plus tard, je l'ai vu dans une émission de télé. Il était devenu une célébrité à Hollywood.

— Je lui dis depuis des années qu'elle devrait appeler un de ces magazines où il apparaît régulièrement et tout leur raconter.

— On ne me croirait jamais, soupira Betty. Je ne suis personne et il est célèbre. De toute façon, je ne veux pas que les gens parlent de moi.

— Qu'est devenue la grand-mère de Scott ? demanda Meghan.

— Elle est morte il y a environ cinq ans. Elle est enterrée dans le cimetière de Cougar Road, à l'ouest d'ici.

Au bout de quelques minutes supplémentaires, Eli prit congé d'elles et sortit. Betty se tourna vers la fenêtre et le suivit des yeux jusqu'à ce qu'il disparaisse sur son tracteur.

— Allez-vous rendre public ce que je vous ai dit sur Scott ?

— C'est possible, admit Meghan.

Betty baissa la voix.

— Quand je vous ai dit que j'étais enceinte de lui…

— Oui ?

— Ce n'était peut-être pas complètement vrai.

Alexia la dévisagea, submergée par la déception. Leur preuve venait de s'envoler en fumée. Ce voyage en Illinois n'avait-il donc servi à rien ?

— Il ne vous a pas frappée ? Il ne vous a pas cogné la tête contre le mur ?

— Oh ! si. Il m'a fait très mal, mais je ne suis pas absolument certaine que le bébé ait été le sien. Je veux dire, ç'aurait pu être celui de quelqu'un d'autre. Mais Scott ne le savait pas. Il ne voulait pas que j'aie son enfant, voilà tout. En un sens, j'ai été contente d'apprendre qu'on avait enlevé son fils. Je sais que c'est mal et j'espère que le petit n'a rien, mais Scott ne mérite pas d'avoir des enfants.

C'était sans doute vrai, songea Alexia. Cependant, cela ne changeait rien au fait que le témoignage de Betty ne suffirait pas à convaincre un juge.

Betty avait dit vrai.

Elle n'était personne. Et Scott était célèbre.

Dans l'avion, Alexia choisit à dessein une place à l'arrière, de sorte que personne ne puisse s'asseoir en face de Tommy et d'elle. Plus elle réfléchissait à la situation, plus elle en voulait à Tague, si injuste que cela soit.

Il aurait pu les laisser s'enfuir. Ce n'était pas une solution idéale, mais elle était mille fois meilleure que ce qui l'attendait si le plan qu'il avait imaginé venait à échouer.

Que savait-il d'un individu comme Hayden ? S'il avait été choqué par le fait que celui-ci avait une grand-mère cruelle, que penserait-il de ses parents à elle ? La jugerait-il différemment si elle lui parlait d'eux ? Penserait-il qu'elle était indigne de porter ses enfants comme Scott avait jugé Betty indigne de porter les siens ?

Elle allait trop loin, elle s'en rendait compte, mais il y avait tout de même des fragments de vérité sous sa colère. Tague et elle n'étaient pas issus du même monde. Lui avait vécu entouré d'amour. Elle avait été maltraitée.

Pourtant, elle serait une bonne mère pour Tommy si on lui en donnait la possibilité.

L'enfant s'endormit en quelques minutes. Alexia se laissa aller contre le dossier et ferma les yeux. Tague et Meghan étaient assis à deux rangées d'elle, chacun d'un côté de l'allée. Elle entendait clairement leurs voix. Il était impossible de ne pas suivre leur conversation.

— J'ai fait affréter un avion pour demain, disait Tague. Il y a six places à bord, par conséquent, Jackson pourra nous accompagner.

— Comment va-t-il arriver là-bas ?

— Il est déjà sur place. Il a pris rendez-vous avec la sœur aînée de Lena Fox.

— Croit-elle que Lena a été assassinée ?

— Oui, mais pas par Alexia. Elle est convaincue que Scott l'a tuée et elle est furieuse qu'il se serve de cette affaire pour faire de la publicité à son dernier film.

— Je vois. Qui va se rendre en Californie ?

— Vous et moi. Je retrouve Jackson à son hôtel et nous irons ensemble chez Scott à Malibu pendant qu'il tourne à Los Angeles.

— Vous ne réussirez jamais à entrer.

— Nous aurons de la compagnie.

— La sœur de Lena ?

— Exact. Scott la harcèle depuis un certain temps pour qu'elle vienne chercher le reste des affaires de Lena. Jackson lui a demandé d'appeler Scott pour l'avertir qu'elle viendrait demain avec deux amis pour l'aider à tout transporter.

— Il y a tant de choses que cela ?

— Tout sauf les bijoux et les fourrures que sa sœur a récupérées avant que Scott puisse les vendre ou les donner à une autre femme.

— Donc, pour l'essentiel, des vêtements ?

— Trois armoires pleines à craquer.

— Trois placards débordants de robes de grands couturiers, de tenues de soirées, de chaussures et de sacs à main. Et dire que, pendant ce temps-là, je vais jouer la comédie devant Scott ! Vous ne voulez pas qu'on échange nos places ?

— Pas à moins que vous n'essayiez d'incarner un rôle de cow-boy sans cheval.

— Durk disait toujours que Damien et vous étiez des cow-boys jusqu'au bout des doigts.

— Lui aussi a du cœur à l'ouvrage.

— Cela supposerait qu'il ait un cœur.

Alexia ouvrit les yeux, frappée par le ton et les paroles de Meghan. Une fois de plus, elle se demanda ce qu'il y avait eu entre elle et le frère de Tague. Si elle avait dû deviner, elle aurait dit que Meghan l'aimait encore.

Et si Durk ressemblait à Tague, elle n'avait aucun mal à le comprendre. Depuis qu'ils étaient montés dans l'avion, l'irritation qu'elle avait éprouvée à l'égard de ce dernier s'était dissipée. Elle n'avait pas le droit de se plaindre. Ses problèmes avaient envahi la vie de Tague, et pourtant, il ne songeait qu'à l'aider davantage.

Comment pouvait-il envisager de se rendre à la propriété de Scott ? C'était une entreprise incroyablement dangereuse. Si Scott découvrait que Tague avait un lien avec elle, il ne reculerait devant rien pour l'éliminer.

Elle devait le faire changer d'avis.

Meghan reprit sa propre voiture à l'aéroport d'Austin, laissant Tague, Alexia et Tommy rentrer seuls à la maison de chasse. En dépit des efforts de Tague pour faire la conversation, Alexia semblait distante, comme si elle s'était repliée sur elle-même.

Il s'engagea dans la route sinueuse et boisée qui menait à leur cachette.

— Alexia, je suis un homme. Si j'ai fait quelque chose qui t'a déplu, il faut que tu me l'expliques. Je ne vais jamais trouver tout seul.

Elle se tourna vers lui.

— Bien. Je vais te dire ce qui ne va pas. Tu sous-estimes Scott. Tu te conduis comme s'il n'y avait aucun danger à l'espionner, et tu as tort.

— J'imagine que tu as entendu ma discussion avec Meghan ?

— Vous ne parliez pas à voix basse.

— Je n'avais aucune raison de le faire. Je n'ai rien à cacher. Peut-être que le vrai problème, c'est que tu me sous-estimes. Tu voudrais que j'attende en tremblant la prochaine manœuvre de Scott ?

— Je ne veux pas que tu te mettes en danger, Tague. Je ne veux pas que tu aies le crâne fracassé. Je veux que tu…

— Vas-y. Dis-le.

— Je veux que tu restes en vie, dit-elle d'une voix étranglée. Je ne veux pas qu'un fou t'arrache à moi.

Tague se gara sur le bas-côté, puis recula son siège à fond. Ensuite il se tourna vers Alexia et la prit dans ses bras.

— Je ne veux pas te perdre non plus, Alexia. Jamais.

Leurs lèvres se rencontrèrent dans un baiser ardent qui coupa le souffle de Tague. L'espace d'un instant, il oublia la réalité, le danger, toute notion de prudence. Il ne songeait qu'au goût enivrant de la bouche d'Alexia, à la sensation de son corps pressé contre le sien.

— Bibi. Bibi !

L'exclamation espiègle de Tommy ramena brutalement Tague au présent. Il mit fin au baiser, caressant doucement le bras d'Alexia jusqu'à capturer sa main dans la sienne.

— Je t'assure que je ne prends rien à la légère dans cette affaire, Alexia. C'est dans ma nature de plaisanter. Je suis comme ça. C'est aussi dans ma nature de prendre le taureau par les cornes. Mais je ne fais pas n'importe quoi et je ne prends jamais de risques inutiles. J'ai la ferme intention de rentrer sain et sauf de Californie et de tout te raconter au cours du dîner demain soir.

— J'aimerais aller avec toi.

— Si un des membres du personnel te reconnaissait, tu serais arrêtée sur-le-champ. Ça n'arrangerait rien à notre affaire. Maintenant, rentrons, veux-tu ? Damien et Emma ne vont pas tarder et j'ai hâte que vous fassiez connaissance.

— Un autre cow-boy à nourrir, le taquina Alexia.

— Cow-boy ? lança Tommy.

— Ça fera trois cow-boys, lança Tague, amusé, au moment où son téléphone portable se mettait à sonner.

Il le tira de sa poche et regarda le nom sur l'écran.

— C'est Hampton.

— Ne réponds pas. Ce sera une mauvaise nouvelle.

Il répondit néanmoins.

Et la nouvelle était mauvaise.

13

— J'ai une bonne et une mauvaise nouvelle, annonça Hampton. Sauf en ce qui concerne Alexia Béranger. Dans son cas, il n'y a que des mauvaises nouvelles.

— Je suis désolé de l'apprendre. Elle semblait très sympathique. Mais je ne vois pas très bien pourquoi vous voudriez me parler de ses problèmes.

— J'ai pensé que ça vous intéresserait d'apprendre que nous avons identifié les deux individus qui ont été tués chez elle hier soir.

— Qui sont-ils ?

— Harvey Epstein et Galen Barresi.

— Je n'ai jamais entendu parler d'eux, répondit Tague d'un ton indifférent. En quoi sont-ils liés à Alexia ?

— Ce sont des amis du voleur de voitures. De bons amis, du genre qu'on appelle à la rescousse quand on veut se venger de quelqu'un.

— Vous pensez qu'ils étaient là pour attaquer Alexia ?

— Ils ne sont pas du genre à passer juste pour prendre un café.

Tague baissa la voix.

— Qui les a tués ? Des membres d'un gang rival ?

— Possible, mais avec les nouvelles informations

que j'ai au sujet d'Alexia Béranger, je dirais qu'il pourrait s'agir de tout autre chose.

— Allez-vous me donner ces informations ou dois-je les deviner ?

— Je ne pense pas que vous deviez deviner, Tague. J'ai tendance à croire que vous avez sans doute été le premier à comprendre qu'Alexia Béranger n'est pas Alexia Béranger.

— Vous m'avez perdu, inspecteur. Voulez-vous vous expliquer ? Si elle n'est pas Alexia Béranger, qui est-elle ?

— Melinda Ryan, l'épouse de Scott Jeffery Hayden. Celle qui a enlevé son fils.

— Pas possible ? Je n'arrive pas à y croire. Elle semblait si gentille. C'est moi qui ai insisté pour qu'elle passe la nuit au ranch.

— Ne me prenez pas pour un imbécile, Tague. Aider un criminel est un délit grave. Je ne dis pas que vous soyez avec elle en ce moment, mais si vous savez où elle se trouve, je vous invite à le révéler immédiatement.

— Que lui arriverait-il si je le faisais ?

— Elle irait en prison et l'enfant serait rendu à son père. Ce qui serait normal.

— A première vue, oui. A moins qu'il n'y ait des circonstances atténuantes.

— Aucune circonstance atténuante ne peut justifier un enlèvement. Mais cela n'est peut-être pas le plus grand souci de Melinda Ryan.

— Que voulez-vous dire ?

— Un des visiteurs d'hier soir avait apporté un flacon d'acide.

— En quoi cela rend-il la situation plus dangereuse pour Alexia ?

— Il n'y a pas d'Alexia. Ce que je dis seulement, c'est que si ce gang la retrouve avant moi, elle risque de se faire tuer.

— Si elle m'appelle, je lui conseillerai de se rendre.

— Si elle vous appelle, demandez-lui où elle est et prévenez-moi. Et ne vous mêlez plus de rien. Vous n'êtes pas policier.

— Absolument. Comment avez-vous découvert la véritable identité d'Alexia ?

— On a relevé ses empreintes dans la voiture. Un mandat de recherche à son nom a été diffusé dans tout le Texas.

— Dans ce cas, je suis sûr que vous n'allez pas tarder à la localiser.

— J'espère que oui — dans son intérêt et celui de l'enfant.

— Avez-vous aussi relevé des empreintes dans l'appartement qui vous permettront d'identifier les tueurs ?

— Tout ce que je peux vous dire, c'est que deux hommes en sont ressortis. Apparemment, un des deux était une sorte de colosse. Vous êtes peut-être costaud, Tague, mais vous ne feriez pas le poids.

Pas sans revolver.

De retour à la maison, Alexia installa Tommy dans le salon avec ses petites voitures, puis se hâta d'aller rejoindre Tague dans la cuisine. Elle avait hâte de savoir ce qu'.Hampton lui avait dit.

— J'ai fait du café, dit-il. Tu en veux une tasse ?

— Je crois que j'ai besoin de quelque chose de plus fort.

Tague lui versa un petit verre de whisky.

— Tu n'en prends pas ?

— Pas ce soir, répondit-il. Je veux être complètement lucide quand j'expliquerai la situation à Damien. Il est très intelligent et je respecte son opinion, même si je ne suis pas toujours d'accord avec lui.

Peut-être aurait-il assez de bon sens pour dissuader Tague d'aller chez Scott. Elle sirota le whisky, savourant la sensation de brûlure dans sa gorge.

— Que t'a dit Hampton ?

Tague se cala sur sa chaise.

— Les victimes étaient membres du même gang que ton voleur. On ne sait pas qui les a tués, sauf qu'un des types était une sorte de géant.

— Je sais qui les a tués. Scott et son garde du corps.

— Ce n'est qu'une supposition.

— Pas du tout. Le géant, comme tu dis, c'est Bronco, le garde du corps de Scott. Et ça ressemble tout à fait à Scott de venir armé d'une batte de baseball. Il était là pour me faire arrêter, mais il est tombé sur ces deux types et il les a tués.

— Peut-être qu'ils l'ont attaqué d'abord, suggéra Tague. Apparemment, ils avaient apporté un flacon d'acide.

Alexia frissonna à la pensée qu'ils auraient pu lui lancer l'acide au visage. Ou pire encore, au visage de Tommy. Elle avala d'un trait le reste du whisky.

— J'ai créé un tel gâchis, murmura-t-elle. Dire que tout a commencé parce que je voulais aider Scott et Lena à avoir un bébé. Maintenant, Lena est morte. Scott est devenu fou. Et je ne peux pas offrir à Tommy un foyer stable, ni même le garder en sécurité.

Tague se pencha en avant et prit ses mains dans les siennes.

— Ce n'est pas ta faute, affirma-t-il. Nous traverserons cette épreuve, Alexia. Il faut du temps, mais au moins nous travaillons à résoudre la situation. Si tu avais continué à fuir, les choses n'auraient fait qu'empirer.

— Pas si je n'avais jamais été arrêtée.

— Tu as besoin d'une maison. D'une vraie maison. Tu ne peux pas vivre indéfiniment avec le contenu de deux valises.

— Combien de temps faudra-t-il à Hampton pour venir ici, d'après toi ? Je vais échouer en prison. Et Tommy sera condamné à vivre avec un monstre.

— J'espère que ce ne sera pas avant plusieurs jours. Mais même si Hampton ou un autre vient t'arrêter, ce ne sera que temporaire. Je continuerai à me battre jusqu'à ce que j'aie trouvé le moyen de prouver que tu n'as pas tué Lena, ni mis le feu à la maison, ni rien fait de répréhensible.

— C'est facile à dire pour toi, mais je te garantis que Scott veillera à ce que je ne sorte jamais de prison.

— Cela m'ennuie de te le dire, Alexia, mais je ne crois pas que Scott veuille te faire arrêter.

— Bien sûr que si. Pourquoi serait-il venu chez moi ?

— S'il avait eu l'intention de mêler la police à l'affaire, ce serait déjà chose faite. Il leur aurait donné ton numéro de téléphone et leur aurait dit où tu étais plutôt que de venir en personne avec son colosse. Je crois qu'il t'a appelée parce qu'il voulait que tu prennes la fuite.

— Mais pourquoi… ?

La lumière jaillit brusquement en elle.

— Il voulait me tuer, et donner l'impression qu'il avait été obligé de le faire pour sauver son fils.

— C'est la seule hypothèse logique, acquiesça Tague. Mais il a perdu ta trace quand tu es partie avec moi.

— Il est venu chez moi dans l'espoir de glaner des indices qui lui permettraient de me retrouver, reprit-elle, atterrée. Les deux voyous étaient là, alors il les a éliminés. Et sans doute qu'il n'ira jamais en prison pour ce qu'il a fait.

Un bruit de moteur se fit entendre au-dehors, suivi du claquement de deux portières.

Tague s'approcha de la fenêtre et jeta un coup d'œil à travers les lattes du store.

— Voici Damien et Emma. Maintenant qu'ils sont dans l'équipe, notre adversaire n'a plus aucune chance.

— Dans ce cas, envoie Damien en Californie à ta place.

Si Tague l'entendit, il n'en laissa rien paraître. Il se dirigeait déjà vers la porte, impatient d'accueillir deux Lambert supplémentaires.

Elle ne pouvait qu'espérer que Scott et Bronco ne seraient pas les deux prochains visiteurs.

— Comment diable t'es-tu fourré dans un pétrin pareil ?

— Par ta faute, rétorqua Tague. Je suis allé en ville chercher la selle que tu avais commandée pour Emma et les ennuis me sont tombés dessus.

— J'imagine que ça n'a rien à voir avec le fait que ces ennuis se présentaient sous une forme particulièrement séduisante ?

— Il est possible que ce détail ait joué un rôle.

— Raconte-moi tout avant que je m'endorme. Je suis encore à l'heure de Paris.

Tague se cala dans son fauteuil en rotin et contempla les étoiles.

— Bon, mais écoute bien : c'est peut-être le récit le plus bizarre que tu aies jamais entendu.

— Plus bizarre que l'enlèvement d'Emma par un marchand d'armes ?

— Disons que c'est du même ordre.

Une heure plus tard, il avait tout relaté, et aucune solution ne s'imposait à eux.

— La nuit porte conseil, déclara enfin Damien. Nous en reparlerons demain matin.

— Entendu, mais je compte sur toi pour rester ici avec Alexia et Tommy demain.

— Je préférerais aller en Californie avec toi.

— Mais j'ai besoin de toi au cas où l'inspecteur Hampton viendrait fouiner ici, ou qu'il envoie un agent procéder à l'arrestation d'Alexia. Je ne veux pas qu'elle tente quelque chose de stupide, et surtout, je ne veux pas qu'elle reprenne sa cavale. Pas alors que Scott guette l'occasion de l'assassiner.

— Tu peux compter sur moi.

— Je sais. Je suis vraiment content que tu sois là, vieux. Vraiment.

— Un frère, c'est fait pour ça.

Alexia venait d'éteindre sa lampe et de se glisser sous la couette quand elle entendit un léger coup frappé à sa porte. Elle se redressa et ralluma la lumière.

— Oui ?

Tague passa la tête par l'entrebâillement de la porte.

— Je peux entrer une minute ?

— Bien sûr. Quelque chose ne va pas ?

— Je voulais juste m'assurer que tu allais bien.

— Je vais aussi bien que possible compte tenu des circonstances.

Il s'approcha et s'assit de l'autre côté du lit.

Elle mourait d'envie de tendre la main vers lui, de le toucher. Cependant, une caresse risquait de mener à un baiser, et cette fois, Tommy dormait dans la pièce voisine. Il ne serait pas là pour la rappeler à la réalité avant qu'il soit trop tard.

— Que penses-tu de Damien et d'Emma ?

— Ils me plaisent. Damien me fait penser à toi.

— Et Emma ?

— Elle est fantastique. Si la situation était différente, nous pourrions devenir de très bonnes amies, je crois. Elle m'a raconté en partie la terrible épreuve qu'elle a traversée, et comment Damien lui a sauvé la vie.

Tague se laissa aller en arrière contre la tête de lit et allongea les jambes.

— Tu ne parles jamais de ta famille, Alexia. Pourquoi ?

— Je ne les vois plus.

— Où sont-ils ?

— Ma mère pourrait être n'importe où. Mon père est sans doute tout juste rentré du travail et sur le point de se coucher.

— Tu dois avoir davantage à dire à leur sujet, non ?

— Je n'ai pas grandi dans un milieu pareil au tien, Tague. Cela dit nous n'étions pas pauvres non plus. Je n'ai jamais manqué de nourriture, de vêtements ou de confort matériel.

— Mais tu as manqué d'affection ? De bonheur ?

— Pour l'essentiel, je n'ai pas connu ces choses-là, avoua-t-elle en ramenant ses genoux sous elle, songeant qu'il n'y avait aucune raison de ne pas se confier à Tague.

Après tout, elle était qui elle était.

— Ma mère chantait dans un groupe de jazz.

Elle sortait presque tous les soirs et, le matin, quand je partais pour l'école, elle dormait toujours. Si nos chemins se croisaient, elle se bornait à me dire de faire mes devoirs ou de ranger ma chambre.

— Ça n'a pas dû être facile pour toi.

— Je m'y suis habituée.

— Et que pensait ton père du fait qu'elle était absente chaque soir ?

— Je ne suis même pas sûr qu'il l'ait remarqué. C'était un bourreau de travail. Il rentrait tard à la maison, mangeait un sandwich ou autre chose en vitesse devant la télévision. La moitié du temps, il s'endormait sur le canapé avant d'avoir terminé.

— Ils vivent toujours ensemble ?

— Non. Ils ont divorcé quand j'avais douze ans. Ma mère est partie avec le batteur du groupe. Après, je ne l'ai plus vue que de loin en loin. Mon père a travaillé encore plus tard. J'ai quitté le lycée avant de passer mes examens et je suis allée en Californie. Les gens disaient toujours que j'étais assez jolie pour devenir actrice et je croyais stupidement que cela suffirait à faire de moi une star.

— Pas étonnant que tu sois tombée entre les griffes de Scott Hayden.

— Quelques années avaient passé. J'avais tourné une demi-douzaine de films de série B, et j'étais complètement lasse de chercher à gagner ma vie comme serveuse de bar entre deux castings.

— Et puis tu as été invitée à t'installer à Malibu, dans la propriété de Scott Hayden. Je comprends que tu aies été séduite.

— Et comment. Je croyais avoir enfin décroché le gros lot. En réalité, j'étais entrée dans un enfer. C'est Tommy qui m'a sauvée. Il est devenu toute ma vie.

— Tu es encore très jeune, murmura Tague. Tu auras tout le temps de construire une nouvelle vie pour Tommy et pour toi quand tout cela sera terminé.

— J'ai vingt-cinq ans. Ce n'est pas si jeune.

— Tu as un an de moins que moi.

— Dans ce cas, tu es peut-être trop vieux pour moi, le taquina-t-elle.

— C'est ce que nous allons voir.

L'instant d'après, elle était au creux de ses bras. Le cœur battant la chamade, elle se sentait enivrée, submergée par un irrésistible désir.

Elle s'abandonna au baiser de Tague, et le cauchemar qu'avait été sa vie se dissipa, cédant la place à un rêve empli de passion.

14

Quand Tague cessa de l'embrasser, Alexia n'était plus qu'un brasier ardent. Il défit à tâtons les boutons de son pyjama, puis écarta le tissu pour lui caresser les seins, ses doigts effleurant la pointe dressée de ses mamelons.

Tremblante de passion, elle s'arqua à sa rencontre. Elle sentait le membre raidi de Tague contre le triangle humide de son désir.

— Ça va ? demanda-t-il d'un ton anxieux. Je t'ai fait mal ?

— Non, Tague. Au contraire.

— Je vais trop vite ?

— Un peu. Mais ce n'est pas toi. C'est moi. Pendant l'essentiel de ma vie d'adulte, je me suis laissé contrôler par les événements. Je ne veux plus faire cela. Je veux prendre mes décisions moi-même.

— Et tu as décidé que tu ne voulais pas d'une relation avec moi ?

— Au contraire. Je le désire plus que tout au monde, mais je ne veux pas que nous ayons une relation juste à cause de la situation, ou que notre première nuit d'amour soit abîmée par ma peur de Scott. Je veux qu'il ne s'agisse que de nous. J'espère que tu comprends.

— Non, mais je l'accepte.

Il l'embrassa de nouveau, tendrement cette fois. Ce fut comme si du velours caressait ses lèvres gonflées par les baisers.

Les mots « Je t'aime » dansaient dans sa tête, mais elle ne les prononça pas. Ils attendraient, eux aussi, qu'elle détienne les clés de son propre avenir.

Si cela devait ne pas se produire, Tague ferait sa vie sans elle. Et elle redeviendrait Alexandra Cousteau, une femme qui n'avait jamais trouvé sa place en ce monde.

La propriété de Scott Hayden à Malibu ressemblait plus à une forteresse qu'à un foyer. Le décor y était prétentieux, le mobilier moderne et froid, tout de verre et de marbre.

Debout sur le seuil d'une immense salle à manger, Tague secoua la tête.

— Scott doit aimer recevoir.

— Il donne à peu près deux dîners par an, répondit Gabrielle. Le reste du temps, cette pièce est aussi vivante qu'un mausolée. Mais vous n'avez encore rien vu, ajouta-t-elle en le conduisant dans la suivante.

Agée d'une cinquantaine d'années, la sœur de Lena était séduisante et vêtue avec élégance. Elle avait proposé de leur faire visiter la maison, et Jackson et lui s'étaient empressés d'accepter, curieux d'en savoir davantage sur la vie que menait Scott Hayden.

Pour l'essentiel, le personnel les avait laissés en paix, néanmoins Tague avait le sentiment qu'on les surveillait de loin. Gabrielle, pour sa part, ne paraissait nullement s'en inquiéter.

Ils pénétrèrent dans une pièce rectangulaire, plus étroite et moins longue que la salle à manger, mais au style tout aussi ostentatoire. L'énorme lustre aurait pu éclairer à lui seul un match de football par un soir de brume.

— La salle des trophées, commenta Jackson.

Statuettes, plaques et miniatures étaient alignées sur des étagères, hommages visibles au grand réalisateur.

— Exactement, acquiesça Gabrielle. Regardez tous ces prix encadrés au mur. Avez-vous jamais vu plus égocentrique ?

— On dirait que vous n'êtes pas une fan de Scott, observa Tague.

— Je n'ai jamais vu ses films. Je vais rarement au cinéma, et quand j'y vais, je ne tiens pas à ce qu'on me rappelle le salaud qui a fait de ma sœur une droguée et qui a fini par la tuer.

— Vous pensez vraiment que Scott l'a tuée ?

— Je le sais. Et j'ai enfin réussi à persuader le procureur de rouvrir le dossier.

— Pourquoi êtes-vous si sûre qu'il est coupable ?

— Parce qu'elle m'a dit le matin même de sa mort qu'elle avait peur. Scott avait apparemment découvert un secret à son sujet et il était furieux qu'elle le lui ait caché.

— A-t-elle fait part de ses craintes à d'autres personnes ?

— J'en doute. Pourquoi l'aurait-elle fait ? C'était ma sœur. Me parler aurait dû être suffisant.

— Qu'avez-vous fait pour la protéger ?

— Rien, avoua Gabrielle avec amertume. Elle m'a ouvert son cœur et j'ai cru qu'elle était sous l'emprise de la drogue. Je n'ai rien fait. Maintenant, je dois vivre avec cette certitude, mais je l'accepterais mieux si je savais que Scott va être puni pour l'avoir tuée.

— Comment s'y est-il pris, d'après vous ?

— Il lui a donné une piqûre, j'en suis certaine. Elle prenait des comprimés. Beaucoup trop de comprimés. Jamais elle ne se piquait.

— L'avez-vous dit aux enquêteurs à l'époque ?

— Oui, et je l'ai répété au nouveau procureur quand il est entré dans ses fonctions. Mais les soupçons de la police se sont immédiatement portés sur Melinda.

— Vous ne croyez pas qu'elle ait été mêlée à l'assassinat de votre sœur ?

— Sûrement pas. Alexia n'aurait pas fait de mal à une mouche. Je suis heureuse qu'elle se soit enfuie en emmenant Tommy. Il est bien mieux avec elle qu'avec son père.

A l'évidence, Gabrielle n'était pas femme à mâcher ses mots. Tague appréciait sa franchise.

— Je suppose que nous devrions aller dans la chambre de Lena, à présent, reprit-elle. Je suis sûre que mon ex-beau-frère demandera à ses employés combien de temps je suis restée et combien de cartons j'ai emportés.

— Il doit tout de même avoir confiance en vous, puisqu'il vous a autorisée à venir en son absence ?

— Scott ne fait confiance à personne. Il sait que je ne veux rien de lui, voilà tout. Lena était une star longtemps avant de le rencontrer. Elle a fait en sorte que mon avenir soit assuré, et que je n'aie jamais à travailler de ma vie, si j'en décidais ainsi.

— Et travaillez-vous ? s'enquit Jackson.

— Je suis écrivain. Enfin, je n'ai pas encore publié mon livre, mais ça viendra.

Elle porta un doigt à ses lèvres comme pour les inciter à la discrétion.

— Je vous en dirai plus long quand les murs n'auront plus d'oreilles, promit-elle en les entraînant dans une autre pièce. Je voulais vous montrer un dernier endroit. Lena l'appelait « le musée des Epouses ». C'est un peu comme la salle des trophées, sauf qu'il s'agit de femmes.

Située au bout d'un long couloir, la salle était circulaire, dotée de grandes baies vitrées qui offraient une vue magnifique sur l'océan. Entre les fenêtres, des panneaux de bois de taille égale représentaient chacun le portrait d'une des quatre épouses de Scott.

— La théorie de Lena, c'est que chaque femme illustre une phase différente de sa carrière. Voici Angélique, la première.

— Elle est superbe.

— Elle incarne les débuts difficiles de Scott. Il avait besoin d'argent pour financer ses projets et devenir un des plus célèbres réalisateurs d'Hollywood. Angélique était une riche héritière.

— Et la deuxième ? demanda Tague en s'avançant vers le tableau suivant.

— Barbara. La carrière de Scott était en plein essor. Il voulait de l'excitation et du sexe. Barbara était sa déesse.

— C'est le genre de femme que je cherche, murmura Jackson.

Ensuite venait Lena. Elle était splendide.

— Scott l'a choisie pour être la mère des enfants ?

— C'est ce qu'elle affirmait. Scott possédait une fortune et avait tous les jouets qu'il désirait, sauf un fils.

Jackson hocha la tête.

— Et ensuite, Alexia. Que devait-elle être ? Une mère pour son fils ?

— Non. Tous ceux qui ont vu Alexia et Scott ensemble savent ce qu'elle représentait à ses yeux :

le bonheur qu'il n'avait jamais réussi à avoir. C'est la seule qu'il ait réellement aimée.

Tague n'en fut pas surpris. Comment quiconque aurait-il pu côtoyer Alexia et ne pas tomber amoureux d'elle ?

Mais quand Scott avait compris qu'elle ne l'aimait pas, il n'avait pu le supporter.

Une fois dans la suite qu'avait occupée Lena, Gabrielle leur fit signe de s'asseoir.

— J'ai quelque chose à vous montrer, et je pense que vous allez être aussi choqués que je l'ai été.

Elle plongea la main dans son sac et en tira une enveloppe marron.

— J'ai reçu ce pli en recommandé le jour de l'enterrement de Lena. J'avais peur que ce ne soit trop douloureux à lire, aussi je l'ai laissé dans le tiroir de mon bureau pendant six semaines. Depuis, je le garde en lieu sûr, dans un coffre-fort.

Elle tendit l'enveloppe à Tague. A l'intérieur se trouvait une lettre signée d'un certain Dr William Reese. Tague la lut deux fois avant de la passer à Jackson.

— Le salaud, s'exclama ce dernier. Je m'attendais à tout sauf à ça. Il était donc stérile ?

Tague reprit la lettre et la remit dans l'enveloppe, songeur.

— Si Scott n'est pas le père de Tommy, qui est-ce ?

— Je n'en ai pas la moindre idée, avoua Gabrielle. A vrai dire, je ne suis même plus certaine que Lena soit sa mère. Peut-être qu'Alexia était enceinte d'un autre homme et que Scott voulait tellement un enfant qu'il a imaginé toute cette histoire de fertilisation in vitro. Il donnait à Alexia le gîte et le couvert, et en échange elle lui a apporté le fils que Lena et lui ne pouvaient pas avoir. Et ensuite, il est tombé amoureux d'elle.

Tague l'écouta avec stupeur. Certes, le scénario décrit par Gabrielle était plausible, mais il se refusait à croire qu'Alexia ait continué à lui mentir. Surtout maintenant.

Alors qu'ils étaient devenus si proches.

— Puis-je emporter cette lettre ? demanda-t-il.

— Pas celle-ci. C'est l'original. En revanche, je vous en ai fait une copie. Il y a également un document légal qui pourrait vous intéresser.

Le papier était signé de Lena et de Scott, ainsi que de deux témoins dont le nom lui était inconnu.

Il disait clairement que, si Lena et Scott étaient un jour dans l'incapacité de s'occuper de Tommy, Melinda Ryan était désignée tutrice.

— Je n'arrive pas à croire que Scott ait signé cela, murmura Tague.

— Souvenez-vous qu'à l'époque, il envisageait de l'épouser. C'était avant qu'elle le rejette.

Quoi qu'il en soit, le document constituait un élément à charge pour Alexia. Il lui donnait un mobile pour désirer la mort de Lena et de Scott. En revanche, si Tommy était son enfant, elle aurait pu le prouver facilement en se soumettant à un test ADN.

Inutile de se perdre en conjectures pour le moment, songea Tague. Il avait besoin de faits.

Ni Jackson ni lui ne s'attardèrent pour aider Gabrielle à remplir des cartons. Ils avaient des choses plus importantes à régler, à commencer par une visite au Dr Reese.

— Le moyen le plus rapide d'aboutir à la vérité est sans doute de chercher des traces écrites, déclara Jackson alors qu'ils s'éloignaient de la propriété. J'ai déjà en ma possession les relevés bancaires de Scott pour le mois où Alexia est tombée enceinte.

— Comment avez-vous obtenu cela ?

— Mieux vaut que vous ne le sachiez pas. Arrêtez-vous dans ce café. J'ai besoin d'internet pour accéder à mes dossiers.

Il ne fallut que quelques minutes à Jackson pour découvrir qu'un chèque d'un montant considérable avait été versé à une clinique de Beverly Hills pour le mois en question. Ils dénichèrent un numéro de téléphone pour l'établissement, mais apparemment, celui-ci n'était plus en activité.

Une demi-heure plus tard, Jackson et Tague savaient pourquoi : la clinique avait été fermée, les deux médecins qui la géraient ayant été arrêtés pour avoir révélé le nom de certains donneurs de sperme à qui ils avaient garanti l'anonymat.

— Pour quelle raison ont-ils fait cela ? demanda Tague.

— Certaines personnes veulent acheter un sperme qu'ils croient supérieur à d'autres. Ils espèrent ainsi obtenir un enfant plus intelligent ou plus sportif que la moyenne. Dans ce cas précis, les directeurs de la clinique trahissaient l'engagement pris envers les donneurs connus en mentionnant leurs noms pour vendre leur sperme plus cher.

— Je suis sûr que Scott aura dépensé une fortune pour obtenir le meilleur sperme disponible.

— Oui. Mais reste à savoir qui est la mère. Lena ou Alexia. Je pourrais peut-être obtenir les archives de la clinique si vous le désirez.

— Non, répondit Tague. Je n'enquêterai pas sur Alexia. Je lui fais confiance. Allons chercher Meghan et rentrons au Texas.

*
* *

Meghan croisa les jambes, laissant apercevoir le haut de ses cuisses à Scott Hayden. Elle avait usé de tous ses atouts féminins lors du casting et décroché le rôle qu'elle convoitait : une invitation à dîner avec le légendaire réalisateur.

Elle n'avait pas tardé à se rendre compte que celui-ci avait à peu près autant de principes moraux qu'un chat de gouttière. En revanche, elle n'avait jusque-là glané aucune information susceptible de l'aider à défendre Alexia.

Il commanda une nouvelle tournée de boissons. Elle était parvenue à ne boire qu'une petite partie de la sienne, ayant profité d'un moment d'inattention de Hayden pour verser le reste dans son verre. Il était déjà à moitié ivre, mais il avait une limousine et un chauffeur à sa disposition, par conséquent il ne risquait pas de provoquer un accident en rentrant chez lui.

— Venez chez moi ce soir et vous passerez du bon temps, promit-il. Venez pour la semaine. Vous pourrez dormir dans une chambre différente chaque nuit si vous voulez.

Elle tendit la main et lui caressa la cuisse.

— Et si je veux dormir dans celle où vous êtes ?

— Dans ce cas, vous aurez peut-être un diamant servi avec votre café un matin.

Elle accentua sa caresse.

— Je pensais que vous étiez marié.

— Moi aussi. Il s'avère que nous nous sommes trompés tous les deux.

Il lâcha un rire trop sonore pour ne pas être forcé. Puis il se pencha vers elle et murmura quelques paroles au creux de l'oreille de Meghan.

— Je ne vous crois pas, déclara-t-ellc. Vous dites seulement ça pour m'attirer dans votre lit.

— J'en ai la preuve ici même.

— Faites voir, roucoula-t-elle.

Il la lui montra.

Après, Meghan s'empressa de lui fausser compagnie. En route pour l'aéroport, elle composa le numéro de Tague pour lui apprendre la bonne nouvelle, mais coupa la communication à la première sonnerie.

Alexia devait être la première à l'entendre.

15

Il était 4 heures du matin quand Tague regagna la maison de chasse. Il avait grappillé quelques heures de sommeil lors du vol de retour, mais passé le plus clair de son temps à prendre des décisions majeures.

Après le petit déjeuner, il se mettrait en devoir d'appeler les meilleurs avocats du pays. Il comptait mettre en place une équipe d'experts, leur confier toutes les informations qu'il avait rassemblées et les laisser décider de la suite des événements.

Peut-être pourraient-ils convaincre Alexia de se rendre.

Car il n'avait rien de mieux à lui proposer.

Elle ne pouvait continuer à se cacher indéfiniment. Et lui ne pouvait continuer à l'y aider. En fin de compte, cela ne résoudrait rien pour personne.

Il s'endormit sur le canapé et ne se réveilla qu'à 8 heures passées. Une odeur appétissante de café et de bacon embaumait la maison.

Dès qu'il entra dans la cuisine, Damien lui tendit une tasse de café.

— Tu as une mine affreuse, mon vieux. A quelle heure es-tu rentré ?

— En pleine nuit. Où sont les femmes ?

— Parties faire une promenade. Je leur ai dit de

ne pas s'éloigner. De toute façon, Tommy est avec elles, donc elles n'iront sans doute pas plus loin que la première sauterelle.

— Hmm. Il s'intéresse à tout.

— Il est mignon. C'est drôle, je ne t'avais pas imaginé dans le rôle de père.

— Je ne suis pas son père.

— J'ai vu la manière dont vous vous regardez, Alexia et toi. Si ce n'est pas de l'amour, je ne sais pas ce que c'est. Et crois-moi, je sais de quoi je parle.

— Oui, mais ta situation est tout autre. Je suis encore en train d'essayer de comprendre ce qui se passe. Et même si j'y arrivais, tout pourrait changer après aujourd'hui.

— Tu veux m'en dire plus ?

— Oui. Je vais t'expliquer ce que j'envisage et puis j'irai en parler à Alexia. Mais mon choix est fait. Emma et toi pouvez rentrer au ranch dès ce matin.

Tague résuma à son frère les informations qu'ils avaient obtenues en Californie. Puis, comme prévu, il partit à la recherche d'Alexia.

Il avait cru qu'une fois sa décision prise, il se sentirait soulagé. En réalité, un vide atroce l'avait envahi.

Alexia se glissa dans le fauteuil en rotin, laissa tomber ses sandales et replia ses jambes sous elle.

— J'ai des nouvelles, annonça-t-elle. Des nouvelles fantastiques.

— Je t'écoute.

— Peut-être devrais-tu commencer. Tu as l'air d'avoir besoin de vider ton sac et après je pourrai te réconforter avec ma bonne nouvelle.

— Marché conclu.

Il lui relata d'abord son rendez-vous avec Gabrielle. Quand il lui révéla que Scott était stérile, Alexia ne put dissimuler son choc.

— Tu veux dire qu'il m'a menti depuis le début en me faisant croire que j'allais porter son bébé et celui de Lena ?

— Lena devait savoir la vérité, lui fit remarquer Tague. La lettre envoyée par le médecin était en sa possession.

— Cela m'étonne, murmura Alexia. A vrai dire, je n'arrive pas à croire que Scott la lui ait montrée.

— Il ne l'a pas fait. Elle possédait l'original. Le médecin la lui avait adressée directement.

Tous deux restèrent silencieux un instant, tandis que les morceaux du puzzle se mettaient en place dans leur esprit.

— Cela explique tout, dit enfin Tague. Scott a découvert qu'il était stérile, c'est pourquoi il a changé d'attitude envers Tommy, pourquoi il en voulait à Lena et peut-être cela explique-t-il même la mort de celle-ci.

— Exactement. Lena a dû demander des tests, et intercepter la lettre du médecin de sorte que c'est seulement après la naissance de Tommy que Scott a découvert qu'il était stérile.

— Et à ce moment-là, sa jubilation s'est muée en ressentiment envers l'enfant et envers Lena, ajouta Tague. Il a pensé qu'il avait été dupé.

Alexia hocha la tête.

— Sa colère était telle qu'il l'a peut-être tuée pour se venger.

— La sœur de Lena pense qu'il lui a provoqué une overdose par injection.

— S'il y a eu des injections, c'est forcément lui le coupable, renchérit Alexia. Lena avait une peur bleue des piqûres. Il a donc dû découvrir la vérité peu après son accouchement.

— Le jour où Lena a téléphoné à sa sœur en lui disant que Scott allait la tuer.

— Tout cela signifie que nous ignorons qui est le père de Tommy, observa Alexia. Enfin, peu importe. Les gènes de cet homme ne peuvent pas être pires que ceux de Scott. Qu'as-tu appris d'autre ?

Une bouffée de soulagement envahit Tague. Il était certain à présent qu'elle ne lui avait pas menti concernant la naissance de Tommy.

Malgré tout, il continuait d'avoir le cœur lourd.

— Gabrielle possède des documents notariés qui te désignent comme tutrice en cas de décès ou d'incapacité de Lena et de Scott à s'occuper de l'enfant.

L'émotion se lut dans le regard d'Alexia.

— C'est Lena que je dois remercier pour cela. Elle savait combien j'aimais son fils.

Tague ne lui fit pas remarquer que l'existence de cet arrangement lui donnait un mobile pour le meurtre de Lena et celui de Scott. Les avocats qu'il espérait engager s'occuperaient de tout. L'estomac noué, il lui expliqua que l'enquête suivrait son cours jusqu'au bout, mais qu'il faudrait qu'ils se plient l'un et l'autre aux recommandations des hommes de loi.

Elle se leva, légèrement tassée sur elle-même, les yeux baissés.

— Tu n'étais pas obligé de procéder ainsi. Tu aurais pu me laisser m'enfuir avec Tommy.

— Nous prouverons ton innocence, affirma-t-il. Je vais embaucher les meilleurs avocats du pays.

Elle se tourna pour partir.

— Je croyais que tu avais de bonnes nouvelles à m'annoncer ?

— Ça n'a plus d'importance à présent.

Tague réprima l'envie de la rattraper, sachant qu'elle le repousserait. Peut-être ne voudrait-elle plus jamais avoir affaire à lui.

Il sortit son téléphone de sa poche et se mit à appeler les noms qui figuraient sur sa liste. Trois heures plus tard, il avait son équipe en place.

Damien et Emma étaient partis pour le ranch juste après le petit déjeuner. Emma avait hâte de retrouver Belle.

Alexia avait passé le reste de la journée avec Tommy, à lui parler, à chanter et à jouer avec lui, à lui dire qu'elle l'aimait. Peut-être cette journée était-elle la dernière qu'ils passeraient ensemble avant que les autorités le rendent à son père.

Elle avait le cœur brisé.

Tague aussi.

Il commençait à douter sérieusement du bien-fondé de ses décisions. Pourtant, en son for intérieur, il sentait qu'il n'avait pas eu le choix. S'il avait permis à Alexia de reprendre sa cavale, Scott l'aurait trouvée un jour ou l'autre et l'aurait tuée. Avec sa méthode, au moins resterait-elle en vie, et aurait-elle une chance de laver son nom.

Pour sa part, il n'aurait de cesse qu'elle soit complètement innocentée. Mais cette nuit était peut-être la dernière qu'il aurait avec Alexia et elle ne voulait pas qu'il l'approche. Elle était allée se coucher en même temps que Tommy, et avait fermé sa porte.

Il se rendit dans sa chambre, prit une douche et enfila un jean propre avant de retourner dans la cuisine. Ce soir, il avait besoin d'un whisky.

Les lames de plancher grincèrent sous ses pas, mais un autre son lui parvint en même temps. Quelqu'un essayait d'ouvrir la porte de derrière.

Le cœur battant, Tague attrapa son revolver et s'avança dans le couloir.

Il regarda à travers la vitre, mais ne vit rien. Résolu à élucider le mystère, il sortit sur les marches de la véranda, et n'eut que le temps d'apercevoir un poing géant avant que celui-ci s'abatte sur l'arrière de son crâne.

Puis ce fut le noir.

16

Incapable de trouver le sommeil, Alexia était allongée dans son lit, les yeux rivés au plafond, quand elle entendit un bruit sourd. Elle se leva d'un bond et se mit à courir. Au beau milieu du couloir, la voix de Scott lui parvint, aboyant des ordres.

La terreur s'empara d'elle, si soudaine et si profonde qu'elle en eut le vertige. Elle s'effondra contre le mur et dut rester adossée quelques secondes pour recouvrer son équilibre.

Elle avait besoin d'une arme. Il devait y en avoir dans cette maison, pourtant elle n'en avait pas vu, hormis les pièces antiques exposées dans le salon. Sans doute les gardait-on dans une armoire, à moins que les chasseurs les aient apportées chaque fois qu'ils venaient. Il n'y avait ni sabre, ni couteau de chasse, rien, tout au moins pas à portée de main.

Des pas résonnèrent derrière elle. Alexia tendit le bras et décrocha en hâte une photographie encadrée, puis la fracassa de toutes ses forces sur le sol. Elle se saisit d'un fragment de verre au moment où Scott surgissait devant elle.

— Quelle coïncidence de te trouver ici, ironisa-t-il, prête à te battre contre Bronco et moi avec ce petit bout de verre.

— Que veux-tu de moi, Scott ?

— Mon fils, pour commencer.

— Tommy n'est pas ton fils. Tu n'as pas d'enfant et tu n'en auras jamais, Dieu merci.

— Mais personne ne le sait à part toi, rugit-il en lui décochant un coup de pied dans la figure.

Alexia s'affaissa, le sang coulant de ses narines. Malgré la peur et la douleur intense qu'elle éprouvait, elle tenta de se concentrer, de s'accrocher à sa colère.

— Pourquoi es-tu ici, Scott ? Tu ne veux pas de moi. Tu ne veux pas de Tommy. Alors pourquoi tiens-tu tellement à nous anéantir ?

— Parce que tu as tué Lena et que tu dois mourir pour ton crime.

— Je n'ai pas tué Lena. C'est toi qui l'as fait.

— Tu es folle. Bien sûr que tu l'as tuée. Si tu ne me crois pas, tu n'as qu'à demander aux flics. Et quand on te retrouvera morte, tu ne pourras plus vraiment te défendre.

— Ils sauront que c'est toi qui m'as assassinée.

— C'est impossible. Je suis chez moi, à Malibu. Ma gouvernante et mon chauffeur en témoigneront.

— S'ils le font, c'est parce que tu les fais chanter. Où est Tague ?

— Ne t'inquiète pas, ma chère. Il sera là pour le spectacle. Bronco doit seulement le préparer d'abord.

— Il n'y a pas de spectacle. Pense à ce que tu fais, Scott. A tout ce que tu auras accompli pour rien si tu nous tues de sang-froid. La seule chose dont on se souviendra à ton sujet, c'est que tu étais un assassin.

— On ne pourra jamais faire un lien entre votre mort et moi. Ce sont les amis du voleur qui ont retrouvé ta trace et qui voulaient se venger. Quel dommage.

— Tu as engagé ce voyou, n'est-ce pas ? Tu étais derrière tout cela ! J'aurais dû m'en douter.

Elle tenta de se relever. Scott la repoussa contre le mur, plaquant son corps au sien et lui maintenant les bras au-dessus de la tête pour l'empêcher de se dégager.

— Ça s'appelle du génie, mon chou. Engager un délinquant déjà connu des services de police pour t'enlever et t'éliminer. Maintenant, ses amis vont être soupçonnés tandis que moi, je vais avoir le plaisir de te voir jouer la comédie une dernière fois avant que tu meures, ma douce Melinda.

Il fit mine de l'embrasser. Elle le mordit violemment à la lèvre inférieure.

Il la mordit en retour et elle poussa un cri de douleur. Il ne servait à rien de lutter. Scott était infiniment plus fort qu'elle.

— Petite tigresse, siffla-t-il, d'une voix teintée de fureur. J'aimais ça chez toi. J'aimais tout chez toi, Melinda, mais tu as tout gâché.

— Où est Tague ? répéta-t-elle. Que lui avez-vous fait ?

— Oh ! il est un peu blessé. Mais j'espère qu'il n'est pas mort. Ce serait vraiment regrettable qu'il manque le spectacle. D'ailleurs, nous devrions commencer.

Alexia frissonna. Scott n'était pas en proie à un accès de rage. Cette fois, il était aussi froid, aussi calculateur que lorsqu'il réalisait un film. Avait-il toujours oscillé ainsi entre le génie et la folie ?

Si elle ne tentait rien très vite, il allait la tuer. Pour autant qu'elle le sache, Tague était peut-être déjà mort. Cette pensée lui fit l'effet d'un coup de poignard en plein cœur.

Scott fit un pas vers elle. Alexia se jeta sur lui, les doigts crispés sur le fragment de verre. Il lui saisit le poignet et la fit pivoter, lui tordant les bras pour la forcer à se mettre à genoux.

— Bronco, viens par ici. Nous n'avons pas toute la nuit. Le spectacle doit continuer.

Le garde du corps apparut derrière Scott. Du sang dégoulinait sur son menton et le devant de sa chemise, mais ce n'était pas le sien. Il n'avait pas la moindre égratignure. Le sang devait être celui de Tague. Submergée par la nausée, Alexia ravala la bile qui lui montait à la gorge.

— Notre public est prêt ?

Bronco acquiesça en silence.

— Dans ce cas, emmène la charmante Melinda Ryan à l'habillage.

Bronco la jeta sur ses épaules comme un vulgaire sac de pommes de terre. Comme elle tentait de se dégager, il resserra si fort ses bras autour d'elle qu'elle eut l'impression d'avoir les côtes brisées. Une onde de douleur se répandit en elle alors qu'elle tentait de reprendre son souffle.

Le garde du corps la déposa dans un fauteuil en face du canapé. Tague était adossé à deux gros coussins dans un autre fauteuil près de la porte, mais il avait les yeux fermés et ne bougeait pas. Une flaque rouge s'étendait sur sa chemise.

— Mets ceci, Melinda. Et dépêche-toi. Si tu traînes, c'est moi qui vais te le mettre et tu sais de quoi je suis capable.

Elle reconnut le négligé noir qu'elle avait porté lors du casting auquel elle avait été rappelée.

— Tu te souviens de ton texte, Melinda ? Une bonne actrice n'oublie jamais son texte.

Bizarrement, elle s'en souvenait, en effet. D'une voix tremblante, elle se mit à le réciter. Il fallait qu'elle gagne du temps, qu'elle trouve un moyen de s'enfuir. Qu'elle sauve Tague. Qu'elle éloigne Tommy de ce dément avant qu'ils soient tous tués.

— Ton texte, Melinda. Continue sinon je demande à Bronco de frapper Tague de nouveau.

— *Je sais que tu es là*, reprit-elle. *Je sais que tu me surveilles. Je ne peux pas te voir mais je t'entends respirer.*

— C'est mieux, c'est beaucoup mieux, Alexia. Cette fois, j'entends ta peur. Je la vois. Continue. Essaie de me convaincre.

— *Pourquoi me harcèles-tu ainsi ? Parce que je suis aveugle ? Ou parce que tu es si repoussant qu'aucune autre femme ne te laisse l'approcher ?*

— Continue. Le dernier passage est le meilleur.

Tague remua imperceptiblement la tête. Un espoir absurde naquit en elle, l'aidant à mettre de l'ordre dans son esprit confus. Elle devait trouver le moyen de neutraliser Scott et son sbire. Elle devait sauver Tague, se sauver.

— Continue, Melinda.

Oui, il fallait qu'elle continue. Si Tague reprenait connaissance, ils auraient peut-être une chance de s'en sortir. Une petite chance contre un dément et un colosse. Mais elle était prête à se cramponner au moindre espoir.

Scott n'obtiendrait jamais la garde de Tommy après un acte pareil. Elle deviendrait sa tutrice. Elle verrait grandir cet enfant qu'elle aimait tant. Et elle dirait à Tague qu'elle l'aimait. Il avait eu raison depuis le début. Scott n'aurait jamais renoncé avant qu'elle soit morte. Son silence était trop important pour lui.

Non, elle ne pouvait pas mourir. Pas maintenant.

— J'ai oublié mon texte, prétendit-elle, cherchant

à gagner du temps. Si tu m'apportes un verre d'eau, la mémoire va peut-être me revenir.

— Va chercher de l'eau, Bronco. Ma femme fait un bout d'essai pour décrocher le rôle de sa vie. Il faut qu'elle me montre sa peur. Sa terreur. Qu'elle me montre à quoi on ressemble quand on sait qu'on va mourir.

Bronco se leva.

Tague ouvrit un œil. Sa main descendit lentement, glissa jusque dans sa poche.

Elle but l'eau lentement et feignit de se rappeler le script.

— *Je t'en prie, va-t'en. Retourne-toi et pars avant de commettre un acte que tu regretteras. Laisse-moi vivre. Je t'en prie, laisse-moi vivre.*

— Tu manques d'émotion, Melinda. Trop de réflexion, pas assez de sentiment.

Tague reprenait conscience peu à peu. Elle le voyait à son regard, à la posture différente de son corps. Aux mouvements presque imperceptibles qui échappaient à Bronco et à Scott, dont les sièges étaient tournés vers elle.

— N'as-tu donc jamais aimé une femme ? Comment peux-tu me faire cela ?

— Tu ne peux vraiment pas faire mieux que ça, Melinda ? Va chercher ma batte, Bronco. La nullité mérite châtiment.

Il saisit Alexia par le bras et la jeta brutalement à terre.

Tague bondit sur ses pieds, ses gestes si saccadés qu'Alexia craignit qu'il tombe. Soudain, elle aperçut le revolver niché au creux de sa paume.

La batte de base-ball fonça vers elle, brandie par Bronco.

Elle se tassa sur elle-même au moment où le coup de feu partait.

Le garde du corps s'écroula.

Scott s'empara de la batte qu'il avait lâchée et se rua vers elle, les yeux agrandis par la fureur. Une nouvelle détonation retentit. Alexia s'effondra en même temps que Scott.

Une seconde plus tard, Tague l'enveloppait de ses bras.

— Je t'aime, Alexia. Je t'aime tant. Je ne veux plus jamais te quitter.

— Je t'aime aussi, Tague. Quand j'ai cru que tu étais mort…

Il lui imposa silence d'un baiser.

— Je ne pouvais pas t'abandonner aux mains de ce salaud.

Encore sous le choc, elle se retourna vers les corps inertes de Scott et de Bronco.

— Tu es sûr qu'ils sont bien morts ? Je ne voudrais pas que ce soit comme dans un de ces films d'horreur où les cadavres reviennent brusquement à la vie.

— Ils ont chacun reçu une balle dans la tête. Ils sont morts. Mais il va falloir que l'un d'entre nous finisse par appeler la police.

— Promets-moi seulement que ce film aura une fin heureuse, chuchota Alexia. Cela veut dire qu'il faut que tu aimes Tommy aussi. Es-tu prêt à être père ?

— Oui, mais pas à Hollywood. Que dirais-tu de t'installer au Texas et de devenir l'épouse d'un rancher ?

— A condition que tu sois le rancher en question. Maintenant es-tu prêt à entendre ma bonne nouvelle ?

— Je t'écoute.

— Scott avait demandé le divorce il y a plusieurs mois. Il a été prononcé hier.

— Dans ce cas, c'est maintenant que commence notre avenir.

Et cette fois, quand il prit possession de ses lèvres, son baiser contenait la promesse d'une vie entière d'amour et de bonheur.

Elle avait enfin trouvé sa place.

Dans les bras de Tague.

Épilogue

Deux mois plus tard

Carolina franchit le seuil ombragé de la petite chapelle où Hugh et elle s'étaient mariés tant d'années auparavant. Ce jour-là, des oiseaux chantaient dans les arbres, exactement comme maintenant.

Les rayons obliques du soleil de fin d'après-midi éclairaient les motifs des vitraux, donnant vie aux personnages. Ces vitraux étaient le plus grand changement qui avait été apporté à l'édifice depuis que l'arrière-grand-père de Hugh l'avait fait construire pour son propre mariage. La chapelle, comme le ranch, représentait la continuité, la famille et l'amour.

Avec un peu de chance, une autre cérémonie prendrait bientôt place ici même — dès que les accusations qui pesaient encore sur Alexia seraient levées. Elle n'avait pas tué Lena Fox. C'était impossible. Son seul crime avait été d'aimer Tommy, et la police de Los Angeles finirait par le reconnaître.

Jusqu'à présent, ce n'était pas le cas. Les autorités avaient refusé de croire Alexia lorsqu'elle avait affirmé que Scott avait avoué être l'auteur du crime. La célébrité qui entourait son nom avait donné lieu à un véritable cirque médiatique et certains membres du public exigeaient qu'Alexia soit condamnée.

Si Hugh avait été là, il aurait su quoi dire pour apaiser l'anxiété qui tourmentait les siens. Mais il n'était pas là et ne le serait plus jamais.

Malgré elle, Carolina songea à l'horrible nuit pluvieuse où elle avait appris que l'avion privé à bord duquel il se trouvait s'était écrasé au cours d'un orage dans l'ouest du Texas. Elle avait voulu mourir, elle aussi. Le destin n'avait pas exaucé ses prières, et elle s'en félicitait à présent.

Car bien que la douleur soit encore insupportable par moments, elle était reconnaissante pour chaque jour passé avec sa merveilleuse famille.

Damien, Durk et Tague. Ses trois fils étaient si différents les uns des autres, et pourtant, tous avaient hérité de l'amour de Hugh pour la terre et de sa foi inébranlable en son prochain. Comme ses souvenirs, ils incarnaient une partie de leur père, et cela faisait de chaque jour une bénédiction.

Damien et Tague avaient l'un et l'autre mis leur vie en péril pour la femme qu'ils aimaient. Hugh les aurait avertis des risques qu'ils prenaient, mais il aurait été infiniment fier d'eux. Et il aurait adoré Emma, Alexia, la petite Belle et l'espiègle Tommy.

Si les accusations étaient enfin levées, celui-ci resterait au sein de la famille, conformément aux dernières volontés de Lena. Alexia aurait définitivement la garde de l'enfant.

Carolina était heureuse que l'abominable Scott Jeffery Hayden n'ait pas été le père de Tommy. Et elle éprouvait de l'admiration pour Lena Fox, qui avait eu le courage de s'adresser à une banque de sperme et de cacher le rapport du médecin révélant la stérilité de son mari.

Peu importait qui était le père biologique de Tommy. Il serait aimé et choyé par tous les Lambert, et surtout par Alexia, sa mère de cœur.

La mère de Belle était morte, elle aussi, et l'identité de son père demeurait inconnue. Tous auraient le cœur brisé lorsque le moment viendrait de renoncer à elle. Pour le moment, ils ne pouvaient qu'entourer d'amour la petite fille et chérir chaque instant passé avec elle. Emma et Damien lui étaient entièrement dévoués.

Si seulement Durk pouvait lui aussi trouver la femme de sa vie…

Carolina ressortit sous le soleil brûlant, puis s'engagea dans l'allée qui conduisait au cimetière où Hugh reposait. En s'approchant, elle tira la fleur qu'elle avait glissée dans ses cheveux et la déposa sur sa tombe.

— Tu serais fier de tes fils, Hugh. Je sais que tu aimerais Emma et Alexia, Belle et Tommy. Je t'aime, mon amour. Tu me manques tant.

Les larmes aux yeux, elle se redressa et regarda la chapelle. Si Tague et Alexia se mariaient un jour, elle espérait avec ferveur que la cérémonie aurait lieu ici.

En revanche, la réception qui s'ensuivrait serait le plus grand événement qu'Oak Grove ait jamais connu.

Les Lambert avaient besoin de fêter l'amour.

Tommy lâchait des cris ravis tandis que Tague le poussait doucement sur la vieille balançoire que son père avait installée à l'époque où ses frères et lui n'étaient guère plus âgés que l'enfant. Il ne se souvenait pas personnellement du grand jour, mais on le lui avait raconté maintes fois.

— Un de ces jours, Tommy, toi et moi allons construire une cabane. Et nous irons pêcher et nous baigner et grimper aux arbres et…

— Dis-moi, tu as de grands projets de papa, coupa Alexia d'un ton amusé en venant les rejoindre.

— L'idée d'être papa me plaît de plus en plus.

Elle s'assit en tailleur sur un carré de trèfle.

— Tu n'étais pas si enthousiaste concernant le mariage et la paternité lorsque nous nous sommes rencontrés.

— Il arrive qu'un homme doive rencontrer ce qu'il veut pour savoir qu'il le veut.

Il ralentit le mouvement de la balançoire et Tommy sauta à terre pour s'élancer à la poursuite d'un papillon. Tague alla prendre place à côté d'Alexia. Elle mit une main sur sa cuisse et il s'émerveilla du désir brûlant qu'elle ne manquait jamais d'éveiller en lui.

Cependant, son amour pour elle allait bien au-delà d'une simple attirance physique. Il était difficile de croire qu'elle avait pu endurer tant d'épreuves et conserver sa joie de vivre, sa capacité d'aimer.

— L'inspecteur Hampton m'a téléphoné tout à l'heure, avoua-t-elle.

— Il avait de bonnes nouvelles, j'espère ?

— La mort de Lena a été officiellement classée comme un meurtre.

Tague la regarda, l'estomac noué par l'appréhension.

— Tu n'es pas considérée comme suspecte, tout de même ?

— Non. Les preuves contre Scott sont assez solides pour lui attribuer le crime. Je suis officiellement innocentée de toutes les accusations qui pesaient sur moi.

Bouleversé, Tague passa un bras autour de ses épaules.

— C'est fantastique.

— C'est vrai, mais il est difficile de croire qu'un homme qui avait le monde à ses pieds n'ait pas pu se contenter de ce qu'il avait. Il fallait toujours qu'il possède davantage. Qu'il soit considéré comme un génie. Qu'il ait un fils parfait.

— Et quand il a découvert qu'il n'était pas le père biologique de cet enfant, il n'a pas pu l'aimer.

— Et puis il a éprouvé le besoin de tuer la femme qu'il avait choisie pour se venger.

— Mais aussi pour être libre de t'épouser.

— J'étais si obsédée par mon désir de protéger Tommy que je suis tombée dans le piège de Scott. C'est un miracle que nous ayons survécu, Tommy et moi. Nous n'aurions pas pu nous en tirer sans toi, Tague.

— Je ne vous ai aidés qu'à la fin, Alexia. Tu as pris Tommy et tu es partie. Tu as eu le courage de faire ce que tu jugeais nécessaire pour le sauver.

— Je suppose que nous devons nous résigner au fait qu'il existe en ce monde des individus tels que Scott Jeffery Hayden. Mais le véritable miracle, c'est qu'il y ait aussi des hommes tels que toi.

— Je ne suis qu'un cow-boy qui t'aime à la folie et qui a hâte de t'épouser.

— Et moi, je t'aime plus que je n'aurais cru possible d'aimer.

En guise de réponse, il la prit dans ses bras et l'embrassa.

— Nous pouvons nous marier aujourd'hui, si tu veux.

— Non, mon amour. Je veux un mariage traditionnel,

dans la chapelle de ta famille. Je veux tout, Tague. Toi, la vie au ranch, la grande famille exubérante.

— Tu en es sûre ?

— Complètement.

Elle se releva et lui tendit la main.

— Viens, mon cow-boy. Allons annoncer à ta mère qu'elle est sur le point d'avoir un nouveau petit-fils.

— Youpi ! s'écria Tommy en courant vers eux.

Tague sourit.

Il n'aurait pu mieux dire.

HELENKAY DIMON

Rencontre à haut risque

Traduction française de
ESTELLE BELHIS

BLACK ROSE

HARLEQUIN

Titre original :
GUNS AND THE GIRL NEXT DOOR

Ce roman a déjà été publié en 2012

1

Mia courait, ignorant ses jambes qui la faisaient souffrir et les larmes qui lui brûlaient les yeux. Elle devait atteindre sa voiture avant qu'il ne la rattrape.

Des feuilles mortes bruissaient sous ses pieds, étouffant le choc sourd de ses battements de cœur qui résonnaient dans ses oreilles.

Lorsque des branches lui égratignèrent le visage, elle les repoussa et fit de son mieux pour garder son équilibre sur le sol irrégulier.

Le sentier n'était pas entretenu, et la nuit d'un noir d'encre, mais elle refusait d'abandonner, d'autant qu'elle l'entendait hurler son nom, avec une frénésie proche de la folie.

Elle s'efforça d'en faire abstraction. Elle n'aurait qu'à claquer la portière, mettre le contact et démarrer le plus vite possible. Mais elle devait d'abord arriver jusqu'à sa voiture.

— Mia !

La voix empreinte de fureur retentissait autour d'elle, se répercutant sur les arbres de cette forêt de Virginie… mais étaient-ils encore en Virginie ? Elle l'ignorait.

L'heure qui venait de s'écouler ressemblait au scénario d'un thriller. Son patron lui avait ordonné de prendre le volant, et elle avait obéi. Aveuglé par la colère, il lui avait aboyé des ordres qu'elle avait suivis. Puis ils étaient descendus de voiture et avaient marché un moment.

Ensuite, il avait perdu la tête.

Tout ce qui s'était passé après était flou dans son esprit. Il s'était jeté sur elle, écarlate et le visage déformé par la colère. Après s'être débattue à coups de pied et de poing, elle lui avait assené un coup sur la tête avec son sac à main. Il était alors tombé à genoux, et elle avait pu lui échapper. Malheureusement, le coup ne l'avait pas assommé, mais juste étourdi.

Derrière elle, elle entendait sa foulée lourde, tout comme sa respiration saccadée et entrecoupée de menaces, qui se rapprochaient inexorablement.

Elle tenta d'accélérer, mais les semelles de ses chaussures de ville glissaient sur le sol collant. Dieu merci, elle avait décidé de mettre un pantalon ce matin. Si elle avait opté pour une jupe droite, elle serait déjà morte.

L'air froid lui brûlait les poumons, même si elle ne le sentait pas sur sa peau. Son corps semblait anesthésié. Enfin, elle distingua sa voiture, à environ trois cents mètres d'elle.

Elle serrait la clé si fort au creux de sa main qu'elle la sentait s'imprimer dans sa paume. Comme elle avait dû abandonner son sac qui contenait son téléphone et ses papiers, elle se félicita de l'avoir glissée dans sa poche plutôt que dans son sac.

Alors qu'elle pensait ne jamais s'extirper de ces bois qui la rendaient claustrophobe, elle émergea dans la clairière et poussa une pointe de vitesse. Portée par son élan, elle ne put s'arrêter à temps et heurta l'aile de la berline. L'impact fut si violent qu'elle en eut le souffle coupé.

C'est à ce moment qu'elle le vit. Un côté de son visage était maculé de sang coagulé, et ses yeux exprimaient une rage folle. Son complet noir déchiré à l'épaule et les griffures sur sa joue témoignaient du combat qui avait eu lieu avant qu'elle se libère de son étreinte.

Le cœur battant à tout rompre, elle ne détourna son regard de lui que pour appuyer sur le bouton déverrouillant sa portière.

Tremblant de tous ses membres, elle se laissa tomber sur le siège et s'enferma dans l'habitacle, haletante.

Tel un démon, il fondit sur elle en rugissant et se mit à frapper la vitre du plat de la main.

— Sors de là !

Sur le point de défaillir, elle craignit qu'il finisse par briser la vitre et parvienne à l'attraper.

— Mia !

Fébrilement, elle mit le contact. Il martelait maintenant de ses poings le toit de la voiture. Le bruit était assourdissant. Redoutant de voir le métal céder sous la pression des coups, Mia rentra instinctivement la tête dans les épaules. Les mains serrées sur le volant et le dos voûté, elle appuya sur l'accélérateur.

Fou de rage, il abattit ses poings sur la carrosserie. Mia mit le pied au plancher. Le moteur rugit et l'arrière de la voiture chassa, percutant son agresseur. Ses yeux s'écarquillèrent, puis il hurla. Ses ongles crissèrent contre la vitre tandis qu'il vacillait.

Elle ne voulait même pas savoir s'il se relèverait.

Pour reprendre le contrôle de la berline, elle leva le pied puis accéléra de nouveau en cherchant du regard l'issue la plus proche.

Clignant des yeux, elle tenta de se rappeler par où

elle était arrivée. Lorsqu'elle reprit ses esprits, il se tenait à quelques mètres devant la voiture qui patinait sur le sol boueux. L'un de ses bras pendait le long de son corps, et son visage était convulsé par une espèce de folie furieuse.

Sans hésiter, elle lança le véhicule droit sur lui. Il y eut un choc sourd et il disparut à sa vue alors qu'elle freinait brutalement. Pour éviter de lui rouler dessus, elle enclencha la marche arrière et manœuvra en demi-cercle.

Quand elle jeta un regard à son rétroviseur, elle distingua dans la lueur de ses feux arrière une forme recroquevillée et immobile. Refusant de laisser la culpabilité la tarauder une seule seconde, elle accéléra et s'engagea dans un chemin de terre relativement large.

Elle roula, sans savoir où elle allait, avec pour seuls guides sa terreur et l'adrénaline. Il faisait nuit, elle était au milieu des bois, et rien n'indiquait la direction à prendre pour rejoindre des contrées plus civilisées.

Pourquoi l'avait-il amenée ici ? Elle retourna la question dans sa tête, et plusieurs possibilités se dessinèrent.

Les pensées en déroute, elle se força à se concentrer sur la conduite. Ce n'était pas le moment d'avoir un accident. En découvrant un embranchement un peu plus loin, elle s'inquiéta. Elle ne se souvenait pas être passée par là. Elle se mordit la lèvre inférieure et choisit sa route au hasard.

Cinq cents mètres plus loin, la voiture se mit à brinquebaler sur une piste caillouteuse criblée de nids-de-poule. Elle ne gardait aucun souvenir d'unc route aussi cahoteuse.

Elle serra le volant plus fort pour ne pas quitter la route. Alors que le désespoir la gagnait, elle distingua au loin ce qui ressemblait à une habitation. Et il y avait de la lumière !

Priant pour qu'il ne s'agisse pas d'un mirage, elle s'engagea peu après dans une sorte d'allée. Elle ignorait ce qu'elle trouverait au bout, mais un téléphone et un peu de réconfort lui suffiraient.

Alors que ses épaules commençaient à se détendre un peu et sa respiration à reprendre un rythme plus régulier, un obstacle surgit devant elle sans qu'elle ait le temps de réagir. L'arrière de sa voiture partit dans un sens, et l'avant dans la direction opposée. L'obscurité noyait les abords de la route. Mia ignorait sur quoi elle avait roulé, mais c'était si gros que la berline fit une embardée et qu'elle en perdit le contrôle.

Avant qu'elle ait le temps d'appuyer sur le frein, elle percuta une clôture de bois qui vola en éclats, et poursuivit sur sa lancée, se rapprochant à toute allure de la petite maison.

Elle eut beau freiner de toutes ses forces, la voiture ralentit un peu mais ne s'arrêta pas. Elle chercha à atteindre le frein à main, mais il était déjà trop tard : elle releva les yeux à temps pour voir l'avant de sa voiture enfoncer la porte d'entrée.

2

Holden Price reposa la tête sur le coussin du canapé et lança sa balle de base-ball en l'air pour la centième fois au moins.

Encore quelques lancers, et sa main serait complètement engourdie. Les congés forcés n'étaient pas ce qu'il préférait ; ça s'apparentait plutôt à de la torture.

Huit semaines plus tôt, il travaillait encore sous couverture, dans le cadre du Projet Recovery, une agence gouvernementale inconnue du grand public.

Son travail consistait à retrouver des personnes, celles qui attendaient désespérément un sauvetage, mais aussi celles qui auraient préféré disparaître dans la nature.

Il avait suffi d'un cas litigieux pour que les gratte-papier de leur hiérarchie décident de démanteler l'équipe et d'envoyer à son patron, Rod Lehmann, une citation à comparaître pour des audiences top secret devant un groupe de représentants du Congrès. Holden était excédé par ce qu'il considérait comme un excès de zèle bureaucratique.

Il avait été militaire de vingt à trente ans avant de passer les quatre dernières années à participer au Projet. Privé de travail, les deux mois qui venaient de s'écouler lui avaient paru bien longs. Il ne se rappelait pas s'être déjà autant ennuyé.

La balle atterrit dans sa main avec un bruit sourd, puis il la relança en l'air. Elle tournoya sur elle-même en s'élevant vers le plafond, et amorça sa descente au moment où les voyants du système d'alarme extérieur se mirent à clignoter sur le boîtier à côté de la porte. Le son strident de l'alarme retentit aussitôt.

Lorsqu'il jeta un coup d'œil vers la baie vitrée qui lui faisait face, Holden vit la lumière aveuglante de phares qui venaient droit sur lui.

Son chalet était, selon ses souhaits, situé au milieu de nulle part. Il risquait sa vie chaque jour et côtoyait des individus dangereux, ce qui l'avait incité à se créer un sanctuaire, un refuge connu de ses seuls amis, des hommes d'armes comme lui.

Et quelqu'un violait cette zone de sécurité, en utilisant comme arme un véhicule pesant une tonne et demie !

Abandonnant d'un bond le confort de son canapé, il saisit le pistolet posé sur sa table basse, se jeta à terre et roula sur lui-même au moment où la berline pulvérisait sa porte d'entrée. Le choc ébranla jusqu'aux fondations de la maison.

Il y eut des craquements de bois. L'éclairage vacilla et des fils électriques tombèrent du plafond en même temps que les panneaux qui les masquaient qui s'abattirent avec fracas sur le parquet.

Holden se tenait immobile au milieu du nuage de poussière et de ses meubles détruits, le dos appuyé contre ce qui restait de son canapé, son arme pointée en direction de la personne au volant.

Des éclats de pare-brise constellaient une longue chevelure blonde. Son assaillant était une femme, peut-être morte. L'airbag n'avait pas fonctionné, ce qu'il trouva étrange. Mais, après tout, les deux minutes précédentes n'avaient rien eu de normal non plus.

Il se releva lentement. Le canon de son pistolet ne dévia pas d'un millimètre, ni son regard. Si cette fille remuait, il était prêt à faire feu.

Les morceaux de verre crissèrent sous ses pieds tandis qu'il approchait de la voiture. L'alarme était assourdissante, mais il ne l'entendait même plus. Toute son attention était concentrée sur la femme.

— Levez la tête ! hurla-t-il sur un ton qui sous-entendait « si vous tenez à la vie ».

Rien ne se produisit.

Souhaitant éviter une perte d'audition irréversible, il se glissa sur le côté du véhicule en veillant à garder la femme dans son champ de mire, et tendit le bras pour désactiver la sirène. Sa main ne rencontra qu'une fraîche brise printanière.

Il n'avait pas neigé cette semaine dans le nord de la Virginie. Cependant, l'air était chargé d'une odeur annonçant un dernier sursaut de l'hiver, ce qui risquait de lui poser problème, maintenant que sa maison n'avait plus de façade.

Il baissa les yeux et, du pied, balaya les débris recouvrant ce qui avait été un parquet rutilant. Il ne retrouva pas le boîtier mural, mais vit son trousseau de clés. Alors qu'il s'apprêtait à le ramasser, la conductrice releva la tête.

Elle poussa un long cri qui lui vrilla les oreilles. Il résonna si fort dans sa tête qu'il couvrit le son de l'alarme. Vivement, il composa le code d'arrêt sur son boîtier portatif, tout en plaçant son arme contre le front de la femme, espérant ainsi la faire taire.

— Ça suffit ! ordonna-t-il.

— Pa… pardon ?

— Pas un geste !

Lorsqu'elle essaya d'ouvrir sa portière, il repoussa celle-ci du pied pour l'en empêcher.

— Hé !

— Ecoutez-moi attentivement, et ne bougez pas.

Sa main trembla lorsqu'elle se toucha le front.

— Que faites-vous ?

— Je vous inculque quelques conseils de survie.

— Quoi ?

— Vous êtes chez moi.

Elle secoua la tête, puis la tint entre ses mains

— Je n'y comprends rien, dit-elle d'une voix qui semblait empreinte de douleur.

Il ne savait s'il devait la croire. Difficile de faire confiance à une femme qui s'engouffrait dans votre salon en voiture…

— C'est ce que nous allons voir, marmonna-t-il.

Elle laissa son regard aller du pistolet au visage de son interlocuteur.

— Qui êtes-vous ? lui demanda-t-elle.

La panique qui emplissait ses yeux laissait penser que son ignorance était sincère, mais il ne voulait prendre aucun risque.

— Et si nous commencions par *mes* questions ? Que faites-vous ici ?

— Je…

Elle tourna la tête avec une lenteur qui suggérait qu'elle était blessée, et regarda autour d'elle.

— J'ai eu un accident ?

Son bredouillement et sa mâchoire qui tremblait rendaient sa panique très crédible. Pourtant, Holden n'y crut pas un instant.

— C'est à peu près ça.

— Où suis-je ?

— Au beau milieu de mon salon. Comment vous appelez-vous ?

— Mia Landers.

Elle remua sur son siège et grimaça.

— Ne bougez pas.

— Il faut que je me lève.

— Etes-vous blessée, Mia ?

— Je ne sais pas, dit-elle en se mordant la lèvre inférieure.

Ce n'était pas vraiment la réponse qu'il attendait.

— Ma question est pourtant simple. Est-ce oui ou non ?

— Pas vraiment.

Il lui avait donné deux options et elle en avait choisi une troisième. Intéressant.

— Que voulez-vous dire ?

— Je suis tout engourdie.

Elle était en état de choc. Criminelle ou mauvaise conductrice, elle avait besoin de soins médicaux.

— Ouvrez la portière. Très lentement.

Elle baissa les yeux.

— Je ne peux pas…

L'air hagard de son invitée surprise laissait supposer qu'elle était en train de perdre pied avec la réalité. Il fit un pas dans sa direction, et inspecta du regard l'intérieur de la voiture. D'après lui, il y avait suffisamment de place entre le tableau de bord et ses jambes pour qu'elle puisse s'extraire du véhicule par ses propres moyens.

Malgré cela, il saisit la poignée et lui ouvrit la portière.

— Il faut sortir de là, insista-t-il.

Comme elle tentait de se lever sans défaire sa ceinture de sécurité, il la déboucla pour elle.

Elle pivota sur le côté et mit un pied par terre. Ses mains tremblaient et ses cheveux lui tombaient devant les yeux. Lorsqu'elle tenta de se redresser, ses genoux flageolèrent et elle retomba lourdement sur le siège en cuir.

Après l'avoir observée attentivement, à l'affût d'une arme quelconque, Holden glissa la sienne dans sa ceinture.

Aussi doucement que possible, il passa un bras entre le siège et elle, puis la tira vers lui tout en lui parcourant le dos du plat de la main. Mieux valait rester prudent.

Ses jambes tremblaient, tout comme le reste de son corps, mais, grâce à son soutien, elle parvint à se mettre debout.

— Bon sang ! marmonna-t-elle.

— Comment vous sentez-vous ? lui demanda-t-il, une fois qu'elle fut sur pied, à côté de ce qui avait été sa porte d'entrée.

— Ça va. J'ai mal à la tête, mais c'est supportable.

Elle se passa une main tremblotante dans les cheveux. Ses doigts emportèrent au passage quelques éclats de verre et des feuilles mortes.

— Comment ai-je atterri ici ?

— C'est la question que je me pose aussi.

Il la guida jusqu'au canapé, qui était pratiquement le seul meuble à avoir résisté, même si seule une moitié était encore utilisable.

Il ne lui fallut qu'une seconde pour évaluer son adversaire. Elle était mince, âgée d'environ vingt-cinq ans, et avait un visage rond et innocent qui pouvait néanmoins dissimuler une habile menteuse.

Un verre d'eau et un avis médical lui auraient certainement fait du bien, mais il n'avait pas l'intention de les lui proposer dans l'immédiat.

Personne ne vagabondait dans ces bois au milieu de la nuit. Les jolies blondes aux grands yeux verts ne s'y aventuraient que lorsqu'il les y invitait, ce qui n'arrivait d'ailleurs plus très souvent.

— Que faisiez-vous ici ?

— Où ?

— Dans ma propriété.

Il était le seul résident dans le secteur, si l'on excluait le domaine qui se trouvait à environ sept kilomètres de là, et plus d'un kilomètre de forêt le séparait de la route principale. Il pensait jusqu'alors que c'était bien suffisant, mais il avait peut-être tort.

— J'étais…

Ses yeux s'écarquillèrent et sa bouche s'ouvrit.

— Oh ! Mon Dieu !

— Qu'y a-t-il ?

— Je dois…

Comme elle tentait de se lever, il la força à se rasseoir.

— Du calme, lui suggéra-t-il.

— Vous ne comprenez pas !

Elle parcourut la pièce du regard. Ses mains s'agitaient, comme si son énergie devait à tout prix s'extérioriser.

Il posa une main sur son épaule pour l'apaiser.

— Expliquez-moi ce qui vous inquiète.

— Je dois appeler la police.

— Pourquoi ?

— A cause de l'accident.

Il n'avait aucune envie de voir la police envahir sa propriété. Si c'était absolument nécessaire il s'y résoudrait, mais il voulait d'abord découvrir qui était Mia et ce qu'elle faisait là.

— Vous êtes-vous endormie au volant ?

— Non.

La mémoire semblait lui être revenue.

— Y a-t-il quelqu'un d'autre dans votre voiture ?

— Où peut-il être ?

Il la voyait s'agiter, sans comprendre ce qui se passait.

— Que cherchez-vous ?

— Mon portable ! Il faut que j'appelle la police, et mon bureau.

— Mia, écoutez-moi.

— Je me souviens, maintenant. Il est dans mon sac.

Il posa une main sur la sienne.

— Ce n'est pas important.

Elle cessa de remuer, et leva les yeux vers lui.

— J'ai heurté quelqu'un.

C'était ce qu'il craignait. Il n'y avait pas une, mais deux victimes sur sa propriété.

— Vous avez eu un accident ?

Du bout du pied, elle rassembla des fragments de bois qui n'étaient à présent plus bons qu'à allumer un feu de cheminée.

— Regardez autour de vous.

— Je voulais dire, avant de défoncer ma porte d'entrée.

— Pas vraiment.

— Vous venez de dire qu'une personne a besoin d'aide !

Il avait reçu une formation aux premiers soins, mais il s'agissait essentiellement de techniques militaires de survie. Si les blessures étaient importantes, ils auraient besoin d'un vrai médecin.

— Pas vraiment, répéta-t-elle.

Sa voix était distante, presque rêveuse.

— Mia ?

— Il est mort. Je l'ai tué.

Pour la première fois, son regard sembla assuré.

Holden ignorait de qui elle parlait et ce qui se passait, mais cette femme avait de toute évidence besoin de réconfort, aussi lui dit-il :

— Je suis sûr que vous vous trompez.

Elle plongea son regard dans le sien.

— J'espère bien que non.

3

Mia avait le regard plongé dans celui, bleu glacé, de l'homme qui l'avait accueillie l'arme au poing lorsqu'elle avait percuté la façade de sa maison.

— Votre histoire est loin d'être claire, répondit-il.

Si elle continuait à trembler comme ça, son cerveau risquait d'imploser, songea-t-elle. Elle ne pouvait s'empêcher de claquer des dents. Il lui fallait aussi gérer la douleur qui lui taraudait le crâne et ses os qui semblaient transformés en gelée.

Pour commencer, elle s'était fait attaquer par son patron, d'ordinaire plutôt calme, ce qui était déjà déconcertant.

Et, maintenant, elle devait supporter ce personnage mal embouché. Ses cheveux d'un noir de jais et ses larges épaules lui faisaient penser à ces types des services secrets qui se présentaient parfois sur son lieu de travail, au cabinet parlementaire.

Cet homme, dont les muscles impressionnants se dessinaient sous un T-shirt noir, était manifestement dangereux. Elle aurait dû être effrayée, mais il n'avait pas l'air d'un tueur en série. Cela dit, elle ignorait comment on les reconnaissait… Quoi qu'il en soit, jusqu'à preuve du contraire, elle était le seul criminel avéré dans cette pièce.

— Il m'a agressée. Impossible de lui faire entendre raison.

— De qui s'agit-il ?

La scène défila devant les yeux de Mia. Elle revit le regard fou, entendit les accusations marmonnées.

— Il voulait me tuer.

— Essayons encore une fois. Qui ?

L'homme posa une main sur son bras.

Elle baissa les yeux sur ses doigts et tenta de ne pas flancher. S'il était effectivement dangereux, mieux valait ne pas le provoquer.

— Comment vous appelez-vous ? demanda-t-elle.

Cette fois, il ne répondit pas par une autre question.

— Holden Price.

Rien dans ce nom n'indiquait qui il était ou s'il allait lui faire du mal. Il sonnait même bien. Un peu comme Guy Georges, en fait.

— Et si vous m'en disiez davantage sur votre victime ? reprit-il.

Elle préférait, pour sa part, en apprendre davantage sur la menace potentielle qui lui faisait face.

— Vous vivez ici ?

Holden poussa un soupir exaspéré, lui signifiant que sa patience atteignait ses limites.

— C'était le cas jusqu'à ce que vous preniez en charge quelques rénovations. Mais ce n'est pas le problème qui nous occupe en ce moment.

— Il faut que j'appelle la police.

Il ne bougea pas.

— Qui pensez-vous avoir tué ? Quel est son nom ?

Mia ne craignait pas de divulguer cette information, car tout le monde serait bientôt au courant. On ne tuait pas quelqu'un de son envergure sans faire les gros titres.

— Mon patron. Bram Walters.

L'expression de Holden changea, passant de la colère à la stupeur.

— Vous parlez du parlementaire Bram Walters ?

— Oui.

Holden la dévisagea.

— Je ne me souviens pas de vous.

C'était sans doute à cause de son mal de tête, mais elle ne comprit pas sa remarque.

— Pourquoi le devriez-vous ?

— Parce que je me rends souvent à son cabinet.

Impossible. Un type comme lui ne passait pas une minute dans l'immeuble sans que toutes les filles présentes ne retouchent leur coiffure et leur rouge à lèvres. Même en complet cravate et noyé dans la foule, il ne risquait pas de passer inaperçu.

— Je suis son assistante juridique.

— Au bureau de Washington ?

Elle ne voyait vraiment pas pourquoi il semblait obsédé par son travail. Les questions qu'il lui posait lui emplissaient la tête, alors qu'elle était déjà au bord de l'explosion.

— J'ai été embauchée il y a deux mois.

— Et vous pensez avoir tué votre employeur ?

Holden avait prononcé chaque mot lentement et distinctement.

— Je l'ai renversé.

— Walters se trouvait donc chez moi.

Elle se tint le front d'une main comme pour empêcher son interlocuteur de la faire souffrir davantage.

— Dans les environs, plutôt.

Il prit une longue inspiration.

— Intéressant.

— Si je ne l'ai pas achevé, ce n'est pas faute d'avoir essayé.

Cette fois, il ne put s'empêcher d'esquisser un sourire.

— A votre place, je formulerais ça autrement face aux policiers.

La police. Un procès. La presse. Rien de bon à l'horizon. Sa tête se mit à tourner.

— Je n'arrive pas à y croire, murmura-t-elle.

— Moi non plus.

Le ton employé par Holden montrait combien il était abasourdi. Depuis quelques minutes, elle n'avait plus beaucoup de scrupules à le rayer de la liste des tueurs en série potentiels. S'il avait voulu s'en prendre à elle, il l'aurait déjà fait. Il était peut-être du genre ours mal léché, mais il ne lui semblait plus si menaçant.

Cette certitude permit à son cœur de recouvrer un rythme plus normal. Du moins, jusqu'à ce qu'il se lève et qu'elle voie l'arme à sa ceinture.

— Où allez-vous ? demanda-t-elle.

Il la regarda d'un air relativement condescendant.

— Chercher Walters.

— Pourquoi ?

Les yeux de Holden s'écarquillèrent.

— Au cas où il serait vivant et aurait besoin d'aide !

— Vous ne pouvez pas faire ça !

— Et pour quelle raison, s'il vous plaît ?

— Parce qu'il est dangereux.

Elle n'avait aucune envie de se frotter à lui de nouveau, même si la culpabilité l'assaillait chaque fois que l'image du parlementaire disparaissant sous ses roues passait devant ses yeux.

Certes, il ne lui avait guère laissé le choix et, si l'un d'eux devait mourir, elle préférait que ce soit lui.

— Walters porte des costumes trois-pièces et passe

son temps à prendre des décisions sans analyser les faits. Croyez-moi, il ne me fait pas peur.

— Cette impression est trompeuse, le prévint-elle.

— Je connais les politiciens.

Sa réponse sonnait curieusement. Mal de tête ou pas, il y avait autre chose – un sous-entendu plus personnel, plus profond.

— J'ai le sentiment que vous le connaissez bien.

— Si vous dites vrai, nous devrions en parler au passé.

Mia ressentit le besoin de se défendre.

— Il avait complètement perdu l'esprit !

— Ce qui m'amène à ma grande question…

Holden extirpa le pistolet de sa ceinture et vérifia le chargeur.

— Mia, que faisiez-vous sur ma propriété avec Walters ?

A la vue de l'arme, elle fut prise de panique et son mal de tête redoubla, au point de l'empêcher de penser.

— Je l'ignore.

— Ben voyons !

— C'est pourtant vrai !

Il se pencha jusqu'à ce qu'il ne soit plus qu'à quelques centimètres de son visage.

C'était un représentant de la loi, elle l'aurait parié. La manière dont il scandait son nom, et ce ton monocorde étaient révélateurs.

Elle avait eu un petit ami policier pendant deux ans, et Holden dégageait la même assurance, la même soif de contrôle. Et il maniait son arme comme un pro.

— Walters m'a amenée ici, en ne cessant de me demander pour qui je travaillais…

— Je croyais qu'il était votre employeur.

— C'est le cas. Enfin, c'était… Je ne sais pas ce qui va se passer, maintenant qu'il est mort.

— Partons du principe qu'il est toujours en vie. Mais je ne saisis toujours pas ce qu'il voulait dire.

— Moi non plus. Il voulait savoir ce que je recherchais dans le système.

Walters le lui avait hurlé aux oreilles, et ce souvenir était encore vif dans son esprit.

— Je ne sais pas à quoi il faisait allusion, ajouta-t-elle.

— De quel système parlait-il ?

— Du réseau informatique. Il a un ordinateur portable dans son bureau. Je pense qu'il me soupçonnait de l'avoir piraté.

Une expression étrange passa sur le visage de Holden, mais elle disparut avant que Mia ait eu le temps de la déchiffrer. Il redevint le gros-costaud-impavide.

— Avait-il raison ?

— Pourquoi aurais-je fait ça ?

— Pourquoi avez-vous détruit ma maison ?

Il fit un geste circulaire.

— Vous voyez ? J'ai encore de nombreuses questions qui attendent des réponses.

— Si vous le dites.

— Je le dis, mais, pour le moment, nous allons sortir.

— Non.

Aucune fille dotée d'un minimum d'intelligence n'irait traîner dans les bois en pleine nuit avec un inconnu. Pas plus qu'elle ne se précipiterait vers le danger auquel elle venait d'échapper. Hors de question !

Holden se rembrunit, lui signifiant qu'elle n'était pas en position de prendre des décisions.

— Pardon ?

— Je veux appeler la police.

— Répétez-le autant que vous voudrez, mais je veux d'abord savoir ce qui se passe.

Prenant soin de garder la tête immobile, elle chercha un téléphone du regard. L'appareil devait se trouver sous la voiture, car elle ne le vit nulle part.

— Un membre de la Chambre des représentants est mort. Vous ne trouvez pas qu'il s'agit d'une affaire de la plus haute importance ?

— Vous savez, ce n'est pas moi qui l'ai tué…

Elle l'interrompit.

— Vous n'êtes pas drôle !

— Ce n'est pas la première fois qu'on me le dit.

Holden l'examina de la tête aux pieds, en s'attardant un peu trop sur sa poitrine.

— Vous avez fini ?

Il eut le culot de prendre un air innocent.

— De quoi parlez-vous ?

— A votre avis ?

— Très bien. Vous avez gagné. Vous pouvez rester ici.

Il tourna la tête vers la voiture, et ajouta :

— Je vous aurais bien proposé de regarder la télévision, mais vous l'avez pulvérisée.

— Comment allez-vous retrouver Walters ?

— Facile ! C'est celui qui sera à terre.

Holden n'était pas menaçant physiquement, mais il avait un sens aigu de la repartie, ce qu'elle n'appréciait que modérément en ce moment.

— Je faisais allusion à cet espace immense. Vous avez quelques dizaines d'hectares de forêt autour de chez vous.

— Encore plus que ça, mais tout ne m'appartient pas.

— Jouez-vous au chat et à la souris avec moi ?

Il lui décocha un sourire.

— Oui.
— Pourquoi ?
— Je reviens.
Il se dirigea vers le trou béant où s'était trouvée sa porte, avant de se retourner.
— Oubliez ce que je viens de dire. Vous venez avec moi.
Elle tenait à peine sur ses jambes, et il voulait qu'elle crapahute avec lui dans l'obscurité ? Elle était encore suffisamment lucide pour savoir que ce n'était pas une bonne idée.
— Je n'aime pas vous savoir derrière moi, précisa-t-il.
— Pourtant, c'est vous qui êtes armé.
— Dans ce cas, il est logique que ce soit moi qui commande.

4

Holden envisagea d'allumer les projecteurs. Il les avait installés dans son jardin en prévision d'une nuit comme celle-ci. Il pourrait ainsi éclairer chaque coin de sa propriété et commencer une véritable battue, mais il préféra s'abstenir.

Quelque chose ne tournait pas rond, et ce n'était pas seulement parce qu'il avait un parlementaire mort sur les bras.

Quelles étaient les probabilités pour que l'homme sur lequel il enquêtait secrètement trouve miraculeusement le chemin de sa maison, dans la banlieue rurale de Fredericksburg, en Virginie, à plus de cinquante kilomètres de Washington ? La réponse était : infimes.

— Pouvons-nous ralentir ? l'implora Mia.

Il jeta un regard par-dessus son épaule. Elle tentait de dissimuler un léger boitement, mais il le remarqua tout de même. Enfin, surtout parce qu'elle se plaignait.

— Ça va ?

— Mon atterrissage forcé contre le tableau de bord ne m'a pas fait de bien.

— Sans vouloir vous offenser, ça ne serait pas arrivé si vous aviez eu un airbag.

— On me l'a volé.

— Ce soir ?

— Il y a environ un mois, devant mon appartement. Pourtant, j'étais garée sous un lampadaire.

Elle marmonna ensuite quelque chose à propos de ces satanés voleurs.

— Où habitez-vous donc ?

— Au sud-est de Washington.

— Je déteste la ville.

Comme les bureaux du Projet Recovery, situés au centre-ville, étaient fermés pendant la durée de l'enquête, il n'avait plus de raison d'aller en ville.

Cela faisait des semaines qu'il n'avait pas mis les pieds dans l'appartement qu'il louait à proximité de son lieu de travail, et il était loin de s'en plaindre. Il se sentait bien mieux ici, en rase campagne, en pleine nature.

Du moins, en temps normal.

— Cet endroit est vraiment effrayant, bredouilla-t-elle.

Une fille de la ville…, songea-t-il.

— On s'y fait.

— Tout se ressemble, on ne peut pas se repérer, ici. Elle s'arrêta et regarda autour d'elle.

— C'est ce qui arrive parfois en forêt.

Cette fois, elle ne se prit pas la tête entre les mains, et ne sembla pas à deux doigts d'avoir un malaise. Il en conclut que l'adrénaline faisait son œuvre et masquait la douleur.

A moins que cette femme ne soit remarquablement douée pour le mensonge. Cette éventualité l'irrita et il se tint prêt à l'immobiliser en cas de besoin.

— Comment savez-vous de quelle direction je suis venue ?

Il pointa le sol du doigt.

— Il suffit de remonter les traces laissées par vos

pneus. A propos, avez-vous au moins essayé de freiner avant de pulvériser ma maison ?

— Je n'étais plus très lucide, après cette agression, et tout le reste. J'ai heurté quelque chose et ça m'a fait perdre le contrôle de la voiture.

Tout en avançant, Holden scrutait les alentours.

— Je ne vois rien, si ce n'est mon jardin que vous avez retourné.

— Ça veut dire que vous ne me croyez pas ?

— Oh ! je suis sûr que vous avez heurté quelque chose !

— Avez-vous des superpouvoirs que vous m'auriez dissimulés ?

Elle semblait avoir repris du poil de la bête. L'air frais la rendait sarcastique, ce qui n'était pas pour lui déplaire.

— Il y a du sang sur votre pare-chocs.

— J'ai une théorie, lui annonça-t-elle.

Le changement de conversation le désarçonna un peu, mais il décida de la laisser suivre sa pensée.

— A quel sujet ?

— Vous ne vous précipitez pas pour appeler la police parce que vous en faites partie.

Elle paraissait satisfaite de son petit effet.

— Mauvaise pioche.

— Mais vous êtes un représentant de la loi, d'une manière ou d'une autre.

« Etiez serait plus juste », songea-t-il avec le sentiment que cette époque était derrière lui.

— Comment êtes-vous parvenue à cette conclusion ?

— Simple déduction.

— Eh bien, elle est mauvaise, car je suis sans emploi.

Elle repoussa des branches qui se trouvaient sur son chemin.

— J'ai du mal à le croire.

— Pourquoi ?

— Parce que vous n'avez pas l'air d'être un traîne-savates.

Holden s'apprêtait à faire un commentaire lorsque le faisceau d'une lampe, sur sa droite, attira son attention. Il perçait l'obscurité et venait dans leur direction. Il regarda autour de lui et en aperçut deux autres. Sans l'ombre d'un doute, trois visiteurs se dirigeaient vers eux.

Il lui agrippa le bras, l'empêchant de faire un pas supplémentaire.

— Attendez.

Une brindille craqua sous sa chaussure.

— Quoi ?

— Chut !

Voyant qu'elle s'apprêtait à protester, il lui murmura :

— Nous avons de la compagnie.

Elle s'accroupit aussitôt, comme si elle cherchait à se cacher.

— C'est Walters ?

— Je ne crois pas.

Ce n'était pas non plus la police, ni un véhicule des services d'urgence appelé sur les lieux d'un accident.

Ces petites lampes au faisceau étroit appartenaient à une équipe qui faisait une battue. Un petit groupe silencieux qui cherchait « quelque chose », qui pouvait bien être Mia.

— Retournons à la maison, lui ordonna-t-il.

— Ce n'est pas une très bonne cachette.

— C'est ce que nous allons voir.

Il l'avait conçue pour en faire l'abri idéal en y incluant une issue de secours. Il n'avait pas vraiment pensé devoir l'utiliser un jour, pas dans cette propriété retirée, mais son esprit de prévoyance allait se montrer payant.

— Allons-y !

Ne tenant pas à la perdre au milieu des bois, il lui prit la main. Les buissons étaient trop épais et la nuit trop noire pour courir un tel risque.

Le fait de la tenir lui assurait également qu'il lui serait plus difficile de se retourner contre lui dans le cas où elle ne serait pas l'innocente victime qu'elle prétendait être.

N'ayant pas procédé à une véritable fouille au corps, il avait dû se contenter d'une vérification visuelle. Bien qu'il n'ait remarqué aucune protubérance suspecte sans ses poches ou ses vêtements, il préférait se montrer prudent. D'autant plus qu'ils avaient maintenant de la compagnie.

Courbés et avançant presque au pas de course, ils rebroussèrent chemin. Lorsqu'ils atteignirent l'arrière de la voiture accidentée, Holden jeta un regard par-dessus son épaule.

Mia ne quittait pas le sol des yeux. Il en déduisit qu'elle prenait garde à ne pas tomber, ce qui était une bonne idée en soi. Quant à lui, c'est la scène qui se déroulait derrière elle qui l'inquiétait.

Les lumières se rapprochaient inexorablement, formant un périmètre qu'elles balayaient méthodiquement.

Les nouveaux venus se dirigeaient vers la maison comme des professionnels. Leur précision militaire lui fit penser aux forces spéciales, et il se demanda ce qu'ils fabriquaient là.

Leur cible n'était peut-être pas Mia, tout compte fait, mais plutôt lui. Il avait fourré son nez dans les affaires de certains, ce qui avait tendance à indisposer les puissants.

Ils dépassèrent les cloisons arrachées, et marchèrent sur les débris le plus silencieusement possible. Vu qu'il n'avait plus de porte à verrouiller, il ne bénéficiait que d'un temps très limité pour organiser leur fuite.

En toute hâte, il guida Mia à travers le salon puis le long d'un couloir.

Au passage, il saisit son téléphone satellite et ses jumelles télescopiques.

— Par ici.

— Nous devrions appeler la police, dit-elle dans un murmure haletant tandis qu'il la faisait entrer dans sa chambre.

— Pas le temps.

En prenant soin de rester hors de vue, il s'approcha de la fenêtre. Les jumelles lui permirent d'apprécier l'avancée de ses visiteurs indésirables.

Et ce qu'il voyait ne lui plaisait guère.

Mia le regardait fixement.

— Mais si, il faut… Ce sont des jumelles ?

— Une version améliorée.

— Sont-ils proches de nous ?

Holden faillit lui mentir. Si elle se mettait à pleurer ou devenait hystérique, il devrait l'assommer pour pouvoir la sauver, et il n'y tenait pas particulièrement. Il préféra donc botter en touche, pour ne pas l'effrayer davantage.

— Restez contre le mur, et taisez-vous.

Elle obéit mais ne resta silencieuse que pendant trois secondes.

— Vous avez une autre arme ?

— Ça dépend. Vous savez tirer ?

— Ça n'a pas l'air bien sorcier.

— Dans ce cas, la réponse est non.

A présent, Holden distinguait bien les assaillants, et c'était le terme approprié. Vêtus de noir et armés jusqu'aux dents, ils se déplaçaient en silence, communiquant par signes.

— Il faut sortir d'ici, dit-il.

— Vous savez comment ?

Il acquiesça en désignant le mur d'en face.

— Nous allons passer par là.

Mia suivit son regard et fronça les sourcils.

— C'est du bois massif !

— Ça y ressemble, n'est-ce pas ?

— Ne serait-ce pas plus simple de passer par-devant ? Il n'y a plus de porte, mais au moins la sortie est déjà prête.

— Les types que nous cherchons à éviter n'en sont pas loin.

Il s'accroupit et passa sous le montant de la fenêtre – inutile de fournir une cible à ses adversaires. Du coin du lit, il lui fit signe de le rejoindre.

— Baissez-vous et venez.

Il fut soulagé de la voir obtempérer sans poser de question. Ensuite, toujours accroupi, il l'entraîna vers l'autre extrémité du mur.

Tremblante, elle plongea dans le sien un regard angoissé.

— Je ne comprends rien à ce qu'il se passe.

Pour l'apaiser, il repoussa une de ses mèches de cheveux derrière son épaule.

— Je vous expliquerai tout plus tard.

— Vous croyez vivre assez longtemps ?

— Sans l'ombre d'un doute.

Il composa une série de chiffres sur la montre noire

qu'il portait au poignet. Un « clic » se fit entendre, et le mur près duquel ils se trouvaient se mit à bouger.

La cloison s'éleva lentement. Holden attendit qu'elle soit arrivée à une hauteur d'un mètre avant de passer dans la petite pièce située de l'autre côté.

— Venez !

Mia ne bougea pas.

— Mais que…

Sans lui laisser le temps de finir sa phrase, Holden l'attira vers lui et referma la cloison derrière eux. L'instant d'après, il était debout et enlevait le disque dur de son ordinateur.

Réfléchissant à toute allure, il inventoria ce qui se trouvait sur son bureau et sur les quatre étagères qui le surplombaient, puis attrapa un sac à dos. Il ne pouvait pas emporter grand-chose, mais certains de ses gadgets pourraient s'avérer utiles.

Mia laissa glisser ses doigts sur le mur de séparation.

— Où sommes-nous ?

— Dans mon bureau secret.

Il s'agissait d'un réduit sans fenêtres dans lequel il venait pour étudier des documents confidentiels. Autrement dit, un bureau sécurisé au cœur de son sanctuaire, entouré par la chambre, la salle de bains et un placard.

Personne ne le remarquerait, à moins d'en connaître l'existence ou de mesurer la maison et de découvrir qu'il manquait de la surface.

Il appuya sur une télécommande et l'écran fixé au mur face à la cloison mobile afficha des vues de la zone entourant la maison.

Un seul homme était visible. Les deux autres se trouvaient donc probablement déjà à l'intérieur.

Elle le vit ouvrir une poche zippée à l'intérieur de son sac à dos.

— Vous n'êtes pas policier.

— Je vous l'ai déjà dit.

— Vous êtes un espion.

— Non, madame.

Holden y glissa le disque dur, qui avait la taille d'un livre de poche, et contenait les informations rassemblées dans le cadre de son enquête secrète concernant l'homme que Mia affirmait avoir tué.

— Et maintenant ?

— Il est temps de partir.

— Où ?

Elle examina la minuscule pièce, sans y voir la moindre issue, mais elle savait désormais que cette impression pouvait être trompeuse. Quel autre subterfuge allait-il employer pour les faire sortir de là ?

Son regard s'attarda sur l'écran. Une silhouette y apparut tout à coup, se déplaçant furtivement parmi les arbres.

— Lui non plus n'est pas policier, ajouta-t-elle sur un ton qui laissait transparaître son angoisse.

— Non.

Holden jeta un rapide coup d'œil à l'homme avant de composer encore un code sur sa montre.

— Que faites-vous ?

— Je lance le compte à rebours, et j'envoie un signal de détresse à un ami, avant que tout saute.

— Bien sûr.

Elle fut saisie d'un rire nerveux qui cessa une seconde plus tard.

— Vous êtes sérieux ?

— Oui.

Jusqu'à présent, elle avait gardé un semblant de

calme, se contentant de faire les cent pas et de se tordre les mains. Depuis qu'il avait mentionné cette explosion planifiée, ses mouvements s'étaient faits beaucoup plus nerveux.

— Holden, tout ceci est absurde, vous ne trouvez pas ? Je vous en prie, dites-moi que vous n'êtes pas l'un de ces poseurs de bombes psychopathes.

— Il faut que vous gardiez votre sang-froid.

— Alors sortez-nous d'ici !

— Nous allons partir. De toute façon, il nous reste moins de dix minutes.

La peur ternit l'éclat de ses yeux verts.

— Dix minutes ? répéta-t-elle.

— Pas une de plus. Vous allez devoir faire tout ce que je dis, sans discuter.

Il attendit qu'elle acquiesce.

— Bien, dit-il. Allons-y !

Il lui prit les mains et l'attira tout contre lui. Comme elle ne se débattait pas et n'essayait pas de le gifler, il en conclut que la peur la tétanisait.

Il tendit le bras derrière lui et actionna un levier situé sous son bureau. Juste à côté d'eux, le plancher s'ouvrit sur une trappe en acier qui coulissa, révélant des marches grossières creusées à même la terre battue. Une fois de plus, Holden se félicita d'être du genre à prévoir le pire.

Mia était de plus en plus décontenancée. Lorsqu'il relâcha son étreinte, elle fit un pas en arrière et lui jeta un regard interrogateur. Elle ne pouvait s'empêcher de se demander quelles surprises cet homme pouvait encore lui réserver.

— Vous êtes décidément prêt à tout pour impressionner les filles ! marmonna-t-elle.

Le trou qui venait d'apparaître à leurs pieds semblait

juste assez large pour laisser passer Holden, qui s'en écarta cependant pour se retourner vers elle.

— Et vous n'avez encore rien vu.

Il lui tendit une lampe torche.

— A vous l'honneur, ajouta-t-il.

5

Dès la troisième marche de l'escalier, qui en comptait une vingtaine, Mia regretta de porter des chaussures de ville. Comme il n'y avait pas de rampe, elle prit appui contre les parois humides pour ne pas glisser, en veillant à ne pas lâcher sa torche.

Très vite, de la boue s'accumula sous ses ongles et ses épaules devinrent douloureuses à force d'être contractées. Sans parler de son cœur qui battait à tout rompre.

Mais elle s'en moquait. Elle refusait de mourir dans un passage souterrain.

Arrivée à mi-chemin, elle jeta un regard en arrière. La lampe de Holden formait un halo en haut des marches, mais elle ne le voyait pas.

— Holden ?

Il ne répondit pas, ce qui la glaça. Elle n'y parviendrait pas sans lui. Non seulement elle ignorait où elle se trouvait et où ce tunnel menait, mais ces types armés jusqu'aux dents n'allaient sûrement pas l'aider si elle parvenait à en sortir.

Prenant garde à ne pas tomber, elle se retourna et leva les yeux. Elle aperçut les baskets de Holden dans la semi-obscurité.

— Que faites-vous encore en haut ?

— J'arrive.

Sa voix semblait étouffée, comme s'il peinait à respirer.

— Je viens, Holden.

— Non, restez où vous êtes !

Elle commençait à en avoir assez de l'entendre jouer les petits chefs, et comptait bien le lui faire savoir, à condition qu'elle ne se brise pas le cou avant.

Appuyant ses mains sur les murs humides, elle remonta précautionneusement vers lui.

Le temps qu'elle le rejoigne, il avait descendu trois marches.

Ses épaules semblaient emplir toute la largeur du conduit. Il suffirait d'un faux mouvement pour qu'il se retrouve coincé et, dans ce cas, elle aurait certainement du mal à le libérer.

— Redescendez, dit-il d'un ton peu assuré.

— Que se passe-t-il ?

Elle leva sa torche au niveau de son visage. Il avait le front luisant de sueur et le teint crayeux.

— Rien.

— Qu'y a-t-il ?

Elle reconnaissait ces signes typiques chez une personne confrontée à une situation stressante.

— Je vais bien.

— Non, c'est faux.

— Nous n'avons pas le temps de nous quereller.

Il avait marqué une pause à chaque mot.

— Etes-vous claustrophobe ? demanda-t-elle, tout en connaissant déjà la réponse.

— Bien sûr que non, déclara-t-il sans conviction.

— Très bien. Si vous ne supportez pas les espaces clos, pourquoi votre issue de secours est-elle un boyau en terre ?

— Je dois apprendre à gérer ce problème.

Maintenant qu'elle y prêtait attention, Mia remarquait les symptômes. Il prenait de grandes inspirations et faisait d'énormes efforts pour paraître calme.

Ce n'était pas seulement de la claustrophobie, c'était bien pire. Elle s'y attarderait plus tard. Dans l'immédiat, il était urgent qu'ils sortent de là.

— Nous ferons des exercices d'entraînement une autre fois. Dans deux minutes, votre maison va exploser. Alors, nous allons adopter une autre méthode.

Il cligna des yeux.

— Laquelle ?

— Prenez ma main.

Il baissa les yeux sur la main qu'elle lui tendait.

— Faites un pas, tout en prenant une grande bouffée d'air, poursuivit-elle en lui faisant une démonstration. Puis focalisez votre attention sur un autre lieu, un endroit où vous vous sentez bien.

Il secoua la tête.

— Retournez-vous, Mia, et descendez.

— Nous sortirons tous les deux. Faites ce que je vous dis ! Visualisez quelque chose qui vous plaît.

Après une longue hésitation, il tendit lentement une main tremblante vers la sienne. Sa paume était glacée.

— Voilà.

Elle aurait aimé lui accorder un peu de temps afin qu'il se sente plus à l'aise, mais ils ne pouvaient se le permettre. En le tirant gentiment, elle lui fit descendre une marche. Elle progressait en crabe, le dos collé à la paroi, emmenant Holden dans son sillage.

Elle devait combattre la panique qui menaçait de la gagner, et la résistance instinctive de Holden chaque fois qu'elle le tirait pour lui faire faire un pas de plus. Elle comptait dans sa tête les secondes qui s'écoulaient avant la mise à feu.

— Surveillez votre respiration, lui conseilla-t-elle.

— D'accord.

Il continuait à descendre, manquant toujours de confiance, mais gagnant peu à peu de la vitesse.

La torche qu'elle tenait de sa main libre s'incrustait dans la paroi chaque fois qu'elle s'y appuyait pour ne pas perdre l'équilibre.

— Avez-vous toujours cette image devant vos yeux ?

— Oui.

— De quoi s'agit-il ?

Il avançait désormais au rythme d'un octogénaire affublé d'un déambulateur.

— Je ne crois pas que ça vous intéresse.

— Bien sûr que si.

Tout était bon pour qu'il continue à parler, et qu'il oublie ce boyau de terre.

— Vous y tenez vraiment ?

Ils se trouvaient à deux marches du bas de l'escalier. Le but était pratiquement atteint.

— Oui.

— C'est vous…

— D'accord.

— Toute nue.

Mia dérapa tout à coup. Holden lui serra la main comme dans un étau, tandis qu'elle essayait de se rattraper en posant l'autre main sur le mur. La torche lui échappa et rebondit plus loin.

Malgré leurs efforts, Mia se retrouva brutalement assise sur la dernière marche, une main toujours fermement serrée dans celle de Holden. Furieuse, elle le foudroya du regard.

— Pourquoi cherchez-vous à m'embarrasser ?

En dépit du tremblement qui lui parcourait toujours le bras, il parvint à sourire.

— C'est vous qui vouliez savoir.

— C'est vrai. J'aurais mieux fait de me taire.

Elle se releva et se vengea en le tirant sans ménagement.

— Allez, restez concentré sur notre fuite ! l'admonesta-t-elle.

— Bien, madame.

Elle le lâcha, s'essuya les paumes sur son pantalon, et voulut récupérer sa torche qui s'était coincée dans un interstice entre deux pierres. Elle eut beau tirer dessus, elle ne parvint pas à l'en dégager.

Elle abandonna et se redressa.

— Que faisons-nous, maintenant ?

Les mots avaient à peine passé ses lèvres qu'il y eut un grondement sourd. Les yeux grands ouverts, cherchant à distinguer quelque chose dans l'obscurité angoissante du tunnel qui s'ouvrait devant eux, Mia sentit ses pieds quitter le sol.

Des bras puissants lui enserrèrent la taille tandis que Holden l'entraînait avec lui sur le sol.

En une fraction de seconde, elle s'imagina atterrissant dans la boue, sans possibilité d'amortir sa chute car Holden la maintenait fermement.

A la dernière seconde, il pivota, et tomba lourdement sur l'épaule. Dans le même instant, elle sentit son souffle contre sa joue, et sa main se poser sur sa nuque. Vif comme l'éclair, il lui cala la tête sous son menton avant de rouler sur elle.

Le sol vibrait sous son dos, et le bruit d'explosions dévastatrices, juste au-dessus d'eux, se mêlait à celui de la respiration saccadée de Holden. Mia s'attendit à voir le plafond s'effondrer, car des cailloux et de la terre tombaient tout autour d'eux.

Rien ne l'atteignit, mais il n'en fut pas de même pour Holden, qui poussait un grognement à chaque impact.

Puis un grondement d'une autre nature résonna dans le tunnel.

— Qu'est-ce que c'est ?

— Le feu.

Il baissa les yeux vers elle.

— Ça va ?

— Je crois…

— Bien.

Il tendit le bras pour ramasser sa torche.

— Il va falloir courir.

— Vous craignez un éboulement ?

— J'ai surtout peur de ne plus pouvoir sortir. J'ai l'impression que le passage se rétrécit de seconde en seconde.

Il se releva d'un mouvement souple et lui tendit la main pour l'aider à se remettre sur pied.

Mia aperçut une déchirure sur son sac à dos, et du sang qui coulait sur son bras.

Ce fut cependant son regard affolé qui lui permit de comprendre ce qui se passait : l'idée d'être prisonnier de ce tunnel le terrorisait.

— Dans ce cas, allons-y, déclara-t-elle.

A la lueur de la lampe torche, ils se mirent à courir, main dans la main. Une bestiole détala devant eux, mais Mia n'y prêta pas attention.

Cinquante mètres après un virage à angle droit, ils arrivèrent face à un mur.

— Holden !

— Tout va bien.

Il toucha sa montre, et ce qui ressemblait à un mur de terre s'entrouvrit sur une paroi sombre.

— Cette porte est en acier, précisa-t-il.

— Vous devrez m'expliquer pourquoi un non-espion au chômage a besoin d'un tel dispositif chez lui.

— D'accord. Mais quand nous serons à l'abri.

Il enfonça ses doigts dans une fente que Mia n'avait pas remarquée.

L'instant d'après, une bouffée d'air froid la fit frissonner. Il lui fallut quelques instants pour accommoder sa vision. Des arbres majestueux les entouraient sur trois côtés tandis que, derrière eux, l'incendie dévorait ce qui restait de la maison.

De hautes flammes dansaient en crépitant et s'échappaient du brasier pour attaquer la végétation environnante.

Sans une intervention rapide, il risquait de se propager et de provoquer un désastre.

Holden referma la porte et s'y appuya. L'ouverture se fondait dans le paysage, à tel point que seuls quelques buissons, au pied d'un monticule, semblaient en marquer l'emplacement.

Malgré la pénombre, Mia remarqua qu'il était toujours aussi pâle.

— Vous allez bien ? lui demanda-t-elle en lui frottant énergiquement le bras.

— Ça va.

Il prit une grande inspiration. L'air frais parut le revigorer.

— Il faut partir, au cas où ces types seraient sortis à temps, dit-il sur un ton de nouveau péremptoire, avant de se mettre en route.

— Où allez-vous ?

— Chercher le pick-up.

Mia trottina pour se porter à sa hauteur et lui jeta un regard perplexe. Il avait sans doute reçu un choc à la tête.

— Vous en voyez un quelque part ?

Il se pencha vers elle.

— Faites-moi confiance.

Ils parcoururent quelques dizaines de mètres puis Holden s'arrêta devant un amas de broussailles et de branchages. Après s'être débarrassé de son sac à dos, il entreprit de les dégager, faisant peu à peu apparaître un vieux pick-up.

L'engin était petit, avait probablement été vert à une autre époque, et ne paraissait pas avoir servi depuis des lustres.

— Vous pensez qu'il va démarrer ? demanda Mia, pour le moins sceptique.

— Montez.

Elle dut tirer de toutes ses forces à cinq reprises avant que la portière ne consente à s'ouvrir avec un horrible grincement. Elle sauta dans le véhicule, en tentant d'ignorer toutes les parties de son corps qui la faisaient souffrir.

— C'est ce qu'on va pouvoir appeler un départ en fanfare, plaisanta-t-elle.

Il jeta son sac à l'arrière et marmonna quelque chose en s'installant au volant. Puis il mit le contact. Le moteur démarra au quart de tour, sans le moindre toussotement.

Sans allumer les phares, il passa la marche arrière, et posa négligemment son bras sur le dossier de la banquette.

Sur le point de dire quelque chose, il esquissa un petit sourire, mais Mia vit soudain son expression changer.

— Baissez-vous !

Sans même réfléchir, elle se recroquevilla sur son siège, tandis qu'un faisceau vert balayait l'avant du pick-up.

Il était désormais inutile de s'encombrer de précautions, comprit-elle. Ils étaient repérés, et il ne leur restait plus qu'à quitter les lieux au plus vite, en espérant ne pas être rattrapés par un véhicule plus puissant que le leur.

Holden tourna le volant à gauche et appuya sur l'accélérateur.

— Plus vite ! hurla Mia, terrorisée.

— Je ne peux pas. Nous risquerions de nous embourber.

Des balles sifflèrent autour d'eux. Les pneus dérapèrent et le pick-up fit un tête-à-queue.

Dans un craquement violent, la vitre passager tout à coup explosa et le pick-up ralentit.

Muette de terreur, tétanisée, Mia vit une main gantée apparaître dans la cabine. L'homme chercha à la saisir par les cheveux. Instinctivement, elle se recroquevilla davantage et recula vers Holden.

Elle le vit alors se muer en superespion. Sans perdre le contrôle du véhicule, il tendit le bras et pointa son arme au-dessus d'elle.

Il y eut un éclair et une détonation assourdissante. La main de l'assaillant disparut.

Lorsque Mia se redressa, Holden était parvenu à sortir le véhicule de la zone boueuse. Il roula pendant un moment en décrivant un grand cercle puis s'arrêta et coupa le contact.

— Qu'est-ce que vous faites ? demanda-t-elle d'une voix tremblante.

— Simple vérification.

Il descendit du pick-up sans plus d'explications.

Par la portière du conducteur, elle le vit s'éloigner et s'enfoncer dans la pénombre.

Bien qu'armé, il restait à la merci d'autres assaillants potentiels, et elle ne supportait pas de le voir prendre de tels risques. De plus, il les mettait tous deux en danger, alors qu'ils pourraient déjà être loin de ce lieu sinistre.

Paniquée, elle ne put s'empêcher de le rappeler :

— Holden !

Il ne prit même pas la peine de se retourner.

— Ne bougez pas, lui répondit-il par-dessus son épaule.

Même si elle l'avait voulu, elle en aurait été incapable, tant la peur tétanisait tous ses muscles. Lorsqu'il revint et reprit place sur son siège, elle soupira de soulagement et lui donna un coup de poing dans le bras.

— Hé !

Il eut le culot de paraître offensé.

— Mais enfin ! Qu'aviez-vous donc en tête ? s'exclama-t-elle.

— J'espérais pouvoir l'identifier, dit-il en démarrant.

— Y êtes-vous parvenu ?

— Non.

Holden ne cessait de scruter le rétroviseur tandis qu'il roulait lentement, mais sûrement, vers l'orée de ces bois oppressants.

— Est-il… mort ?

Il se tourna vers elle. Son regard avait pris un éclat totalement différent, qu'elle ne mit pas longtemps à reconnaître. L'angoisse qu'il exprimait dans le tunnel s'était transformée en fureur.

Elle ignorait s'il était en colère contre elle ou s'il

s'agissait d'un effet de l'adrénaline. Quoi qu'il en soit, elle ne supportait pas le ton qu'il employait.

S'il voulait jouer à ce jeu, il allait trouver à qui parler.

— Eh bien ? insista-t-elle.

— Il est raide mort.

6

Au cours de l'heure précédente, il s'était échappé de chez lui à travers un boyau en terre et avait abattu quelqu'un. Le fait qu'il ait été plus traumatisé de s'être trouvé dans ce tunnel que d'avoir tué un homme lui nouait l'estomac.

Quatre ans après qu'il eut quitté l'armée, et bien qu'il se soit efforcé de mettre de la distance avec cette nuit qui le hantait encore au point de perturber son sommeil au moins une fois par semaine, son problème avec les espaces exigus n'était toujours pas réglé.

Alors que personne, pas même ses compagnons de Recovery, ne connaissait son secret, quelqu'un avait cette fois été témoin de sa défaillance. Cette femme était au courant, et cela le mettait en colère.

Mia trottinant à sa suite, il s'engouffra dans le hall d'une résidence d'allure banale. Il savait qu'il était injuste et absurde de la prendre comme exutoire à sa frustration, mais il s'en fichait.

Elle avait violé son sanctuaire et, à cause d'elle, il avait perdu sa maison ainsi que tout ce qu'il possédait. Ayant appris à ses dépens qu'il valait mieux voyager léger, il n'était pas matérialiste. Mais, jusqu'à présent, il avait toujours choisi à quel moment il mettrait les voiles.

Or, il venait de se faire forcer la main par une blonde sexy dont l'arrivée fracassante avait littéralement fait voler en éclats sa tranquillité, ce qui ajoutait à sa mauvaise humeur.

— Vous voulez qu'on en parle ? proposa-t-elle comme il s'arrêtait devant l'appartement de Rod et appuyait sur la sonnette.

— Non.

— Vous savez, il y a des professionnels…

Il saisit la poignée de la porte.

— Arrêtez.

— Ils pourraient vous aider.

Il lui fit face.

— Je suis sûr que vous comprenez le mot « arrêtez ».

— Etes-vous toujours comme ça ? demanda-t-elle d'un ton sec.

Curieusement, le fait de la voir s'énerver le calma un peu et le laissa un instant songeur. Il espérait ne pas en être arrivé au stade où les femmes autoritaires l'attireraient. Si tel était le cas, il devrait sérieusement envisager une thérapie.

— Oui. Chaque fois qu'on me tire dessus, grinça-t-il.

— Je ne parlais pas de ça.

Il le savait, mais ne releva pas. Sa claustrophobie ne serait pas à l'ordre du jour. Jamais.

Rod étant manifestement absent, il sortit son trousseau de clés de sa poche.

— Procédons autrement.

Mia jeta un regard inquiet autour d'elle.

— C'est votre appartement ?

— Celui de mon patron.

— Je croyais que vous étiez sans emploi.

— C'est mon ancien patron.

— Mon petit doigt me dit que quelque chose m'échappe.

— C'est ce que j'aime chez les femmes intelligentes.

— Qu'aimez-vous ?

— Presque tout, en fait.

Elle pouffa de rire, et il faillit en faire autant.

— C'est plutôt surprenant, répliqua-t-elle.

Il ouvrit la porte d'une poussée et lui fit signe d'attendre pendant qu'il pénétrait dans l'appartement. Un regard lui révéla ce qu'il pensait : Rod était absent.

Dans le cas contraire, il les aurait accueillis l'arme au poing. Personne ne s'introduisait chez lui sans y avoir été invité, et il était du genre à tirer d'abord et poser les questions ensuite.

Il se tourna ensuite vers Mia et lui fit signe de le rejoindre.

— Votre ami est très... ordonné, dit-elle en effleurant du doigt des magazines parfaitement alignés.

Holden retint un petit sourire. Rod n'avait rien d'un maniaque de l'ordre. Il agençait à dessein les lieux de cette manière chaque fois qu'il les quittait. Chaque objet avait une place bien précise, ce qui lui permettait de déceler immédiatement une éventuelle intrusion chez lui pendant son absence. C'était d'autant plus utile qu'il ne s'agissait pas de sa résidence principale.

Comme Holden, Rod vivait en dehors de Washington. Il possédait un ranch dans une petite ville du Maryland. Lorsqu'il séjournait dans la capitale, il occupait cet appartement aux murs beiges, suffisamment petit pour que l'on en voie chaque recoin, où que l'on se tienne. Quant à son ranch, il s'étendait sur un hectare et était doté d'un système de sécurité aussi sophistiqué que celui de la Maison-Blanche.

Holden se dirigea vers la cuisine et ouvrit le réfrigérateur, qui était vide.

— Vous avez faim ? demanda Mia d'un ton sarcastique.

— Simple vérification.

L'appartement avait beau être désert, quelque chose le dérangeait.

— Restez ici.

Elle fit un salut militaire.

— Oui, chef.

Il se campa devant elle.

— Vous me trouvez casse-pieds, n'est-ce pas ?

— Juste un peu.

Maintenant qu'il était tout près d'elle, il remarqua les éraflures sur son visage, ainsi que la boue sur sa joue. Même ainsi, elle était époustouflante, avec ses grands yeux et sa bouche provocante.

— Vous rappelez-vous que vous êtes entrée chez moi avec votre voiture ?

— Je suis désolée.

— Vraiment ?

Elle esquissa une moue boudeuse.

— Je tiens à peine debout, ma tête me fait affreusement mal, je suis courbatue et crasseuse, je suis persuadée que j'ai le sang de quelqu'un dans les cheveux…

Holden réprima un sourire.

— Et ?

— Et on veut me tuer sans que je sache pourquoi. Alors, navrée de paraître désagréable ou ingrate, mais, en ce moment, j'ai d'autres soucis en tête.

Il rechignait à l'admettre, mais son attitude l'amusait.

— Je comprends.

Ce fut elle qui détourna le regard la première. Elle lui désigna la pièce située à l'extrémité de l'appartement.

— Vous n'avez pas fini votre inspection. Je vais me laver les mains pendant ce temps.

— L'évier est là.

Elle leva les yeux au ciel.

— Je ne suis pas aveugle.

— Et vous n'êtes pas muette non plus, répliqua-t-il avant de se diriger vers la chambre.

En soupirant, Mia tourna le robinet et se lava les mains, laissant la chaleur de l'eau l'envahir. Après les avoir essuyées dans un torchon, elle se mit en quête d'aspirine. Espérant y trouver quelques médicaments, elle ouvrit le placard situé à côté du réfrigérateur et s'immobilisa, les yeux écarquillés.

Un homme se tenait là, recroquevillé dans cet espace exigu. Plus que sa position, elle remarqua le couteau qu'il serrait dans sa main, et dont la lame devait mesurer douze centimètres de long.

L'inconnu posa un doigt sur ses lèvres.

— Chut !

Mia pivota, s'apprêtant à fuir, à mettre autant de distance que possible entre elle et la lame acérée, ce qui lui donnerait quelques secondes pour appeler Holden à la rescousse. Ou quiconque se trouverait à portée de voix, en fait.

Holden sortit de la chambre au moment où l'individu saisissait Mia en lui passant le bras autour du cou et posait la pointe du couteau sur la gorge.

Elle tressaillit, et la lame lui entailla la peau. Saisissant le bras de son assaillant, elle le repoussa de toutes ses forces, espérant pouvoir s'en libérer.

Le regard de Holden se posa sur le filet de sang que

Mia sentait couler dans son cou, puis sur l'homme qui se tenait derrière elle.

— Hé ! Tout doux ! dit-il.

— C'est moi qui donne les ordres, rétorqua l'inconnu.

Mia avait si peur qu'elle en oublia son mal de tête. Son estomac se noua, et ses genoux flanchèrent presque.

Prête à tout risquer avant d'être complètement tétanisée, elle envisagea d'envoyer un coup de coude dans le ventre de son agresseur, ou de se jeter à terre, mais quelque chose dans le regard glacial de Holden lui intimait de ne pas bouger.

— Il n'y a aucune raison de la blesser, déclara-t-il.

Le type augmenta sa pression contre son cou.

— Où est-ce que tu l'as mis ?

Un éclair de surprise traversa les yeux de Holden, mais il le réprima rapidement.

— Dites-moi ce que vous cherchez. Je suis sûr que nous pouvons trouver un terrain d'entente.

Elle savait que Holden cachait une arme derrière son dos et aurait juré que ce n'était pas la seule. Il avait tout l'air d'un gars prêt à contrer n'importe quelle attaque. Du moins l'espérait-elle.

— Donne-le-moi !

Le malfaiteur promena son couteau devant le visage de Mia.

— De quoi parlez-vous ? demanda Holden.

— Ne fais pas l'imbécile, riposta l'homme en serrant si fort le cou de Mia qu'elle en eut le souffle coupé.

Holden acquiesça tout en se déplaçant de quelques centimètres.

— C'est vrai, je l'ai. Il est dans ma voiture.

Quoi ? Se demandant s'il jouait sciemment avec sa vie, Mia lui jeta un regard noir.

La pression exercée sur son larynx se relâcha.

— Où est-elle garée ?

— En bas, dans le garage.

Holden fit un mouvement de la main pour inciter l'autre à rester calme.

— Pas de panique. On va descendre et…

— Non. Et reste où tu es.

Holden leva un sourcil, mais ne répliqua pas. Comme s'il n'avait pas entendu l'ordre, il continua à avancer lentement jusqu'à se trouver dos à la porte d'entrée, alors que l'agresseur se tenait devant la fenêtre.

Mia se demanda ce que Holden comptait faire. Ils étaient au cinquième étage et, à moins qu'il n'ait planifié de pousser l'homme à travers la fenêtre et de la rattraper au dernier moment, sa manœuvre ne paraissait pas logique.

— Tu descends le chercher au garage, et moi j'attends ici avec ta copine.

Holden secoua la tête.

— Je ne la laisserai pas avec vous.

Cette réponse ferme soulagea Mia. Quoi qu'il arrive, elle n'aurait pas à affronter ce type seule.

— Dans ce cas, elle est morte, déclara l'homme.

— Nous pouvons faire ça autrement, proposa Holden.

— Tu y vas, et je m'occupe d'elle, ordonna l'inconnu.

Il glissa une main sous son chemisier de soie, et la posa juste sous son sein.

Mia tenta de repousser ses doigts, mais il plaça la lame contre sa carotide.

— Holden, faites quelque chose !

L'homme parut surpris.

— Je croyais que tu t'appelais Rod.

Holden le regarda droit dans les yeux.

— Elle a toujours utilisé mon deuxième prénom.

— Maintenant, tu fais ce que je te dis. Je te donne deux minutes. Si tu n'es pas revenu d'ici là, je m'occupe de cette mignonne.

Ses doigts remontèrent jusqu'au sein de Mia qu'il saisit à pleine main.

— On descend tous les deux, insista Holden.

— Tes deux minutes viennent de démarrer.

L'assaillant appuya sa joue contre celle de Mia et la huma.

— Je sens que ça va être bon.., reprit-il.

— Ne la touche pas !

— Je vais me gêner !

Ses doigts palpèrent sa poitrine.

— A ta place, je me grouillerais.

— Très bien.

Holden fixa son regard bleu sur elle, lui intimant de faire quelque chose, mais quoi ? Mia focalisa son attention sur lui, en essayant de faire abstraction de l'homme qui collait son corps au sien.

Holden baissa rapidement les yeux en direction de sa propre main, si vite qu'elle faillit ne pas comprendre. Trois doigts, puis deux. C'était un compte à rebours ! Lorsqu'il fit disparaître son pouce, elle repoussa le poignet de l'homme de toutes ses forces, le déséquilibrant.

— Espèce de…, commença l'inconnu.

L'instant d'après, il lâcha son couteau et porta les mains au niveau de sa gorge d'où s'échappait un flot de sang. Puis il s'effondra sur le sol.

La scène n'avait duré que deux secondes, mais Mia avait l'impression de l'avoir vue au ralenti.

Ce n'est qu'en observant Holden qu'elle comprit ce qui venait de se produire. Le bras avec lequel il avait lancé son poignard était encore levé.

Il vint vers elle.

— Mia.. Je ne… Tout va bien, ajouta-t-il en la serrant contre lui. Je vais te sortir de là.

— Qui était-ce ? marmonna-t-elle contre son T-shirt.

— Je ne sais pas, mais tu es en sécurité, maintenant.

Parce qu'il avait tué pour elle. Une fois encore.

7

Luke Hathaway ouvrit la porte au moment où Holden et Mia atteignaient le perron. Holden s'en voulait d'impliquer son ami dans ses problèmes, mais, malgré son bras infirme, Luke était encore capable de faire face à n'importe quelle situation.

Luke et son épouse, Claire, résidaient dans une banlieue cossue aux abords de Washington. Leur maison, faussement ordinaire, était entourée de grands arbres et d'une clôture métallique aux pointes suffisamment acérées pour dissuader quiconque de vouloir l'escalader.

La bourgade comptait plusieurs élevages de chevaux, ainsi que les villas d'avocats du centre-ville et d'autres personnages influents, parmi lesquels des parlementaires, dont Walters, qui habitait quatre rues plus bas.

Holden le savait, car il s'était fait fort d'apprendre tout ce qui concernait ce dernier, qui présidait les audiences secrètes au sujet du Projet Recovery et de Rod Lehmann, son directeur. La seule question qui trottait encore dans la tête de Holden était de savoir si Walters était encore vivant.

— Désolé de te prendre au dépourvu, s'excusa Holden.

— Bon sang, tu as vraiment une sale tête !

Luke gloussa, jusqu'à ce qu'il remarque Mia.

— Que vous est-il arrivé ? s'exclama-t-il.

Elle toucha ses cheveux et jeta un regard noir à Holden.

— Est-ce si terrible ? lui demanda-t-elle.

— Pas du tout.

Holden ne se trouvait pas très convaincant. Il voyait bien que l'adrénaline la soutenait encore, mais il était évident qu'elle allait craquer, et probablement sous peu.

De plus en plus hagarde, et elle ne cessait de se toucher la tête, comme si cela pouvait calmer la migraine qui s'y installait.

Une fois de plus, elle se passa la main dans les cheveux, d'un geste nerveux qu'il trouva tout à fait charmant.

— Tu aurais pu me dire que je faisais peur à voir.

Faisant mine de ne pas comprendre, il haussa les épaules.

Ce n'était pas le moment de l'agacer davantage. Un coup d'œil dans un miroir la renseignerait bien assez tôt.

— Luke en a vu d'autres.

— Suis-je vraiment si affreuse ? demanda-t-elle à Luke.

— Honnêtement ? Vous n'avez pas bonne mine.

— Luke !

Claire Hathaway poussa son mari sur le côté et fit signe à ses visiteurs d'entrer.

Les cheveux noirs, sexy à souhait… Holden avait toujours été fasciné par Claire, et pas seulement à cause de son corps voluptueux ; elle était aussi et surtout la seule femme capable de gérer un homme comme Luke.

Elle avait refait irruption dans la vie de celui-ci

après des fiançailles rompues, et l'avait pris en main. Luke était une fine gâchette et dur comme le roc, mais Claire lui avait appris à ne plus se disperser, et lui avait communiqué un peu de son esprit pratique.

Ils avaient cependant une histoire mouvementée. Claire avait été la cible de nombreuses rumeurs, et l'était encore, mais son amour pour Luke n'avait jamais été mis en doute.

Ils pénétrèrent dans le vestibule d'une demeure rustique et chaleureuse, dans le plus pur style de la région. Sur la droite se trouvait une salle à manger formelle qui servait aussi de bureau, et sur la gauche le salon. Deux profonds canapés s'y faisaient face, de part et d'autre d'une cheminée dans laquelle crépitait un feu de bois.

Comme Luke observait Mia d'un air inquiet, Holden passa aux présentations.

— Luke et Claire Hathaway, voici Mia Landers.

Le sourire de Claire disparut lorsqu'elle dévisagea Mia.

— Que vous a-t-il donc fait ?

Mia se rapprocha de Holden.

— Il m'a sauvé la vie.

— Deux fois, précisa Holden.

— Espèce de vantard ! marmonna Luke qui parut gêné lorsque sa femme lui lança un regard noir.

— Quand nous avons reçu ton signal de détresse, dit Claire, nous avons prévenu Adam, Caleb et Zach. Ils vont venir nous prêter main-forte.

— Qui est-ce ? s'enquit Mia.

Luke les invita d'un geste à le suivre dans le salon tandis que Claire se rendait dans la cuisine.

— Nous travaillons ensemble, lui expliqua Luke.

— Holden m'a dit qu'il était sans emploi.

Claire les rejoignit avec un plateau sur lequel étaient placées trois tasses et une cafetière.

— D'un point de vue administratif, ce n'est pas faux, précisa-t-elle.

Luke versa une tasse de café à Mia.

— Que s'est-il passé ? demanda-t-il.

— Ma maison a explosé, annonça Holden.

Mia ferma une seconde les yeux en buvant une gorgée de café bien chaud, puis ajouta :

— Et j'ai tué Bram Walters.

Luke laissa échapper sa tasse mais, avec une rapidité impressionnante, la rattrapa avant qu'elle se brise sur le parquet rutilant.

— Pardon ?

Claire n'avait pas quitté Mia des yeux un instant.

— Est-ce du sang, sur votre chemisier ?

Mia ne prit même pas la peine de baisser les yeux.

— Du sang, de la boue, que sais-je encore ? Je préfère ne pas y songer.

Holden grimaça.

— Le sang n'est pas le sien.

— Alors on s'en fiche, pas vrai, Holden ?

Claire prit la tasse des mains de Mia.

— Vous devriez aller vous rafraîchir.

Mia ne bougea pas. Elle se sentait en sécurité parmi eux, et même un bain moussant n'aurait pas un effet aussi bienfaisant.

Elle finit par poser la question qui lui brûlait les lèvres depuis son arrivée, et qui, elle l'espérait, permettrait de détourner l'attention de son interlocutrice.

— Claire, pourquoi votre visage me semble-t-il familier ?

Holden estimait que Mia avait atteint son quota

de stress pour la soirée, et qu'entendre l'histoire de Claire risquait de la perturber davantage.

— Ce n'est pas le meilleur moment pour en parler, dit-il.

Claire balaya sa remarque d'un geste.

— Ça ne fait rien.

— Qu'y a-t-il ? demanda Mia en les dévisageant tour à tour.

— Vous avez probablement vu ma photo à la une des journaux, sous le nom de Claire Samson.

— Je hais ce nom de famille ! lança Luke tout en se massant l'épaule.

— Epargnez-nous les disputes ce soir.

Holden revoyait clairement la scène. Luke était à terre, baignant dans son sang, tandis que Claire était traînée en prison pour un meurtre qu'elle n'avait pas commis. Ils avaient fait du chemin, depuis cette époque, et ce n'était pas le moins cahoteux.

— On m'a accusée d'avoir assassiné mon ex-mari, Phil.

Mia prit une grande inspiration.

— Je vois.

— Ça te dit quelque chose ? lui demanda Holden, même s'il connaissait déjà la réponse.

Phil Samson était mort, et son frère, Steve, attendait en prison la tenue de son procès. Il était accusé d'homicide, de tentative de meurtre, ainsi que de faux et usage de faux.

Cette affaire avait entraîné l'arrêt du Projet Recovery, autrefois organisation top secret, et la mise à pied de son chef de file.

Mia se tourna vers Luke, puis vers Holden.

— Vous faites partie du groupe qui est dans le

collimateur de Walters ! Il a fait ouvrir une enquête à votre sujet.

— Il n'appréciait pas le fait que nous travaillions dans l'ombre, sans qu'il soit au courant de nos agissements, et sans qu'il puisse exercer de contrôle sur notre budget, lui expliqua Luke.

Holden parut soudain inquiet.

— Par quel hasard connais-tu l'existence du Projet ? Les audiences sont censées être cachées au grand public, et seules les personnes directement concernées devaient être mises dans le secret.

— Au bureau, tout le monde est dans la confidence. Walters s'est juré de briser votre carrière à tous. Désolée, dit Mia.

Même s'il n'y avait là rien d'étonnant, ça ne manqua pas d'horripiler Holden.

Walters avait juré la perte de Rod Lehmann. Le parlementaire était trop proche des frères Samson pour ne pas chercher à se venger.

— J'en conclus que le Projet n'est pas près de revoir le jour, conclut-il.

— Mia en a assez entendu !

Claire frappa dans ses mains pour attirer l'attention de tous.

— Si vous avez d'autres choses à ajouter, vous attendrez dix minutes, qu'elle ait le temps de se doucher.

— Je vais bien, assura Mia.

Sa tentative maladroite de s'opposer à Claire échoua, sans grande surprise, car celle-ci n'était pas du genre à souffrir qu'on la contredise.

Elle entoura d'un bras les épaules de Mia et la guida en direction de l'escalier, tout en jetant un regard noir à Holden.

— Je n'y suis pour rien ! marmonna-t-il.

Trop préoccupée par l'état de Mia, Claire n'entendit pas son commentaire.

— Tu dois faire une taille de moins que moi, mais je vais te trouver des vêtements qui t'iront, dit-elle à Mia.

— Je ne crois…

Claire s'adressa alors aux hommes :

— Ce ne sera pas long.

Luke conserva son expression lointaine jusqu'à ce que les femmes soient arrivées à l'étage, puis il se tourna vers Holden.

— Walters est mort ?

— C'est ce qu'affirme Mia.

Holden s'apprêta à s'asseoir mais s'arrêta à temps. Couvert de boue comme il l'était, cela n'aurait posé aucun problème chez lui. Mais ici, pas question de salir le canapé. Claire serait capable de l'étrangler.

— Peux-tu être plus explicite ?

— Elle prétend l'avoir renversé avec sa voiture. Je peux tout t'expliquer, y compris le fait qu'il y a quelques cadavres dont nous devrons nous occuper.

— Nous ?

— Mais, d'abord, j'ai un service à te demander.

Luke se laissa tomber au fond du canapé et fit signe à Holden de faire de même.

— Je t'écoute.

C'était l'une des choses qu'il appréciait chez Luke : il ne flanchait pas. Vous lui soumettiez un problème, il le résolvait. Leader dans l'âme, il aimait prendre les choses en main.

— Renseigne-toi au sujet de Mia, lui demanda-t-il.

Il savait d'avance que Luke serait réticent, car il s'était toujours montré complaisant envers les jolies filles menues dans le genre de Mia.

— Explique-moi pourquoi je devrais le faire.

Holden s'avança au bord du canapé.

— Elle dit travailler pour Walters, mais je n'ai jamais entendu parler d'elle.

— Rien de très étonnant, si elle fait partie des abeilles ouvrières.

— Elle m'a raconté qu'il l'avait emmenée au milieu des bois, près de chez moi, puis qu'il avait perdu la raison et l'avait agressée.

Luke haussa les sourcils.

— Tu plaisantes ?

— Pas du tout.

— Walters a beaucoup de défauts, mais tu le crois capable de s'en prendre à une femme ?

— Je crois que nous avons besoin d'un médecin !

L'inquiétude qu'ils perçurent dans l'intonation de Claire les fit se lever tous deux.

— Comment va Mia ?

— Elle est mal en point.

Claire lança un regard par-dessus son épaule et baissa la voix.

— J'imagine qu'elle est à bout de forces, mais ses yeux sont vitreux, comme si elle souffrait d'un traumatisme crânien.

Holden craignait que son diagnostic soit exact. A moins qu'elle ne soit en état de choc. Après tout, si elle travaillait vraiment dans un cabinet parlementaire, elle ne devait pas voir des hommes mourir sous ses yeux tous les jours.

— S'est-elle cogné la tête ? s'enquit Claire.

— Probablement, puisqu'elle a pulvérisé ma porte d'entrée avec sa voiture.

Interloqués, Luke et Claire se contentèrent de le dévisager, bouche bée.

— Quoi ? demanda Holden.

— Tu avais omis cette information, alors qu'elle a tout de même son importance !

Luke ne chercha pas à masquer son exaspération, jusqu'à ce qu'il se tourne vers Claire. Sa voix baissa alors de plusieurs décibels.

— Caleb sera là d'une minute à l'autre, ajouta-t-il prudemment.

— En attendant, elle a besoin d'aide dans la salle de bains.

Le ton de Claire suggérait que c'était à Holden de s'occuper de la jeune femme.

— Pourquoi me regardez-vous comme ça ?

— Je me suis dit qu'elle préférerait se déshabiller devant toi plutôt que devant une inconnue.

Mia, nue ? Ce n'était pas une bonne idée. Elle avait besoin d'assistance médicale, alors qu'il ne pourrait que la dévorer des yeux.

— Je la connais depuis trois heures !

— Et alors ?

Holden se demanda jusqu'à quel point Claire comptait le torturer.

— Il n'y a rien entre nous.

— Oh ! fit-elle.

— Je ne l'ai jamais vue nue, et je ne l'ai même pas encore embrassée !

Holden regretta d'avoir ajouté cette dernière phrase, mais il était trop tard.

Luke comprit son embarras, et se couvrit la bouche de la main, en dépit du fait qu'il ne cherchait pas réellement à camoufler son sourire.

Claire leva les yeux au ciel.

— Bon. Reste ici, je m'en charge.

Quinze minutes plus tard, l'équipe était au

complet. Holden n'aurait su dire à quel point il était reconnaissant à ses collègues : il leur avait lancé un appel de détresse, et tous avaient répondu présent. Il n'en attendait pas moins d'eux, mais il fut tout de même ravi de constater que pas un n'avait hésité à venir lui prêter main-forte.

Adam Wright s'assit, alluma l'ordinateur portable qui ne le quittait jamais, et se mit à pianoter avant que quiconque ait dit un mot.

Caleb Mattern se tenait dans un coin, sa trousse médicale à ses pieds, et semblait impatient d'aller examiner sa patiente à l'étage.

Quant à Zach, l'expert en démolition, il sentait le soufre, comme à son habitude. Holden avait déjà assez de soucis en tête, aussi ne lui posa-t-il aucune question.

Depuis que les audiences parlementaires avaient débuté, chacun s'était retiré dans son havre de paix, et ils s'étaient vus moins fréquemment.

Ce n'est qu'en les retrouvant que Holden comprit combien ils lui manquaient. Leur mission, qui consistait à retrouver des personnes disparues, faisait qu'ils ne passaient guère de temps au bureau, mais ils travaillaient tout de même en étroite collaboration.

Et être inactif le privait de cette stimulation intellectuelle.

Holden leur fit part de l'histoire de Mia, mais en prenant soin de ne pas insister sur certains détails qu'il lui semblait inutile de souligner, comme par exemple l'épisode du tunnel souterrain.

Luke le bombarda ensuite de questions au sujet des hommes qui avaient pris d'assaut sa maison, et de ceux qu'il avait mis hors d'état de nuire. Les autres se contentèrent d'écouter.

Tout à coup, tous s'immobilisèrent. Holden tournait

le dos à l'entrée, si bien qu'il ne saisit ce qui se passait que lorsqu'il perçut un parfum floral et de légers bruits de pas. Mia venait de les rejoindre, cela ne faisait pas l'ombre d'un doute.

Il pivota sur sa chaise, mais la plaisanterie qu'il s'apprêtait à faire ne passa pas ses lèvres. Mia portait un T-shirt gris près du corps, et un survêtement noir qui s'arrêtait aux genoux. Sa tenue était censée être confortable ; du point de vue de Holden, elle était incroyablement sexy.

Avec ses joues roses et ses cheveux blonds soyeux, Mia ne ressemblait en rien à la jeune femme en tailleur-pantalon qui lui avait fait traverser un tunnel souterrain pour le mettre à l'abri. La Mia qui venait d'entrer semblait douce et un peu trop irrésistible à son goût.

Apparemment, il n'était pas le seul à le penser, car Caleb tomba pratiquement de son siège lorsqu'elle s'approcha lentement d'eux. Adam cessa même de pianoter, et Zach leva les yeux vers elle à deux reprises.

Claire arriva à son tour si vite qu'elle faillit bousculer Mia. Elle jeta un regard autour d'elle et se rembrunit.

— Qu'est-ce qui vous prend ?

— On dirait une épidémie de crétinisme masculin, marmonna Holden avec un demi-sourire.

— Vous n'avez jamais vu de femme ?

Claire passa une main dans le dos de Mia, puis se plaça devant elle.

Luke haussa les sourcils.

— Tu en es une, toi aussi.

— Mais pas à leurs yeux.

Adam gloussa, puis recula prestement lorsque Luke envoya son poing dans sa direction.

Holden décida de prendre les choses en main, car

personne n'avait intérêt à mettre Claire en colère. Il présenta Mia au reste de l'équipe puis lui apporta une chaise.

— Vous devriez peut-être aller vous allonger, suggéra Caleb.

— J'ai mal à la tête que je sois assise ou couchée, répondit Mia en s'asseyant. Alors je me suis dit que je devrais au moins venir vous dire bonjour. Je peux ? ajouta-t-elle en montrant du doigt la tasse de Holden.

Elle n'attendit pas sa permission pour terminer son café, et Holden ne l'arrêta pas. Il était trop occupé à l'observer : elle avait les joues exagérément colorées et ses yeux semblaient plus larmoyants que vifs.

— Si vous souffrez, cela prouve que j'ai raison en vous conseillant du repos, insista Caleb.

Il accompagna sa phrase d'un sourire, que Mia lui rendit.

Holden agrippa le dossier de sa chaise et marmonna :

— Ça suffit, maintenant !

Elle pivota vers lui.

— Qu'est-ce qui te prend ?

— Intéressant..., commenta Luke au même moment.

Holden ne voulait pas admettre qu'il s'agissait d'un accès de jalousie, et refusait que ses amis le taquinent à ce sujet. Il haussa les épaules.

— Rien du tout.

— Je m'excuse de vous avoir entraînés dans cette histoire...

Mia regarda autour d'elle, puis posa la main sur celle de Holden.

— Toi, en particulier. Quand je pense à ta maison...

— Ce n'était pas ta faute.

Elle lui pressa la main.

— Et je t'ai obligé à descendre cet escalier, alors que tu ne pouvais plus respirer.

Holden eut l'impression de recevoir un coup au plexus.

— Pour quelle raison avais-tu du mal à respirer ? s'enquit Adam.

— Parce qu'il est claustrophobe, répondit Mia avant que Holden puisse dire quoi que ce soit.

Priant pour que personne n'ait entendu, il ferma les yeux. Lorsqu'il les rouvrit, il comprit qu'il n'avait pas eu cette chance.

Tous les regards étaient rivés sur lui.

— Eh bien, oui…, poursuivit-elle. Les espaces confinés… Attendez, vous n'étiez pas au courant ?

Holden expira un peu nerveusement.

— Eh bien maintenant, ils le sont.

— Depuis quand en souffres-tu ? demanda Caleb.

Zach intervint.

— Ça n'a pas d'importance. Poursuivons.

Holden apprécia le coup de main.

Zach savait exactement ce qui s'était passé, car il était là et avait partagé son expérience. Sauf que lui semblait s'en être remis.

La tristesse qui avait envahi le visage de Mia s'accentua.

— Ce que je veux dire, c'est que je t'ai mis de danger, à cause de mon patron.

— A ce propos …

S'il refusait de s'exprimer au sujet des démons qui le hantaient, Holden tenait néanmoins à mettre certaines choses au point.

— Tu n'es responsable de rien, finit-il par lui dire.

— C'est moi qui conduisais.

— Je te l'accorde. Mais je parlais des circonstances

qui ont fait que tu t'es retrouvée dans les bois, près de ma maison.

— Où veux-tu en venir ? demanda Mia en le dévisageant, les yeux plissés.

Holden toussota.

— C'était moi.

— Pardon ?

— J'ai piraté l'ordinateur de Walters.

Luke donna un coup sur la table.

— Bon sang, Holden !

— Pourquoi ?

Mia regarda autour d'elle, cherchant à recevoir du soutien ou une explication.

— Je ne comprends pas…

— Ton patron est – ou était – en train d'enquêter sur notre équipe.

Adam cessa de pianoter sur son clavier.

— Pourquoi ne m'as-tu pas demandé de m'occuper de ça ?

— Adam !

Le rappel à l'ordre de Luke résonna dans la pièce.

— Je suis l'expert en sécurité informatique ! insista Adam, qui, sous le coup de la colère, s'était levé de son siège.

Il désigna même son ordinateur portable d'un geste, comme pour prouver ce qu'il avançait.

Cherchant à attirer son attention, Mia serra la main de Holden plus fort.

— Je ne comprends toujours pas.

Se sentant coupable, Holden baissa les yeux. Il méritait ce pincement au cœur, il le savait.

— Croyant que Walters et ses comparses seraient incapables de remonter à la source… J'ai utilisé ce que je pensais être un compte utilisateur inactif.

— Tu m'as piégée ? s'exclama-t-elle en retirant vivement sa main.

— C'était involontaire.

La fatigue qui marquait le visage de Mia disparut instantanément, et ses joues s'empourprèrent plus encore.

— Il était persuadé que j'avais un complice !

— Il se doutait que j'étais à l'origine du piratage, mais il ignorait que j'avais agi seul.

Elle se leva si brusquement que sa chaise bascula en arrière.

— Il m'a agressée, Holden ! s'écria-t-elle en se retenant à la table pour ne pas tomber.

Il tendit la main pour l'aider à garder son équilibre, mais elle le repoussa. Il s'efforça de ne pas se laisser affecter par ce geste.

— Je le sais.

— J'ai dû lui rouler dessus avec ma voiture pour l'empêcher de me tuer !

— Ça suffit !

Caleb s'était levé lui aussi. D'un regard, il intima à Holden de se taire puis fit face à Mia.

— Ce n'est pas le bon moment pour en parler.

— Bien sûr que si ! répliqua-t-elle.

— Vous avez subi suffisamment de stress, sans y ajouter cette conversation. J'aimerais examiner votre tête, et effectuer un diagnostic précis. C'est moi le médecin, ici.

— Bonne idée. Assure-toi qu'elle va bien.

Holden fit mine de se lever, mais Claire le repoussa sur sa chaise avec bien plus de force qu'il n'était nécessaire.

— Reste ici, gronda-t-elle. Je crois que tu as quelques explications à nous fournir.

Luke eut du mal à patienter jusqu'à ce que Claire et Caleb aient emmené Mia dans une autre pièce.

— Qu'est-ce qui t'a pris ?

Holden ne fit même pas semblant de ne pas comprendre.

— Je voulais que Walters nous fiche la paix, pour que nous puissions nous remettre au travail.

— Bien joué, grommela Adam.

Lorsqu'il voulut boire une gorgée de café pour se donner une contenance, Holden se souvint que Mia avait vidé sa tasse.

— Vous oubliez le plus important.

Zach tapotait la table du bout de son stylo.

— Ah bon ? Il y a pire que tuer un membre de la Chambre des représentants ?

— Rod a disparu et nous n'avons pas la moindre idée de l'endroit où il est.

Adam acquiesça.

— C'est vrai.

— On est tombés sur un type chez lui qui cherchait quelque chose. Il faut découvrir de quoi il s'agit.

— D'accord, répondit Luke. Mais, cette fois, ce doit être un travail d'équipe.

Ils étaient tous d'accord, y compris Holden.

8

Bram Walters tressaillit, et laissa échapper un flot d'obscénités. Il avait la conviction que si le médecin serrait ses bandages un peu plus fort, ses côtes cassées lui transperceraient la peau.

— Tout doux ! grogna-t-il.

Le sourire nerveux du praticien disparut.

— Il faut que je vous fasse une piqûre.

— Pas question.

Il ne pouvait se permettre de se laisser abrutir à coups d'antalgiques.

— Ecoute le médecin, frérot, intervint Trevor Walters qui venait d'entrer dans la salle de soins.

Il était presque 3 heures du matin, et seules étaient présentes les personnes auxquelles Trevor avait demandé de venir. Bram était le parlementaire, mais son frère pensait avoir de l'ascendant sur lui. Bram feignait d'ignorer ce problème d'ego, car il avait besoin de son aide.

— Tu t'es perdu en chemin ?

Comme toujours, Trevor arrivait après la bataille, ce qui amena Bram à se demander une fois de plus qui prenait les plus gros risques dans cette histoire.

Trevor s'adressa au médecin.

— Laissez-nous un instant.

Bram attendit qu'ils soient seuls pour exprimer son inquiétude.

— Est-il digne de confiance ?

— Je le paie grassement.

— Comme tous les autres, n'est-ce pas ?

Seule une personne travaillant pour Trevor pouvait trouver banal de recevoir à son cabinet, au milieu de la nuit, un parlementaire blessé.

— A part Mia Landers.

— Que s'est-il passé avec elle ?

Trevor rangea son téléphone dans la poche de sa veste.

— Qu'est-ce qui t'a laissé penser que tu pouvais t'en charger seul ?

— Elle travaille pour moi, répliqua Bram. Je l'ai emmenée là-bas pour lui poser des questions et me débarrasser de son complice. Tu n'avais pas besoin d'intervenir.

— Ton plan était mal ficelé.

Trevor avait mis son grain de sel dans cette situation déjà mal engagée, et l'avait fait virer à la catastrophe, mais Bram savait qu'il refuserait de l'admettre.

— Il a dérapé à cause des commandos que tu as envoyés. Qu'avais-tu donc en tête ?

— Il fallait que je nettoie ton chantier. Heureusement que mes hommes étaient prêts, sinon tu serais encore par terre au milieu des bois.

— J'avoue m'être trompé au sujet de Mia, mais tu es responsable de l'incendie.

Quelqucs bribes de souvenirs revinrent à Bram : deux hommes surgissant des fourrés pour le secourir, et des flammes qui dévoraient le ciel.

— Personne n'aurait dû être blessé, ajouta-t-il.

— Vu la façon dont ton employée a riposté, c'était inévitable.

Cette espèce de traîtresse ! Bram ne pouvait penser à elle sans qu'une bouffée de rage lui noue l'estomac. Il l'avait embauchée à la suite d'une longue tirade dans laquelle elle avait exprimé son désir d'embrasser une nouvelle carrière qui lui permettrait de servir son pays. Il n'en avait pas cru un mot, mais David Brennan, le directeur du personnel, s'était laissé piéger – et sans doute espérait-il la séduire. Quant à lui, avoir cette jolie blonde au sein de son cabinet ne lui déplaisait pas, tout compte fait. Etre assisté d'une personne aussi intéressante lors des réunions était un atout, car elle savait attirer l'attention vers elle lorsqu'il le fallait.

Elle l'avait cependant trahi de la manière la plus exécrable qui soit, en se liguant avec quelqu'un qui tentait de le faire tomber et qui avait violé sa vie privée.

— Comme d'habitude, je me suis chargé du sale boulot, pour que tu gardes les mains propres, dit Trevor.

Bram n'était pas d'humeur à argumenter, mais il supportait plus l'attitude pleine de suffisance de son frère.

— Je ne t'ai pas demandé de t'en mêler.

— Tu m'y as contraint. Il fallait bien que je te sorte de là.

— Enfin, Mia est morte et ne me tourmentera plus.

— N'en sois pas si certain.

— Que veux-tu dire ?

— Nous examinons encore les débris, à la recherche des corps.

— Pourquoi as-tu provoqué un tel chaos ? Nous allons devoir nous expliquer à ce sujet.

— Je n'y suis pour rien.

Trevor leva la main pour empêcher Bram de répliquer.

— Officiellement, une fuite de gaz est à l'origine de l'explosion. Mais je suis persuadé que nous découvrirons bientôt que le propriétaire du chalet en est le véritable responsable.

— La police et les pompiers sont toujours à ta botte, n'est-ce pas ?

— Pas de souci de ce côté-là, mais ça ne règle pas le problème.

Trevor focalisa son attention sur le plateau contenant les scalpels et les bandages.

— De quoi parles-tu ? demanda Bram.

— De qui, plutôt. L'homme qui a aidé Mia.

Bram sentait que la situation lui échappait. La stratégie simplissime supposée le débarrasser de Mia était en train de prendre un tour incontrôlable.

— Tu penses qu'il s'agit d'un proche de Lehmann ?

— Evidemment, rétorqua Trevor.

— Nous avons d'autres ennemis.

— C'est vrai, mais personne d'autre ne nous aurait roulés dans la farine de cette manière. Il faut transmettre toutes ces informations à notre contact, au service de protection des victimes. Nous avons un accord, et il sera respecté.

Bram n'était pas convaincu.

— Et puis, ça tombe sous le sens, ajouta Trevor. Tu as pris à partie le groupe de Lehmann, et aussitôt quelqu'un a piraté ton ordinateur. Ensuite, quand tu as demandé des comptes à ton employée, c'est un professionnel qui est venu à sa rescousse.

— Donne-moi un nom.

— L'acte de propriété du chalet ressemble à un jeu de piste qui mène à une société-écran. Il va nous falloir du temps pour dépêtrer cet imbroglio, mais mes gens y travaillent. Nous devrions avoir une réponse dans deux jours.

— Et d'ici là ?

— Tout semble accuser Lehmann ou un de ses agents.

— Le groupe est bel et bien démantelé. J'y ai veillé quand j'ai fait le nécessaire pour qu'il soit mis en congé administratif. D'après mes sources, chacun est parti de son côté, et tous font profil bas, précisa Bram.

Trevor reposa le scalpel avec lequel il jouait.

— Crois-en mon expérience. Les hommes de ce milieu fonctionnent comme des militaires, et le lien ne se rompt pas si facilement.

Trevor parlait en connaissance de cause. Il était à la tête d'une entreprise fort lucrative. De grandes firmes, et même des gouvernements, faisaient appel à lui, l'expert en logistique et stratégie, dans des zones du globe réputées sans foi ni loi. Les terroristes y devenaient ses ennemis jurés et les hommes de pouvoir ses alliés.

— Il est temps d'enquêter sur tous les anciens membres du Projet Recovery, et pas seulement Rod Lehmann, poursuivit-il.

Bram l'avait devancé sur ce point. Il avait déjà envisagé de les assigner à comparaître.

— Je ne laisserai rien passer, gronda le parlementaire.

— Occupe-toi de ça, et je me chargerai du reste.

— C'est-à-dire ?

— Tu tiens vraiment à le savoir ?

— Non.

Mia avait l'impression de suffoquer. Son cœur battait à tout rompre et ses bras tremblaient. Elle se réveilla en sursaut et comprit d'où venait le problème. Repoussant la couette blanche qui lui couvrait le visage, elle regarda autour d'elle.

Elle se trouvait dans une chambre qui n'était pas la sienne. Ses yeux se posèrent sur des meubles aux lignes pures, puis sur des rideaux bleus aériens qui masquaient une baie vitrée. Une lampe de chevet était allumée de chaque côté du lit, et une pile d'oreillers la maintenait dans une position pratiquement assise.

En dehors de l'homme endormi à côté d'elle, elle ne reconnaissait rien. Holden portait un jean délavé et un T-shirt propre. Ses cheveux noirs brillaient, suggérant qu'il avait pris une douche. Pas de doute, il sentait meilleur qu'après leur passage dans le tunnel souterrain. Un parfum avec une pointe d'agrumes.

Elle était sous les couvertures et lui, dessus. Impossible de se rappeler comment elle s'était retrouvée là. Un coup d'œil rapide sous la couverture calma son anxiété : elle n'était pas nue. Son pantalon avait disparu, mais elle portait toujours son T-shirt gris.

Le calme qui régnait dans la chambre lui donna le temps d'étudier Holden. Il avait le dos appuyé contre la tête de lit et les bras croisés sur la poitrine. Elle le connaissait à peine, mais lui faisait confiance. A plusieurs reprises déjà, elle avait placé sa vie entre ses mains, sans qu'il lui ait promis de veiller à sa sécurité. Pourtant, il l'avait fait.

Il émanait de lui une véritable puissance. Même endormi, il semblait tenir ce qui l'entourait sous contrôle. Elle n'était pas particulièrement attirée par les hommes mal rasés, mais la barbe naissante sur ses joues lui allait bien, accentuant son air de dur à cuire.

— Tu me dévisages, dit-il à mi-voix, sans ouvrir les yeux.

Elle sursauta en l'entendant.

— Je ne savais pas que tu étais éveillé.

— J'ai le sommeil léger.

Lorsqu'il ouvrit les yeux, elle se sentit décontenancée par leur bleu profond, qui l'avait subjuguée dès leur rencontre.

— J'en prends note, répondit-elle d'un ton léger.

Il haussa les sourcils.

— Tu comptes t'en servir plus tard ?

— Je préfère ignorer ce commentaire.

Il leva la main puis la laissa retomber.

— Caleb dit que tu as de la chance de ne pas avoir de traumatisme crânien.

— J'ignore si la chance y est pour quelque chose, mais je suis heureuse d'apprendre que mon cerveau n'est pas réduit en compote. En parlant de Caleb… tes amis ne semblaient pas très contents d'apprendre que tu espionnais Walters.

— Il n'y a pas qu'eux.

— Que veux-tu dire ?

Elle se déplaça sur ses oreillers afin de mieux le voir, et fut satisfaite de constater que sa tête ne tournait plus au moindre mouvement.

— Quand j'ai commencé à fouiner, je savais que Walters risquait de s'en prendre à moi. Et, pour tout dire, cette perspective me plaisait. Ce type méritait une petite mise au point, pour autant que je sache…

Holden soupira si fort qu'il fit vibrer le lit.

— Mais je n'imaginais pas qu'il t'accuserait d'avoir piraté son ordinateur.

— Tu ignorais jusqu'à mon existence.

— C'est vrai.

— Alors comment aurais-tu pu deviner que tu me mettais en danger ?

— Pardon ?

— Ce n'est pas ta faute.

Il l'observa longuement.

— Tu prends bien les choses. La plupart des femmes auraient mal réagi.

Holden et les femmes… Ce n'était pas la première fois que ce genre de pensée traversait l'esprit de Mia. Elle ne savait pas grand-chose de lui, n'avait pas croisé d'hypothétique petite amie, mais se demandait malgré tout ce que cette dernière dirait en le voyant dans un lit avec elle.

— Je suis bien trop perturbée par ce qui s'est passé avec mon patron, répondit-elle au lieu de lui poser la question qui lui trottait dans la tête.

Le regard de Holden lui caressa le visage, si doucement et si tendrement qu'elle eut presque l'impression qu'il la touchait réellement.

— Je ne sais pas comment me faire pardonner.

— Dis-moi que tu es désolé.

Il gloussa.

— C'est vraiment si simple ?

— J'ai l'impression que beaucoup de gens aiment rendre les choses compliquées.

— Oui, j'ai eu l'occasion de le remarquer.

— Il est évident que tu n'as pas cherché à me piéger.

Il s'apprêtait à dire quelque chose, mais elle poursuivit :

— Et j'ai l'impression que tu vas t'investir dans cette affaire au moins autant que moi.

Cela le fit sourire.

— C'est vrai.

— T'ai-je remercié de m'avoir sauvé la vie ?

Comme elle avait envie de passer les doigts le long

de sa mâchoire, elle fourra la main sous ses oreillers pour s'en empêcher.

— T'ai-je dit à quel point je regrette que cette ordure, à l'appartement de Rod, t'ait touchée ?

Cette évocation fit frissonner Mia. Elle ferma les yeux une seconde, pour repousser une image associant des ongles sales et la lame d'un couteau.

— Tu n'as pas à te sentir coupable, dit-elle.

— As-tu remarqué que le sort s'acharne sur toi quand tu es avec moi ?

Il se laissait submerger par un sentiment de culpabilité ; elle n'avait pas besoin de son diplôme en psychologie pour le remarquer.

— Considération intéressante, de la part d'un homme qui se retrouve sans toit et qui a perdu tous ses biens matériels.

— J'aurais dû l'en empêcher, insista-t-il.

— C'est ce que tu as fait.

Holden revivait les moments qui avaient précédé celui où il avait lancé son couteau. Les images défilaient comme un film devant ses yeux. Il voulait les décortiquer, les analyser et déterminer de quelle autre manière il aurait pu procéder.

Pour sa part, Mia voulait simplement les effacer de son esprit. A tout jamais.

— Il faut que tu saches que je..., commença-t-il.

Elle se redressa davantage sur les oreillers et lui posa un doigt sur les lèvres.

— Je le sais.

D'un geste doux, il lui prit la main et la serra dans la sienne. Etendus là, dans l'atmosphère si intime de la chambre, ils ne se touchaient que par leurs mains jointes. Elle fut surprise de constater qu'un geste aussi pur et aussi simple pouvait balayer un souvenir aussi pénible.

— Il méritait de mourir, pour t'avoir touchée, murmura Holden en déposant un baiser sur le dos de sa main.

— Ne dis pas ça.

— Je n'en suis pas fier, mais je n'ai pas honte des sentiments qui m'habitent à son sujet.

— Aide-moi à me débarrasser de la sensation qu'il m'a laissée.

Il accentua la pression de sa main sur la sienne.

— Laisse le temps faire son œuvre.

Mia comprenait ce qu'il lui suggérait, mais elle voulait accélérer le processus.

— Je veux dire, maintenant.

— Je ne…

Holden s'interrompit lorsqu'elle saisit ses mains et les posa juste au-dessus de ses seins.

— Ce n'est pas une bonne idée, marmonna-t-il.

— Pourquoi ?

Il se mit à respirer plus rapidement, sa poitrine se soulevant et redescendant tandis qu'il parlait.

— Tu es bouleversée. Cela fait trop d'émotions en si peu de temps.

— Je sais ce que je veux.

— C'est-à-dire ?

— Je veux que tu me touches.

Elle lui ouvrit le poing et étendit sa paume contre la sienne, observant la différence de longueur de leurs doigts.

— Tu es si imposant. Tes grandes mains, tes larges épaules…

— Nous nous connaissons à peine.

Son murmure rauque emplit la pièce.

— Je sais que tu ne me feras jamais de mal.

— Jamais.

— Je ne suis pas du genre à coucher avec un inconnu, mais, avec toi, c'est différent. Et je veux m'endormir avec un souvenir plaisant en tête.

Elle fit glisser l'extrémité de ses doigts sur ses seins. Son contact la brûlait à travers son T-shirt et son soutien-gorge. Il n'essaya pas de poser sa paume sur son sein, ne la caressa pas. Il se contenta de laisser la chaleur de son corps se répandre en elle, tandis qu'elle jouait avec ses doigts.

Tout à coup, elle prit conscience des messages contradictoires qu'elle lui envoyait. D'une main, elle lui enserrait le poignet et l'attirait contre elle, alors que de l'autre, agrippée à son coude, elle le repoussait.

— Désolée, murmura-t-elle.

— Ce n'est rien.

Elle relâcha la pression sur son bras, et se sentit coupable en découvrant les demi-lunes minuscules que ses ongles avaient imprimées dans sa chair. Du pouce, elle massa les preuves de la confusion qui régnait dans son esprit, cherchant à les faire disparaître. Des mots d'excuse lui vinrent, mais elle les ravala lorsqu'elle vit son visage.

Le regard de Holden était focalisé sur sa main, toujours posée sur son sein, et cette vision fit disparaître les pensées qui lui emplissaient la tête. Elle avait besoin de ce contact physique. Cette fois, elle lui caressa le dos de la main, lui appuyant la paume contre son sein.

— Es-tu sûre de toi ? demanda-t-il.

Elle acquiesça, rendue muette par le contraste entre sa peau légèrement hâlée et le gris de son T-shirt. Tout cela était si étrange. Il était si spécial…

Lorsqu'il affermit sa pression, Mia oublia la vague douleur qui pulsait encore dans sa tête et toutes ses courbatures et sentit son corps revenir à la vie. La douce caresse balaya tout pour faire place à un désir grandissant, une sensation intimement liée au plaisir et non plus à la souffrance.

— Dis-moi si je te fais mal.

— Tu me fais du bien.

Elle ne reconnut même pas le timbre rauque de sa voix.

Lorsqu'elle détacha son regard de la main posée sur son corps, elle rencontra les yeux d'un bleu profond de Holden. Il l'observait, se délectant de son plaisir, et le pli soucieux qui lui barrait le front avait disparu.

— Embrasse-moi, lui dit-il d'une voix aussi rauque que la sienne.

Mia leva la tête et posa ses lèvres sur les siennes. Sa bouche était chaude. Elle laissa échapper un gémissement. Les doigts de Holden se mirent à jouer dans ses cheveux, tandis que de son autre main il effleurait les rondeurs de ses seins.

Elle laissa ses sensations la submerger et effacer les souvenirs de cette journée, pour ne conserver que celui-ci, cet instant précis. Lorsque son baiser se fit plus pressant, elle lui passa une main derrière la nuque pour l'attirer davantage vers elle, alors que sa langue se glissait dans sa bouche. En l'espace de quelques de secondes, ils basculèrent d'un état de bien-être à un embrasement incontrôlable. Tout à coup, avant qu'elle puisse l'en empêcher, il détourna la tête et mit fin à leur baiser.

— Je ne m'attendais pas à ça, murmura-t-il en appuyant son front contre le sien.

Son pouce s'égara une dernière fois sur son téton, et Mia sentit tous ses muscles se contracter.

— Moi non plus.

— Tu dois te reposer.

Les lèvres de Holden vagabondèrent sur ses sourcils avant de descendre sur son nez, pour y déposer un baiser tendre.

— Il faut que tu dormes.

— Après ce qui vient de se passer ?

Il retira sa main, mais lentement, en frôlant l'intérieur de son bras, de manière à ne pas briser le contact trop brusquement. Seuls ses doigts, enroulés dans ses cheveux, la rattachaient désormais à lui.

— Je me suis laissé emporter, dit-il avec un sourire pas vraiment innocent.

— Nous pourrions…

— Non.

Il lui planta un baiser sur les lèvres puis recula avant qu'elle ne l'incite à aller plus loin.

— Comment va ta tête ?

— Elle est embrumée.

Il la dévisagea d'un air inquiet.

— Je vais chercher Caleb.

Elle l'arrêta avant qu'il n'ait le temps d'appeler des renforts.

— C'est à cause de ton baiser.

Holden mit quelques instants à comprendre.

— C'est très tentant, mais Caleb a dit qu'il fallait que tu te reposes.

— Et, à toi, que t'a-t-il dit ?

— Il était si furieux contre moi à cause de Walters que je ne pourrais pas te le répéter sans me mettre à rougir.

Mia ne put réprimer un sourire à cette idée.

— Un grand costaud comme toi ? J'ai du mal à t'imaginer rougissant.

Il lui passa un bras autour des épaules et l'attira près de lui.

— Il faut que tu dormes, maintenant. Je suis chargé de te réveiller dans deux heures.

Plutôt que de discuter et de prétendre qu'elle allait bien, Mia se pelotonna contre lui et huma la fraîche senteur de savon et de shampooing qui émanait de sa peau.

— As-tu programmé une alarme ?

— Inutile. Je suis capable de me réveiller au moment où il le faut.

— C'est tout un savoir-faire.

— Un parmi tant d'autres.

Elle leva les yeux vers lui.

— Heureuse de l'apprendre.

D'un geste délicat, il lui posa la tête contre son épaule.

— Endors-toi avant que j'oublie que je suis un gentleman.

9

L'alarme se déclencha à 3 heures du matin. Un son strident retentit, et la montre de Holden se mit à vibrer. Habitué au danger et capable de passer instantanément du sommeil à une extrême vigilance, il se leva d'un bond et saisit son arme sur la table de chevet.

Ses yeux s'adaptèrent rapidement à la pénombre, mais il lui fallut plus longtemps pour comprendre d'où venait le danger. Il se posta à la fenêtre, s'efforçant de distinguer le portail au bout de l'allée, et ne vit rien d'anormal. Pourtant, l'alarme retentissait encore.

Mia remua dans le lit, puis s'assit. Le drap relevé contre sa poitrine, elle examina la pièce que seule éclairait la lueur de la lune.

Elle écarta de la main les cheveux qui lui tombaient devant les yeux.

— Que se passe-t-il ?

— Quelque chose.

Le ton de Holden avait perdu toute douceur.

— Pourrais-tu être plus précis ?

A cet instant, la porte grinça puis s'ouvrit brusquement. Holden fit face à l'entrée, arme levée, tout en ordonnant à Mia de se baisser.

Caleb fit irruption dans la pièce, en criant :

— C'est moi !

Holden tenta de contrôler l'afflux d'adrénaline qui lui parcourait les veines et expira.

— Il s'en est fallu de peu !

— Pas le temps de frapper. Il faut descendre.

Caleb jeta un regard à Mia.

— Tous les deux.

Avant que Holden ait eu le temps de demander ce qu'il se passait, Caleb était parti.

— Je n'y comprends rien, dit Mia.

— Moi non plus. Mais, comme Caleb n'est pas du genre à paniquer pour rien, nous ferions mieux de ne pas nous éterniser ici, déclara-t-il en lui tendant la main.

— D'accord.

Mia n'hésita pas un instant. Elle quitta le lit, seulement vêtue d'un T-shirt et d'une petite culotte.

Ses longues jambes attirèrent le regard de Holden. S'il avait su qu'elle était si légèrement vêtue, il aurait probablement fini de la déshabiller... Il reprit ses esprits en la voyant enfiler son pantalon.

— Nous allons descendre. Reste derrière moi et ne bouge que si je te le demande.

— Je promets d'obéir.

— Excellent.

Il sortit de la chambre et sentit Mia s'agripper à la ceinture de son jean.

Arrivés à l'escalier, ils aperçurent Caleb et Luke, postés de part et d'autre de la porte d'entrée.

Holden guida Mia jusqu'en bas des marches, auprès de Claire.

— Vous n'êtes plus que deux, les gars ?

Luke acquiesça,

— Adam et Zach sont partis en ville à la recherche de Rod.

Ils n'étaient donc que trois pour faire face à ce

qui les attendait, mais Holden ne s'en inquiétait pas outre mesure.

— Quel est le problème ?

Luke observa le petit écran de sa montre.

— Quatre hommes en tenue de combat au portail.

— Quel est ton plan d'action ? s'enquit Holden.

Un sourire se dessina sur le visage de Luke.

— On va réveiller les voisins, annonça-t-il.

— Ils détestent déjà notre clôture, alors autant se les mettre définitivement à dos, marmonna Claire.

— Imagine leur tête quand je vais allumer les projecteurs.

Luke tenait une petite télécommande. Caleb détourna son regard de l'extérieur l'espace d'une seconde.

— Tu penses que ça va suffire à faire reculer ces types ? demanda-t-il.

— Ils viennent en catimini. Je pense qu'ils veulent évaluer le système de sécurité. Alors, fichons-leur la trouille. Mais nous devons d'abord en capturer un.

Holden comprenait sa stratégie. Ils en avaient parlé à plusieurs reprises lorsque Luke et Claire avaient décidé de s'installer ensemble et de mener une vie normale. Diversion, puis attaque. Rien de plus simple.

Avant que Luke ait le temps d'ouvrir la bouche, Holden commença à donner des ordres.

— On va y aller, Caleb et moi. Je les prendrai à revers, ferai diversion, et Caleb se mettra au travail.

Luke avait subi une grave blessure à l'épaule lorsqu'il avait tiré Claire des griffes de son ex, quelques mois plus tôt. Il n'avait pas complètement recouvré l'usage de son bras, mais il était fier, et rechignait à se voir confier une tâche subalterne.

Holden savait qu'ils n'avaient pas le temps de se quereller pour savoir qui serait le plus apte à se mouvoir dans la pénombre, aussi avait-il pris la décision pour le groupe.

Mais Mia se planta devant lui.

— Hors de question !

Ce n'était pas de ce côté que Holden attendait de la résistance. Son teint livide et ses yeux écarquillés trahissaient sa peur. Elle allait encore être témoin d'une fusillade, et n'importe qui serait nerveux dans une telle situation. Quoi qu'il en soit, il n'allait pas se laisser stopper par un regard.

— Tout va bien se passer, la rassura-t-il.

Elle lui saisit le bras et ses ongles s'enfoncèrent dans sa peau.

— Tu te portes volontaire pour servir de cible.

Caleb leva la main.

— Je peux m'en charger.

— Non ! rétorqua Holden.

Ce n'était pas le moment de discuter.

— Alors c'est réglé, conclut Luke. Holden va attirer leur attention, et j'électrifierai le portail. Ça devrait les assommer suffisamment longtemps pour que Caleb en coince un. Essayons d'éviter les coups de feu et les dommages collatéraux.

— Et si Holden se fait tirer dessus ? répliqua Mia, les poings sur les hanches.

Holden épargna à Luke d'avoir à lui répondre.

— Ça n'arrivera pas.

— Pourquoi n'appelez-vous pas la police ? lança-t-elle.

— Je veux d'abord savoir ce qui pousse des commandos à prendre d'assaut une maison ordinaire dans un quartier sans histoire.

Holden s'était exprimé d'un ton sec. Il enfila le gilet pare-balles que Claire lui tendait et vérifia ses armes.

— Je vous transmettrai toutes les informations, et Claire gardera une main sur le téléphone, au cas où nous devrions appeler la police.

— Ce n'est pas drôle, grommela cette dernière avant d'emmener Mia dans la salle à manger.

Luke ignora son commentaire et resta concentré sur l'écran de sa montre.

— Il y en a un qui essaie de passer entre les barreaux.

— Parfait.

Holden fit signe à Caleb de sortir par la cuisine, tandis qu'il passerait par la porte principale. Tous les regards seraient rivés sur lui, et il espérait parvenir à chasser Mia de son esprit. Elle serait en sécurité dans la maison, auprès de Luke. Quant à lui, il devait concentrer ses efforts sur le type qui cherchait à leur mettre la main dessus.

Il entrouvrit la porte, se faufila sur le porche et s'accroupit derrière l'un des piliers soutenant l'auvent. Il n'avait pas pris la peine d'emporter des lunettes de vision nocturne, et le regretta. Des nuages moutonnants masquant la plupart du temps la lune, seules de vagues ombres se dessinaient au loin.

Il avança le long de la façade en prenant garde à rester à l'abri derrière les buissons, l'herbe mouillée étouffant le bruit de ses pas.

Lorsqu'il atteignit les abords de la clôture, son champ de vision s'élargit sur l'avant de la propriété. Il ne voyait pas Caleb, mais celui-ci devait être positionné face à lui. Ils étaient censés décrire une courbe et prendre les intrus en tenaille. Les points verts sur l'écran de sa montre indiquaient les positions de ses collègues, et l'un d'eux montrait que Luke était toujours à l'abri dans la maison.

Leur plan semblait fonctionner. Il avait atteint sa

position sans être vu et, de cet angle, observa les deux hommes qui s'escrimaient sur la barrière. L'un essayait de cisailler le métal tandis que l'autre montait la garde. Luke en avait mentionné quatre. Holden scruta les alentours pour voir où ils se trouvaient mais ne vit rien. Sans doute étaient-ils en train de faire le tour de la propriété, à la recherche d'un accès plus facile.

C'était finalement plus simple encore qu'il l'avait imaginé. Une pression sur l'interrupteur et la clôture serait parcourue d'une décharge électrique, assommant les deux intrus en même temps. Il envoya un signal à Luke.

Rien ne se produisit.

De nouveau, il prévint Luke, mais les projecteurs restèrent éteints et la barrière inactive. Il scruta de nouveau les environs pour repérer Caleb.

La propriété ne faisait pas plus d'un hectare. A cette distance, les communications auraient dû être fluides. Or, ce n'était pas le cas. Holden était pour ainsi dire à découvert, à quelques mètres des assaillants, et il ne parvenait pas à joindre son équipe.

Il décida d'utiliser une nouvelle stratégie : tirer d'abord et s'excuser plus tard. Le silencieux rendrait son intervention discrète, et il devait agir vite. Les complices de ces deux-là étaient quelque part dans la nature. S'ils étaient parvenus à franchir la clôture, ils pouvaient être à proximité de la porte d'entrée. A proximité de Claire et Mia.

Cela l'incita à passer à l'action. Il leva son arme au moment où les assaillants l'aperçurent. Après un long regard froid, ils reculèrent.

Holden les vit se séparer, puis se fondre rapidement dans l'obscurité. Il tendit l'oreille, à l'affût de bruits de pas, mais n'entendit rien.

Se remettant prudemment en marche, il découvrit Caleb étendu sur le dos à mi-chemin de la maison. Son arme avait disparu et du sang coulait au niveau de sa tempe.

Holden se jeta à terre. Tout en observant les environs, il chercha le pouls de son collègue et poussa un soupir de soulagement en sentant une pulsation puissante sous ses doigts.

— Caleb !

Il remua légèrement, poussa un grognement et ouvrit les yeux.

— Tu vas bien ? demanda Caleb.

— Ce n'est pas moi qui suis blessé !

Holden aida son ami à s'asseoir.

— Que s'est-il passé ?

Caleb se frotta le front.

— On m'a attaqué par-derrière.

— Ce qui veut dire qu'ils ont passé la clôture sans que Luke reçoive l'information.

— S'ils ont créé une brèche quelque part, que faisaient les deux autres devant la grille ?

L'évidence sauta aux yeux de Holden. Ils avaient été bernés.

— Ils faisaient diversion.

Les yeux de Caleb semblèrent recouvrer leur vivacité.

— La maison ! Vite ! s'exclama-t-il en se levant.

Ils foncèrent vers l'habitation en veillant à ne pas faire de bruit.

Presque aussitôt, cependant, Holden ralentit l'allure. Se précipiter, au risque de faire tuer tout le monde, n'était pas une bonne stratégie. Il s'efforça de chasser Mia de son esprit et se concentra, à l'affût du moindre son inhabituel.

La porte d'entrée était ouverte et la télécommande

sur le perron. Ils s'approchèrent silencieusement et se glissèrent dans le vestibule. D'un signe de la main, Holden envoya Caleb vers la gauche, tandis qu'il explorait les pièces sur la droite. Aucun signe de lutte. Pas une goutte de sang.

Il perçut un léger craquement du plancher au-dessus d'eux. Caleb, après avoir inspecté la cuisine et la petite pièce à l'arrière de la maison, le rejoignit et secoua la tête.

Les intrus ne pouvaient être qu'à l'étage, dans les chambres, ou au sous-sol, dans la salle de contrôle. Etant donné que la cave n'apparaissait sur aucun plan, et que son accès était impossible à découvrir sans indications précises, les hommes armés se trouvaient au-dessus d'eux.

Holden indiqua l'escalier à Caleb, et mit le pied sur la première marche. Il monta à pas lents et réguliers, s'arrêtant de temps à autre pour tendre l'oreille. Arrivé à mi-hauteur, il vit un pantalon noir apparaître dans son champ de vision.

L'intrus qui venait de sortir de l'une des chambres n'hésita pas un instant et fit feu. Du plâtre se détacha du mur, derrière la tête de Holden, qui avait vivement reculé.

Bien que déséquilibré, il tira à deux reprises. La première balle atteignit l'homme, qui recula en grognant, à la poitrine. La deuxième le toucha à la jambe. Holden le rejoignit au moment où il atterrissait sur le dos, et repoussa son arme de la pointe du pied à l'instant où un second individu surgissait de la chambre qu'il avait partagée avec Mia. Caleb, qui était monté derrière lui, tira. Un point rouge apparut sur le front de l'intrus qui, emporté par son élan, bascula par-dessus la balustrade et alla s'écraser sur le carrelage du rez-de-chaussée avec un bruit sourd.

L'homme que Holden avait blessé tenta alors de se redresser et de saisir son pistolet. Cette fois, Holden ne visa pas la poitrine, manifestement protégée par un gilet pare-balles, mais pointa son canon vers la tête de son ennemi.

La plupart des gens relatent des catastrophes en affirmant les avoir vécues comme au ralenti. Pour Holden, les choses semblaient au contraire s'être accélérées. N'ayant pas eu une seconde pour souffler ou réfléchir, il avait réagi, et ses mouvements s'étaient enchaînés.

Tout en se concentrant sur les pulsations de son cœur, il regarda autour de lui, constatant le désastre. L'échange de coups de feu n'avait duré que quelques instants. Deux hommes étaient morts, et trois personnes manquaient à l'appel.

Un mouvement au bas de l'escalier attira l'attention de Holden. Il se pencha par-dessus la rampe et le nombre des absents passa à deux. Luke se tenait caché sous l'escalier, pistolet au poing, prêt à intervenir.

— Tout le monde va bien ?

Surpris par la voix de Luke, Caleb pivota vivement.

— Eh !

Holden posa la main sur son bras et lui fit baisser son arme.

— Que s'est-il passé ? s'enquit Luke.

— Quelque chose a brouillé le signal, dit Holden. Comme s'ils étaient entrés dans notre système de communication.

— J'ai vu ces deux gars traverser la pelouse lorsque vous êtes partis, expliqua Luke. Ma priorité était de mettre Mia et Claire à l'abri.

— Où est Mia ? demanda Luke qui se souciait peu de la logistique en cette seconde.

— Ici.

Mia sortit de sous l'escalier, suivie de Claire. Elle tripotait le bas de son T-shirt, mais paraissait relativement calme.

Holden essaya de canaliser l'énergie qui l'habitait encore. Le fait qu'elle soit vivante fit retomber sa colère. Cette jolie blonde avait besoin d'aide. Sa respiration redevint normale, et il sut que, dès qu'il aurait convaincu ses doigts de desserrer leur étreinte sur la crosse de son arme, il se sentirait mieux.

— Comment ont-ils percé cette brèche ? demanda Caleb.

Pendant un instant, Luke sembla perdre son sang-froid, mais il se reprit aussitôt.

— Aucune idée. D'après mes écrans, tout est en ordre, mais nous savons que c'est faux.

Claire grimaça en regardant autour d'elle.

— Ce n'est rien de le dire !

Luke la prit par la taille.

— Désolé de t'infliger ça.

Claire n'était pas prête à se contenter de si piètres excuses.

— Tu as vu l'état de ma maison ?

— Adam va se pencher sur la question. Nous devrions vite comprendre ce qui s'est passé, assura Luke.

Il fourra son arme dans sa ceinture d'un geste si brusque qu'il fit un accroc à sa chemise.

— Ça ne se reproduira plus, ajouta-t-il.

La bouche de Claire se contracta.

— Si tu le dis…

— Je te le promets !

Holden comprenait la colère qui habitait Luke et la partageait. Il avait juré, comme les autres membres du groupe, de veiller à la sécurité de Claire. Or, deux malfaiteurs étaient parvenus à s'approcher d'elle et aussi de Mia. Cela impliquait une sérieuse remise en question pour le groupe. Ils avaient eu tort de penser qu'ils étaient préparés et qu'ils maîtrisaient la situation.

Ils se sentaient tous frustrés. Trois habitations avaient été violées en deux jours, ce qui était encore pire que le démantèlement du Projet. Quelqu'un s'en prenait à chacun d'eux ; cela ressemblait à une guérilla personnelle.

Mia se trouvait à quelques mètres de l'homme mort.

— Il est peut-être temps d'appeler la police, vous ne croyez pas ? Les corps commencent à s'accumuler.

Luke repoussa du pied la jambe de l'assaillant.

— D'habitude, c'est Rod qui gère cela.

Claire soupira.

— Alors tu ferais mieux de le retrouver, parce que j'aimerais remettre de l'ordre dans ma maison.

Holden savait qu'elle luttait pour donner un semblant de normalité à la situation, même si c'était illusoire.

10

Le lendemain matin, Bram Walters était assis à son bureau en merisier massif, tandis que ses employés s'affairaient dans leurs box.

La bannière étoilée était tendue au mur juste derrière lui, et les autres murs étaient tapissés de photos sur lesquelles il apparaissait en compagnie de dignitaires et de héros originaires de sa circonscription.

Il avait rêvé d'occuper cette fonction, ce fauteuil, et il y était parvenu. Après avoir payé le prix qu'il fallait et avoir systématiquement suivi la ligne du parti, il s'était élevé au plus haut niveau et, maintenant, il détenait le pouvoir.

Et une poignée de personnes pouvait désormais anéantir tous ses efforts…

Il massa son épaule endolorie. Cette garce de Mia la lui avait déboîtée en le heurtant avec sa voiture. La remettre en place s'était révélé plus douloureux encore que ses côtes brisées.

Si elle s'était contentée de lui répondre lorsqu'il lui avait demandé le nom de ses complices, tout ça ne serait pas arrivé. Il aurait pu la convaincre de travailler plutôt pour lui, de devenir un agent double. A présent, il était trop tard.

Il aurait dû suivre son instinct et refuser de l'embaucher.

La situation délicate dans laquelle il se trouvait était le résultat d'un service qu'il avait voulu rendre. Et tout avait tourné à la catastrophe lorsque l'ex-femme de Trevor avait décidé d'utiliser leur divorce et leur fils comme des armes de destruction.

Pourtant, au départ, sa tâche majeure était claire : annihiler l'équipe du Projet Recovery pour la réduire au silence et, du même coup, discréditer Rod Lehmann et son œuvre.

La manière dont ils avaient géré l'affaire Claire Samson, désormais Hathaway, devait lui faciliter la tâche. Aucun membre du comité qui chapeautait les affaires d'espionnage n'aimait l'idée d'une équipe recevant des fonds fédéraux sans être soumise au moindre contrôle.

Mais il avait un autre problème à résoudre. Faire une faveur à Steve Samson était une chose. Se faire coincer en furetant à la recherche d'adresses de personnes bénéficiant du programme fédéral de protection des témoins en était une autre, d'autant qu'il ne pouvait remonter jusqu'à Steve que de manière indirecte.

Le dénominateur commun était le Projet Recovery.

S'il se faisait prendre en train de fouiller dans les dossiers de ce programme, personne ne chercherait à savoir s'il avait été contraint de le faire, ou si Trevor avait simplement insisté pour qu'il lui donne un coup de main dans son combat administratif pour obtenir la garde de son fils. L'homme à abattre serait lui, Bram. Il perdrait tout ce qu'il avait si durement acquis. C'était la raison pour laquelle il devait s'assurer que ses maîtres-chanteurs, l'équipe du Projet et Mia Landers, lui ficheraient la paix.

— Eh bien ? demanda Bram à son frère.

Confortablement installé dans un somptueux fauteuil bleu clair, Trevor poursuivit sa lecture du rapport qu'il tenait en main. Pour un homme dont la vie personnelle était un enfer depuis un an, il semblait remarquablement serein.

Bram commençait à s'impatienter. Il n'était pas du genre à attendre des réponses. Lorsqu'il posait des questions, on répondait. Il avait le pouvoir de renvoyer n'importe quel employé trop ou trop peu zélé, ou d'assigner à comparaître les hommes les plus influents.

Trevor referma enfin le dossier.

— Mia est vivante.

Sa dernière lueur d'espoir venait de s'éteindre.

— Tu en es sûr ?

— Les corps retrouvés sont ceux de mes hommes. Le propriétaire a disparu avec elle.

— De qui s'agit-il ?

Trevor pianota sur le dossier.

— C'est là que ça devient intéressant… C'est Holden Price.

— On en revient donc au Projet Recovery.

Bram tapa du poing sur son bureau.

— Je le savais ! Il faut les retrouver et les faire taire.

— Les codes de la propriété de Hathaway étaient les bons. Mes gars sont entrés, mais j'en ai perdu deux. L'important, c'est que, désormais, Hathaway et les autres savent qu'ils sont surveillés.

Tous ces morts appartenaient aux équipes de Trevor. Bram craignait que ce résultat n'atteste des compétences des agents du Projet.

— Comment vas-tu expliquer ces décès ?

— Accidents lors d'une manœuvre.

— Tu penses que Hathaway ne va pas broncher, alors que tu as démonté son système de sécurité ?

Trevor arborait une expression entre pitié et mépris.

— Tu ne comprendras jamais rien à ces hommes.

— Mon travail est de les neutraliser, pas de les vénérer.

— Ce qui fait que tu les détestes est aussi la raison de leur succès, répliqua Trevor avec une pointe d'admiration dans la voix. Ils ne suivent pas les règles établies. C'est bien pour ça que tu veux les mettre hors d'état de te nuire, non ? Et Steve doit s'en débarrasser pour avoir une chance de gagner son procès. Même chose pour notre contact.

Bram, qui feignait ne pas nager dans des eaux aussi troubles, refusait d'entrer dans le jeu de Trevor.

— Tu sais pourquoi j'ai organisé ces auditions de témoins. Je n'ai pas le choix, grogna-t-il.

— C'est toi qui as rendu service à Steve et nous as mis dans cette situation.

Bram n'avait pas besoin qu'on lui rappelle ce que son amitié avec les frères Samson lui avait coûté.

— Je suis conscient du rôle que j'ai joué, mais qu'en est-il de toi ?

— Nous avons été chanceux sur un point. Luke Hathaway est un type intelligent ; il ne voudra pas que la police vienne fouiner chez lui. Il se débarrassera certainement des corps.

Une idée fit sourire Trevor.

— Je suis persuadé que, s'il pouvait remonter jusqu'à moi, il viendrait les déposer sur mon perron.

Bram s'emporta.

— Pourrais-tu essayer de te montrer moins dithyrambique quand tu parles d'eux ? Je te rappelle qu'ils font de ma vie un véritable enfer !

— Holden Price a fait sauter sa maison, il a abattu mes hommes, et s'est échappé avec la fille. C'est difficile de ne pas lui tirer mon chapeau.

Bram avait la conviction que cette histoire ne mènerait à rien de bon.

— Y a-t-il des victimes du côté des membres du Projet ?

— Non.

Il frappa le bureau du plat de la main.

— Comment est-ce possible ?

— Je te le répète, il ne faut pas les sous-estimer.

Bram se retint de rétorquer que Holden et Hathaway étaient meilleurs que leurs hommes parce qu'ils se trouvaient en terrain familier, mais que ce serait probablement différent dans d'autres circonstances.

— Alors, il est temps de leur mettre davantage de pression, se borna-t-il à répondre.

Trevor acquiesça.

— Ça me convient. Il faut les tenir occupés, et créer des dissensions.

— Je vais leur demander de venir témoigner devant la commission.

— Bonne idée. Fais-les venir. Moi, je me charge de Mlle Landers.

Bram fut soulagé de constater que son frère se recentrait sur ses priorités.

— Comment comptes-tu procéder ?

— Ta fidèle collaboratrice a disparu. A ta place, je lancerais un appel public pour qu'elle te donne de ses nouvelles.

Il pouvait sans que cela paraisse étrange endosser le rôle d'un employeur inquiet, tout en envoyant un message à ses ennemis.

— J'aime ta suggestion.

— Et son ancien petit ami peut nous aider.

— Qui est-ce ?

Bram était réticent à faire entrer un joueur supplémentaire dans la partie. Il pouvait s'avérer dangereux de mettre un inconnu dans la confidence, et il avait appris à ses dépens qu'il est parfois malaisé de garder le contrôle d'une situation lorsque d'autres décident de s'y impliquer.

— Un ancien policier. Il est au chômage, mais je pense que nous pouvons lui trouver du boulot.

Bram songea à Mia, puis passa outre ses inquiétudes.

— Est-ce que j'ai besoin d'en savoir davantage ?

— Comme d'habitude, la réponse est non.

Il appuya sur le bouton de l'Interphone. Sa porte s'ouvrit un instant plus tard, laissant apparaître son chef du personnel.

Embauché comme stagiaire quelques années plus tôt, David Brennan avait su se rendre indispensable et avait gravi tous les échelons de la hiérarchie ; il était aujourd'hui à la tête du cabinet.

— Puis-je vous apporter quelque chose, monsieur ?

— Non, merci, je me sens beaucoup mieux. La prochaine fois que je ferai mon jogging, je serai plus prudent et ferai attention à ne pas tomber.

Bram lança à son frère un regard d'avertissement avant de poursuivre.

— Mlle Landers n'est toujours pas arrivée ?

— Non. Je n'ai réussi à la joindre ni chez elle ni sur son portable. Elle n'a pas de famille, et les personnes qu'elle souhaitait nous voir appeler en cas d'urgence sont sans nouvelles d'elle depuis un certain temps.

— Je suis inquiet à son sujet, dit Bram, l'air préoccupé.

Sa capacité à jouer la comédie de manière si convaincante l'impressionnait lui-même.

— Je comprends. C'est une personne consciencieuse, et manquer une journée de travail ne lui ressemble pas, reconnut David.

— C'est vrai. Tenez-moi au courant, si vous avez du nouveau, répondit Bram avec un signe de tête signifiant à David qu'il pouvait se retirer.

Trevor attendit que la porte soit refermée pour éclater de rire.

— Tu leur as dit que tu courais ?

— Des blessures consécutives à un accident de voiture auraient été difficiles à expliquer. Ça aurait suscité de trop nombreuses questions, surtout en l'absence d'un rapport de police.

— Tu as raison.

— Dans quelques heures, je ferai une annonce publique dans laquelle je demanderai à Mia de prendre contact avec moi.

— Ça devrait leur mettre la pression, convint Trevor.

Holden baissa le volume du poste de télévision, et s'assit sur le canapé à côté de Mia. Il était tendu.

Mia secoua la tête.

— Ce n'est pas possible !

— Pas de doute, Walters est bel et bien vivant. Il se pavane à la télévision et demande de tes nouvelles.

Elle n'était pas folle. Elle savait ce qui s'était produit dans les bois, et tous les détails lui revenaient sans même qu'elle le veuille.

— Je l'ai heurté avec ma voiture !

Claire gloussa puis se laissa tomber sur l'accoudoir du canapé, près de son mari.

— Nous te croyons. Pouvez-vous imaginer un seul instant que ce type est un jogger ? Il est aussi gras et mou qu'un beignet.

— Il prétend que j'ai disparu. Comment ose-t-il mentir de manière aussi éhontée ? Et pourquoi lance-t-il cet appel public, alors qu'il est bien placé pour savoir ce qui s'est réellement passé ?

Mia n'y comprenait rien. Son patron s'était montré si étrange, dernièrement… L'homme courtois et attentionné qu'elle avait côtoyé avec plaisir durant ses premières semaines de travail au cabinet parlementaire s'était mué en sadique manipulateur, et elle ne pouvait s'empêcher d'être peinée à l'idée de s'être trompée à ce point sur le compte de quelqu'un.

— Il t'envoie un message, Holden. Il te prévient qu'il n'en a pas fini avec toi, déclara Caleb, qui était appuyé contre le manteau de la cheminée.

Holden hocha la tête.

— C'est nous qu'il menace, pas elle.

— Comment a-t-il deviné que je suis avec vous ? Tu as piraté son ordinateur, mais comment est-il remonté jusqu'à toi ?

— Il a le bras long, répondit Holden en haussant les épaules. Les hommes de son frère peuvent fourrer leur nez partout. Pour une raison qui m'échappe, Trevor utilise ses troupes comme une milice privée pour soutenir les actions de Bram.

— Ce qui est assez risqué, étant donné que Trevor est considéré comme une référence dans son domaine de compétences ; les nombreux contrats passés avec le gouvernement en attestent, dit Caleb.

— Qui te dit que ce n'est pas Bram qui lui a permis de signer ces fameux accords avec le fédéral ?

demanda Adam. Il se contente peut-être de renvoyer l'ascenseur à son frère.

— Probablement, mais il est clair que Trevor est puissant de toute façon.

Holden soupira.

— A l'heure qu'il est, ils savent que le chalet m'appartenait. Si on ajoute à ça l'enquête menée par son équipe et mon rôle dans le Projet, ils ont dû en conclure que Mia était mon informatrice.

— Mais pourquoi s'en prennent-ils à nous ?

Caleb s'éloigna de la cheminée et prit place à côté de Luke.

— Nous ne représentons pas une menace pour l'entreprise de Trevor.

— Mais certainement pour quelqu'un d'autre, avança Luke.

— Rod devait en être une de taille, dit Adam.

— Il doit toujours l'être.

Le ton de Holden laissait transparaître sa colère. Le visage dur et les mâchoires crispées, il semblait prêt à passer à l'attaque.

Mia était toujours aussi perplexe, et n'aimait pas l'expression de Holden. S'il devait lui parler ainsi, elle serait tétanisée.

Elle avait vécu avec un homme qui considérait que le mode agressif était la façon normale de communiquer. Il n'avait jamais utilisé ses poings, mais ses remarques acerbes lui avaient infligé de profondes blessures à l'âme.

Adam ne semblait pas remarquer la tension qui régnait dans la pièce.

— Tu aurais dû voir la maison de Rod, dans le Maryland ! Elle était dévastée. Les lames du plancher avaient été arrachées, et il y avait même des trous dans les plafonds.

— Il n'exagère pas.

Ce furent les premiers mots prononcés par Zach, qui était revenu depuis plus d'une heure.

Adam et lui étaient rentrés de leur expédition avec des mines sombres, et les dégâts qu'ils décrivaient suggéraient que Rod avait peut-être connu une fin terrible.

— Tout ce que Rod dissimulait a disparu, maintenant.

Ils se rembrunirent tous en entendant le commentaire d'Adam.

Après un court silence, Luke prit la parole.

— Au moins, nous savons comment nos assaillants ont pu neutraliser mon système de sécurité.

— Comment ? demanda Mia.

— Rod détient nos dossiers personnels, lui expliqua Adam. Il les gardait dans un endroit sûr, mais il semble évident que c'est ce que ses visiteurs ont glané lors de leur passage.

— Désormais, vous n'avez plus aucun secret pour Walters, déclara Mia.

— Nous changerons les codes et les fréquences, la rassura Luke.

Il tapota le genou de sa femme, puis se leva.

— En attendant, reprit-il, vous devez tous rentrer chez vous, et éliminer tout ce qui pourrait servir à vous identifier. Quand ce sera fait, nous nous retrouverons ici et nous passerons en revue les documents que Rod est susceptible d'avoir conservés sur notre serveur interne. Ça nous fournira une piste pour découvrir ce sur quoi il enquêtait, et où il peut être.

Claire sourit à Mia.

— Tu peux rester ici.

— Non. Elle vient avec moi, dit immédiatement Holden.

Luke grimaça.

— Tout le monde est lancé à sa recherche.

— Je veux qu'elle soit là où je peux la voir.

Mia observa Holden en fronçant les sourcils. De toute évidence, il exigeait de tout contrôler, quitte à jouer des coudes.

Et ce comportement réveillait des souvenirs déplaisants. Elle avait vécu avec un homme dominateur et hyper-protecteur, et cette expérience avait été dévastatrice.

Elle en était arrivée à ne plus faire confiance à son instinct ni à son propre jugement, au point de laisser son petit ami prendre toutes les décisions, tant il mettait de force à toujours imposer sa volonté.

Encore aujourd'hui, elle avait parfois du mal à se faire entendre. Bien que consciente que Holden et ses collègues ne cherchaient qu'à la protéger, elle devait leur montrer qu'elle avait aussi son mot à dire.

— Est-ce que ça vous intéresse de savoir ce que je veux ? demanda-t-elle d'un ton sarcastique.

— Nous t'écoutons, l'encouragea Claire.

— C'est à moi de faire un choix.

Voyant Holden ouvrir la bouche pour la contredire, elle s'empressa d'aller au bout de sa pensée.

— Lorsqu'il s'agit de ma vie, la décision m'appartient. Et elle est déjà prise.

— Quelle est-elle ? demanda Luke.

— Je reste auprès de Holden.

11

L'odeur de renfermé incommoda Holden dès qu'il ouvrit la porte. Cela faisait des semaines qu'il n'était pas venu à son appartement de Washington, et le manque d'air frais rendait ce lieu encore moins accueillant qu'il ne l'était.

Il se dirigea vers la baie coulissante du salon et écarta les rideaux, ce qui lui permit de vérifier que personne ne se cachait là. La lumière du jour inonda la pièce.

— Ce n'est pas aussi élégant que chez Luke, mais ce pied-à-terre me rend bien service, déclara-t-il.

A part la télévision et le petit canapé d'angle sur le dossier duquel Mia laissa glisser sa main, la pièce était pratiquement vide. Les quelques autres meubles qui se trouvaient dans l'appartement étaient déjà là lors de l'emménagement de Holden, et il n'avait pas même songé à les remplacer.

— Seul un célibataire pourrait supporter de vivre ici, répondit-elle.

Son ton laissait entendre ce qu'elle pensait de ses goûts.

— Si tu le dis…

Elle s'assit sur l'accoudoir et l'observa.

— As-tu quelqu'un qui prend soin de toi ?

Holden fut intrigué par l'hésitation qu'il percevait dans sa voix. Jusqu'à présent, elle n'avait pas été du genre à peser ses mots.

— Pardon ?

— Ta maison est réduite en cendres. J'imagine que ta famille, ou au moins quelqu'un, aimerait savoir si tu vas bien.

Ils avaient atteint cette étape du parcours où elle allait essayer d'en savoir plus à son sujet, constata Holden. Il s'était demandé quand sa curiosité finirait par l'emporter.

Pour sa part, il n'avait pas eu à mener ce combat intérieur. Luke lui avait permis d'apprendre tout ce qu'il fallait à propos de Mia. Il avait eu l'impression de tricher un peu, puis s'était dit que finalement son action était légitime, puisque cette enquête visait à protéger l'équipe.

Le rapport avait confirmé qu'elle n'était qu'un pion entre les mains de Walters. Entrée à son service depuis peu, elle s'était chargée avec talent et professionnalisme de tous les dossiers qui lui avaient été confiés, mais n'avait eu ni le temps ni l'occasion de se démarquer des autres employés. Il était donc extrêmement improbable qu'elle ait été admise au sein du premier cercle, cette poignée de collaborateurs chevronnés qui traitaient les dossiers les plus complexes. Et rien ne prouvait d'ailleurs que ces fidèles assistants soient eux-mêmes au courant des petites manigances de Walters.

Holden n'avait pu s'empêcher de frémir à la lecture de son parcours universitaire : elle était titulaire d'un doctorat en psychologie, ce qui le glaçait d'effroi. La dernière chose qu'il voulait était qu'une femme discute de leurs sentiments au lit.

Car c'était bien là qu'ils allaient finir. Il ne lui restait pour cela qu'à trouver une demi-heure de tranquillité, ce qui s'avérait ardu alors que des tueurs étaient à leurs trousses ou que des collègues allaient et venaient dans la maison de Luke, et qu'ils risquaient d'ouvrir la porte de leur chambre à tout moment.

Il avait également appris que Mia était fille unique, née de parents déjà âgés, qui étaient décédés l'un après l'autre quelques années auparavant. Elle était donc une adulte orpheline, qui avait vécu avec un policier, mais était seule désormais.

Cette dernière information l'avait particulièrement intéressé. Elle n'était pas liée à un autre homme.

Elle le regardait avec un air si grave qu'il décida de la taquiner.

— Me demandes-tu si j'ai une petite amie ?

— Quand as-tu entendu cette question ? répliqua-telle en se tordant les doigts, les mains posées sur les genoux.

— Simple interprétation de ma part.

— Tu rêves éveillé, plutôt.

— Si tu le dis…

— As-tu déjà entendu parler de narcissisme ?

Holden n'avait aucune envie de s'initier au jargon des psys. Il avait été longuement confronté à eux après sa mésaventure en Afghanistan, et n'avait pas l'intention de renouveler l'expérience.

A l'issue de six heures de combat, il avait été pris dans les bombardements, et s'était retrouvé piégé à proximité de Khowst, dans la province d'Oruzgan.

Suite à l'éboulement d'une grotte à flanc de montagne, il avait passé sept jours emmuré, avec deux soldats morts à ses pieds, deux camarades appartenant à la même compagnie que lui.

Il avait ensuite eu affaire à ces professionnels de

la santé mentale qui avaient juré de le « guérir ». Les résultats obtenus ne s'étaient pas révélés probants, loin de là.

— Je n'ai pas de petite amie.

— Je ne t'ai rien demandé, se défendit Mia.

— Je voulais que tu le saches.

— Que veux-tu dire ?

— Mon père vit en Arizona, et je n'ai pas de fiancée.

Elle haussa les épaules.

— En quoi est-ce susceptible de m'intéresser ?

Pour quelqu'un doté d'un doctorat en psychologie, elle semblait ne rien connaître des hommes et de leurs désirs. Ou alors elle jouait un peu trop sérieusement la fille distante.

— Voyons ! Vraiment ? J'ai du mal à croire que tu ne le sais pas toi-même.

Elle bondit presque du canapé. Alors qu'un instant plus tôt elle était sagement assise et cherchait à montrer combien elle était détendue, elle se mit à arpenter la pièce, longeant la baie vitrée menant sur le balcon.

— Tu devrais ouvrir cette porte-fenêtre, nous aurions un peu d'air frais, marmonna-t-elle.

— Non.

— Non ?

— Nous sommes en ville.

— Sans vouloir te froisser, je te rappelle que j'ai été poursuivie et me suis presque fait tuer en pleine campagne, chez toi.

— C'est vrai, acquiesça-t-il.

Il avança alors les arguments qui lui paraissaient les plus logiques.

— Mais il fait froid, et il y a peut-être des tireurs embusqués sur les toits.

— Tu n'as pas tort.

Elle croisa les bras sur sa poitrine, ce qui, en langage du corps féminin indiquait clairement « reste à distance ». Ses yeux, cependant, exprimaient autre chose.

— Content d'avoir pu te faire entendre raison.

Elle ricana.

— Ma proposition n'était pas si farfelue.

Alors qu'il s'apprêtait à mettre fin à cette tension sexuelle en l'emmenant dans son lit, des coups frappés à la porte rompirent le charme.

Il sortit instantanément son arme et la pointa vers l'entrée de l'appartement. Quelques secondes plus tard, on frappa de nouveau.

D'un mouvement de la tête, il envoya Mia se cacher dans la chambre et, sur ses lèvres, elle lut le mot « placard ». Lorsqu'elle fut hors de vue, il alla à la porte.

Prenant garde à ne pas se tenir dans la ligne de tir, il se pencha sur le côté pour regarder par le judas. Uniforme bleu et pistolet dans un holster. Il s'agissait d'un policier, ce qui paraissait aussi étonnant que tout ce qui s'était produit au cours des jours précédents.

— Monsieur Price ? Je suis Ned Zimmer, inspecteur à la brigade criminelle de Washington.

Cette rencontre risquait d'être intéressante, songea Holden en entendant ce nom qui figurait dans le rapport concernant Mia.

Il rengaina son arme et la glissa dans sa ceinture. Mieux valait la garder à portée de main tant qu'il ne saurait pas ce qu'il se passait. Par ailleurs, inutile d'envenimer la situation en menaçant un policier, se dit-il, même si un violent accès de jalousie l'y incitait.

Il entrebâilla la porte.

— Oui ?

— Puis-je entrer ?

— C'est à quel sujet ?

Zimmer observa ce qui se passait dans le couloir.

— Votre maison en Virginie, monsieur.

La conversation allait tourner en partie de poker menteur. Zimmer appartenait à la police de Washington, et les banlieues virginiennes dépendaient d'une autre juridiction. Cela n'empêcha pas Holden de s'écarter pour laisser entrer son visiteur.

Le policier scruta aussitôt la pièce, son regard s'attardant sur tout ce qu'elle contenait, ce qui ne prit pas très longtemps. Puis il s'avança au milieu salon, et jeta un œil vers la chambre.

— Que se passe-t-il ? demanda Holden.

— Vous possédez une propriété à Fredericksburg, n'est-ce pas ?

Décidément, tout le monde semblait soudain s'intéresser à son patrimoine immobilier. Impossible d'acheter un vieux chalet sans que cela se sache !

— Qu'est-ce qui vous le fait croire ?

La main de Zimmer se plaça au-dessus de son arme.

— Est-ce une réponse affirmative, monsieur ?

— J'habite ici.

— D'après mes informations, vous possédez également quelques hectares au sud de la ville.

— Et ?

Le regard de Zimmer était fixé sur la porte de la chambre à coucher.

— Mes collègues de Fredericksburg m'ont demandé de prendre contact avec vous pour m'assurer que vous allez bien.

Très touchant, on y croirait presque ! se dit Holden.

— Je ne comprends pas.

— J'ai le regret de vous informer qu'un incident s'est produit dans votre maison.

Holden était impressionné par le ton calme et compatissant de son interlocuteur.

— Monsieur Zimmer, vous êtes dans ma maison.

— Je parle de l'autre.

Essayant de voir ce qui se trouvait derrière la porte entrouverte, Zimmer oscillait sur ses talons. Son mouvement, bien que discret, n'échappa pas à la vigilance de Holden.

— Un incendie a détruit votre habitation.

— Y a-t-il eu des blessés ?

— Pas à ma connaissance.

Holden aurait pu jouer ainsi toute la journée.

— Rien d'autre ?

Zimmer reporta son attention sur lui.

— Une femme a disparu.

— Comment s'appelle-t-elle ?

— Mia Landers.

Walters ou l'un de ses sbires avait pris contact avec Zimmer. Holden ne voyait pas d'autre explication.

Adam affirmait qu'aucune enquête officielle n'avait été ouverte sur la disparition de Mia. Jusqu'à présent, seuls Walters et Zimmer prétendaient qu'elle avait disparu. De son côté, Mia n'avait pas paru éprouver le besoin de rassurer un proche, ou même une amie, en voyant l'appel lancé par Walters. Il semblait donc évident que les deux hommes étaient de mèche.

— Cette femme était probablement sur votre propriété avant l'explosion, ajouta Zimmer.

Seules les personnes présentes à ce moment, ainsi que celles ayant planifié l'attaque, savaient que Mia se trouvait en Virginie. Walters voulait peut-être seulement savoir si elle avait survécu, mais Holden se dit que Walters et Zimmer souhaitaient plutôt découvrir où elle se cachait.

— Et vous pensez que je m'y trouvais lorsque l'incendie s'est déclaré ? Comme vous le voyez, je ne suis brûlé nulle part.

— S'agit-il une plaisanterie, monsieur ?

Le ton était caractéristique des représentants de la loi. A la fois irrité et condescendant, tout en restant respectueux en surface. Ayant grandi avec un père policier, Holden connaissait cette manière de procéder.

— Pas du tout.

— Connaissez-vous Mia Landers ?

— Non.

Zimmer hésita.

— Puis-je jeter un œil à votre appartement ?

— Non.

Bien que surpris, Zimmer ne se laissa pas désarçonner.

— Avez-vous quelque chose à cacher ?

— Pas du tout.

Holden se plaça délibérément dans le champ visuel du policier lorsque celui-ci s'approcha de la chambre.

— Vous ne devriez pas faire ça, ajouta-t-il fermement.

— Pourquoi ?

— Parce que je ne vous ai pas autorisé à fouiner chez moi.

— Vous préférez que je revienne avec un mandat de perquisition ?

Ils savaient tous deux que cette menace était illusoire.

— Si vous estimez que ça en vaut la peine, n'hésitez pas à le faire.

Zimmer jeta un dernier regard autour de lui, puis se dirigea vers l'entrée.

Il sortit une carte de visite de sa poche.

— Si vous voyez Mlle Landers, appelez-moi, dit-il en la lui tendant.

Holden la prit mais ne la regarda même pas.

— Je n'y manquerai pas, répondit-il en refermant la porte derrière Zimmer.

Les mains de Mia tremblaient si violemment qu'il lui fallut s'y reprendre à trois fois avant de parvenir à entrouvrir le placard. Le panneau grinça lorsque Holden finit de le faire coulisser.

Il se tenait devant l'ouverture, l'air contrarié.

— Tu es sortie avec ce type ?

— Comment le sais-tu ?

— Tu n'as peut-être pas compris quel était mon métier.

— Tu as enquêté sur moi !

Elle le repoussa et alla s'asseoir sur le lit, avant que ses genoux ne flanchent.

— Je devais m'assurer que tu n'étais pas folle. Pour ma défense, je te rappelle que tu as défoncé ma façade avec ta voiture.

— Tu n'es pas près de l'oublier, n'est-ce pas ?

— Je ne pense pas, non.

Holden se balançait d'un pied sur l'autre en parlant. Mia comprit qu'il était mal à l'aise. Il imaginait qu'elle était furieuse à cause de son indiscrétion, alors que c'était le son de la voix de Ned qui l'avait mise dans cet état.

Des mois après leur séparation, et en dépit de la présence protectrice de Holden, le simple fait d'entendre Ned la tétanisait toujours. Ses appels téléphoniques de la semaine précédente résonnaient encore à ses oreilles.

— Il m'a tout l'air d'un imbécile.

Holden s'assit près d'elle sur le lit.

— Ce qui explique pourquoi je ne le fréquente plus. Et ce qu'il vient de faire est illégal.

— Que veux-tu dire ?

Cherchant à gagner en assurance à son contact, Mia appuya son épaule contre celle de Holden

— Il ne fait plus partie des forces de police, dit-elle à mi-voix.

— Tu en es sûre ? demanda-t-il en se tournant si brusquement pour lui faire face que Mia bascula vers lui et qu'il dut la retenir.

— J'étais présente lors de l'audience.

— Peux-tu être plus explicite ?

— Il est passé devant une commission de discipline.

— Qu'a-t-il fait ?

— Il a malmené un témoin, mais ce n'était qu'un de ses nombreux faux pas. C'est le genre d'homme qui ne vit que pour le pouvoir et qui en abuse lorsqu'il l'a.

— Et tu étais là parce que…

— J'ai expliqué comme il se vantait de cet incident.

Holden siffla.

— Ce qui lui a fourni une excellente raison de te détester. Je suis content de voir que je n'ai pas perdu la main. Dès l'instant où je l'ai vu, j'ai su que je devais m'en méfier.

— Pourtant, il paraissait presque aimable aujourd'hui.

Holden posa la main sur sa cuisse et la serra une seconde avant de relâcher son étreinte.

— T'a-t-il fait du mal ?

— Pas physiquement.

— Je n'aime pas ce genre de réponse.

— Il m'a appelée la semaine dernière pour me dire que je lui avais gâché la vie.

— Intéressant.

— D'après toi, que faisait-il ici ?

— Je pense que Walters est au courant de ton histoire avec Zimmer, et il se sert de lui pour t'effrayer, ou pour me donner un avertissement.

Mia en venait à regretter d'avoir accepté cet emploi. D'autant que cela avait représenté une véritable régression financière pour elle, et qu'elle était surqualifiée pour ce poste.

— Walters sait-il tout de moi ? murmura-t-elle.

— Probablement.

Holden sortit son téléphone de sa poche.

— Zimmer est-il véritablement dangereux ? demanda-t-il.

— A vrai dire, je ne sais pas. J'ai longtemps pensé qu'il n'était qu'un sale type, mais, la dernière fois qu'il m'a parlé, il semblait désespéré. Or, mon expérience m'a appris que les gens qui se sentent acculés finissent par faire de grosses bêtises.

— Laisse-moi te reposer une question : t'a-t-il menacée ?

Mia hésita un instant avant de répondre. L'avait-il menacée ? Pas de la manière dont Holden le suggérait. Ned était trop malin pour cela, et il savait pertinemment qu'il n'était pas nécessaire de lever la main sur quelqu'un pour le faire souffrir.

Ce qui ne l'empêchait pas, lorsqu'une enquête n'avançait pas suffisamment vite à son goût ou qu'un prévenu se montrait récalcitrant, d'avoir recours à la violence physique.

— Il estime que je suis responsable de ses malheurs.

— Ce n'est pas une réponse.

— Il ne mérite pas tant d'attention.

— Je considère ça comme un oui. Quelle ordure !

Ne t'inquiète pas, Mia ; avec moi dans les parages, il ne commettra pas d'actes inconsidérés.

Elle sentit son cœur faire un bond à l'idée que Holden pouvait rester auprès d'elle.

Pourtant, elle restait convaincue que, pour lui, elle ne représentait rien de plus qu'une personne à protéger, ou un élément d'une affaire dont il avait la charge.

Holden appuya sur une touche puis porta le téléphone à son oreille.

— Je vais appeler Adam et lui demander de se renseigner sur Zimmer.

Un frisson parcourut Mia.

— Bien.

— Ensuite, il va falloir sortir d'ici sans que ton petit ami nous suive.

— Ne l'appelle pas comme ça !

Holden expira lentement et profondément.

— Désolé. Je meurs d'envie d'aller lui régler son compte, mais je vais faire en sorte de canaliser mon énergie de manière plus positive.

— Si tu tiens à t'excuser, essaie plutôt de me faire oublier la facilité avec laquelle tu mens.

Elle savait parfaitement que c'était inhérent à son métier, et qu'il ne cherchait qu'à la préserver, mais l'aisance avec laquelle il travestissait la vérité l'effrayait.

Il l'observa un instant.

— Tu veux dire, quand j'ai nié te connaître ?

— Oui, c'est ça.

— C'était pour te protéger.

— C'est ce que disent toujours les hommes.

12

Zimmer traînait encore dans les parages. Holden le savait, le sentait. Il aurait aimé avoir la capacité de sonder aussi facilement l'esprit de Mia, qui, depuis qu'elle avait entendu la voix de son ancien petit ami, se montrait distante et anxieuse.

Son attitude horripilait Holden, qui y voyait un manque de confiance en ses compétences. Elle devrait pourtant savoir qu'il la protégerait de ce type ! Visiblement, pour elle, il n'avait pas encore fait ses preuves.

— Es-tu prêt à y aller ? lui demanda-t-elle en passant devant lui pour sortir de la chambre.

Il l'arrêta en la saisissant par le bras.

— Qu'est-ce qui t'arrive, Mia ?

Elle était livide, et semblait sur le point de flancher, mais sa voix restait assurée, presque agressive.

— Mon ex et mon patron me traquent, j'ai vu je ne sais combien de cadavres… Il me semble légitime d'être passablement perturbée.

— Tu vas t'y habituer.

— Ce n'est pas drôle, Holden !

— Est-ce que j'ai l'air de plaisanter ?

Lorsqu'elle essaya de lui répondre, il l'en empêcha.

— On ne va tout de même pas se disputer.

— Et pourquoi pas ?

Holden soupira. Il ne supportait pas de rester ainsi à découvert. A son chalet, il disposait d'armes et de plans d'évacuation d'urgence. Ici, leurs seules options étaient la porte ou une fuite précipitée par le balcon.

— Je ne suis pas très à l'aise de nous savoir ici et ne tiens pas à m'y attarder. Tout ira mieux quand nous serons de retour chez Luke, parce que nous y avons des alliés et que nous ne serons pas aussi exposés, dit-il en désignant du doigt la baie vitrée et le ciel gris.

— Qu'y a-t-il ? Tu crois que nous courons un danger ?

— Je ne le crois pas. Je le sais.

Elle sembla sur le point de dire quelque chose mais garda le silence. Les poings serrés et l'air sérieux, elle bataillait manifestement contre elle-même.

Holden avait conscience qu'ils venaient de traverser un champ de mines émotionnelles, mais il ignorait ce qui l'avait rendue furieuse. Il la vit expirer lentement et se détendre un peu.

— Comment allons-nous procéder ? demanda-t-elle d'un ton radouci.

— Tu restes ici pendant que je vais inspecter le couloir et l'escalier.

— Tu vas chercher Ned, c'est ça ?

Cette perspective la fit frémir. Elle avait beau savoir que Holden avait l'habitude de ce genre de situation, elle redoutait que Ned use de stratagèmes retors pour le neutraliser.

— Exactement.

Mais, avant, il allait pêcher quelques renseignements.

Il appela le concierge et lui demanda s'il avait vu un policier quitter l'immeuble. La réponse qu'il obtint ne le surprit pas.

Après avoir raccroché, il se tourna vers Mia. Ce

qu'il s'apprêtait à lui dire n'effacerait certainement pas l'expression inquiète qui marquait son visage, mais elle devait être tenue au courant.

— Zimmer n'est pas redescendu. J'en déduis qu'il doit m'attendre quelque part sur le palier.

— Tu penses le trouver ?

— J'y compte bien.

Holden avait en tête toute une série de supplices qu'il aimerait infliger à Zimmer. Un type qui maltraitait les femmes, physiquement ou psychologiquement, méritait une bonne leçon.

S'il mordait une bonne fois la poussière à son tour, il réfléchirait peut-être la prochaine fois où il lui prendrait l'envie de blesser quelqu'un.

Elle laissa échapper un soupir tremblant et se campa devant lui. Posant les mains sur ses épaules, elle leva la tête et lui embrassa le menton.

C'était un peu léger, songea Holden. Il attendait plus qu'un baiser si prude. Avant qu'elle recule, il couvrit sa bouche de la sienne. Tout à la fois profond et doux, son baiser était destiné à lui faire savoir ce qu'il lui réservait.

— Sois prudent, murmura-t-elle lorsqu'il s'écarta d'elle.

— Toujours.

Il devait y aller. La présence d'un danger imminent et celle d'un lit dans la pièce voisine envoyaient des messages contradictoires sous sa ceinture.

Après un regard furtif par le judas, Holden entrouvrit la porte. Il s'attendait à trouver Zimmer dans la cage d'escalier, mais le policier s'avéra plus malin qu'il n'en avait l'air.

La porte revint avec force vers Holden, le heurtant

en plein visage. Il recula en titubant et tenta de se placer entre Zimmer et Mia.

— Hé ! Salut, Mia !

Zimmer appuya sa phrase d'un sourire carnassier, qui faisait penser à un fauve n'ayant pas vu de proie depuis plusieurs semaines.

Mia sentit son sang se figer dans ses veines. Cette voix, ce regard, ce sourire... La panique la gagna. L'angoisse qui l'avait tenaillée des mois durant reprenait le pas sur la raison. Elle avait l'impression de replonger dans un cauchemar trop familier.

Les minuscules étoiles qui dansaient devant les yeux de Holden finirent par disparaître, mais il fit mine de ne pas avoir encore complètement recouvré ses esprits. Il était plus judicieux de laisser croire à Zimmer qu'il se trouvait face à un adversaire diminué.

L'homme de main de Walters pointa son arme en direction de Mia.

— Vous êtes un piètre menteur, monsieur Price.

— Tout comme... vous êtes... un piètre policier, bredouilla Holden en faisant mine de tituber.

— Approche, Mia !

Zimmer avait les mâchoires contractées, ce qui rendait sa voix encore plus rocailleuse.

— Fouille M. Price pour moi, lui ordonna-t-il.

— Non.

— Je ne plaisante pas. Obéis !

— Pour qui... travaillez-vous ? demanda Holden d'une voix incertaine tout en reculant sensiblement vers Mia.

S'il devait se jeter devant elle pour la protéger de son corps au moment d'affronter Zimmer, il serait en meilleure position.

Zimmer l'ignora. Son regard dur restait focalisé sur Mia.

— Tu as contrarié certaines personnes influentes, Mia. Tu vas me suivre, car elles ont quelques questions à te poser.

— Elle n'ira nulle part, intervint Holden.

Zimmer désigna son pistolet.

— C'est moi qui donne les ordres ici.

— Pour l'instant.

— Tu penses pouvoir me le prendre ?

« Très bien. Mords à l'hameçon », songea Holden. Il savait que ce type ne supporterait pas de perdre la face en présence de Mia.

— Certainement.

— Tu n'as pas le cran nécessaire pour m'affronter.

— A ta place, je n'en serais pas si sûr.

— Mia, dépêche-toi !

Zimmer orienta le canon de son arme vers la poitrine de Holden.

— A moins que tu n'aies envie de voir ton nouveau petit ami mourir sous tes yeux.

— Tu tues des innocents, maintenant ? rétorqua-t-elle d'un ton indigné en faisant un pas en avant.

Comme oublieuse du danger, elle semblait prête à en découdre avec son ancien petit ami.

Holden tendit le bras pour l'arrêter. Ses chances de désarmer Zimmer diminuaient considérablement s'il immobilisait Mia et n'était pas libre de ses mouvements, mais il ne voulait pas lui faire courir de risque.

Il devait abandonner son projet qui consistait à maîtriser cet imbécile, même s'il en mourait d'envie, tout comme il rêvait de lui plomber la cervelle, et adopter une autre tactique.

— Ne bouge pas, Mia, dit-il en reculant jusqu'à se trouver à côté d'elle.

Il espérait que Zimmer le mettrait en joue et en profiterait alors pour propulser Mia hors de sa ligne de tir et se ruer sur lui.

— Nous n'avons pas le choix, répondit Mia.

Elle posa la main dans le dos de Holden puis la fit lentement descendre.

— Contrairement à toi, il est armé, poursuivit-elle, et je ne peux le laisser te faire du mal.

Zimmer laissa échapper un rire qui ressemblait à un aboiement.

— Ecoute ta copine, Price.

— Je te signale que j'ai un nom, lui lança Mia.

Ses doigts effleurèrent la ceinture de Holden. Il comprit qu'elle cherchait à saisir son arme.

Avant qu'il ait le temps de s'écarter pour l'en empêcher, elle entama un compte à rebours en pianotant sur la crosse en métal, dont il perçut la vibration. Il éprouva un mélange de panique et d'admiration. Elle avait beau être terrorisée, elle faisait preuve d'un incroyable sang-froid.

A l'instant où elle saisit le pistolet, Holden plongea et se jeta dans les jambes de Zimmer. Déséquilibré, le policier battit l'air des bras, avant de s'effondrer pesamment sur le sol. Son arme, qu'il avait laissée échapper, décrivit un arc de cercle et atterrit un peu plus loin. Il venait de perdre le contrôle de la situation, et le cri qu'il poussa témoignait de sa fureur.

Holden poussa du pied le pistolet de son adversaire, le faisant glisser en direction de Mia. Elle le ramassa prestement, sans quitter les deux hommes du regard.

D'un genou appuyé sur son ventre, Holden maintenait Zimmer à terre.

Hors d'état de se débattre, le policier alternait jurons et gémissements.

A présent, il n'avait plus rien d'un dur, mais plutôt d'un pantin, à la fois grotesque et pathétique.

Holden leva les yeux vers Mia pour voir comment elle allait et découvrit que, pour la première fois, elle semblait parfaitement maîtresse de la situation.

Fermement campée sur ses jambes, elle tenait à deux mains le pistolet qu'elle braquait en direction du front de Zimmer. Holden savait pertinemment qu'elle n'oserait pas faire feu, mais elle avait tout l'air de quelqu'un qui en serait capable, s'il le fallait.

Il se sentit fier d'elle, même s'il détestait la voir une arme à la main. Au fond de lui, il n'avait jamais douté de sa bravoure.

— Tu m'as cassé la jambe !

Zimmer se tortillait dans tous les sens en tentant de se redresser.

— Je ne pense pas que ce soit le cas, répliqua Holden, et crois bien que je le regrette.

Il le retourna sans ménagement et le plaqua face au sol.

Entendre Zimmer se lamenter lui procurait une sensation de plaisir. Il ne chercha pas à refouler la rage meurtrière qu'il éprouvait, car il savait ce qui la provoquait.

Son devoir consistait à servir et protéger, mais un homme qui jouait avec les peurs d'une femme ne méritait pas le moindre respect.

Saisissant les menottes du policier, il lui entrava les poignets avant de le remettre sur le dos. Puis il l'attrapa sous les aisselles et le cala en position assise contre le mur.

Zimmer se balançait d'avant en arrière, la respiration sifflante.

— Tu me le paieras cher, gronda-t-il.

— Ça m'étonnerait.

Holden l'enjamba et s'approcha de Mia. Il posa sa main sur les siennes et lui fit lentement baisser son arme, jusqu'à ce qu'elle pointe en direction du sol.

— Attaquer un représentant des forces de l'ordre est…, commença Zimmer.

— Boucle-la ! lui cria Mia.

Elle se serait jetée sur lui si Holden ne l'avait pas retenue. Bien plus que le harcèlement psychologique dont elle avait été la victime, ce qui la mettait hors d'elle était que Ned avait cherché à blesser, voire à tuer, Holden. Et cette idée lui était insupportable.

— Tout doux, Mia, lui murmura-t-il, conscient qu'elle était sur le point de craquer nerveusement.

Elle ne pouvait détacher ses yeux de Zimmer.

— Tu ne fais plus partie de la police !

Comme il lui répondait par une insulte, Holden décida qu'il était grand temps que ce type reçoive une bonne leçon.

Il pressa son pied contre la jambe blessée de Zimmer. Le cri perçant qui en résulta, Holden en était persuadé, aurait fait accourir un éventuel complice.

Voyant que rien ne se produisait, Holden décida de passer à la phase suivante de son plan. Bien que personne ne se soit manifesté, Zimmer avait peut-être malgré tout un complice qui, à défaut de venir à la rescousse, avait pu appeler des renforts. La prudence restait de mise.

Il sortit son téléphone.

— Que fais-tu ? demanda Mia.

— Je couvre nos arrières.

Il prit une photo.

— Si notre ami ici présent décidait de porter plainte ou nous menaçait de le faire, il devra expliquer pourquoi il s'est présenté à mon domicile en uniforme de policier.

Pour la première fois depuis l'arrivée de son ancien petit ami, Mia sourit.

— Ses anciens supérieurs adoreraient ça ! Ils lui tomberaient tous sur le râble.

— Sans compter qu'une agression caractérisée, accompagnée d'une usurpation d'uniforme, est considérée comme un crime. Je n'ose imaginer ce qui se passerait pour notre cher Zimmer en prison, avec tous les mensonges qu'il a proférés pour y envoyer des types qui se feront un plaisir de se rappeler à son bon souvenir.

— Espèce de salaud ! cracha Zimmer.

Holden s'accroupit pour se retrouver face à lui.

— On va conclure un marché, toi et moi.

— Enlève-moi ces menottes.

Holden posa la main sur la jambe de Zimmer et attendit, jusqu'à ce que ce dernier se contorsionne en grognant de douleur.

— Tu vas aller voir ton patron et lui dire de laisser Mia tranquille.

Holden était conscient que ça n'arrêterait pas Walters, mais il voulait lui faire savoir qu'il s'était personnellement impliqué dans cette affaire, et que Mia avait désormais de son côté quelqu'un qui ne flanchait pas à la vue d'un sceau parlementaire.

Zimmer montra les dents.

— Tu peux…

— Ecoute-moi bien, l'interrompit Holden. Mia et moi, on va partir d'ici. Quant à toi, tu as intérêt à quitter les lieux rapidement. Et si jamais je te revois, ou si j'apprends que tu comptes t'en prendre à Mia, je te tue.

Holden lança un regard à Mia qui ne broncha pas.

Zimmer rejeta la tête en arrière. Les muscles de son cou se contractèrent lorsqu'il prit la parole.

— Elle ne vaut pas la montagne d'ennuis qui va te tomber dessus.

Mia soupira.

— Tu n'as jamais su m'apprécier à ma juste valeur.

— Tu m'appartenais. Tu étais à moi, et tu ne m'as attiré que…

Agacé, Holden accentua la pression sur la jambe. Ce petit jeu avait assez duré.

— Tu ferais mieux de te taire, sinon je te tue tout de suite.

— Tu ne le feras pas, rétorqua Zimmer en grimaçant.

— Ne me tente pas…

Holden souhaitait couper court à cette discussion qui l'horripilait. Il se leva et passa une main sous le coude de Mia.

— Allons-nous-en.

— Que fait-on de lui ?

Elle avait posé la question d'un ton neutre, semblable à celui qu'elle aurait employé pour confirmer une réservation dans un restaurant.

— Je lui accorde une heure pour disparaître. S'il traîne, je me chargerai de lui.

Mia acquiesça :

— Rien ne me ferait plus plaisir.

13

Mia sentit le stress la quitter, comme s'il se volatilisait, dès qu'elle franchit le seuil de la demeure des Hathaway.

Revoir Ned avait été presque plus éprouvant que sa confrontation à des tueurs professionnels. Il lui faudrait du temps pour oublier son visage déformé par la rage, et la manière dont il avait fait irruption dans l'appartement de Holden, arme au poing.

Dire que naguère elle le trouvait beau ! Grand et blond, avec un visage digne d'un mannequin, il attirait tous les regards féminins. Si bien que, lorsqu'il avait usé de son charme sur elle, elle s'était sentie chanceuse, spéciale.

Ce n'est que plus tard qu'elle avait cerné le personnage. Il choisissait ce qu'elle devait commander au restaurant, les tenues qu'elle portait pour aller travailler, et ne lui transmettait jamais les messages de ses amis. Il l'avait installée dans son appartement sans même lui demander si elle souhaitait vivre avec lui.

Peu à peu, elle avait fini par douter de son jugement et de son bon goût concernant les hommes. Pis encore, elle avait compris qu'il lui fallait abandonner sa carrière de psychologue. Une pathétique victime de violences verbales n'était pas la personne adéquate pour prodiguer des conseils en matière de relations harmonieuses.

Holden referma la porte derrière eux et lui passa une main dans les cheveux.

— Ça va ?

Il se montrait si attentionné que Mia faillit craquer. Toutes les frustrations des jours précédents l'assaillirent soudain. Elle se sentit tout à coup faible et tremblotante. Si on lui avait demandé de tenir n'importe quel objet plus lourd qu'un crayon, elle en aurait été incapable. Toute sa force l'avait abandonnée à la minute où ils étaient sortis de l'appartement de Holden, après avoir laissé l'épisode le plus embarrassant de son passé gisant à terre.

Elle lui sourit.

— Ça va aller.

— Nous allons prendre notre repas et puis…

Il jeta un coup d'œil derrière elle, en direction de la salle à manger.

— Vince ?

Mia se retourna en entendant ce nouveau nom. Un homme se dirigeait vers eux, main tendue, en affichant un grand sourire.

— Holden ! Comment vas-tu ?

— Disons simplement que la journée a été longue.

Mia remarqua que l'homme l'observait discrètement. Il avait les cheveux gris et la silhouette longue et fine d'un marathonien. Frisant la soixantaine, il était plus âgé que les agents du Projet, mais semblait en excellente forme physique, et rien n'échappait à ses yeux verts et intelligents.

— Que s'est-il passé ? demanda Luke qui venait de les rejoindre à Holden.

— Nous en discuterons plus tard.

En entendant cela, Mia ne put s'empêcher de sourire. Holden se comportait comme s'il était parfaitement banal d'affronter un ancien policier et de le menacer de mort.

— Qui est… Attendez une minute.

Vince s'était tourné vers elle.

— J'ai l'impression de vous avoir déjà vue.

Exactement ce dont elle avait besoin : que des gens la reconnaissent à cause des mensonges télévisés de son patron !

— C'est parce que j'ai un visage très commun.

Holden sourit.

— Bien essayé.

— Des gens sont à votre recherche, lui dit Vince.

Elle aimait le sourire de cet homme et le fait qu'il semble totalement à sa place dans cette maison.

— Ça ne m'enchante guère, pour tout vous dire.

— Les menaces de Walters sont montées d'un cran, annonça Holden en posant la main dans le dos de Mia.

— Que veux-tu dire ? demanda Luke.

— Il a envoyé un messager à Mia.

Vince secoua la tête.

— Ce type continue donc à faire des siennes, à ce que j'entends.

— C'est ce que j'appelle un euphémisme, déclara Mia.

Alors qu'elle avait naguère trouvé son patron charismatique et digne de confiance, il n'était plus à ses yeux qu'un vulgaire criminel. Comment avait-elle pu se montrer si crédule ?

— Que fais-tu ici ? demanda Holden à Vince.

Luke donna une tape sur l'épaule de ce dernier.

— C'est moi qui l'ai appelé. Rod a installé des fichiers cryptés sur le serveur interne, mais dans une autre section. Je me suis dit que Vince pourrait nous donner un coup de main.

— Etes-vous un expert en informatique ? s'enquit Mia, surprise.

Elle commençait à comprendre comment les rôles se répartissaient au sein de l'équipe. Et d'après ce qu'elle voyait d'Adam, installé à la table de la salle à manger et penché sur son ordinateur portable, il semblait avoir le problème bien en main.

— Non, je suis l'ancien équipier de Rod.

— Au PFPT, le programme fédéral de protection des témoins, précisa Luke.

Ces hommes avaient des parcours plutôt éclectiques, finalement. Elle avait d'abord pensé qu'ils étaient tous d'anciens militaires devenus espions, mais leurs expériences, quoique toutes périlleuses, étaient assez variées.

— Nous étions des marshals. Puis Rod est parti, et moi je suis resté, précisa Vince.

Luke tendit une grande enveloppe beige à Holden.

— Tu as reçu ça aujourd'hui.

— Tu ouvres mon courrier, maintenant ?

Mia trouva le ton de Holden mi-figue, mi-raisin. Pour un homme aussi réservé que lui, que quelqu'un fouine dans ses papiers était très déstabilisant.

Il ne semblait pas saisir l'ironie de la situation. Lui qui passait son temps à enquêter sur les autres ne supportait pas d'être victime d'une éventuelle indiscrétion.

Son irritation manifeste n'empêcha pas Luke de réagir comme s'il avait parfaitement le droit de fourrer son nez partout.

— Si tu as des secrets que tu ne tiens pas à me

faire partager, il te suffit de faire en sorte qu'ils n'atterrissent pas chez moi.

— Je me le tiens pour dit.

Holden observa un instant l'enveloppe décachetée qu'il tenait entre ses mains tandis que, d'un geste, Luke les invitait à se rendre dans la salle à manger.

— Allons nous asseoir.

— Où sont les autres ? demanda Mia.

— Claire avait besoin d'aller faire quelques courses.

— Et Luke a chargé Zach et Caleb de l'accompagner, ajouta Adam en riant.

Elle compatissait à l'infortune de Claire. Elle l'imaginait arpentant les allées du supermarché, flanquée de ces deux gorilles, qui fusilleraient du regard quiconque aurait le malheur de s'approcher.

Elle prit place sur la chaise voisine de celle de Holden et le vit retirer une feuille de l'enveloppe.

— Glenna Reynolds et Penny Wain, lut-il.

Il retourna la feuille. Le verso était vierge.

— Ces noms devraient-ils me rappeler quelque chose ? s'enquit-il, l'air dubitatif.

Vince saisit le papier et répéta les noms.

— Ce sont deux témoins qui avaient été placés sous ma protection et celle de Rod.

— Et que s'est-il passé ?

— J'ai pris ma retraite, et mes dossiers ont été transférés à un autre agent.

— Ces femmes sont-elles en danger ? demanda Holden.

Vince secoua la tête.

— Il y a peut-être du nouveau mais, pour autant que je sache, elles vont bien.

— Adam, peux-tu éclairer notre lanterne ? intervint Luke en se tournant vers son ami.

— Je peux essayer, répondit ce dernier avec un sourire en coin.

Quelques minutes s'écoulèrent, durant lesquelles Adam pianota à toute vitesse sur son clavier. Il se cala ensuite au fond de sa chaise, avant d'annoncer :

— Je n'ai rien trouvé qui contredit ce qu'a dit Vince, même s'il est difficile d'accéder à leur base de données.

Vince fronça les sourcils.

— Ça devrait être impossible.

— Ça l'est, en théorie.

Adam scruta de nouveau son écran.

— Les fichiers cryptés de Rod comportent des initiales qui correspondent à celles de ces femmes. A mon avis, ce n'est pas le fruit du hasard.

— Rod conserverait-il des dossiers à leur sujet, s'il n'était plus responsable de leur protection ? s'étonna Mia.

Holden hésita une seconde, avant de déclarer :

— Je peux te répondre. C'est non.

Mia sursauta presque. Comment pouvait-il être au fait des procédures en vigueur au sein du PFPT ? Elle tenta de reconstituer le puzzle de son passé.

— Faisais-tu partie…

— Non.

Elle l'observa attentivement, à l'affût de signes dénotant un malaise quelconque, mais son expression était insondable. Elle se tourna alors vers Adam.

— Tu ne parviens pas à décrypter ce code ?

Elle avait fini par croire que rien ne leur était impossible et ne concevait pas qu'un cryptage informatique puisse stopper ces spécialistes.

Adam ne parut pas vexé. Il continua à pianoter sur

ses touches, levant à peine les yeux vers les personnes présentes.

— Ça ne ressemble à rien de familier, mais je persiste.

— Cela veut-il dire que Rod est toujours vivant et se cache ?

Lorsque tous les yeux se rivèrent sur elle, Mia sentit sa confiance la quitter.

— Nous partons du postulat qu'il est sain et sauf, lui expliqua Luke. Mais il aurait pu faire en sorte que cette missive soit envoyée s'il lui arrivait malheur. Ça ne prouve donc rien.

Le visage de Holden disait clairement qu'il partageait ce point de vue.

— Ces deux femmes sont-elles liées à Walters ? demanda-t-il.

— Tu sais que je n'ai pas le droit de divulguer des informations personnelles concernant les bénéficiaires du programme.

Vince s'éclaircit la gorge avant de poursuivre.

— Mais la réponse est non.

— C'est peut-être sans rapport avec Walters, admit Holden. Ce qui nous tombe dessus n'est pas forcément entièrement son œuvre, même si c'est difficile à concevoir, je l'avoue.

Mia se dit que Luke paraissait aussi sceptique qu'elle.

— Je n'arrive pas à établir un lien, renchérit Vince.

— Vous pensez que nous avons deux ennemis mortels qui se réveillent en même temps ? Désolé, mais je n'y crois pas, répliqua Holden.

— Pourquoi ?

Mia partageait son avis, mais elle voulait entendre son raisonnement.

— Rod s'est mis à fouiner dans les dossiers du

PFPT et, tout à coup, il a disparu. Ce n'est pas une coïncidence, lui dit Holden.

Vince enchaîna aussitôt.

— Mais l'enquête en cours vise à démanteler votre groupe. Si je ne m'abuse, vous n'avez aucun rapport avec le PFPT.

— C'est vrai, mais ce n'est pas si simple. Ça ne l'est jamais, d'ailleurs.

La main de Holden allait et venait dans le dos de Mia.

— Nous sommes partis de l'hypothèse que Walters agit dans l'intérêt des frères Samson. Qu'il cherche à se venger de Luke et Claire, et qu'il veut faire d'une pierre deux coups en se débarrassant de nous.

Mia était dégoûtée d'avoir travaillé pour un homme aux motivations si alambiquées. Elle n'était certes pas naïve et, pour avoir évolué dans ce milieu depuis l'université, elle savait que le pouvoir corrompait parfois les gens. Quoi qu'il en soit, elle ne s'était doutée de rien cette fois, preuve s'il en fallait une de son incapacité à juger les hommes.

Elle leva alors les yeux vers celui qui à présent représentait tout pour elle. Celui qui la touchait sans même s'en rendre compte et avec qui elle espérait un moment d'intimité.

— Et ?

Holden haussa les épaules.

— Je pense que ce n'est pas tout. Je suis persuadé qu'il existe une relation que nous ne voyons pas entre les manœuvres de Rod et la détermination que met Walters à vouloir notre perte.

Vince se leva.

— Tu m'as convaincu. Je vais creuser davantage.

— Ça nous rendrait un fier service.

Luke se leva à son tour et serra la main de Vince.

— Tiens-nous au courant si tu découvres quelque chose.

Holden regarda Mia, puis Vince.

— Et si tu pouvais rester discret au sujet de Mia…

— Compris.

— Nous attendrons de tes nouvelles, dit Luke en accompagnant Vince vers l'entrée.

Lorsqu'ils furent sortis de la salle à manger, Mia se pencha vers Holden et lui murmura :

— Comptez-vous vraiment rester les bras croisés pendant qu'il mène son enquête ?

Il lui fit un clin d'œil.

— Bien sûr que non.

— As-tu confiance en Vince ?

Elle avait chuchoté sa question, mais, en voyant Adam esquisser un sourire, elle comprit qu'il avait entendu. Plusieurs secondes s'écoulèrent avant que Holden réponde.

— Jusqu'à un certain point.

Cet homme avait décidément du mal à s'ouvrir aux autres, songea-telle.

— Ce n'est pas très convaincant.

— C'était l'équipier de Rod, pas le mien.

— Eh bien !

Luke frappa dans ses mains en entrant dans la pièce.

— Quelle est la suite du programme ?

Cette fois, Holden répondit immédiatement. De toute évidence, il avait son plan bien en tête.

— On s'infiltre dans le bureau de Walters et on s'empare de son ordinateur. S'il existe un rapport concernant ces deux femmes, la clé du mystère doit s'y trouver.

— Il l'a certainement caché ailleurs, à l'heure qu'il est.

— Je peux le vérifier, dit Adam. Je vais envoyer un message ICMP à sa machine. Ce ne sera pas aussi subtil que le piratage de Holden, mais ça devrait fonctionner.

Holden ignora sa remarque.

— Un cabinet parlementaire devrait logiquement être mieux protégé qu'une résidence privée. Je suis sûr qu'il s'y trouve encore.

— La sécurité est omniprésente, précisa Mia. Il vous faudra un badge.

Luke secoua la tête en soupirant.

— Je n'aime pas cette idée. Il ne sera pas facile d'y accéder, et encore moins d'en sortir. Sincèrement, je pense que nous avons suffisamment de problèmes. Inutile d'en créer d'autres.

Pour des types réputés intelligents, ils passaient à côté d'une solution simplissime, songea Mia. Elle attendit qu'ils aient tous adopté une expression soucieuse avant d'intervenir.

— Je peux vous y faire entrer.

Luke la dévisagea.

— N'oublie pas que tu as disparu.

— Je ne l'oublie pas. Mais je suis sûre que vous êtes en mesure de produire de fausses accréditations. Je me trompe ?

Elle se doutait bien qu'ils pouvaient beaucoup plus encore, mais n'était pas certaine de vouloir en savoir plus que nécessaire.

Adam plissa les paupières.

— Je préfère attendre de connaître ton plan avant de répondre à cette question.

— J'ai la clé de son bureau. Il nous suffit de pénétrer

dans l'immeuble et de patienter jusqu'à ce que tout le monde soit rentré chez soi. Lorsqu'il n'y aura plus personne, je vous mènerai au bureau privé de Walters.

— *Tu* nous mèneras ?

La voix de Holden avait pris un ton glacial.

— Je vous accompagne, insista-t-elle.

— Non.

Il croisa les bras sur sa poitrine et s'enfonça si profondément dans son siège que celui-ci grinça.

— Hors de question ! ajouta-t-il.

— C'est mon lieu de travail. J'y ai participé à de nombreux événements. Je sais comment y entrer et où il est possible de se cacher en cas de besoin.

Holden pointa Adam du doigt.

— Il peut se débrouiller seul. C'est trop dangereux pour toi.

— Bien plus qu'affronter un policier et le menacer de lui mettre une balle dans la tête, n'est-ce pas ?

Luke se redressa brusquement.

— Quoi ?

— Ce n'était rien, répliqua Holden.

Il ne jeta pas même un regard à son ami et resta focalisé sur Mia.

— Puisque tu as menacé Ned et que tu lui as transmis un message pour Walters, dit-elle, je suggère d'agir dès ce soir, avant que Walters efface la piste menant jusqu'à lui, si elle existe.

Elle sourit, car elle savait qu'elle avait gagné leur attention… et la bataille.

Holden secoua la tête.

— Je n'ai pas dit que j'acceptais que tu nous accompagnes.

— Ça m'est égal. C'est ce qui va se passer.

Luke tapa du poing sur la table.

— Ça vous dérangerait de m'expliquer cette histoire de policier et de message ?

Mia prit note du fait que Luke ne s'était pas opposé à sa suggestion. Holden représentait donc le seul obstacle, et elle était persuadée de pouvoir le contourner sans difficulté.

— Tu vas être furieux quand Holden va te raconter ce qui s'est passé, répondit-elle à Luke.

Luke soupira.

— Ça ne me surprend pas.

— Et si je te disais que ce policier était mon ex ?

14

Affublés de perruques, de lunettes et de faux badges, ils passèrent les détecteurs de métaux du bâtiment parlementaire, et se retrouvèrent parmi une cohorte de jeunes assistants ambitieux travaillant pour des membres éminents du Congrès.

Il était un peu plus de 16 heures, et l'immeuble allait bientôt être fermé au public, mais ils étaient tout de même entrés.

Trois bonnes heures plus tard, Holden était assis sur le bord d'une table et tentait de dissiper l'ennui qui l'avait gagné du fait de la longue attente.

Mia, pour sa part, ne tenait pas en place. Ses talons hauts martelaient le sol, tandis que, impatiente de passer à l'action, elle allait et venait dans la petite salle de conférence.

Elle était vraiment attirante. Sa jupe bleu marine, dont l'ourlet lui effleurait le genou, remontait de quelques centimètres à chacun de ses pas, et il n'était pas le seul à l'avoir remarqué. En effet, plusieurs des hommes qui étaient passés dans le couloir s'étaient retournés pour admirer ses jambes.

Le bureau de Walters était situé deux étages plus haut, du côté opposé, et donnait sur l'une des artères principales de la ville. Ils avaient choisi cet endroit en se disant que la distance les séparant de leur cible constituerait leur meilleure protection.

Cette salle se révéla la cachette idéale lorsque les employés furent partis et que les portes furent verrouillées. Quiconque les apercevrait sur un écran de contrôle penserait qu'il s'agissait de deux collègues qui se seraient isolés pour faire une pause ou préparer une réunion. Intéressant, mais pas illégal.

La montre de Holden bipa et il jeta un coup d'œil au cadran.

— C'est l'heure.

— Un message d'Adam ?

— Il dit que la voie est libre.

— C'est effarant de constater ce que vous pouvez recueillir comme renseignements sur un endroit dans lequel vous n'êtes pas.

Pour Holden, la collecte d'informations était un mal nécessaire. Ou, plus exactement, l'un des rouages essentiels dans son métier.

Le manque de préparation était synonyme de danger et, avec Mia comme partenaire, il ne voulait prendre aucun risque.

— Le but est de régler cette affaire sans accroc.

— Bien sûr.

— Alors, on monte l'escalier et on entre dans son bureau, dit-il tandis qu'ils quittaient la salle de conférence.

Il semblait vouloir se lancer dans une énième répétition de leur plan. Mia leva les yeux au ciel, mais il l'ignora.

— Nous avons déjà revu ça, marmonna-t-elle.

Holden s'était dit, que s'il les lui répétait à maintes reprises, elle mémoriserait toutes les étapes, mais son air renfrogné indiquait qu'il ne faisait que l'ennuyer.

— On recommence, insista-t-il.

— Si ça te fait plaisir…

— Pas de mouvements brusques. Ne regarde pas les caméras, ne lève pas la tête, et agis de manière naturelle. Tout doit paraître normal.

Il reprit sa litanie deux fois pendant qu'ils gravissaient les marches.

En arrivant sur le palier, Mia se retourna pour lui faire face et lui posa la main sur le visage.

— Ça suffit. J'ai compris !

— Nous devons être prêts.

— Je vais te frapper, si tu continues.

— J'en conclus que tu as tout saisi.

Il la poussa un peu sur le côté et prit la poignée de la porte donnant sur le couloir.

— Laisse-moi jeter un coup d'œil, dit-il.

— Je t'en prie.

Il entrouvrit la porte, et aperçut une rangée de doubles portes de part et d'autre du couloir, qui était désert.

— Allons-y.

Mia lui ouvrit la voie, et s'arrêta devant une plaque indiquant un numéro de salle ainsi que le nom de Walters, représentant du huitième district.

Comme le lui avait demandé Holden, elle agit avec calme.

« Evite les tremblements et les mouvements de panique », avait-il insisté.

Elle inséra la clé dans la serrure et poussa la lourde porte. La vaste pièce n'était éclairée que par une petite lampe restée allumée sur le bureau de la réceptionniste. D'un côté, Holden aperçut une rangée de box. En face d'eux se trouvait une porte close, menant au bureau privé du parlementaire.

Il posa un doigt sur ses lèvres et se dirigea tranquillement vers cette porte. Il frappa doucement et patienta.

Comme personne ne répondait, il tourna la poignée.

La pièce était telle qu'il se l'était représentée : un bureau démesuré, et un fauteuil surdimensionné, assortis à l'ego hypertrophié de Walters. Mais pas d'ordinateur portable.

— L'ordinateur de bureau qui est là ne nous sera d'aucune aide, dit Mia. Il ne s'en sert pratiquement jamais.

Holden enfila des gants de latex qu'il venait de sortir de la poche de sa veste et en tendit une paire à Mia.

— Examine tout ce que tu peux, mais en touchant le moins possible. Nous cherchons des preuves liant Walters au PFPT, au Projet Recovery, ou à Rod. Compris ?

Elle était déjà à l'œuvre ; elle avait ouvert un placard à manteaux et s'était mise à étudier les boîtes que s'y trouvaient.

Holden ne perdit pas de temps non plus. Il se concentra sur les tiroirs de classement. Chaque dossier portait un en-tête mentionnant des factures, des réunions ou des séances de commissions parlementaires.

Au cours de sa recherche, il découvrit le dossier de recrutement de Mia. En quête d'un indice quelconque, il prit le temps de le feuilleter.

Mia revint vers le bureau. Après avoir inspecté chaque pile de documents, elle s'attaqua aux tiroirs dont aucun n'était verrouillé.

Immédiatement, elle comprit ce que cela signifiait.

— Nous faisons fausse route, dit-elle alors qu'elle était penchée derrière le bureau de Walters.

— Que veux-tu dire ?

— Ces informations sont de toute évidence quelque

part sous clé. Dans le courant de l'après-midi, quand je venais récupérer les documents qu'il avait signés, son ordinateur portable trônait sur son bureau. Mais, plus tard, il disparaissait.

Ce n'était pas ce que Holden aurait voulu entendre. Il refusait de repartir bredouille, alors qu'il avait fait prendre d'énormes risques à Mia.

— Tu crois qu'il l'emporte chez lui ?

— Je pense plutôt qu'il le cache ; il n'est pas du genre à laisser traîner des preuves incriminantes. Cela dit, il est trop paresseux pour transporter un ordinateur portable à chacun de ses déplacements.

— Ce type est vraiment impressionnant. Je comprends mieux pourquoi tant de gens ont voté pour lui.

Holden s'exprimait calmement, mais la pression commençait à monter en lui.

La sécurité de nombreuses personnes dépendait de sa capacité à trouver ce qu'il cherchait. La vie de ses amis n'était pas la seule en jeu, et eux avaient l'avantage de savoir se défendre.

Mia, elle, était vulnérable. Elle avait déjà été agressée et menacée à plusieurs reprises et avait eu énormément de chance. Si le moindre grain de sable s'était pris dans l'engrenage, elle serait morte à l'heure actuelle, et il n'aurait jamais pu se le pardonner.

Il répugnait à raconter sa vie, et estimait que personne n'avait à subir le récit des cauchemars qui le hantaient, mais il n'était pas encore prêt à la laisser s'éloigner de lui, quitte à passer pour un insupportable macho. Il devait la sortir de cette situation saine et sauve.

— Walters aime assigner des tâches ingrates à ses assistants, commença-t-elle, mais il n'est pas stupide. Il ne laisserait jamais à un subalterne la responsabilité de transporter un outil aussi important.

— D'après toi, quel est le prochain endroit que nous devons inspecter ?

Elle examina la pièce, de la moquette épaisse aux panneaux décoratifs de bois sombre.

— Il doit avoir un coffre-fort.

— Où ?

Elle désigna le soubassement.

— Y a-t-il une chance pour que l'un d'eux s'ouvre ?

Holden suivit son regard.

— Plus d'une, à mon avis.

C'était somme toute logique. Un coffre-fort dissimulé dans un mur factice. Aucun des panneaux n'attirait l'attention ou ne semblait différent des autres. Ils allaient devoir les sonder tous.

Ils s'agenouillèrent et se mirent à frapper les boiseries, à l'affût d'un son creux.

Mia commença sous la fenêtre, derrière le bureau, et poursuivit vers la gauche. Holden choisit le panneau directement à sa droite.

Leur cadence se cala peu à peu sur le tic-tac régulier de l'horloge ancienne placée dans un coin de la pièce. Holden tapait un coup, puis c'était le tour de Mia. Les minutes s'égrenèrent sans qu'ils ne trouvent rien.

Soudain, la montre de Holden bipa. Un troisième point apparut sur son cadran. Il ne fallut qu'une seconde pour que son cerveau analyse la situation, mais cette seconde suffit pour les mettre en danger.

Il s'était déconcentré, et avait découvert la menace trop tard.

Un cliquetis métallique les fit sursauter, juste avant que la porte du bureau ne s'ouvre.

— Qui êtes-vous ?

Holden heurta le mur de l'épaule en se tournant vivement vers un homme de haute stature, les bras chargés d'une pile de documents. Le visage du nouveau venu exprimait son indécision, tandis que son regard parcourait la pièce.

Il avait les cheveux courts, portait des lunettes, ainsi qu'une cravate à rayures rouges et noires qui devait être un semblant d'uniforme, conclut Holden en se rappelant la nuée d'employés arborant le même accessoire que Mia et lui avaient croisée en arrivant.

Du fait de ses recherches approfondies, Holden savait pour ainsi dire tout de la vie de Walters, de ses deux enfants adolescents en passant par son ex-femme qui vivait dans le sud de la Virginie, loin du tumulte de la capitale.

Il reconnut aussitôt l'homme qui venait d'entrer. Son nom lui échappait, mais son visage lui était familier.

Il se leva et jeta par-dessus l'épaule de l'employé un regard vers le bureau. Mia, qui s'était trouvée là un instant plus tôt, avait disparu. Manifestement, elle avait eu la présence d'esprit de se dissimuler derrière le meuble. Il espéra qu'elle ne se montrerait pas.

— Ne vous inquiétez pas, dit-il, tout en réfléchissant à un moyen de sortir de cette mauvaise passe.

Sa présence en ces lieux était difficilement justifiable, mais il répugnait à user de violence sur quelqu'un dont l'unique tort était de se trouver là au moment inopportun.

— Comment êtes-vous entré ici ?

L'homme recula d'un pas.

Mia avait prévenu Holden que l'immeuble était truffé de boutons d'appel d'urgence.

Outre celui de la réceptionniste, il y en avait un près du siège de Walters. Holden ignorait où se trouvaient les autres, et il n'avait pas l'intention de laisser ce type appeler la sécurité. Il y avait déjà bien trop de monde dans cette pièce.

— J'étais là cet après-midi, et j'ai égaré mon stylo préféré, répondit-il en levant les mains dans un geste d'apaisement pour rassurer son interlocuteur.

— Je ne vous ai pas vu.

— Nous avons dû nous rater.

La poitrine de l'homme se soulevait si brusquement que sa difficulté à respirer était évidente.

— Je connais l'emploi du temps de M. Walters. Il n'avait pas de rendez-vous cet après-midi.

Holden se trouvait en panne d'arguments. Il ne lui restait donc plus que la violence.

Avant qu'il puisse envisager un plan raisonnable, Mia se redressa lentement et saisit une statuette posée sur le bureau.

L'homme avait dû l'entendre ou sentir un mouvement derrière lui, car il pivota sur ses talons au moment où Mia levait le bras.

Le socle de la statuette s'abattit sur la tête de l'employé de Walters qui tomba comme une masse sur le tapis.

— Bon sang, Mia !

— Je ne voulais pas…

Elle s'était figée, une main sur la bouche tandis que l'autre était toujours refermée sur son arme improvisée.

Holden s'accroupit et chercha le pouls de l'homme inconscient. Du sang sourdait dans ses cheveux, ce qui ne signifiait pas qu'il allait mourir ou qu'il était grièvement blessé. Le pouls était fort et régulier, constata Holden avec soulagement.

— C'est David, dit Mia d'une voix cassée et tremblante.

— Qui est-ce ?

— C'est le chef du personnel de Walters. C'est lui qui m'a embauchée.

— Nous allons lui envoyer un médecin, mais nous devons d'abord sortir d'ici.

— Je ne peux pas…

Elle avait le regard rivé sur l'homme étendu à ses pieds.

— Mia ?

Il l'appela par son prénom pour attirer son attention.

— Il faut trouver cet ordinateur !

— Quoi ?

— Nous n'avons pas ce que cherchons. Vérifie les derniers panneaux.

Elle désigna le blessé qui gisait à côté de Holden.

— Mais il…

— Je m'occupe de lui. Il va s'en tirer.

D'un mouvement du menton, il désigna le mur opposé.

— Vas-y.

Se reprenant enfin, elle alla vivement jusqu'au mur où elle se remit à sonder panneaux un à un pendant que Holden s'assurait que la blessure de David ne mettait pas sa vie en danger.

Elle procéda ainsi jusqu'au coin de la pièce, où le son lui sembla tout à coup différent. Glissant l'extrémité de l'ongle dans le raccord, elle parvint à ouvrir une petite porte dissimulant un coffre-fort.

— J'ai trouvé !

Elle semblait prise de vertige, et sa voix était haut perchée.

Holden fouilla les poches de David et y trouva un mouchoir qui l'aiderait à compresser la plaie.

— Faut-il une combinaison pour le déverrouiller ? demanda-t-il.

— Oui.

Walters prenait un malin plaisir à lui compliquer la vie !

— Change de place avec moi.

— Je n'y tiens pas.

— Nous n'avons pas le temps de nous disputer.

Elle ne bougea pas.

— Et s'il se réveille ? Il me reconnaîtra.

Elle avait raison, mais il était le seul à savoir ouvrir un coffre-fort. Du moins, se plaisait-il à le penser.

— Raison de plus pour ne pas traîner.

Revenant vers lui à contrecœur, elle s'assit par terre et posa la tête de David sur sa cuisse.

— Fais ce que tu as à faire, mais vite, marmonna-t-elle, en proie à une vague d'inquiétude mêlée de culpabilité.

Holden mit une main dans sa poche et en sortit un petit paquet. Le plastic collait à l'emballage, mais finit par s'en détacher. Le garde, au rez-de-chaussée, l'avait vu mais n'avait pas réagi. Holden ne pouvait le blâmer, car Zach avait fait en sorte que cela ressemble à s'y méprendre à du chewing-gum, alors qu'il s'agissait d'un explosif très puissant.

Il s'efforça d'aller vite tout en restant concentré sur ce qu'il faisait. Il replia la substance sur elle-même après y avoir inséré une dizaine de centimètres de mèche lente et colla le tout sur la serrure du coffre.

— Holden…

La voix de Mia tremblait.

— Quoi ? demanda-t-il sans lever les yeux.

— Il reprend connaissance.

Les pieds de David remuèrent et il poussa un gémissement.

— Oblige-le à se tenir tranquille.

— Et comment suis-je censée procéder ? demanda-t-elle, affolée.

Il alluma la mèche, puis roula vers Mia et se plaça de manière à la protéger de son corps. Il y eut une sorte de chuintement puis un bruit sec, comme la porte d'un four à micro-ondes que l'on aurait claquée. Lorsqu'il se redressa, les paupières de David papillonnaient.

Ils devaient agir vite.

Holden avança à genoux, balayant d'un geste du bras la fumée et l'odeur âcre de la poudre noire.

Il tira la poignée du coffre qui s'ouvrit sans résistance, dévoilant son contenu : un ordinateur portable ainsi qu'une liasse de papiers.

Après s'être emparé du tout, Holden se releva.

Il enjamba David, dont la tête remuait de droite à gauche, et saisit la main de Mia pour la remettre sur ses pieds. Lorsqu'elle fut debout, il l'entraîna à sa suite à toute allure, ne ralentissant que lorsqu'ils eurent atteint la porte donnant sur le hall.

— Baisse la tête et descends l'escalier aussi rapidement que possible, mais sans courir.

Le plan de secours prenait forme en même temps qu'il parlait.

— La sécurité va étudier les enregistrements. Nous devons faire en sorte de ne pas être identifiables.

Ils atteignirent le hall sans dommage.

— Ne t'arrête pas !

Il la tirait discrètement, leurs pas martelant le sol de marbre. Arrivés à proximité de la sortie, ils s'arrêtèrent et firent semblant de discuter, le temps de s'assurer que la voie était libre. Un garde se tenait à côté du détecteur de métaux, mais tout semblait normal.

Mia ajusta la cravate de Holden.

— Il faut sortir avant que David reprenne suffisamment ses esprits pour appeler à l'aide.

Holden acquiesça.

Il la saisit par le coude et, arborant un sourire de circonstance, la guida vers le vestibule.

Soudainement prise d'une fausse quinte de toux, Mia garda la tête baissée. Holden salua le vigile et ils passèrent les portails de sécurité.

Au moment où ils franchissaient la porte, le récepteur fixé sur l'épaule du garde émit un son crachotant.

Il était temps de disparaître.

Ils descendirent les marches quatre à quatre et s'engouffrèrent dans la voiture que Caleb avait garée à quelques mètres de là.

Ce n'est qu'alors que Holden se retourna. Au lieu de se diriger vers eux, l'agent de sécurité courait vers l'intérieur du bâtiment.

Il se dit que la chance était décidément de son côté.

15

Il fallut trois heures pour que la maisonnée retrouve son calme. A force d'entendre questions et réponses s'enchaîner sur un ton furieux, Mia avait été prise de migraine et s'était très vite retirée dans sa chambre.

Elle comprenait la colère de Luke, qui déplorait l'exécution calamiteuse du plan établi, et les conséquences potentielles d'un tel fiasco, bien qu'ils n'aient jamais eu l'intention de blesser un employé du cabinet parlementaire. Pour couronner le tout, Holden semblait décidé à rejeter la faute sur Adam, à qui il reprochait de ne pas lui avoir signalé l'arrivée imminente de David.

Mia connaissait la vérité. Au début, elle avait pensé que Holden était dur et difficile à cerner. Mais, après avoir passé un peu de temps avec lui, elle finissait par percevoir chacune des émotions qu'il ressentait.

Il avait besoin de tout contrôler, et ne se pardonnait pas son manque de concentration. L'alerte avait été donnée et il l'avait ratée. Il avait réagi trop tardivement.

Depuis, il ne cessait de battre sa coulpe… intérieurement. Car, extérieurement, sa frustration s'exprimait par les prises de bec qui l'opposaient à Luke et Adam, agrémentées de haussements de ton et de coups de talon sur le plancher.

Pour Mia, c'était évident.

Holden continuait à les maltraiter car il savait qu'il pouvait se le permettre, et qu'au fond d'eux, ils le soutenaient moralement et faisaient en sorte de ne pas dépasser les bornes.

— Tu as eu raison de t'éclipser, déclara-t-il lorsqu'il entra dans la chambre, avant de verrouiller la porte derrière lui.

C'était la deuxième fois qu'il la rejoignait là avec l'intention de lui faire l'amour.

La première fois, il avait fini par veiller sur son sommeil. Ce soir, il en irait autrement.

Les nuits précédentes, il s'était endormi au rez-de-chaussée, sur le canapé, entouré de piles de dossiers. Pour Mia, chaque journée s'était achevée de la même manière : elle s'était tournée et retournée dans son lit en se demandant si elle allait passer la nuit seule.

Il déboutonna ses manches et commença à se déshabiller tout en avançant, créant une sorte de jeu de piste allant de la porte à la commode.

Sa chemise vint bientôt draper le fauteuil, et il avait déjà abandonné ses chaussures quelques pas plus tôt. Lorsqu'il atteignit la commode, il ne portait plus qu'un T-shirt blanc et son pantalon.

Mia avait observé son manège, assise jambes croisées sur le lit. Holden semblait régner sur l'espace qui l'entourait. Sa démarche était assurée. Apparemment, l'idée qu'elle pourrait le repousser ne l'effleurait même pas. Elle n'envisageait pas de le faire, mais il se comportait comme si cette nuit était semblable à toutes les autres, alors qu'ils venaient de commettre un crime, en blessant un homme qui ne faisait que son travail.

— David va bien.

Bien que Holden soit déjà au courant, elle avait eu besoin de le dire.

Il posa son arme sur la table de nuit, comme s'il était en mission.

— Il va souffrir quelques jours, mais il guérira, répondit-il.

— Je m'inquiète davantage des séquelles psychologiques.

Holden l'observa dans le miroir qui lui faisait face.

— Je suis persuadé que c'est un gars solide.

Adam leur avait transmis un peu plus tôt les informations relatives à l'état de santé de David. Il s'était infiltré dans le système informatique de l'hôpital, puis avait poursuivi son enquête en piratant celui de la police.

L'événement n'avait pas encore été relayé par les médias, mais ce n'était qu'une question d'heures. Même Walters ne pourrait dissimuler ce qui s'était passé, d'autant que les services gouvernementaux allaient s'en mêler.

Evidemment, Walters minimiserait les faits, parlerait d'incident ou de faille. Il assurerait que les agents de sécurité avaient rempli leur mission et ferait usage la langue de bois habituelle, parlant beaucoup sans rien expliquer, et surtout pas ce qui s'était réellement passé.

Dire qu'elle avait cru à ces sornettes ! Après ce qu'elle avait vécu avec Holden, et surtout après ce que lui avait fait subir Walters, elle voyait les discours politiques sous un jour nouveau.

En apprenant que David était hors de danger, elle avait soupiré de soulagement et s'était enfin un peu détendue. Depuis le moment où elle l'avait vu s'effondrer, elle avait eu l'estomac noué et l'impression que tout son corps était engourdi. Son esprit refusait d'accepter ce qu'elle avait fait.

Etre traquée et agressée était une chose. S'en prendre par traîtrise à un homme innocent en était une autre.

Elle n'avait rien pu avaler au cours du dîner et n'avait eu qu'une envie : se pelotonner dans son lit, disparaître sous les couvertures, et oublier toute cette journée. Il semblait bien qu'elle allait trouver une autre forme de réconfort, bien plus agréable.

Bien qu'elle soit épuisée, elle avait la certitude qu'elle ne parviendrait pas à s'endormir, tant son corps vibrait d'énergie non dépensée.

— C'est moi qui l'ai frappé, reprit-elle.

Holden se tourna vers elle.

— Je le sais.

— Je suis responsable de ses blessures. Qui plus est, c'était *mon* plan. Alors arrête de culpabiliser.

Holden plissa les paupières.

— Tu es sûre que tu te sens bien ?

Percevant de l'inquiétude dans sa voix, elle perdit toute envie de se quereller.

— Pas vraiment.

— Tu as fait ce qu'il fallait.

— Mais ça n'enlève rien à la gravité de mon geste.

Il se laissa tomber sur le lit à côté d'elle en soupirant, puis posa sa main sur celle de Mia.

— Tu n'avais pas le choix. C'était une question de circonstances.

— Ce n'est pas une justification acceptable à mes yeux.

— Dis-toi que les méthodes utilisées par Walters pour démanteler notre groupe sont de la même veine. Il ne va pas apprécier de nous voir résister. Ça va peut-être le calmer.

— Tu n'es pas Walters ! J'ignore s'il fait ça pour son propre compte, pour aider Steve Samson, ou simplement pour des questions d'ego, et ça m'est égal. Nous ne partageons pas les mêmes valeurs.

— J'aimerais pouvoir te dire que mon métier est facile et que les choses vont toujours dans le sens où l'on veut qu'elles aillent, mais ce serait te mentir.

De l'index, il lui caressa les jointures des doigts.

— Heureusement, il nous réserve parfois de jolies surprises.

— Par exemple ?

— Je n'imaginais pas que quelqu'un comme toi pouvait dévaster mon chalet et atterrir sur mon canapé.

Mia poussa un soupir excédé.

— Encore ! Tu ne me laisseras donc jamais en paix avec cette histoire ?

Au lieu de rire de son commentaire, Holden redevint sérieux.

— Et je ne croyais pas éprouver un jour de tels sentiments à ton égard.

Le cœur de Mia bondit dans sa poitrine. Plus exactement, il fit un saut périlleux.

— Et que ressens-tu ?

— Franchement, j'ai du mal à le définir.

Elle voulut en savoir davantage.

— Je peux te fournir quelques exemples ; haine, colère, dégoût... Est-ce que ça t'aide ? le taquina-t-elle.

— Rien de tout ça ne me convient.

Il se cramponnait à son dernier rempart, alors qu'elle avait envie de le prendre d'assaut, de le faire voler en éclats.

— Alors dis-moi, Holden. Quel mot conviendrait mieux ?

Il lui répondit d'une manière purement masculine.

— Je préfère te le montrer.

Il l'entoura de ses bras et la coucha sur le lit, puis il la couvrit de son corps, de la poitrine aux genoux, et sa chaleur la pénétra à travers ses vêtements, la réchauffant jusqu'aux os.

Tandis que sa bouche assaillait la sienne pour un baiser profond, il promena ses mains sur son corps, si bien que toutes les pensées qui se bousculaient dans sa tête disparurent brusquement.

Elle succombait à la caresse de ses lèvres et de ses mains, et sentait son érection presser contre sa hanche. Tout ce qui comptait pour elle en ce moment était Holden, et le désir qu'elle sentait monter en elle.

Elle le voulait nu, en elle. Elle lui retira son T-shirt avant de s'attaquer à son pantalon. Au prix de moult contorsions, elle le débarrassa de tous ses vêtements qu'elle jeta à terre, et put enfin poser ses paumes sur une peau douce et brûlante.

Il pressa ses doigts impatients sur ses seins, la caressant et l'excitant jusqu'à ce qu'elle respire de manière saccadée. Son autre main vagabondant sur son corps, il lui retira son pantalon au passage, puis s'attarda sur sa petite culotte avant de la faire glisser le long de ses jambes.

Après quelques minutes d'effeuillage frénétique, ils se retrouvèrent nus et roulèrent sur l'édredon. Holden effleura de son torse la poitrine de Mia, tandis qu'il la mordillait dans le cou et que ses mains s'aventuraient de plus en plus bas.

Quand il la caressa, effectuant du bout des doigts un mouvement circulaire, elle se cambra vers lui. La chaleur qui la consumait de l'intérieur semblait contracter chacun de ses muscles.

— Mets un préservatif, murmura-t-elle en laissant ses bras retomber de chaque côté de sa tête.

— Je reviens.

Au lieu de se lever, il glissa sur elle, embrasant chacune de ses terminaisons nerveuses.

L'instant d'après, il avait retrouvé sa position initiale ; l'inventaire du tiroir de la table de chevet n'avait duré qu'une seconde.

Le gémissement qu'elle poussa lorsque la main de Holden revint sur elle sembla se répercuter dans toute la pièce. Il la caressa lentement jusqu'à ce que tout son corps se contracte, tendu par l'attente.

Impatiente, elle l'attira sur elle.

— Maintenant, Holden.

Il s'immisça en elle, l'emplissant, tandis qu'un long soupir de bien-être lui échappait.

— Oui…

Lorsqu'il commença à bouger, leurs corps adoptèrent d'abord un rythme lent, un doux va-et-vient qui s'intensifia peu à peu.

Mia le sentait, de plus en plus dur, s'enfoncer profondément en elle. Son rythme cardiaque s'emballait au fur et à mesure que tout son corps s'embrasait.

Lorsque les épaules de Holden se contractèrent, elle comprit qu'il était au bord de l'abîme. Enroulant les jambes autour de sa taille, elle l'attira plus près encore.

L'orgasme les secoua en même temps ; le lit craqua et leurs souffles se mêlèrent dans un grondement de tonnerre.

Ils restèrent un long moment immobiles, attendant que leurs battements de cœur s'apaisent.

Holden finit par se relaxer, et toute la tension accumulée au cours des dernières heures sembla quitter ses muscles.

Après le fiasco du début de soirée, il n'avait pu juguler son afflux d'adrénaline, et l'énergie qui bouillonnait en lui affectait chacun de ses organes. Alors qu'il fustigeait encore Adam, Mia avait quitté la pièce, leur souhaitant bonne nuit avant de disparaître à l'étage.

Le balancement de ses hanches tandis qu'elle s'éloignait avait eu raison de lui. En plus de l'adrénaline, son sang s'était chargé d'hormones, et il s'était retrouvé incapable de penser à autre chose qu'à elle.

Il était allé se promener dans le parc entourant la maison et s'y était attardé un bon moment avant de monter l'escalier pour la rejoindre. Il lui avait ensuite fallu faire appel à toute sa volonté pour ne pas lui sauter dessus dès qu'il avait franchi le seuil de la chambre.

Elle le tenait au creux de sa main ; elle avait fait une entrée fracassante dans sa vie bien ordonnée et avait tout chamboulé.

Il cala un bras derrière sa tête et, de l'autre, l'attira contre lui. Ils avaient besoin de ces instants qui leur permettaient d'oublier temporairement leurs angoisses et leur solitude, et d'effacer la tristesse qui avait empli les yeux de Mia au moment où David avait heurté le sol.

En ce moment précis, dans cette pièce plongée dans l'obscurité, elle l'apaisait, lui qui ne connaissait plus la sérénité depuis longtemps.

— Tu penses tellement fort que tu m'empêches de dormir, marmonna-t-elle contre son torse.

— Est-ce vraiment possible ?

— La preuve…

Il lui sourit, car il ne pouvait s'empêcher de se sentir bien en sa compagnie.

— Je ne fais qu'admirer le clair de lune.

Elle leva les yeux.

— J'espère que ce n'était pas ta meilleure réplique.

— Etait-ce si terrible ?

— Pire que ça.

— Dis-moi pourquoi tu n'es plus psychologue.

Jusqu'à ce qu'il le mentionne, il n'avait pas eu conscience du fait que ce détail le chiffonnait.

Elle fronça les sourcils.

— As-tu réellement envie d'aborder ce sujet juste après m'avoir fait l'amour ?

Il avait envie de recommencer, mais il savait aussi que ce point était trop important pour qu'il le balaie d'un geste.

— Oui.

— Je suis un peu étonnée… je ne pensais pas que mon parcours professionnel t'intéressait.

— Pourquoi ?

— Parce que tu peux facilement obtenir toutes les informations qui me concernent.

C'est vrai qu'il s'était renseigné à son sujet, mais la question qui le taraudait concernait ses pensées, sur lesquelles il n'avait aucune prise, et aucune recherche sur internet ne saurait y répondre.

— Je préfère l'entendre de ta bouche.

Elle soupira.

— Vraiment ? Eh bien, j'ai abandonné parce que je n'étais pas assez maligne pour me défaire de Ned.

Holden ne s'était pas attendu à une telle réponse. Zimmer ne méritait pas d'avoir un tel ascendant sur elle, ni sur quiconque, d'ailleurs.

— Quel est le rapport entre lui et le fait d'aider des gens ?

— J'étais incapable de m'aider moi-même. Comment aurais-je pu prétendre aider les autres ?

Holden glissa ses doigts dans sa chevelure soyeuse ; il ressentait le besoin de la toucher.

— Tu es sérieuse ?
— Bien sûr.
— En fait, tu te punis.
— Pas du tout.
— C'est ce que je viens d'entendre.
— Tu interprètes au lieu d'écouter.

Elle remua pour s'allonger sur lui, posa le menton sur le dos de ses mains croisées, puis leva les yeux vers lui.

— A ce propos… pourquoi as-tu peur des espaces clos ?

C'était lui qui l'avait entraînée sur ce terrain, et il ne pouvait pas lui reprocher maintenant de chercher à en apprendre davantage sur l'homme entièrement nu couché sous elle.

Il l'avait bien mérité, songea Holden. Il lui fallut cependant deux bonnes minutes avant de pouvoir prononcer le moindre mot.

— Parce que j'ai été prisonnier d'un éboulement en Afghanistan.

— Ça a dû être horrible !

— Tu es assez proche de la vérité.

— Et si tu m'en disais davantage ? murmura-t-elle en déposant un baiser sur son torse.

— Pourquoi ?

— Je n'exerce plus, mais je ne pense pas avoir perdu toutes mes facultés. Je sais reconnaître une personne qui refoule un événement traumatisant.

— T'ai-je déjà dit à quel point j'exècre ce genre de séance ?

— Ça ne me surprend pas, mais ça ne suffira pas à mettre un terme à cette discussion. Je t'écoute.

Les minutes s'égrenèrent et le silence les enveloppa. Mia attendit tranquillement. Couchée sur lui, elle l'observait avec la calme assurance de quelqu'un qui était certain d'atteindre son objectif.

— Les deux hommes qui m'accompagnaient sont morts, dit-il enfin. L'un d'eux, immédiatement.

Lorsqu'il ferma les yeux, il revit le petit gars du Kentucky exhaler son dernier souffle.

— Il avait à peine vingt ans, et était tout juste sorti de formation. Il ne méritait pas ça… L'autre a mis plus longtemps à se vider de son sang.

— Tu ne pouvais pas les sauver.

— Zach et les autres pelletaient à l'extérieur. Moi, je creusais la terre à mains nues pour nous frayer un passage. Nous avons manqué de temps.

A cet instant, il éprouva de nouveau le sentiment d'impuissance qui l'avait tétanisé à l'époque.

Mia lui caressa la poitrine d'un mouvement apaisant.

— Je suis désolée.

— Moi aussi.

Elle posa sa joue sur sa peau.

— Je suis étonnée que tu aies trouvé la force de passer par ce tunnel sous ton chalet.

Sachant que si elle l'assaillait de questions il se replierait sur lui-même, elle préféra garder le silence. Elle espérait qu'il ressentirait le besoin de s'ouvrir, de se confier à elle.

— Je me suis entraîné. Je descendais régulièrement quelques marches, pour voir combien de temps je pouvais tenir. Et j'étais bien décidé à recommencer aussi souvent que nécessaire.

— Ça ne me surprend pas.

— Pourquoi ?

Il la sentit sourire contre lui.

— Je ne conçois pas que tu puisses reculer face à un obstacle, même s'il te paraît insurmontable.

En dépit de la confiance qu'il accordait à Mia, cette conversation mettait Holden mal à l'aise. Il répugnait à disséquer ses sentiments et à subir une séance d'analyse non conventionnée.

Il ne voulait pas qu'elle joue les psychologues avec lui ; il s'y refusait.

— En parlant de recommencer…

Il laissa sa main vagabonder sur les fesses de Mia.

— Oh ! s'exclama-t-elle, faisant mine d'être choquée.

— Il me reste un préservatif.

— Une fois encore, tu cherches à changer de conversation.

Rien ne désarçonnait plus Holden que ces discussions. Si elle continuait à insister, il allait devoir battre en retraite et terminer sa nuit sur le canapé, alors qu'il aurait tant aimé rester avec elle.

— Est-ce que ça veut dire non ? demanda-t-il.

Elle le dévisagea pendant quelques secondes, puis lui sourit :

— Est-ce que tu m'as entendue dire non ?

— Pas vraiment…

— Et pour cause… Parce que c'est oui.

Elle laissa ses lèvres se promener de plus en plus bas sur son ventre, et les mots devinrent inutiles.

16

Tôt le lendemain matin, Holden quitta la chambre dans laquelle Mia était encore endormie. Reposé et l'esprit clair, il se sentait prêt à passer les dossiers de Rod au peigne fin et à mettre un terme à cet imbroglio.

Il espérait passer d'autres nuits telles que celle-ci avec elle, mais ça ne serait possible que s'il parvenait à se débarrasser de l'épée de Damoclès suspendue au-dessus de leurs têtes.

Lorsqu'il arriva au pied de l'escalier, il s'aperçut qu'il n'était pas le seul à s'être levé de bonne heure. Adam et Caleb s'étaient déjà partagé la pile de documents et mis au travail.

Installés face à face dans la salle à manger de Luke, la cafetière trônant au milieu de la table, ils semblaient concentrés sur leur tâche. Adam fronçait les sourcils devant son écran, tandis que Caleb faisait rebondir son stylo sur la table.

— Messieurs, les salua Holden.

— Nous savons ce que nous faisons là, dit Caleb. Mais toi ?

— Il m'arrive parfois de travailler, répliqua Holden.

Adam gloussa.

— Avec une fille comme ça dans ton lit, tu devrais choisir un autre jour pour faire du zèle.

Mia dans son lit… C'est vrai que, s'il laissait son esprit divaguer dans ce sens, il risquait de remonter quatre à quatre à l'étage.

— Si je veux qu'elle soit en sécurité et retrouver Rod, le mieux est de s'atteler tout de suite à l'examen de cette paperasse.

Caleb fit cliqueter le stylo entre ses dents et jeta un regard à Adam.

— Il s'est disputé avec Mia.

Adam acquiesça.

— J'aurais tendance à le croire, oui.

— Je ne suis pas d'humeur joueuse, alors n'essayez même pas.

Holden s'était efforcé de ne pas les rabrouer trop sèchement. Si Mia n'avait pas autant compté à ses yeux, il se serait peut-être laissé entraîner dans ces discussions de vestiaires, même s'il estimait avoir atteint l'âge où ces indiscrétions avaient perdu de leur attrait.

— Alors, où en êtes-vous, les gars ?

— Aucune trace de Glenna Reynolds ni de Penny Wain dans l'ordinateur de Walters.

Adam s'écarta de la table et se croisa les bras derrière la tête.

— Il a essayé de nettoyer le disque dur, mais il m'a l'air aussi doué en informatique que vous deux réunis.

— Que veux-tu dire ? demanda Holden.

— J'y ai même trouvé des documents relatifs au procès Samson, et un dossier sur chacun de nous.

Holden espérait un peu mieux que ça. Après tout, il avait pris la peine de s'introduire frauduleusement dans un cabinet parlementaire.

— Nous nous y attendions.

Caleb feuilleta quelques pages et relut ses notes.

— Il s'est aussi mis en contact avec les marshals, sous prétexte qu'il avait besoin d'informations relatives à leurs procédures et leurs réglementations. Une histoire de budget, paraît-il.

Holden était sceptique ; un personnage ayant le statut de Walters ne se chargerait certainement pas de ce genre de démarche.

— Un tissu de mensonges, si tu veux mon avis.

— Et, manifestement, ça ne l'a mené nulle part.

Adam sourit, comme si cette idée lui faisait plaisir.

— Mais je continue à creuser, s'empressa-t-il d'ajouter.

— Nous avons un autre problème.

Caleb s'adressait à Adam, mais montrait Holden de la pointe de son stylo.

— Dis-le-lui, ajouta-t-il.

— Nous sommes tous sur la sellette, commença Adam. Walters va nous assigner à comparaître.

Holden se laissa tomber sur la chaise voisine de celle de Caleb.

— Pourquoi cette obsession à vouloir nous anéantir ? Rod a dû énerver quelqu'un. Probablement quelqu'un d'influent, qui cachait des squelettes dans son placard.

— Tu as raison. Nous n'avons aucune nouvelle de Rod ; aucun mouvement sur son compte bancaire ou sa carte de crédit, rien sur notre réseau de communication d'urgence. S'il est libre de ses mouvements, il n'effectue que des transactions en liquide et fait en sorte de ne pas laisser de trace.

— En résumé, il ne veut pas que nous sachions où il se trouve, ni ce qu'il y fait, conclut Caleb.

— Est-ce que David Brennan a repris son poste ?

Adam lança un regard à Caleb, puis à Holden.

— Si je te dis que non, et que je me trompe, tu vas me botter…

— Je te présente mes excuses. Je tenais à éviter les surprises, parce que Mia était avec moi.

— Je comprends. Je n'ai pas été particulièrement ravi de le voir arriver, tu peux me croire.

Adam se rapprocha de son ordinateur et pianota quelques instants.

— Il est encore à l'hôpital, finit-il par annoncer.

— Et alors ? demanda Caleb.

Le plan prenait forme dans la tête de Holden. Il fallait mettre Walters hors jeu, lui faire peur pour le pousser à commettre des erreurs.

— Puisque Brennan n'est pas sur place pour m'identifier, je vais aller rendre une petite visite à Walters.

Le sourire d'Adam s'élargit.

— Je ne sais pas ce que tu as en tête, mais ça me plaît bien.

— Peux-tu vérifier s'il est à son bureau aujourd'hui ? Après ce qui est arrivé à son chef du personnel, il est peut-être trop bouleversé pour aller travailler.

Adam reprit ses recherches.

— Il est à son poste.

— Dans ce cas, fais-moi apparaître dans son emploi du temps de ce matin. Précise d'une manière quelconque que ce rendez-vous est important, que je suis un type influent, qui apporte une contribution financière au parti, et qu'il doit impérativement me rencontrer.

Caleb fit la grimace.

— Luke n'approuvera jamais.

Holden avait une solution simplissime.

— Nous n'allons rien lui dire.

— Et Mia ? demanda Adam.

Cela se corsait. Holden jeta un regard en direction de l'escalier.

— A elle non plus.

Moins de trois heures plus tard, Holden était toujours persuadé que sa stratégie était la bonne.

Assis sur le canapé de Walters, dans la salle de réception du public, il essayait d'oublier le tohu-bohu ambiant. Les employés allaient et venaient, les téléphones sonnaient toutes les minutes, parfois deux ou trois lignes à la fois. A plusieurs reprises, il entendit la réceptionniste mentionner David Brennan, et remercier son interlocuteur de son appel.

Dix minutes après l'heure de leur rendez-vous, Walters fit son apparition. Il sirotait une tasse de café, un journal calé sous le bras.

Pour un homme dont le cabinet avait été visité la nuit précédente, il paraissait plutôt serein. Holden avait hâte que Walters le remarque. La réceptionniste finit par lui glisser quelques mots à mi-voix.

Aussitôt, Walters se retourna, le visage illuminé d'un large sourire.

— Je n'avais pas…

Si le silence soudain du parlementaire était un indicateur, l'offensive de Holden se révélait payante. Il se leva, heureux d'avoir remporté cette première bataille.

Il avait cependant conscience que la guerre n'était pas encore gagnée.

— Il me semble que nous avons rendez-vous, déclara-t-il.

Walters s'était repris bien vite et ne laissait paraître aucune surprise, mais tout son corps semblait s'être soudainement crispé.

— Monsieur… Léonard, c'est ça ? demanda-t-il.

— Oui.

— Monsieur ?

Le regard de la réceptionniste passait de l'un à l'autre.

— Tout va bien ?

Walters retrouva instinctivement ses réflexes de politicien.

— Bien sûr que oui, assura-t-il en souriant.

Il fit signe à Holden de le précéder dans son bureau.

Dès qu'il eut refermé la porte derrière eux, son expression chaleureuse laissa la place à un rictus de colère. Le politicien affable qui prenait le temps de papoter avec ses électeurs venait de passer à la trappe.

Il s'installa dans son fauteuil de cuir.

— Je ne suis pas persuadé que vous ayez eu une très bonne idée en venant ici, monsieur Price.

— Pourquoi ?

Holden n'attendit pas que Walters l'invite à s'asseoir.

Il prit place dans le fauteuil le plus proche du bureau et regarda autour de lui, à l'affût de traces du cambriolage, mais tout avait été remis en ordre.

Etre puissant avait décidément des avantages.

— Vous n'êtes probablement pas encore au courant, mais vous êtes assigné à comparaître devant l'une de mes commissions. Très bientôt, d'ailleurs, lui annonça Walters.

— J'ai du mal à croire que vous n'avez rien de mieux à faire que nous accabler de vos questions.

Holden observa les photos accrochées aux murs, ainsi que les livres alignés sur les étagères, de part et d'autre de la fenêtre.

— N'y a-t-il pas une réception quelconque ou une cérémonie à laquelle vous pourriez assister à la place ? ajouta-t-il d'un ton sarcastique.

— Ce n'est pas moi qui vous ai mis dans cette position.

— J'ai bien peur que si.

— Votre patron ne s'est pas présenté à son audience, hier.

Cette constatation ne semblait pas bouleverser Walters.

— Si M. Lehmann choisit de ne pas assumer ses responsabilités, poursuivit-il, il vous incombe à tous de compenser ses défaillances.

— Qu'espérez-vous découvrir, à la fin ?

— La vérité.

Ce type ne la reconnaîtrait pas, même si elle le frappait en plein visage, songea Holden.

— Vous voulez simplement nous intimider, Walters.

— Pas de familiarité avec moi, je vous prie.

Holden décida de ne pas renchérir.

— Je n'ai rien contre vous, reprit le parlementaire, dont le siège grinça lorsqu'il s'y enfonça.

— J'ai du mal à le croire.

— Je veux clarifier le statut d'une agence qui fonctionne grâce à des fonds publics, mais qui n'est pas supervisée par les parlementaires.

C'était décidément un expert dans le maniement de la langue de bois. De plus, il donnait l'impression d'avoir répété cette phrase si souvent qu'il avait fini par la croire vraie.

— Dans ce cas, déversez donc votre bile sur les personnes qui nous ont imparti ces fonds. Ce sont elles qui vous ont mis sur la touche et qui vous doivent des explications.

— De toute façon, il n'y a pas que cela. L'autre

problème, c'est la manière dont vous opérez. Vous agissez totalement en dehors du cadre de la loi.

— Donnez-moi un exemple.

— Vous piratez des ordinateurs personnels…

Walters lança un regard en direction de l'endroit où se trouvait son coffre-fort.

— Et vous pénétrez dans certains lieux par effraction.

C'était sans ambiguïté : il savait à qui il avait eu affaire la nuit dernière. Tant mieux, pensa Holden.

— Cela ne vous plaît-il pas que nous mettions un terme aux agissements de criminels ? s'enquit-il. A votre place, je me montrerais circonspect, surtout en période de campagne. Pour autant que je sache, les électeurs ne sont pas tendres avec les politiciens qui font preuve de laxisme avec les criminels.

Walters ne cilla pas. Holden décida de continuer à le pousser dans ses retranchements, à taquiner son ego. Tout le monde avait un point faible, et il savait ce qui ferait réagir Walters.

— Je parle de l'affaire Samson, poursuivit-il.

Le dossier qui les avait exposés au grand jour.

Holden n'avait aucun regret. Non seulement ils avaient sauvé Claire, mais ces jours sombres leur avaient permis, à Luke et à elle, de se retrouver, même si cette histoire infernale continuait de les hanter tous.

Luke était diminué par une blessure à l'épaule, et n'avait pas recouvré le plein usage de son bras. Quant à l'équipe, elle avait perdu son quartier général, son chef de file, et son existence avait été révélée au grand public.

— Et je ne crois pas que nous partagions le même point de vue à ce sujet.

— Que voulez-vous dire ? demanda Walters d'un ton sec.

— Vos amis richissimes ont commis un meurtre et sont coupables de fraude. Phil a tendu un piège à son ex-femme, Claire, et a tenté de la tuer.

L'inventaire des méfaits des frères Samson faisait naître une nouvelle vague de colère chez Holden.

— Et, maintenant, vous protégez son frère, Steve, qui était partie prenante dans cette affaire.

— Je ne fais que me documenter sur des tactiques utilisées actuellement, rien de plus, rétorqua Walters.

— N'avez-vous pas l'impression de mettre en jeu votre réputation en servant des intérêts discutables ?

Le regard de Walters sembla enfin s'animer.

— Vous avez fait exploser une maison, et ma circonscription est jonchée de cadavres !

— Nous avons arrêté un tueur et un escroc.

— Nous verrons bien l'issue du procès.

— Est-ce de cela qu'il s'agit ? Vous cherchez à nous discréditer pour que notre témoignage contre Steve ne soit pas pris en compte ?

— C'est absurde.

— Quelle a été sa contribution à votre campagne ?

— Tous les comptes sont accessibles au public.

— Je parlais de l'aide autre que financière !

— Qu'insinuez-vous ?

— Vous utilisez les hommes de votre frère pour mener votre propre guérilla. Je ne pense pas que l'immunité parlementaire prévaudra, si vous êtes accusé de meurtre.

— Ce sont de graves accusations.

Les mains de Walters étaient crispées sur les accoudoirs de son fauteuil de cuir.

— C'est vous qui avez ouvert les hostilités. Pensiez-vous réellement parvenir à démanteler notre équipe sans que nous réagissions ?

Le parlementaire se leva.

— Cette conversation est terminée.

Holden ne bougea pas. Il n'en avait pas fini avec lui.

— Ned Zimmer vous a-t-il transmis mon message ?

Les joues de Walters devinrent cramoisies.

— Je ne vois pas de quoi vous parlez.

— Oubliez Mia.

Son expression changea. Elle devint insondable, mais la mention de Mia avait de toute évidence provoqué quelque chose en lui.

— S'il s'agit de mon employée, sachez que je suis très inquiet à son sujet.

— Dans ce cas, n'essayez plus de la tuer.

— Je suis un membre de la Chambre des représentants !

— Ce qui fait de vous celui qui a le plus à perdre.

Walters tendit la main vers son téléphone.

— Seriez-vous en train de me menacer, monsieur Price ?

Cette fois, Holden se leva.

— Je tenais simplement à vous rappeler que si nous sommes parvenus à faire tomber les frères Samson, nous sommes tout aussi capables de trouver des éléments compromettants vous concernant.

— Vous avez cinq secondes pour quitter mon bureau, avant que j'appelle la sécurité !

— Vous ne le ferez pas, mais je vais tout de même prendre congé.

Holden fit quelques pas vers la porte, puis se retourna lentement, créant une nouvelle tension dans la pièce.

— Vous savez, c'est étrange, mais j'ai comme la vague impression d'être déjà venu dans cette pièce…

Cette fois, Walters perdit son sang-froid.

— Ça ne se reproduira plus ! s'exclama-t-il, rouge de fureur.

— C'est ce que nous verrons.

17

Bram appela son frère dès que Holden eut quitté son bureau. Lorsque le répondeur s'enclencha, il lui laissa un message relatant les derniers événements.

Evidemment, la situation des deux hommes n'était pas du tout comparable. Bram était clairement mis sur la sellette, alors que Trevor restait dans l'ombre, à l'abri de toute vindicte, parce qu'il faisait en sorte que son rôle dans cette affaire reste suffisamment nébuleux pour ne pas être attaqué de front.

Durant l'heure qu'il lui fallut pour se libérer de ses obligations et arriver au cabinet parlementaire, la rage de Bram avait enflé jusqu'à s'apparenter à celle d'une bête sauvage.

Tout avait commencé lorsque Steve Samson lui avait demandé un service. Peu après, l'informateur de Bram l'avait mis au courant des modes opératoires du Projet Recovery, et Bram y avait vu une occasion d'asseoir son pouvoir dans le domaine des opérations de renseignement, tout en aidant Steve.

Sa taupe s'étant tout à coup transformée en maître chanteur, Trevor y avait mis son grain de sel. A partir de ce moment-là, la situation était devenue ingérable.

En s'opposant aux membres de Recovery et en fouinant dans les dossiers du PFPT, Bram s'était lentement embourbé. Sans parler des commandos qui menaient des raids en pleine campagne et des malfaiteurs qui cambriolaient son bureau…

Ce qui devait n'être qu'un simple service avait vite pris un tour incontrôlable. Au lieu de marquer des points sur le plan politique, il se retrouvait au bord de l'abîme et risquait de tout perdre.

Trevor entra soudain dans son bureau sans prendre la peine de frapper.

— Je n'apprécie guère d'être convoqué ! s'exclama-t-il en refermant la porte.

— Holden Price est venu me rendre visite.

— Tu me l'as dit dans ton message.

Il se campa face à son frère.

— Et alors ? reprit-il sur un ton qui sous-entendait qu'il n'avait ni le temps ni l'envie de jouer aux devinettes.

— Il sait tout.

— Ça m'étonnerait.

— Il m'a fait clairement comprendre que j'étais dans leur collimateur.

Et il n'aimait pas l'idée de se promener avec une cible sur la poitrine. Il avait toujours suivi les directives du parti, soutenu le bon candidat, et cultivé une image publique exemplaire, prenant même soin d'entretenir de bonnes relations avec son ex-femme, afin de prévenir tout scandale.

Il ne comprenait pas comment il avait pu se retrouver dans une situation où il pourrait être accusé de complicité de meurtre. Ces morts qui se multipliaient autour de lui étaient le résultat des manigances de Trevor, qui voulait se débarrasser de son ex. Lorsque le programme de protection des témoins était entré en scène, Bram s'était trouvé propulsé en première ligne.

— Le temps semble venu de régler leur compte à Mia Landers et à son petit ami.

Trevor venait d'annoncer son nouveau plan macabre avec autant d'émotion que s'il avait passé commande pour son petit déjeuner.

— Je ne veux plus d'effusions de sang ! Je n'ai jamais approuvé ces actions.

Bram essayait de comprendre comment son frère avait pu changer à ce point. Il savait que l'argent et le pouvoir pouvaient finir par corrompre l'homme le plus honnête, mais ce qu'ils avaient fait à Trevor était hors de proportion.

— Ne sois pas si naïf ! rétorqua Trevor.

Bram exécrait la manière dont son frère s'adressait à lui. Personne n'osait lui parler ainsi !

— Je te demande pardon ?

— A quoi t'attendais-tu quand tu as emmené Mia au milieu de ces bois ? Si elle avait admis qu'elle t'avait trahi, qu'est-ce que tu aurais fait ?

— Le but était de l'effrayer.

— Non.

Trevor secoua la tête.

— Tu savais pertinemment que j'interviendrais pour te débarrasser d'elle.

Bram secoua la tête. Il n'avait jamais souhaité la mort de personne.

— Je ne comptais pas arriver à cette extrémité.

— Il n'y a qu'un moyen de mettre un terme à tout ça. Tu as mis en œuvre la démolition du Projet Recovery. Il faut maintenant s'occuper une bonne fois pour toutes et de manière radicale de chacun de ses membres, avant qu'ils découvrent ce qui se trame au PFPT.

— Cela ne risque-t-il pas de passer pour de l'acharnement de ma part ?

— Ça t'évitera peut-être de perdre ton siège et d'avoir à subir un procès.

Quelque chose se brisa en Bram. Tassé dans son fauteuil, le regard plongé dans celui, glacial, de son frère, il comprit ce qui l'attendait.

Si cette histoire s'ébruitait, Trevor s'en sortirait. Il avait très certainement un plan de secours, et ferait en sorte de s'en tirer sans y laisser la moindre plume, ce qui ne serait pas son cas.

Mia arpentait d'un pas vif le salon des Hathaway. Elle n'avait jamais été si furieuse. Ce n'était pas parce que Holden l'avait quittée avant l'aube ni parce qu'il ne lui avait pas fait part de ses projets, même si une petite conversation sur l'oreiller ne lui aurait pas déplu.

Elle avait conscience qu'il ne savait pas y mettre les formes et était assez adulte pour ne pas en faire une affaire personnelle. Ce qui la faisait trembler de rage, c'était le fait qu'il se fichait de sa propre sécurité, et se montrait stupide au point d'aller provoquer Bram Walters.

Elle arrêta son va-et-vient devant la cheminée et pointa l'index vers la poitrine de Holden.

— Tu es maintenant une cible à ses yeux.

Il ne cilla même pas. Il se comportait comme s'il était parfaitement normal de s'être présenté dans un cabinet parlementaire pour y proférer des menaces.

— Il est grand temps de mettre un point final à cette histoire, dit-il.

— C'est la seule excuse que tu as trouvée ?

— C'est la vérité.

— Il aurait pu te faire arrêter.

Il la regarda comme si elle avait perdu la tête.

— Pour quelle raison ?

Ce n'était pas possible, il le faisait exprès ! Il faisait semblant de ne pas saisir la portée de ses gestes et paroles. Elle ne voyait pas d'autre explication.

— Tu es insupportable !

— Tu n'es pas particulièrement agréable non plus.

Il paraissait si sûr de lui en arrivant, une demi-heure plus tôt ! Il semblait vibrant d'excitation.

Mais son manque de prudence l'avait inquiétée. Elle avait déjà été confrontée à ce genre de situation avec des victimes de traumatismes, qui prenaient des risques inutiles parce qu'elles se fichaient totalement des conséquences, et fonctionnaient comme des machines.

Cela dit, c'était peut-être l'action qui le faisait aller de l'avant, ce qui n'avait rien d'anormal chez les hommes qui exerçaient cette profession. Elle pouvait s'y habituer, comme Claire l'avait fait.

Cependant, le voir flirter avec la mort, l'appeler de ses vœux, était une chose complètement différente. L'imaginer se ruant vers le danger lui retournait l'estomac. Ne plus le voir, ne plus être à ses côtés… Ces éventualités minaient toutes les forces qu'elle avait recouvrées depuis qu'elle avait quitté Ned.

Elle aimait Holden. Elle avait commencé à croire en lui, et elle était mortifiée de le voir balayer tous les dangers d'un geste nonchalant.

— Mais, enfin, pourquoi es-tu si fâchée ? demanda-t-il avec l'expression d'un gamin qui ne sait pas pourquoi on le réprimande.

Il n'était manifestement pas prêt à l'entendre parler de ses sentiments. Aussi, plutôt que de le faire fuir vers un autre péril pour échapper à cette discussion, elle préféra faire taire ses émotions et se concentrer sur un sujet plus pragmatique.

— Tu es en train d'inciter Walters à te tuer.

— Rod a disparu.

Il semblait croire que cela expliquait tout.

— Je le sais.

— Le temps joue contre lui.

Encore une excuse, songea-t-elle.

Le sauvetage de Rod n'était qu'une partie de son plan, et Mia avait la conviction que Holden voulait aussi s'assurer que Bram Walters ne resterait pas impuni pour ce qu'il lui avait fait endurer dans les bois.

Quoi qu'il en soit, elle ne comprenait toujours pas pourquoi il semblait se précipiter vers le danger, au lieu d'essayer de s'en préserver en adoptant des stratégies plus diplomatiques, ou plus subtiles, afin de ne pas s'exposer de manière aussi évidente.

— Ce n'est pas le sujet de cette discussion, et tu le sais parfaitement, répliqua-t-elle.

A présent, il n'arborait plus un air perplexe. Il s'était raidi, et sa bouche était pincée.

— Ne joue pas les psychologues avec moi. N'essaie pas de lire dans mes pensées.

— Ce n'est pas le cas.

— Ça en a tout l'air, pourtant.

— Tu agis comme si tu ne tenais pas à la vie.

— Je fais mon travail.

— Tu risques ta vie. C'est la culpabilité qui parle. Ainsi que le désespoir et le syndrome de stress post-traumatique.

La tension entre eux atteignit son paroxysme, et le silence se chargea d'électricité.

— Garde tes diagnostics pour toi ! s'écria Holden, furieux maintenant.

Un décibel de plus, songea Mia, et toute la maisonnée accourrait.

Elle était d'ailleurs surprise qu'ils n'aient pas déjà un public, même si elle savait que les autres pouvaient les entendre, d'autant que la voix de Holden devait résonner jusqu'à la cave.

— J'essaie de te faire retrouver un minimum de bon sens, lui répondit-elle de sa voix la plus calme.

— Tu cherches à me contrôler !

La pièce semblait s'être vidée de son oxygène.

— Comment suis-je censée prendre ça ?

— Tu le sais parfaitement.

— Hé !

Luke choisit ce moment pour passer la tête dans l'entrebâillement de la porte.

— Désolé de vous interrompre…

Holden ne lui accorda même pas un regard.

— Pas maintenant.

— Je sais, ce n'est pas le bon moment, mais nous avons une urgence.

Luke inspecta la pièce, comme pour s'assurer qu'aucun meuble n'avait souffert de leur querelle.

La tension retomba subitement. Toute la colère qui flottait dans l'air sembla s'évaporer, alors qu'ils focalisaient leur attention sur Luke.

— Quelqu'un essaie de violer notre système de sécurité, annonça-t-il. Grâce à Adam, il tient bon pour le moment, mais il se peut que nous ayons droit à de la visite au cours de la nuit.

Holden était responsable de cela. Il s'était rendu chez le parlementaire et, maintenant, son frère envoyait ses troupes. Mia se tourna vers lui.

— Tu es content, j'espère ?

Il cligna des yeux à plusieurs reprises.

— En fait, oui.

— Ce n'est pas grave. Nous serons prêts à les recevoir, cette fois, crut bon de préciser Luke.

Les hommes et leurs jeux guerriers, leurs batailles et leur mépris du danger mettaient Mia hors d'elle. Elle en tremblait de peur.

— Vous n'êtes pas en zone de combat. Cette maison est située dans un quartier pavillonnaire ; il y a des enfants qui jouent de l'autre côté de la rue.

— Nous le savons parfaitement, rétorqua Holden.

— Alors tu dois comprendre que tu as attiré des individus dangereux jusque chez Luke.

— Nous sommes prêts, reprit Holden, se contentant de répéter les propos de Luke.

Rien de ce qu'elle disait ne semblait avoir d'effet sur lui. S'il refusait de l'écouter, il prêterait peut-être une oreille plus attentive à un ami, espéra Mia. A une personne à qui il accordait sa confiance. Elle se tourna vers Luke.

— Je te laisse gérer ses tendances suicidaires, lui dit-elle. Moi, j'abandonne.

Les deux hommes la suivirent du regard tandis que, la tête haute, elle quittait la pièce. Le claquement de ses talons dans l'escalier soulignait sa fureur. Comme s'il avait besoin de ça, songea Holden.

— Tu vas bien ? lui demanda Luke.

— Bien sûr, voyons. Tout va pour le mieux dans le meilleur des mondes, n'est-ce pas ?

Il se cala sur le canapé et appuya sa tête contre le dossier.

— A-t-elle raison ? ajouta-t-il.

Il ferma les yeux. Peut-être que, s'il ne voyait plus rien, cette conversation disparaîtrait elle aussi.

— Tu ne vas pas t'y mettre aussi, marmonna-t-il comme Luke gardait le silence.

— Elle est inquiète. Certains types considéreraient que c'est bon signe. Ça signifie qu'elle tient à toi.

Holden refusait de le reconnaître. Il avait déjà suffisamment de mal à s'occuper de lui-même pour ne pas s'impliquer émotionnellement avec quelqu'un. Et, s'il acceptait de s'ouvrir à Mia, il aurait à exhumer tout le bien, mais aussi tout le mal qu'il y avait en lui, et à la laisser disséquer ses sentiments afin de le soigner.

Or, il ne se sentait pas prêt.

— Elle essaie de m'analyser pour me remettre dans le droit chemin. J'ai eu ma dose de thérapies au cours des dernières années.

— Tu as connu l'enfer. Je pense que l'aide d'un professionnel te ferait le plus grand bien.

— Je suis capable de travailler efficacement et de survivre jour après jour. Ça me suffit.

Holden gardait les yeux clos, mais il sentait le regard de Luke peser sur lui. Puis il entendit des froissements de papier, au moment où Luke vint s'asseoir sur la table basse, et les magazines qui s'y trouvaient.

— Je sais ce qu'on ressent quand on a l'impression que tout est perdu.

La voix de Luke avait perdu sa chaleur.

— Lorsque Claire m'a quitté pour épouser quelqu'un d'autre, j'ai cru devenir fou.

Holden ouvrit les yeux.

— Elle est revenue.

— Oui. Mais, entre-temps, j'avais adopté un mode de vie destructeur.

Luke garda un instant les yeux fixés sur ses mains avant de regarder Holden.

— Je dis simplement que tu peux éviter de passer par là, poursuivit-il.

— Et comment donc ?

— Parce que la vie te tend les bras.

La seule chose qui horripilait Holden plus que d'avoir de grandes discussions sur la vie avec Mia, était d'en avoir avec Luke.

— De quoi parles-tu ?

— De Mia.

Il n'était pas prêt, et se demandait s'il le serait jamais.

— Non.

— Penses-y, insista Luke.

Oh ! il n'avait pas besoin qu'on lui dise d'y penser ! Il ne faisait que ça. Il ignorait à quel moment Mia s'était mise à tant compter pour lui, quand il avait commencé à organiser sa vie autour d'elle, mais l'idée d'un échec potentiel le paralysait.

Luke soupira.

— En attendant, il va falloir sortir d'ici.

— Pourquoi ?

— Nous sommes parés à affronter ce qui va se présenter mais, par mesure de précaution, je veux que tout le monde s'installe en bas ce soir.

Holden comprit ce que son ami sous-entendait ; il parlait de la pièce souterraine, dépourvue de fenêtres, et de sa claustrophobie.

— Ça ne me posera pas de problème.

— Adam dit que toutes les informations convergent, et que seule cette maison va être ciblée ce soir. Tu devrais regagner ton appartement.

Autrement dit, il lui suggérait de fuir pour éviter

le combat. Mais Holden n'avait jamais fui, et n'avait aucune envie de commencer maintenant.

— Je ne vous abandonnerai pas. De plus, il peut s'agir d'une manipulation.

— Possible, mais rien ne se passera ici si je peux l'empêcher. Et il est inutile de t'imposer une quelconque pression en t'enfermant en bas.

— Ton idée ne me plaît pas, répliqua Holden.

— A moi non plus.

Luke s'éclaircit la gorge.

— Tu aurais dû nous parler de ce problème d'espaces confinés.

Décidément, il semblait que tout le monde ait décidé de jouer les psychologues.

— Je le gère très bien.

— Tu en es sûr ?

— Absolument.

— Vois le bon côté des choses. Tu vas pouvoir éloigner Mia d'une situation potentiellement dangereuse.

— En laissant les autres derrière moi ?

Holden secoua la tête.

— Non, merci.

— Pour une fois, pense à ce qui est le plus important pour toi. Et, d'après ce que je sais, il s'agit de Mia.

18

Le soir venu, Mia bouillonnait encore de colère.

Elle avait passé une partie de l'après-midi dans la chambre, à ressasser les paroles de Holden, sans parvenir à comprendre ce qui lui passait par la tête. A force de vouloir jouer les matamores, il finissait par mettre en danger ses propres collègues, alors que ces personnes semblaient être ce qu'il avait de plus cher au monde.

Elle avait ressenti le besoin de s'isoler du groupe, afin de prendre un peu de recul sur les derniers événements, et avec l'espoir aussi de mettre un peu d'ordre dans ses pensées.

Pourtant, les minutes avaient eu beau s'égrener sur le cadran du réveil posé sur la table de chevet, elle n'était pas parvenue à recouvrer un semblant de calme ou de sérénité. Bien au contraire. La perspective d'une nouvelle attaque, en dépit des paroles lénifiantes de Luke, lui donnait la sensation de se trouver sur des charbons ardents.

A la tombée de la nuit, Holden lui avait apporté un gilet pare-balles, puis il l'avait emmenée en ville, sans lui adresser un mot.

Elle ne comprit qu'ils se rendaient à son appartement

qu'au moment où il engagea son véhicule dans le garage souterrain.

Tout en l'observant discrètement, elle se demandait pourquoi il avait été mis à l'écart du reste de l'équipe. Les épaules contractées, l'air absent, il faisait les cent pas devant la kitchenette, tel un animal enragé.

Elle comprenait sa frustration. Il détestait être mis de côté. Pour lui, c'était un signe de faiblesse. La simple idée que ses collègues puissent être au cœur de l'action, alors que lui restait cantonné sur le banc de touche, le mettait hors de lui.

Ses déplacements constants, ses marmonnements, puis ses silences la rendaient folle. Elle avait envie de hurler chaque fois qu'il faisait demi-tour pour revenir sur ses pas.

La montre de Holden bipa tout à coup.

— Enfin !

Mia le rejoignit aussitôt.

— Qu'y a-t-il ?

— C'est curieux. Adam m'a envoyé un SMS.

— Et alors ?

— Ce n'est pas notre moyen de communication habituel. Il semblerait qu'il ait dû modifier son plan à cause des appareils utilisés par les hommes de Trevor Walters.

— Que dit son message ?

Holden saisit sa veste.

— Ils veulent que nous revenions.

— Pourquoi ?

— Le système de sécurité ne tient pas aussi bien qu'Adam l'espérait. La réception n'est pas parfaite et ils ignorent où se situent leurs assaillants.

Il enfila sa veste sur son gilet pare-balles.

— Je dois faire le guet à l'extérieur de la maison.

Comme d'habitude, il fonçait tête baissée dès qu'un danger se présentait, songea Mia. S'il se fichait de sa propre sécurité, eh bien elle le protégerait contre son gré.

— Et si c'était une embuscade ?

— Je dois y aller.

— C'est trop dangereux.

Il serra les dents.

— Je ne suis pas du genre à rester assis en attendant que les autres règlent les problèmes.

Elle fut frappée par sa dernière remarque. Il ne s'agissait plus ici de prendre des risques inconsidérés. Il ressentait un besoin viscéral de jouer les sauveteurs ; il lui fallait être un héros, même s'il s'en défendait. C'était dans sa nature.

— Je ne resterai pas ici toute seule, annonça-t-elle.

Les rides qui creusaient le front de Holden disparurent.

— Bien sûr que non.

— Tu vois quelque chose ?

Bien qu'ils soient sous la surface du sol, ils parvenaient à capter sans peine le signal satellite. Adam secoua la tête.

— Tout est calme. Aucun mouvement au niveau du portail. Personne ne cherche à enfoncer la porte.

— N'est-ce pas une bonne nouvelle ? demanda Claire, assise à l'extrémité de la grande table de réunion.

Les murs et le sol n'étaient pas encore finis, mais ils avaient tout de même installé quelques meubles dans la pièce, et la technologie était en place.

Des ordinateurs, un serveur, quelques armoires de rangement, tout l'équipement s'alignait contre le seul mur de ciment, alors que les autres cloisons étaient encore à claire-voie.

La pièce, froide et humide, sentait le renfermé, et les ampoules ne diffusaient que peu de lumière, mais ils disposaient là d'une cachette idéale.

Caleb remua sur sa chaise.

— C'est trop calme.

Luke se passa une main sur le visage.

— Pas de panique. Nous avons peut-être mal interprété le message.

Adam passa ses informations en revue.

— Un assaut était planifié ce soir. Je suis catégorique.

— Ça ne me dit rien qui vaille.

Zach appuya sur la commande à distance et observa sur les écrans les images des caméras disséminées à l'extérieur.

— On dirait une embuscade.

— Que se passe-t-il chez Holden ? demanda Luke.

— Rien du tout.

Luke s'écarta du mur pour venir jeter un œil sur le moniteur, par-dessus l'épaule d'Adam.

— Que veux-tu dire ?

— Son signal n'a pas bougé.

Adam désigna un point.

— C'est son appartement. Ils s'y trouvent tous les deux.

Luke parut soulagé.

— Attends !

Adam se pencha sur son ordinateur.

— Le signal vient de disparaître. L'écran est vide. Ils s'agglutinèrent tous autour de lui. Ils viennent de quitter l'appartement, et ils ne sont pas seuls.

*
* *

Holden n'avait nul besoin d'être prévenu du danger potentiel ; il le sentait. Ils empruntèrent l'escalier plutôt que l'ascenseur pour gagner le garage. Il ne voulait pas se trouver face à un homme armé, prêt à leur tirer dessus, au moment où la porte s'ouvrirait.

Il ne voulait pas non plus communiquer son anxiété à Mia. Lorsqu'elle posa la main sur son épaule, il fit en sorte de ne rien laisser paraître. Il devait rester calme et concentré.

— As-tu l'intention de m'expliquer ce qui se passe ? lui murmura-t-elle à l'oreille.

— Je pense que l'attaque prévue ce soir n'était qu'une diversion.

— Si je comprends bien, nous sommes la véritable cible ?

Décidément, rien ne lui échappait. Il aurait presque préféré, à cet instant, qu'elle se montre moins perspicace, et qu'elle n'ait pas conscience du danger qui les menaçait.

— Ils nous traquent.

— Nous devrions remonter, suggéra-t-elle.

Au point où en étaient les choses, ils ne pouvaient plus se permettre de faire demi-tour. D'un geste, il lui fit signe de le suivre.

— Ne t'arrête pas. C'est la règle numéro un. Si tu hésites ou si tu restes immobile, tu deviens une cible facile.

— Vas-tu supporter d'être enfermé dans un garage ?

Pour une fois, l'allusion à sa phobie ne le fit pas bondir. Il avait d'autres soucis.

— Le parking n'est pas complètement clos. Ce qui m'inquiète, c'est ce qui nous y attend.

— Tu n'es guère rassurant…

Il lui prit la main, et remarqua qu'elle était glacée.

— Je le sais.

— As-tu pris contact avec les autres ?

— L'appel n'aboutit pas. De plus, le signal a changé en cours de route. J'en déduis qu'ils ont reçu des informations erronées pendant tout ce temps.

Il jeta un regard à son écran. Aucun signal. Mais les hommes de Walters n'y étaient probablement pour rien, car cela se produisait fréquemment dans cet immeuble.

Elle soupira.

— As-tu d'autres mauvaises nouvelles à m'annoncer ?

— Pas pour l'instant.

Cependant, il ne se prononçait pas pour les minutes qui allaient suivre.

— Ma voiture est la deuxième sur la droite. Je vais ouvrir la porte du palier, et tu vas courir aussi vite que possible.

Elle acquiesça en silence.

— Baisse la tête et ne te retourne pas.

Il lui glissa la clé de contact au creux de la main.

— Si je tarde, va-t'en.

— Non.

— Ce n'est pas le moment de nous disputer. Quitte cet endroit, et roule aussi vite que tu peux.

Il lui confia ensuite son téléphone portable.

— Appelle Luke dès que le signal réapparaîtra.

— Que vas-tu faire ?

— Je veux que tu prennes cette voiture et que tu t'en ailles.

Il ne supportait plus la terreur qu'il lisait dans ses yeux. Il attendit quelques instants que la minuterie coupe la lumière dans la cage d'escalier.

— A trois, tu fonces, dit-il. Je te couvrirai.

Après un rapide décompte, il poussa la porte qui alla claquer contre le mur avant de se refermer derrière eux. L'odeur d'essence lui emplit les narines. Quelqu'un avait éteint toutes les lumières, et le parking était plongé dans l'obscurité.

Courbée en deux, Mia s'était élancée vers la voiture. Après avoir parcouru la dizaine de mètres qui l'en séparaient, elle agrippa la poignée, et inséra la clé dans la serrure.

Pendant ce temps, Holden s'était plaqué contre le mur et balayait de son arme chaque recoin du garage, du moins ce qu'il parvenait à en distinguer. Il faisait sombre, et un agresseur pouvait facilement rester dissimulé derrière l'un des autres véhicules stationnés là.

Il avança prudemment de quelques pas. Tout était calme. Ils étaient peut-être seuls, mais cela paraissait trop simple. Toujours sur le qui-vive, même s'il n'était pas homme à tergiverser lorsque la chance semblait être de son côté, il se dirigea vers la voiture.

Ses épaules restaient contractées, et il gardait le doigt sur la détente. Il fut soulagé en voyant Mia se glisser sur le siège passager.

Soudain, il eut la sensation d'une présence sur sa gauche. Il tourna la tête et rencontra le regard de Ned Zimmer, accroupi derrière un pilier. L'arme au poing, l'ex-policier le regardait avec un sourire triomphant.

Il y eut un éclair accompagné d'une détonation qui se répercuta dans tout le sous-sol.

Holden sentit une brûlure intense au côté, en même temps qu'il basculait en arrière.

Il atterrit lourdement sur le dos, et sa tête heurta le sol en béton. Tout devint flou, même s'il entendait clairement les cris de Mia. Espérant que l'afflux d'oxygène réveillerait ses membres engourdis, il se tourna péniblement sur le côté et inspira profondément.

Une grosse chaussure passa dans son champ visuel avant de s'enfoncer violemment dans ses côtes. Il était devenu insensible à la douleur, mais lorsque son corps tressaillit, Mia hurla.

Puis un visage se pencha sur lui. Celui de Ned Zimmer.

— Tu aurais dû me tuer quand tu en as eu l'occasion.

Holden tenta d'ouvrir la bouche, mais une douleur fulgurante lui vrilla le crâne, et tout devint sombre.

19

Mia essayait de libérer ses bras. Ses poignets attachés dans son dos lui faisaient mal, et sa gorge était irritée d'avoir tant crié.

Voir Holden se faire tirer dessus puis s'effondrer l'avait horrifiée. Puis, lorsque Ned l'avait frappé, elle avait ressenti chaque coup comme si c'était sur elle qu'ils s'abattaient. Si cela avait pu épargner Holden, elle les aurait encaissés sans broncher.

Prisonnière du coffre de la voiture, elle avait tout le temps de penser. L'image du corps sans vie de Holden ne la quittait plus. Ses yeux clos, son corps recroquevillé…

Elle avait déjà entendu des personnes dire qu'elles avaient le cœur brisé, mais elle ignorait que cette sensation pouvait réellement exister. Quelque chose s'était rompu en elle, et chacun de ses membres semblait engourdi par la douleur. Ses os la faisaient souffrir, son estomac était noué. Même ses cheveux lui faisaient mal.

Elle savait qu'elle devait se concentrer, si elle voulait survivre à ce qui l'attendait, mais son esprit restait focalisé sur Holden. Il avait perçu le danger et mis sa vie en jeu pour la protéger.

Lorsque la voiture s'arrêta, elle tendit l'oreille, à l'affût de bruits familiers.

Il fallait qu'elle reste calme et trouve un moyen de neutraliser Ned à la première occasion. Elle devait faire en sorte qu'il la détache.

La lumière d'une lampe torche l'éblouit lorsqu'il ouvrit le coffre. L'air qui s'y engouffra sentait le pin et la terre humide, et une brise fraîche lui balaya le visage, tandis que les derniers rayons de soleil zébraient un ciel gris. Une autre odeur lui parvint, de bois brûlé.

— Quelqu'un veut te parler, lui dit Ned, en la saisissant par le bras pour l'asseoir.

Seigneur ! Il n'était pas seul !

— Pourquoi fais-tu ça ?

— Parce qu'on m'a payé pour.

Il tendit la main vers elle, mais elle recula, se recroquevillant pour qu'il ne puisse pas l'attraper.

— Ça suffit !

Un manteau sombre apparut dans le champ de vision de Mia.

— Sors-la de cette voiture !

Bram Walters ! Elle aurait reconnu sa voix entre mille. Ce qu'elle prenait naguère pour du charisme lui apparaissait à présent comme la manifestation d'un ego hypertrophié. Il pensait être au-dessus des lois, et s'estimait intouchable.

Lorsqu'elle se mit à hurler, Ned lui enfonça un chiffon dans la bouche.

Elle se débattit aussi violemment qu'elle le put, en espérant bien lui infliger quelques blessures au passage. Mais il pesait trentc kilos de plus qu'elle et son étreinte était si puissante qu'elle craignit qu'il ne lui brise les os.

Le parlementaire la fixait, les traits déformés par la

haine. L'honorable représentant du peuple, qui avait été distingué pour les services rendus à ses administrés, avait baissé le masque. De toute évidence, il avait perdu l'esprit, ainsi que toute notion du bien et du mal.

— Tu m'as causé de gros ennuis.

Si elle l'avait pu, Mia lui aurait craché au visage.

— J'ai quelques questions à te poser.

Il lança un regard à Zimmer.

— Et ton ancien petit ami va m'assister dans cette tâche.

Holden prit appui contre la portière et essaya de se redresser, mais sa main glissa sur le métal et il retomba sur le sol. Une vive douleur lui coupa le souffle.

Il devait retrouver Mia. Il leva de nouveau le bras, et ses doigts se refermèrent sur la poignée. Sa tête lui semblait sur le point d'exploser, et tous ses os le faisaient souffrir, mais il parvint à s'asseoir.

Les dents serrées, il se mit à genoux, tout en poussant un grognement de colère, avant de se caler contre le véhicule pour se relever. Lorsqu'il se sentit perdre l'équilibre, il pivota et se laissa retomber de tout son poids sur le capot.

Le bruit de sa respiration saccadée étouffait les autres sons, sauf celui d'un crissement de pneus derrière lui. Pensant qu'il pouvait s'agir d'une seconde attaque, il tendit la main vers son holster avant de se souvenir que son arme n'y était pas. Il portait toujours un poignard à la cheville, mais, s'il se penchait, il risquait de ne pas pouvoir se relever.

— Holden !

La voix lui paraissait familière, mais il ignorait

à qui elle appartenait. Il y eut des bruits de pas et, l'instant d'après, Caleb et Adam l'entourèrent.

Adam l'allongea sur le sol et lui ouvrit la veste.

— Il saigne.

Son ton était aussi sombre que l'expression de son visage.

— Tout va bien. Une balle est passée sous le gilet, mais je pense qu'il n'y a rien de sérieux, le rassura Caleb en posant sa trousse de secours près de Holden.

Comme dans un brouillard, Holden entendait des cliquetis de métal et les voix de ses amis.

— Alors pourquoi est-il pratiquement inconscient ? demanda Adam.

Holden finit par reprendre ses esprits, et attrapa Caleb par son T-shirt.

— Il a enlevé Mia !

Les mains de Caleb continuaient à s'affairer sur son gilet pare-balles.

— De qui parles-tu ?

— De Zimmer.

Caleb poussa un juron, puis se ressaisit.

— Ne t'inquiète pas. Hier, Zach est allé placer un émetteur sur sa voiture. Nous pouvons le localiser, et retrouver Mia.

— Où est Luke ? demanda Holden.

— Il est à la maison, et s'assure que cette pseudo-attaque n'aura pas lieu. Nous allons t'y emmener et Caleb pourra t'y soigner.

— Mais nous devons te préparer à ce transport, précisa Caleb en sortant de sa trousse ce qu'il fallait pour le soigner.

Holden ne broncha pas pendant que Caleb s'occupait de ses blessures.

— Il faut d'abord retrouver Mia, dit-il en essayant de se redresser.

Caleb le repoussa doucement en arrière.

— Tu ne tiens même pas debout.

— Les coups de pied qu'il m'a donnés m'ont coupé le souffle, et m'ont presque assommé.

— Es-tu blessé ailleurs ?

— Au bras peut-être, et je me suis cogné la tête sur le ciment.

— Tu as une belle bosse, dit Adam, qui lui palpait le cuir chevelu du bout des doigts.

Ce contact pourtant léger le faisait souffrir autant que si on lui assenait des coups de massue. Il s'efforça de n'en rien laisser paraître. S'il montrait le moindre signe de faiblesse, Caleb le conduirait à l'hôpital. Il recouvrait lentement ses facultés, et savait qu'ils ne pouvaient gaspiller de précieuses minutes.

— Ce n'est rien, assura-t-il en s'asseyant.

Le garage se mit à tourner autour de lui.

— J'ai entraîné Mia dans ce guet-apens. Je dois la sauver.

Caleb l'aida à se maintenir en équilibre contre la carrosserie.

— Evite de bouger, Holden.

— Il faut la retrouver. Je vais avoir besoin de vous.

Même s'il avait du mal à l'admettre, il ne pourrait rien faire seul ce soir.

— Que proposes-tu ? demanda Adam.

— Prends le volant. Pendant ce temps, Caleb se chargera de me remettre en état.

Mia était assise sur une partie du tas de branchages que Holden utilisait pour dissimuler son pick-up. Elle avait immédiatement reconnu l'endroit.

Il y avait des avantages à se trouver dans cette zone. L'entrée du passage souterrain qu'ils avaient utilisé pour s'échapper du chalet en feu n'était pas très loin.

Elle se demandait cependant s'il ne s'était pas écroulé après l'explosion et l'incendie. L'entrée qu'elle voyait paraissait intacte, ce qui signifiait qu'elle pourrait probablement s'en servir.

— Que faisons-nous ici ? demanda-t-elle, feignant de ne pas comprendre.

L'air amusé par sa remarque, Bram regarda autour de lui.

— Je trouvais romantique de te ramener ici.

— Vous voulez dire pratique, puisque personne ne viendra m'y chercher !

— Le seul lien avec cet endroit est Holden Price, et je crois que le cher homme nous a quittés…

Le parlementaire regarda par-dessus son épaule, dans la direction de Ned, qui acquiesça.

Elle refusait d'accepter l'évidence. Elle voulait croire que Holden avait survécu, que son gilet pare-balles avait amorti tous les coups.

Elle priait pour qu'il soit en chemin, arme au poing, avec les autres membres de Recovery. Mais, plus que tout, elle priait pour qu'il soit vivant.

— Dis-moi ce que sait Price.

Bram n'était plus d'humeur badine.

Mia ne comprit pas sa question. Comme l'admettre risquait de la mettre en danger de mort, elle décida de gagner du temps.

— Tout, répondit-elle.

Il ne cilla pas.

— Je pense que tu bluffes.

— Et moi je pense que vos manières sont écœurantes.

— Ne lui manque pas de respect ! hurla Ned en la giflant d'un revers de main.

Bram attrapa le bras de Ned. Dans son complet sombre, il avait vraiment l'allure d'un notable au-dessus de tout soupçon.

— Ça suffit, Zimmer ! On ne frappe pas les femmes !

— C'est vrai, s'esclaffa Mia. Vous vous contentez de les tuer.

Bram inclina la tête sur le côté.

— Je n'ai pas l'intention de t'assassiner, Mia. Pourquoi le ferais-je ?

Le regard de Mia passa d'un homme à l'autre.

— Bien sûr que non. Vous laissez les domestiques se charger des basses besognes.

Ned s'approcha d'elle, mais Bram l'arrêta d'un geste.

— Si l'inspecteur Zimmer…

— Ex-inspecteur, jugea-t-elle bon de préciser.

— Libre à lui de décider de ton sort, une fois que je serai parti.

Elle imagina ce qui pourrait se passer, et sa gorge se noua à l'idée que Ned puisse poser la main sur elle.

— Vous ne pouvez pas faire ça.

— Je ne suis là que pour te poser quelques questions.

Mia dévisagea son patron, tentant de comprendre ses desseins, mais son expression était insondable.

— Vous croyez vraiment pouvoir vous en sortir en toute impunité ?

Le parlementaire fronça les sourcils.

— J'ai simplement ouvert une enquête au sujet d'un groupe de représentants de la loi à l'encontre duquel j'ai reçu une plainte. Cela fait partie de mes prérogatives, en qualité de membre du Congrès.

— Epargnez-moi ce genre de tirade.

— Je n'ai fait que mon travail.

— Vous avez essayé de protéger Steve Samson, un présumé meurtrier.

Walters sentit le regard de Ned se poser sur lui. L'ancien policier avait d'innombrables défauts, qui faisaient de lui le pire cauchemar d'une femme, mais il vivait dans le respect de la loi et ne supportait pas l'idée que des crimes puissent rester impunis.

Sa vision manichéenne du crime l'avait amené à commettre quelques délits, même s'il ne les considérait pas comme tels. S'il devait extorquer une confession par la force ou prendre quelques libertés avec la vérité pour résoudre une affaire, il n'hésitait pas. Dans son monde, les accusés étaient dépourvus de droits, car ils n'en méritaient pas.

Mia savait qu'elle pouvait utiliser son sens de la justice contre lui.

— Vous avez fourni des informations à l'avocat de Samson, pour lui permettre de le faire disculper.

Ned plissa les paupières.

— Est-ce vrai ?

Le parlementaire fit mine de balayer une poussière sur sa manche.

— Bien sûr que non.

— Bien sûr que si !

Elle devait pousser Ned à sortir de ses gonds.

— D'après toi, poursuivit-elle en s'adressant à lui, pourquoi déteste-t-il à ce point les hommes du Projet Recovery ? Parce qu'ils ont arrêté son ami et l'ont fait mettre en prison.

Bram leva la main.

— Peu importe ma source d'information, à partir du moment où elle était exacte.

Ned fit un pas en direction de Walters. Mia ignorait si le parlementaire l'avait remarqué, ou s'il pouvait imaginer être en train de perdre la loyauté de son homme de main.

— Et le PFPT ? renchérit-elle avec l'espoir que cette nouvelle accusation pousserait son patron à commettre un impair.

Le visage de Walters se rembrunit.

— Je ne vois pas de quoi tu parles, répliqua-t-il.

— Je parle de Rod Lehmann, Glenna Reynolds et Penny Wain.

Tout en parlant, elle remuait ses poignets derrière son dos. La corde lui éraflait la peau, au point que du sang commençait à couler sur ses doigts, mais elle ne s'avouait pas vaincue.

Ned se tourna vers Walters.

— Qui sont ces gens ?

— Cela ne te regarde pas, lui rétorqua le parlementaire.

Mia avait beau tirer, la corde ne se desserrait pas, et elle devait se montrer prudente, afin que Ned ne remarque pas son manège.

— Ton nouveau patron est impliqué dans de sales histoires, Ned. Le genre d'affaires que tu exècres.

— De quoi parle-t-elle ?

Bram focalisa son attention sur Ned, à qui il lança un regard méprisant.

— Pourquoi l'écoutes-tu ?

— Elle a l'air certaine de ce qu'elle avance.

— Pauvre idiot ! Elle essaie de te monter contre moi.

« Et je me débrouille plutôt bien », songea Mia. Elle le voyait à l'expression de Ned ; il évaluait la crédibilité de Walters, qui paraissait en position inconfortable. Et, une fois que Ned s'était fait une idée, il n'en démordait plus.

— Parlez-moi du PFPT, dit-il en pointant son arme vers son patron.

Pour la première fois depuis qu'ils s'étaient retrouvés au milieu de ces bois, elle lut de la panique dans les yeux de Walters.

— Espèce d'imbécile ! Tu travailles pour moi !

— Vous feriez mieux d'éviter les noms d'oiseau, surtout lorsque vous êtes hors de votre circonscription.

Mia profita de ce qu'ils se querellaient pour regarder autour d'elle. Filer vers l'entrée du souterrain était impossible. Ils la rattraperaient avant qu'elle l'ait atteinte. Quant à fuir à travers bois, les mains liées dans le dos, cela ne la mènerait pas loin non plus. Elle n'était pas en position de force. Il lui fallait un miracle…

Alors qu'elle commençait à perdre tout espoir, une brindille craqua derrière elle, puis elle sentit une présence dans son dos. Elle inspira profondément, espérant percevoir le parfum si familier de Holden, mais ce n'était pas lui.

— Baisse ton arme, Zimmer ! ordonna une voix qu'elle reconnut comme étant celle de Caleb.

Des tas de questions se bousculèrent dans sa tête. Elle voulait croire que la présence de Caleb signifiait que Holden se trouvait à proximité, qu'il avait survécu et appelé des renforts.

Cependant, elle ne pouvait se départir de sa peur. Si Caleb était là, cela voulait peut-être dire que Holden n'était pas en état de lui porter secours.

Elle tenta de se lever, afin de faire face à Caleb et le supplier de la rassurer, mais ses jambes refusèrent de la porter.

En entendant la voix de Caleb, Ned et Walters s'étaient retournés d'un bond.

— Qui êtes-vous ? hurla Zimmer.

— Un agent du Projet Recovery, expliqua Walters.

Le parlementaire semblait de plus en plus mal à l'aise.

— Je m'appelle Caleb Mattern.

Il se plaça à côté de Mia et, sans cesser de tenir les deux hommes en joue, l'aida à se lever. Puis, de sa main libre, il tira un couteau de sa ceinture et trancha la corde qui l'entravait

— Baisse ton arme, Zimmer, répéta-t-il. Walters, mains en l'air !

— Comment nous as-tu retrouvés ? murmura Mia.

Ce n'était pas la question qui lui brûlait les lèvres, mais ce fut la seule qu'elle parvint à formuler.

— Nous avons suivi Zimmer depuis votre mésaventure dans le parking.

Caleb n'avait pas mentionné Holden, et ne l'avait pas rassurée sur son état de santé.

L'angoisse contre laquelle elle avait essayé de lutter l'envahit, plus forte que jamais. Pourtant, elle était persuadée que, si Holden était mort, elle l'aurait senti, que l'évidence l'aurait transpercée comme une épée. Au lieu de cela, son corps, ses sens, semblaient s'engourdir.

Walters laissa échapper un juron.

— Pauvre idiot ! Tu l'as mené jusqu'à nous !

Ne cherchant même plus à dissimuler sa fureur, Zimmer se tourna vers lui.

— Je n'irai pas en prison à cause de vous.

— Vous êtes armés tous les deux, et tu es probablement une fine gâchette. Alors vas-y, abats-le ! lui suggéra Walters en désignant Caleb.

Comme dans un rêve, le rocher s'entrouvrit alors, et Adam fit son apparition.

— Nous sommes à deux armes contre une, désormais.

— Ne m'oblige pas à répéter, Zimmer. Pose ton pistolet à terre, dit Caleb.

— Non. Vous ne m'aurez pas.

Mia reconnaissait cette expression empreinte de désespoir. Son ex était trop narcissique pour admettre sa défaite.

Il était prêt à tirer sur tout ce qui bougeait pour se sortir de cette situation, plutôt que de se retrouver derrière des barreaux. Jamais il ne supporterait une telle disgrâce.

— Caleb, sois prudent, murmura-t-elle.

Il posa une main sur son épaule.

— Tout va bien, Mia.

Zimmer se comportait comme un animal traqué, regardant avec affolement tout autour de lui, à la recherche d'une échappatoire.

— Je n'irai pas en prison ! s'écria-t-il.

— Bien sûr que si !

Tous se retournèrent en entendant la voix de Holden. Mia soupira de soulagement en apercevant son visage aux traits tirés. Il émergea de la forêt à l'instant où Caleb se jetait sur elle pour la protéger.

Des détonations retentirent, ainsi que des bruits de pas venant des fourrés. Puis il y eut des cris, de nouveaux échanges de coups de feu.

Un bruit sourd résonna sur le sol à quelques mètres d'elle. Lorsqu'elle ouvrit les yeux, Walters gisait à terre, et du sang s'écoulait de sa bouche, tachant sa chemise.

Elle aperçut ensuite Ned, qui pointa son arme

vers elle, mais Holden se jeta sur lui. Une dernière détonation déchira la nuit, puis le silence retomba.

Plusieurs secondes s'écoulèrent sans que personne ne parle.

— La voie est libre ! cria Caleb.

Mia n'attendit pas qu'il se relève. Elle le repoussa sans ménagement et se précipita vers Holden. Il était agenouillé auprès du corps de Ned, son arme encore serrée dans sa main. Sa respiration était saccadée et chaque inspiration paraissait plus difficile que la précédente.

Lorsqu'elle vit son regard absent, elle s'immobilisa..

— Holden…

Après un instant d'hésitation, elle s'approcha lentement de lui, attendant qu'il remarque sa présence.

— Tu es saine et sauve, dit-il en semblant sortir de sa torpeur.

Il répéta cela à quatre reprises, avant que ses épaules se relâchent.

— Holden…, murmura-t-elle en s'agenouillant près de lui.

— Il va se remettre.

Adam, qui les avait rejoints, allongea Holden en position de sécurité.

Mia palpa son torse, à la recherche de blessures éventuelles. Lorsqu'elle retira sa main, elle était maculée de sang.

— Il saigne ! Caleb, il faut le soigner ! cria-t-elle.

— C'est prévu.

— Mia…

Holden lui caressa la joue.

— Je ne sais pas… mais je t'aime.

Puis il s'évanouit.

20

Holden, qui était censé se reposer, se tenait à côté du lit, et essayait en vain de clarifier ses pensées.

Ses blessures n'y étaient pour rien. C'était sa tête qui le faisait souffrir, et il avait beau essayer de se concentrer pour comprendre ce qui s'était passé ces derniers jours, il n'y parvenait pas.

Comment Mia avait-elle pu prendre une telle place dans sa vie en si peu de temps, alors qu'ils se connaissaient à peine ? Cela restait un mystère.

Ils ne semblaient pourtant pas faits l'un pour l'autre. Elle était extravertie et n'hésitait pas à parler de ses sentiments, alors qu'il cultivait son jardin secret et se tenait à l'écart des autres.

Mais il la voulait à ses côtés pour toujours. C'est vers elle qu'il se tournerait lors de chaque moment difficile, et chaque matin lorsqu'il se réveillerait. Elle lui rendrait la vie plus douce.

Il savait qu'à ses yeux, il était un homme brisé. Quelques années plus tôt, il était entré dans une grotte en pleine possession de ses moyens, et en était ressorti détruit psychologiquement, incapable de se retrouver dans un espace clos sans être pris de panique. Aucune femme n'avait besoin d'un type aussi diminué.

Il ouvrit le tiroir de la commode, puis le referma

violemment, laissant la vibration se répercuter dans tout son corps.

Un honnête homme la laisserait partir, mais il n'en avait pas la force. Il ne cessait d'échafauder des plans pour la lier à lui, en se disant que, si elle restait à ses côtés, il ferait des efforts pour devenir quelqu'un de meilleur.

Ils feraient l'amour, et il guérirait. Et, qui sait, peut-être un jour le verrait-elle autrement que comme un client potentiel pour une séance de psychanalyse ?

Une femme d'exception pouvait métamorphoser un homme. La complicité de Luke et Claire le rendait envieux. Le risque qu'il prenait, en exposant ses sentiments, en valait la peine, car il allait redonner un sens à sa vie, et oublier les cauchemars qui le hantaient.

Le problème était qu'il l'aimait. Cette constatation le surprenait et le décontenançait en même temps. Elle, eux, ensemble. Il devait faire en sorte que ça marche. Le sexe comme point de départ, après quoi, ils se construiraient un avenir. C'était sa stratégie.

Il en était là de ses pensées lorsque Mia entra dans la chambre. Alors qu'elle s'attendait à le trouver endormi ou, du moins, en train de se reposer, elle le vit debout près de la commode, occupé à farfouiller dans un tiroir. Une main posée sur le meuble assurait son équilibre, et il semblait à peine tenir sur ses jambes.

— Qu'est-ce que tu fais ? s'exclama-t-elle.

Lorsqu'il se tourna vers elle et la vit fermer la porte, un sourire coquin se dessina sur ses lèvres.

— Je t'attendais.

— Très drôle !

Il l'observa longuement. L'inquiétude qui se lisait sur son visage la rendait encore plus irrésistible à ses yeux.

Il savait pertinemment que, malgré toute sa bonne volonté, il n'était pas en mesure de lutter contre les sentiments qui l'assaillaient.

— Ça fait des heures que je suis couché.

— Une heure, tu veux dire. Ou plutôt trente-cinq minutes.

— Je vais bien.

Il semblait plutôt sur le point de s'effondrer.

— Je n'y crois pas une seconde.

Elle s'arrêta à sa hauteur et jeta un regard dans le tiroir, pour voir ce qu'il y cherchait de si important. Elle y découvrit une boîte de préservatifs.

Lorsqu'elle se tourna vers lui, il eut le culot de lui faire un clin d'œil.

— Qu'en penses-tu ?

— Tu plaisantes, j'espère ?

— Non.

— Tu as une blessure par balle, une entorse au poignet et la tête en bouillie. Quant à tes côtes brisées, n'essaie pas de me faire croire que ce n'est pas douloureux, car les miennes sont à peine fêlées et je souffre le martyre.

— Mais, sous la ceinture, tout va bien.

Mia ne comprenait pas ce qui se passait. Une telle réaction n'était pas normale. Cet homme qui lui avait avoué son amour avant de perdre connaissance se réveillait obsédé par le sexe. Aucun de ses ouvrages de référence ne mentionnait ce genre de comportement.

Elle envisagea d'appeler Caleb, afin qu'il vienne vérifier l'état de sa blessure à la tête. Les dommages causés par certains chocs n'apparaissaient parfois que des heures plus tard, et cet état de confusion mentale lui faisait craindre une possible commotion cérébrale.

— Retourne au lit.

— C'est ce que j'allais te proposer.

— Couche-toi, dit-elle en lui prenant les préservatifs des mains.

— Bien, madame.

Elle remit la boîte dans le tiroir et la referma. Même si sa proposition était plus que tentante, elle refusait d'entrer dans ce petit jeu, car il avait manifestement besoin de prendre du repos.

— Tu n'en as pas besoin.

— Tu es sûre ?

— Absolument.

Il fronça les sourcils comme un enfant contrarié.

— Quelle rabat-joie !

Probablement était-elle rabat-joie, comme il venait de le lui reprocher, mais, dès qu'il avait été allongé, il avait fermé les yeux et poussé un soupir.

La fatigue et la douleur prenaient le dessus, Mia en reconnaissait les signes.

Ils avaient regagné la maison en toute hâte, afin que Caleb puisse l'examiner et le soigner dans de bonnes conditions. Tous avaient essayé de le convaincre d'aller à l'hôpital, mais Holden s'était mis à pester avec tant de véhémence qu'il avait certainement réveillé le voisinage.

Il leur avait tenu tête, persistant à dire qu'il allait bien, tout en épongeant les gouttelettes de sang qui perlaient de ses blessures et en serrant les dents à chacun de ses mouvements.

Il avait probablement perdu l'esprit, songea Mia. Elle avait peine à imaginer qu'il puisse avoir la bagatelle en tête alors que chaque parcelle de son corps semblait lui faire souffrir mille morts.

— Tu comptais réellement me faire l'amour ? demanda-t-elle en s'approchant de lui.

— Je trouve que nous nous entendons très bien au lit, répondit-il sans ouvrir les yeux.

C'était le genre de réponse qui sous-entendait autre chose, et elle comptait bien découvrir de quoi il s'agissait.

— Dis-moi ce qui se passe vraiment.

Elle lui prit la main et mêla ses doigts aux siens.

— Rien. Tout va bien.

— Je ne partirai pas tant que tu ne m'auras pas tout expliqué.

Il lui sourit.

— Ça, c'est une menace terrifiante.

— Holden, je t'en prie…

Sa bouche se crispa. Il ouvrit les yeux, et son regard se fixa sur le plafond.

— J'ai failli te perdre, marmonna-t-il.

Pour Mia, tout devint clair. Les hommes ! Pour eux, le sexe était une façon de créer des liens, et de les renforcer. Les femmes se rassuraient par la parole, et eux en dégrafant un soutien-gorge…

Elle se sentit à la fois soulagée, et infiniment triste pour lui. Le contact physique prenait la place des mots qu'il n'osait prononcer et, surtout, lui permettait de se rassurer. Oui, elle était bien là, près de lui, saine et sauve.

Elle s'allongea tout contre lui, et laissa échapper un soupir lorsqu'il l'entoura de son bras valide.

— Tu m'as sauvée, Holden.

— Si Adam et Caleb n'avaient pas été là…

Il se frotta les yeux de la paume de la main.

La culpabilité le taraudait. Il n'avait pas su la protéger lorsqu'ils se trouvaient dans le garage, et il ne pouvait se le pardonner.

Mia se redressa, de manière que sa bouche se trouve

à quelques centimètres de la sienne. Avant qu'elle ait le temps de dire un mot, il s'était redressé et l'embrassait. Mais son baiser n'avait rien d'enflammé ; il était tendre et plein d'amour.

Soudain, elle comprit ce qui le faisait tant souffrir. Il avait vécu une indicible tragédie et s'était refermé sur lui-même. Il pensait être bien à l'abri de cette carapace qu'il avait patiemment construite, alors qu'en fait, il en était progressivement devenu prisonnier.

Cependant, cette nuit, au milieu des bois, il lui avait ouvert son âme en lui disant qu'il l'aimait. Et quitter ce qu'il pensait être un cocon protecteur ne devait pas s'effectuer sans mal. Il devait se sentir complètement mis à nu, exposé à tous les dangers.

Celui de l'amour en premier…

Elle glissa la main sous son T-shirt.

— Te rappelles-tu ce que tu m'as dit avant de t'évanouir ?

Il garda le silence pendant de longues secondes. Elle s'apprêtait à répéter sa question, lorsqu'elle le sentit s'agiter.

— Oui.

Elle ne leva pas les yeux, mais sentit qu'il l'observait.

— Pourquoi est-ce que ça t'effraie autant ?

— Tu ne peux pas t'empêcher de jouer les psychologues, n'est-ce pas ?

Cette fois, il n'avait pas employé un ton cinglant. Sa remarque tenait plus du constat que de l'accusation.

— Je suis comme ça, répondit-elle en se penchant sur lui.

— Alors pourquoi n'exerces-tu plus ?

Le souvenir de Ned lui revint. Holden l'avait tué. Elle savait qu'il ne méritait ni pitié ni regrets, mais l'idée qu'une personne qui avait compté pour elle naguère, et qui avait joué un rôle si important dans la construction de sa personnalité, ne soit plus de ce monde, la laissait comme transie de froid.

— Je te l'ai déjà expliqué. Mon intuition m'a fait défaut. Je l'ai compris après avoir quitté Ned.

— Ce n'est qu'une excuse.

Elle s'apprêtait à nier, puis se ravisa. Elle voyait mal quels arguments elle pourrait opposer à cela.

— Tu as probablement raison.

— Tu es plus forte que tu le crois.

Elle l'embrassa sur le nez.

— Tu n'es pas mal, toi non plus.

— Je suis sérieux, Mia. Ne laisse plus les paroles de Ned prendre le dessus.

— J'ai déjà fait du chemin.

— Alors, ne gâche pas ta carrière. Si tu as envie de redevenir psychologue, lance-toi.

Cela semblait si simple. Pour la première fois depuis des mois, elle avait envie d'aller de l'avant, de reprendre sa vie en main.

Le contact avec les patients lui manquait. Elle savait qu'elle avait rendu le sourire à de nombreuses personnes, et qu'elle avait perdu une partie d'elle-même en abandonnant ce métier qu'elle aimait.

— J'y pense.

Holden haussa les épaules, et lui lança un regard en coin.

— Que dirais-tu de devenir la profileuse de notre équipe ? Ça te permettrait de mettre tes talents à notre service.

Cette suggestion fit sourire Mia.

— Tu t'imagines, travaillant avec moi chaque jour ?

— Oui.

Toutes les portes qu'elle avait fermées semblaient

soudain vouloir s'ouvrir devant elle. Elle n'était pas encore prête à les enfoncer, ni même y frapper, mais le monde ne lui paraissait plus si étriqué qu'au moment où elle avait foncé avec sa voiture dans le chalet de Holden.

C'était le cadeau qu'il lui avait fait. Il ne doutait jamais d'elle, ne remettait pas en cause ses décisions. Il l'écoutait, la protégeait, l'incitait à entreprendre, et, surtout, il l'aimait.

Comme elle était heureuse d'avoir eu cet accident de voiture !

— Je t'aime, murmura-t-elle en lui caressant les lèvres du bout des doigts.

Les grands yeux bleus de Holden s'écarquillèrent.

— Quoi ?

— Je sais que ça t'effraie. Tu t'es coupé du monde depuis si longtemps que tu devais ne plus y croire, mais je t'aime. Je ne m'en suis rendu compte que trop tard.

— Mia…

Elle posa ses doigts sur sa bouche, pour qu'il ne l'interrompe pas.

— Je n'essaierai pas de te faire changer, et je ne t'analyserai pas, mais je veux passer le reste de ma vie à t'aimer. Si tu me donnes cette chance.

Il retira sa main.

— Oui.

Mia n'était pas sûre d'avoir bien entendu.

— Quoi ?

Un éclat malicieux traversa les yeux de Holden.

— Il me semble que ma réponse était claire. Les mots que j'ai prononcés dans les bois étaient sincères. Et ils le sont tout autant en ce moment. Je sais que tout est allé très vite, mais l'avenir nous donnera raison.

— Tu veux dire que…

— Je t'aime.

Elle sentit les larmes lui monter aux yeux.

— Tu ne crains pas de te sentir pris au piège ?

— Je me pose beaucoup de questions, mais celle-là ne m'effleure même pas. L'idée de vivre avec toi me réjouit, même si je suis celui qui risque d'être difficile à supporter.

— Pas pour moi.

— Il y a encore peu de temps, je serais resté focalisé sur le fait que j'étais incapable d'entrer dans ce tunnel. J'aurais été paralysé, et ma culpabilité n'y aurait rien changé. Tu aurais payé pour mon arrogance et mes failles.

Mia le savait pertinemment, mais elle était soulagée de l'entendre enfin partager ses peurs avec elle.

— Et maintenant ?

— Il n'y a que toi qui comptes. Tout à l'heure, dans les bois, je ne cessais de penser à toi. J'en ai oublié mes faiblesses, et j'ai laissé Caleb et Adam prendre les commandes pour te sauver.

— Tu t'es montré héroïque, toi aussi.

— J'ai échafaudé un plan qui n'était pas centré sur ma petite personne. Si j'avais dû emprunter ce tunnel pour venir te sauver, je l'aurais fait. Mais j'ai refusé de prendre ce risque ; je ne voulais pas jouer avec ta vie.

Tout à coup, elle se sentait débordante de vie, satisfaite.

— Tu es un homme généreux.

— J'aspire simplement à être ton homme.

— Je pensais qu'il te faudrait des lustres pour arriver à cette conclusion.

Il lui posa un baiser sur les lèvres.

— Je suis un peu lent, mais pas idiot.

— C'est bon à savoir.

— Je préfère passer quelques semaines avec toi plutôt que toute une vie à me demander ce qui aurait pu se passer entre nous.

— C'est très poétique.

Elle se pencha et l'embrassa à son tour, sans hésitation. Lorsque leurs lèvres se séparèrent, ils étaient tous deux à bout de souffle.

Holden posa son front contre celui de Mia.

— Tu as un drôle d'effet sur moi. Tu déterres tous les aspects sombres de ma personnalité pour les inonder de lumière.

Mia n'avait jamais rien entendu de si romantique, ne s'était jamais sentie si adorée et respectée. Avec Holden, elle n'aurait pas à avoir peur, ou à choisir ses mots. Ils se disputeraient, puis feraient l'amour, et la vie continuerait.

— Tu sais que je veux tout, n'est-ce pas ? reprit-il.

Il semblait encore réticent à prononcer certains mots, mais elle voulait savoir de quoi il était capable.

— « Tout » ?

— Je parle d'un avenir ensemble.

Jamais on ne lui avait fait pareille déclaration d'amour, un tel serment d'engagement. Le fait que Holden en éprouve le besoin prouvait à quel point il avait changé.

— J'en ai envie, tout autant que toi.

Tout son corps sembla se détendre.

— Parfait.

Elle se laissa aller contre lui et huma son odeur. Elle aurait pu rester ainsi indéfiniment, mais elle ignorait si elle serait capable de le retenir très longtemps. Il voudrait bientôt se lever et retourner travailler.

— J'ai une question à te poser, annonça-t-il en lui passant la main dans les cheveux.

Elle n'osait imaginer ce qui lui trottait encore dans la tête.

— Laquelle ?

— As-tu la moindre idée de l'endroit où ont atterri ces préservatifs ?

Elle éclata de rire.

— Tu es du genre monomaniaque, mon ami !

— Je crois que tu as raison.

Quoi qu'il en soit, il n'était pas le seul à se montrer impatient. Elle avait hâte qu'il recouvre ses forces pour laisser ses mains vagabonder sur son corps.

— Trouvons un terrain d'entente, proposa-t-elle.

— Je t'écoute.

— Tu te reposes pendant que je te dis combien je t'aime.

— Ça me convient.

Luke se tenait sur le seuil de sa maison, son arme dissimulée dans la ceinture de son pantalon.

— Tu peux rentrer chez toi.

Trevor Walters ne cessait de retourner entre ses mains le dossier qu'il tenait. Sa nervosité était évidente.

— Confirme-moi d'abord que nous sommes arrivés à un accord, dit-il.

— Si tu y tiens. Raconte ce que tu veux au sujet de ton frère, mais fais en sorte que l'enquête concernant le Projet Recovery soit classée sans suite. Et mets fin à cette chasse à l'homme dont les membres de l'équipe sont la cible.

Trevor lui sourit.

— Ce qui t'arrange bien, étant donné que tu n'as aucune preuve contre Bram.

— Il a kidnappé Mia.

Sachant que Trevor y avait pris part et qu'il passait une fois encore entre les mailles du filet, Luke avait du mal à faire abstraction de cet élément.

— Je crois plutôt que le ravisseur était son ancien petit ami, Ned Zimmer.

— Alors explique-moi pour quelle raison Bram s'est retrouvé au cœur de cette fusillade, alors qu'il ne cherchait manifestement pas à tirer Mia des griffes de Zimmer.

Il se demandait combien de personnes Trevor allait devoir soudoyer pour rendre cette lamentable histoire plausible.

— Je suis persuadé que tu n'aimerais pas que tes agents se trouvent impliqués dans la mort d'une figure publique aussi respectée que mon frère.

Luke ne souhaitait effectivement pas mettre ses hommes en danger.

— Je pense que nous allons nous en tenir à cela. Si Steve Samson purge sa peine et laisse ma femme tranquille, je suis prêt à oublier que ton frère a essayé de faire libérer un assassin.

— Tu es sûr que vous ne voulez pas travailler pour moi ? Tes hommes y trouveraient leur compte, financièrement et professionnellement.

Luke répugnait à considérer cette proposition.

— Es-tu prêt à me dire ce que cachait Bram, et où se trouve Rod Lehmann ?

Il lui réservait d'autres questions, notamment au sujet du PFPT, si celle-ci ne suffisait pas.

— Je ne vois pas de quoi tu parles, répondit Trevor en affichant un sourire qui exprimait tout le contraire.

— Dans ce cas, la discussion est close.

— Je pense que tu tiendras parole, et que cet

accord verbal est plus que suffisant. Inutile de nous encombrer avec de la paperasse, n'est-ce pas ?

— Tout à fait.

Luke s'adossa au montant de la porte.

— Une dernière chose, Trevor. Cet accord est valable pour les termes présents. Si je me rends compte que tu es impliqué, de quelque manière que ce soit, dans la disparition de Rod, tu m'auras de nouveau sur le dos.

— Ça ne se produira pas.

— Et, si tu t'approches de ma maison ou de mes hommes, je te tuerai.

Trevor hocha la tête.

— Si tu veux bien m'excuser, j'ai un enterrement à organiser.

21

Une semaine plus tard…

Luke et Holden dévisageaient l'homme assis face à eux. Holden n'aimait pas l'idée d'avoir été convoqué à l'ancien bureau de Bram Walters. Le parlementaire venait d'être enterré, avec tous les honneurs, bien évidemment.

Les autres membres de la Chambre des représentants ne tarissaient pas d'éloges à son sujet et colportaient le récit de sa mort héroïque. Les journaux l'encensaient comme un législateur de talent, parti bien trop tôt. Même son ex-femme le pleurait.

Personne ne mentionnait qu'il était un criminel, car seuls son frère et les agents du Projet Recovery étaient encore là pour en témoigner.

Trevor trouverait un moyen d'expliquer comment il avait perdu tant d'hommes au cours des derniers jours. Holden ignorait leur identité, et les preuves de leurs méfaits avaient été détruites depuis bien longtemps. Trevor s'en était certainement chargé.

— Vous comptez succéder à Walters ?

Holden poussa de côté le verre placé devant lui.

David Brennan croisa les mains sur la table.

— Le parti m'a proposé d'envisager cette éventualité. Certes, ce n'est pas si simple, car je dois me faire élire. Pour en revenir à vous, poursuivit-il en leur tendant un dossier cartonné, j'ai eu l'occasion de converser avec plusieurs membres de la commission, et tous s'accordent à penser que M. Walters a laissé des considérations d'ordre personnel affecter son jugement en ce qui concerne le Projet Recovery.

Holden prit le dossier mais ne se donna pas la peine d'en lire le contenu.

— Continuez à vous exprimer ainsi, et vous ferez un parfait politicien.

— Steve Samson ne recevra plus l'appui d'amis influents.

— Nous sommes heureux de l'apprendre.

Holden jeta un regard à Luke, dont la mâchoire s'était crispée en entendant ce nom.

— Cela étant dit, M. Walters n'était pas le seul à s'inquiéter de l'absence de supervision de vos missions par le gouvernement.

— C'est ce que nous avons cru remarquer, répliqua sèchement Luke.

— Nous devons toutefois rester pragmatiques. Dans un monde où règne l'insécurité, les personnes ayant des compétences spécifiques telles que les vôtres sont la cheville ouvrière de la société.

Holden avait hâte d'aller rejoindre Mia, même si c'était dans son appartement miteux. Elle en faisait un lieu agréable, qu'elle illuminait de sa présence.

Maintenant que quelqu'un l'attendait, il n'aimait pas être absent trop longtemps, d'autant qu'il se délectait de l'accueil qu'elle lui réservait chaque fois.

— Où voulez-vous en venir ? demanda-t-il.

— L'affaire va être classée sans suite.

— Ce sont de bonnes nouvelles.

Luke se leva.

— Cependant..., reprit Brennan.

Holden fit un signe de tête à Luke, qui se rassit.

— Cependant, votre équipe va devoir se placer sous l'autorité des commissions spécialisées dans le renseignement.

Holden posa le dossier sur le bureau et le fit glisser vers son interlocuteur.

— Votre discours était sensé jusqu'à présent, mais, là, vous commencez à m'énerver.

Brennan leur adressa un signe de tête condescendant.

— Laissez-moi vous expliquer.

Holden en avait assez. Il se leva.

— Non.

Luke posa la main sur son bras.

— Nous pouvons au moins écouter ce qu'il a à dire, proposa-t-il, avant de se tourner vers Brennan.

— Je vous remercie, dit celui-ci. Nous pouvons vous intégrer à une structure plus importante, tout en gardant le groupe intact, et en vous assignant de nouvelles affaires, au regard de vos compétences propres.

Luke ne le laissa pas poursuivre. Aucun membre du groupe n'accepterait de perdre son indépendance, et même la perspective de continuer à travailler ensemble ne suffirait pas à les convaincre. Ces conditions étaient inacceptables.

Brennan ne les ferait pas rentrer dans le rang. Ni lui ni personne d'autre, d'ailleurs.

— Non, répondit Luke sèchement.

— Je te l'avais dit, marmonna Holden.

Brennan paraissait surpris.

— C'est une énorme concession de notre part.

Vous n'auriez même pas à présenter une candidature pour un poste quelconque !

Holden faillit éclater de rire. Ils venaient de se débarrasser d'un politicien véreux, et voilà que cet homme leur vantait les avantages qu'ils trouveraient à rejoindre son équipe.

— C'est non, une bonne fois pour toutes.

Le regard de Brennan passait de lui à Luke.

— Il est clair que vous avez vécu des expériences très éprouvantes dernièrement. De plus, votre ancien patron a disparu, ce qui n'arrange pas les choses. Je comprends votre réticence.

— Je crains que vous n'ayez pas bien saisi, répliqua Holden.

— Vous avez besoin d'un peu de temps pour réfléchir à ma proposition, c'est compréhensible. Je vais vous laisser en discuter entre vous. N'hésitez pas à reprendre contact avec moi.

Cette fois Holden se leva, sans la moindre intention de se rasseoir. Brennan posait moins de problèmes que Walters, mais les perspectives d'avenir du Projet Recovery n'en étaient pas plus réjouissantes pour autant.

— Notre réponse est sans appel.

Se voyant déjà dans son siège de parlementaire, Brennan feignit de ne pas entendre leur commentaire et leur imposa une poignée de main.

— A bientôt.

Ils avaient pratiquement atteint la porte lorsqu'il reprit la parole.

— Monsieur Price ?

— Oui ?

— Lorsque ce bureau sera officiellement le mien, je vous déconseille fortement d'y remettre les pieds, car je vous ferais arrêter sur-le-champ.

— Rassurez-vous, je n'ai aucune intention de vous fréquenter. Nous ne sommes pas du même monde.

Une heure plus tard, Holden, un morceau de pizza en main, expliqua enfin ce qui le perturbait tant depuis son retour.

— Steve Samson se tiendra tranquille, Walters n'est plus un problème, mais nous ignorons toujours où se trouve Rod, et s'il est vivant.

Mia posa la main sur son avant-bras. Aussi incroyable que cela paraisse, ce simple geste suffit à dissiper une partie de son stress.

— Il devait mener une enquête qui dérangeait quelqu'un.

Luke décapsula une bouteille de bière et la tendit à Caleb.

— Nous avons deux soucis : nos ressources sont désormais plus que limitées, et nous n'avons plus l'appui du gouvernement.

Claire s'empara de la bière de son mari.

— Considère que l'un des deux vient de s'envoler.

Adam se mit à rire.

— Tu nous fais des cachotteries ?

— Vous avez besoin d'argent, n'est-ce pas ?

Holden aurait aimé que ce soit si simple.

— Pas seulement, dit-il. Il nous faut de l'équipement, et un lieu sûr où travailler. Nous ne pouvons pas envahir ta maison.

— Sur ce point, je suis d'accord avec toi, commenta Claire.

Mia leva les yeux au ciel.

— Pour des types aussi intelligents, vous ne voyez

pas une perche lorsqu'on vous la tend. Claire, dis-leur simplement ce que tu leur proposes.

Claire leva sa bouteille, portant un toast imaginaire à la perspicacité de son amie.

— Lorsqu'il s'agit de poser les bonnes questions, les filles vous battent à plate couture.

— Je crois que nous sommes victimes de discrimination, plaisanta Adam.

Claire ne prit pas la peine de répliquer.

— Je suis en mesure d'exaucer tous vos vœux, annonça-t-elle.

En voyant le sourire qui s'esquissait sur le visage de Luke, Holden en conclut que ces deux-là leur concoctaient quelque surprise.

— D'où sors-tu ta baguette magique ?

— Mon ex-mari est mort avant que je signe le formulaire de séparation des biens.

Luke en laissa tomber son morceau de pizza.

— Pouvons-nous aborder ce sujet sans mentionner Phil Samson ?

— Après avoir remboursé ses dettes, et rendu l'argent qu'il avait détourné du fonds de pension de son entreprise…

Mia passa son bras autour de celui de Holden.

— Très élégant, ce type.

Il l'embrassa.

— Tu ne me croirais pas si je t'expliquais.

Claire reprit la parole.

— Le reste de sa fortune me revient, mais je n'en veux pas. J'ai d'abord envisagé d'en faire don à une association caritative, mais je pense que vous en ferez bon usage. Je vais ouvrir une étude de détectives, qui sera financée grâce à ces fonds. Mais vous allez devoir être extrêmement prudents, car les enquêteurs privés sont très surveillés, et doivent respecter scrupuleusement la loi.

— Ou ne pas se faire prendre, ajouta Luke.

— Et j'envisage de vous confier ma première affaire.

— Retrouver Rod, dit Holden en regardant Claire qui acquiesça en souriant.

Il sentit l'angoisse qui le tenaillait depuis trop longtemps le quitter. Il ne supportait plus de rester face à tant de mystères non résolus. Mia avait remis de l'ordre dans sa vie personnelle, lui avait donné une raison de se lever le matin et de rentrer avec plaisir à la maison le soir.

Claire lui proposait maintenant d'assembler les dernières pièces du puzzle. Ils pouvaient partir à la recherche de Rod.

— Alors mettons-nous au travail, sans plus tarder !

Holden était plus que jamais décidé à aller de l'avant. Mia lui avait offert une nouvelle vie et, avec elle à ses côtés, il se sentait plus fort que jamais.

Retrouvez en décembre 2019,
dans votre collection

BLACK ROSE

Le bébé menacé, de Julie Anne Lindsey - N°564

SÉRIE PROTECTEURS EN MISSION 2/2

« Vous avez une jolie petite fille… » Paniquée, Kara fuit l'homme à l'allure inquié tante qui, penché sur la poussette, vient de lui adresser ces quelques mots. Aucu doute possible : cet inconnu a voulu les menacer, elle et son bébé. Désemparée elle se résout alors à faire appel au seul homme auprès de qui elle s'est toujour sentie en sécurité : Ryder Garrett. Ryder, le flic de choc. Ryder qu'elle a quitté pou un autre, trois ans plus tôt, mais qui, à n'en pas douter, saura les protéger…

L'inconnue de Brighton, de Dana Nussio

Qui est Sarah, la jolie serveuse du restaurant où les policiers du quartier dé jeunent quotidiennement ? C'est la question que se pose Jamie Donovan qui dès le premier jour, a été troublé par les yeux bleus de Sarah et sa timidit touchante. Troublé… et intrigué, car nul ne connaît le nom de famille de cell qui est arrivée deux ans plus tôt à Brighton. Et, plus que tout, Jamie aimera percer le secret qui se cache derrière son regard clair…

Celle qui ne pouvait pas oublier, de Cassie Miles - N°565

Les poupées Hardy. Ainsi avait-on surnommé Brooke et cinq autres adolescentes séquestrées comme elle par un fou nommé Martin Hardy… Un traumatisme dor elle ne s'est jamais remise et qui l'a poussée à entrer dans la police. Et voilà qu soudain le passé lui revient en plein visage. L'une des « poupées » qu'elle protégea est retrouvée assassinée. Chargée de l'enquête, Brooke comprend qu'elle est dan le collimateur du tueur et accepte, à contrecœur, de faire équipe avec Justin Sloan un agent du FBI, aussi sexy qu'exaspérant.

Le danger partagé, de Julie Miller

Simple curiosité ou pur masochisme… Conor se demande pourquoi il a ac cepté de venir au mariage de Lisa, son ex-fiancée. Mais, alors qu'il s'éclipse il croise Laura, la jeune sœur de Lisa. Une Laura heureuse de le revoir mai qui, inquiète de l'absence de sa meilleure amie au mariage, lui demand de la ramener en ville. Séduit par celle qui dans son souvenir n'était encor qu'une adolescente, poussé par son réflexe de policier, Conor accepte et s retrouve, malgré lui, mêlé à une enquête criminelle complexe…

HARLEQUIN

BLACK ROSE

Retrouvez en décembre 2019,
dans votre collection

BLACK ROSE

a terreur dans ton regard, de Robin Perini - N°566

a fillette est la réplique miniature de sa mère… À une exception près : la emme magnifique qui se tient près d'elle ressemble à un animal traqué. Une xpression que Stefan connaît bien car lui-même est en fuite depuis qu'un coup 'État l'a chassé de la principauté européenne dont il est le prince. Mais, bien ue cette cavale lui impose la plus grande prudence, sa décision est prise : il a recueillir les confidences de cette inconnue, leur porter secours à elle et à sa lle, et effacer la terreur dans son regard…

Quand le passé nous rattrape, de Debra Webb

e retour à Winchester, après des années d'absence, Audrey vient de rendre la direction du journal local lorsqu'un crime est commis dans la etite ville. N'écoutant que son instinct de journaliste, elle commence à enuêter et se retrouve face à celui que, pour rien au monde, elle ne souhaitait encontrer : Colton, son amour de jeunesse devenu shérif de la ville. Colton ui vit seul à présent, mais à qui elle ne pardonnera jamais de l'avoir quittée our une autre…

---

risonnière de l'oubli, de Joanna Wayne - N°567

ÉRIE LES HÉRITIERS D'OAK GROVE 3/3

Qui est-elle ? En se réveillant à l'hôpital, Meghan, paniquée, se rend compte qu'elle perdu la mémoire. Avisant alors l'homme séduisant qui se tient à son chevet et rétend être détective privé, elle se rend compte qu'il lui inspire des sentiments troublants, contradictoires… Comme s'il l'avait blessée autrefois, comme si son cœur efusait de s'exposer à de nouvelles souffrances. Pourtant, elle n'a pas d'autre choix ue d'accepter son offre lorsqu'il lui propose de la protéger jusqu'à ce que son gresseur soit arrêté…

e chalet des secrets, de Justine Davis

Des traces de pas dans la neige, sous ses fenêtres… Qui est cet inconnu ui erre autour de son chalet, en plein hiver ? Méfiante, Kit fait tout our l'éviter jusqu'au jour où il lui porte secours alors qu'elle vient de e blesser au cours d'une promenade. Face à face avec lui pour la remière fois, elle hésite entre le remercier ou fuir. Mais, quand il lui évèle d'une voix troublante qu'il est en cavale, elle n'écoute que son nstinct et accepte de l'héberger…

Retrouvez en décembre 2019,
dans votre collection

BLACK ROSE

Le venin du soupçon, de Jo Leigh - N°568

Enlevée par un inconnu lors d'une froide soirée d'hiver et séquestrée dans un chal perdu en pleine montagne, Jade Parker est terrifiée. Peu à peu, cependant, elle s prend à espérer. Car son ravisseur, qu'elle ne peut s'empêcher de trouver séduisar se montre attentionné et poli envers elle... Jusqu'au jour où il lui révèle qu'il sou çonne son père, un éminent sénateur, d'être corrompu. Troublée par les accents c vérité qu'elle décèle dans sa voix, elle hésite pourtant à le croire...

Danger sous la neige, d'Elle James

La neige à perte de vue. Et la présence chaleureuse de sa famille. Pour Ka revenir en Alaska, où elle a grandi, est comme une parenthèse enchanté dans son quotidien d'agent secret... Aussi, quand son frère lui demande d protéger Sam Russel, un de ses amis, victime de menaces, elle refuse to net. Jusqu'au jour où elle rencontre Sam. Troublée par le séduisant géologue décidée à découvrir qui cherche ainsi à le déstabiliser, elle se lance ses côtés dans l'Iditarod, la course de traîneaux la plus longue et la plu dangereuse au monde...